湖南省发改委创新研发课题、湖南省社会科学院（湖南省人民政府发展研究中心）哲学社会科学创新工程资助项目

阐释与批评丛书（第一辑）

卓今 主编

# “文体与意识形态

## 中国革命文学的多重表达（1927—1949）”

龙昌黄◎著

中国社会科学出版社

**图书在版编目（CIP）数据**

文体与意识形态：中国革命文学的多重表达：1927—1949 / 龙昌黄著. -- 北京：中国社会科学出版社，2024. 8. --（阐释与批评丛书）. -- ISBN 978-7-5227-3976-2

Ⅰ. I206. 6

中国国家版本馆 CIP 数据核字第 2024Q5F340 号

出 版 人　赵剑英
责任编辑　喻　苗
责任校对　胡新芳
责任印制　王　超

出　　版　中国社会科学出版社
社　　址　北京鼓楼西大街甲 158 号
邮　　编　100720
网　　址　http://www.csspw.cn
发 行 部　010-84083685
门 市 部　010-84029450
经　　销　新华书店及其他书店

印　　刷　北京君升印刷有限公司
装　　订　廊坊市广阳区广增装订厂
版　　次　2024 年 8 月第 1 版
印　　次　2024 年 8 月第 1 次印刷

开　　本　710×1000　1/16
印　　张　17. 75
插　　页　2
字　　数　240 千字
定　　价　98. 00 元

# 目　录

导　论……………………………………………………………………（1）

**第一章　“革命加恋爱”：蒋光慈小说的形式与政治** ………（22）

第一节　蒋光慈与“革命加恋爱”的情节“布局” ………（23）

第二节　菊芬：革命女性塑造中的呈现与意图 ……………（45）

第三节　体用之间：蒋光慈“革命文学”的书写与政治 ……………………………………………（65）

本章小结 ………………………………………………………（87）

**第二章　形式与政治的两歧：郭沫若的改写** ……………………（89）

第一节　“青春”之后：抒情难再的困惑 ……………………（91）

第二节　要求革命的“女神”与诗体的“反抗” ………（107）

第三节　“改写”的政治：文学的用途与革命的企图之间…………………………………………（135）

本章小结……………………………………………………（154）

**第三章　从莎菲日记到暖水屯史诗：丁玲的小说与革命**……（156）

第一节　莎菲的“日记”与“Modern Girl”自我言说姿态…………………………………………（157）

第二节　暖水屯的革命年代与丁玲的史诗写作……………（179）

第三节　女性与革命：作家姿态与革命意识之间…………（207）
本章小结……………………………………………（228）

**第四章　“感性的政治”：文体与革命政治的表达…………（229）**
第一节　书写与历史：“革命文学”与中国革命…………（230）
第二节　文体即意识形态的表达…………………………（246）

**余　论……………………………………………（259）**

**参考文献…………………………………………（263）**

# 导　论

才气并不自觉，它的施展并不依赖思想系统，而且经常违反作者的思想系统。

——［意］桑克梯斯[①]

在弥尔顿和济慈的作品中，具有一种可以称之为“弥尔顿式的”或“济慈式的”气质。但是这种气质只取决于作品本身，而不能凭纯粹的传记资料来确定。

——［美］雷纳·韦勒克、奥·沃伦[②]

本书旨在从文体与意识形态的视角入手，探讨1927—1949年中国“革命文学”书写中的意图（思想内容）与表达（语言形式）之间的关系问题。为此，本书将以蒋光慈、郭沫若、丁玲这三位革命作家为中心，围绕这段时期内他们的“革命文学”书写转型和发展状况，来展开相关阐述。通过对三人部分“革命文学”文本的细读，并适当结合与之有关的（或尚粗略的）历史语境的钩沉，笔者发现：第一，作家革命意识的进步并不会必然地带来其文学写作的进步，它同样可能制约甚至拘限其继续文学写作的空间；第二，作

① 转引自赵毅衡《重访新批评》，四川文艺出版社2013年版，第65页。

② ［美］雷·韦勒克、奥·沃伦：《文学理论》，刘象愚等译，生活·读书·新知三联书店1984年版，第73页。

家的文学作品（文本）中的语言形式所呈现出来的艺术效果，可能与作家自述的写作意图或相关评论家所阐发的革命意义相悖，从而呈现出文体与意识形态的相歧性。

有鉴于此，本书将在深入考察三位作家的文学文体，与其革命功用之间可能存在着的张力关系的基础上，来揭示革命转型前后他们文学声名的消长，同写作实绩之间既有意趋合又实有背离的复杂面相，进而诠释20世纪90年代以降新的文学史书写范式转型后，他们的文学史地位“突降”的深层原因。并由此具陈文体在“革命文学”书写当中的重要意义：文体不仅是“革命文学”成其所是的“感性的肉身”，同时也是革命意识形态自身的表达；“革命文学家”的文学生命，固然有革命意识方面的因素，但其文学生命的延长，首先还须以得体、合式的语言表达方式，也即文体呈现出来。

本部分先对中国“革命文学”研究中研究范式转换的可行性做一番考察，并对研究视角予以概述。然后，简论本书主要研究对象——“革命文学”的历史谱系，并对选择蒋光慈、郭沫若、丁玲三人为主要研究对象的原因，本书的研究策略与章节安排等，予以简要的阐明。

## 一 20世纪90年代以降的“革命文学”研究：现状与新的可能

近现代以降的中国文学史书写，无疑是其时天崩地解之后，国家文化教育秩序重建的结果。正如有学者所指陈的那样，“文学史”唯有在“文学”学科地位于该秩序中得以确立之后，“才有机会成为系统知识”[①]，它的书写故而成为可能。换言之，文学史是因文学的出现和存在，而非相反，才有书写的可能。因此，文学史的书

① 陈国球：《文学史书写形态与文化政治》，北京大学出版社2005年版，第2页。

写，理当以文学问题为中心，自应成为无须辩驳的常识。

唯历史常常不以常识为据。迄今有关“革命文学”的研究，某种意义上，仍旧在以“革命”，而非“文学”为中心词。这种从构词语法到定义规范上的中心问题（文学）的偏至乃至倒转，在相当长时间内左右着“革命文学史”规范下中国现代作家及其作品的研究。20 世纪八九十年代及以降“重写现代文学史”的有关讨论和书写实践，一方面使得“革命文学”更多地还原为“文学”，另一方面也对“革命文学”研究自身构成了挑战，非、去“革命”文学史的书写，令“革命文学家”们及其作品渐趋淡出文学史中心，走向边缘。如是，“革命”的文学史也便拨转到了“文学”的文学史的路向上来。然而，正如有论者指出的，20 世纪 90 年代以降的“现代性”话语的多元化，令此前以启蒙现代性为总体性概念书写的文学史遭遇了合法性危机。[①] 与之相伴随的，是更多样性的现代性话语、后现代性话语侵入现代文学领域，从而取代了此前曾为“革命”占据、后为启蒙取得的中心地位。不可否认，启蒙、现代性、后现代性认识性装置[②]下的相关研究，是极有必要的学术努力，然而正如王富仁在其遗稿中指出的：

> [……][③] 在文学和文学观念、文学理念、文学思想的关系中，文学始终是第一性的，而文学观念、文学理念、文学思想则是第二性的。文学观念、文学理念、文学思想必须是从对文学、文学作品、文学现象的感受和理解中产生出来的，而不能仅仅是为了实现某种非文学的目的而对文学提出的主观要求

---

① 颜水生：《文学史研究的“现代性”危机》，《广东社会科学》2013 年第 6 期。

② 此处“装置”一词援引自柄谷行人在《日本现代文学的起源》中的用法。参见［日］柄谷行人《日本现代文学的起源》，赵京华译，生活·读书·新知三联书店 2003 年版，“英文版序”第 9—10 页。

③ 按：全文中“［……］”均为引者省略，“［］”为引者括注，以同引文作者本人相关省略、括注区分。

> [……]。而文学，不论是旧文学还是新文学，不论是中国文学还是外国文学，只要是文学，就既不等同于政治宣传、道德说教，也不等同于思想认识和理性判断。

文学首先是文学。也正基于此，王富仁更进一步指出，“1949年之后的中国现代文学史，几乎莫不是中国现代文学思想的发展史，而不是中国现代文学事实的演变史。[……] 但是，如果我们更细致地感受这些‘文学的思想’，实际它们又不是真正‘文学的’思想。尤其不是文学作家自己的‘文学的’思想”①。这确可视作一位毕生奉献给中国现代文学研究事业的学者的振聋发聩之言。

由此反顾“革命文学”研究，诚如黄曼君所言，“在20世纪中国革命文学的研究中”，“往往出现只重作品的思想倾向性而忽视作品表现生活的真实性和文本本身的审美特征和形式的严重倾向”②。这种以思想替代文学本身的研究策略，一方面确可以“跨出将文学作为‘纯艺术’探索的产品，在广泛的社会历史联系中发现文学创作的意义和趣味”，从而开拓更广阔的研究空间③；另一方面，也势必因此似“革命文学”在其自身的历史谱系里完成自我构造一样，深陷于意识形态性的“争夺”之中④。因此，确有必要返回文学本身，以文学文本为中心，来展开“革命文学”的自身研究。它并不意味着仅仅拘限于文本，而是要以文学文本细读，以对文学作品的充分理解为基础，再来展开文学思想、政治思想，乃至更广的文化范围的研究。

---

① 王富仁：《中国现代文学史是中国现代文学历史事实的历史》，《汉语言文学研究》2017年第3期。

② 《黄曼君文集》第3卷，华中师范大学出版社2015年版，第308页。

③ 李怡：《开拓中国“革命文学”研究的新空间》，《探索与争鸣》2015年第2期。

④ 程凯：《“革命文学”历史谱系的构造与争夺》，《中国现代文学研究丛刊》2005年第1期。

以文本细读为中心的文学研究，20 世纪 80 年代以降，随着英美新批评东来，曾一度影响到了中国文学研究，可是正如陈思和 2004 年所考察到的，“20 年过去了，一届届的研究生都被笼罩在宏观的体系的理论的阴影里，虽然在理论上也能自圆其说，但心里总是虚，没有充分地阅读文学原著，理论底气很难会充足”①。十余年后，他再次重申文学批评须直面文学作品，反对现今学院批评中存在的“理论套理论”，尤其是文艺学的某些研究者“讨论的不是文学作品本身，而是他们的理论”的现象。② 所论足见基于新批评倡导的、以文本细读为中心的文学性研究，并未充分地扎根于中土。新时期以降中国文学研究的审美研究（尤其是以文本细读为中心的形式研究），某种意义上，还没有真正地完成理论到实践的消化，便已经由革命政治范式转到文化政治范式去了。实际上，这两种研究范式，正如王富仁所言，都是着眼于文学思想的研究（一定程度上也囊括了审美研究中某些跨越语言形式层，直接探取审美意义等形而上层面的研究），它们都“跨”过语言形式，直接去面对语言形式“背后”的意义。就像面对一个人，却要置他/她的肉身于不顾，直接以摄魂术的方式去读取其灵魂。很显然，这是无法做到的。

问题是，与之类似的文学研究状况，一直存在于 20 世纪中国文学研究（自当主要指文本/作品研究）当中。本就高度政治化的“革命文学”更是如此。或许早在 1929 年，朱自清就以《关于“革命文学”的文献》③ 一文首次将“革命文学”纳入较为严肃的学术研究视域中，但真正把它当成一个学术问题，恐怕是 20 世纪七八十年代之交以降的事情。至少在中国共产党建立政权之前，“革命文学”与其说是一件文学的事情，莫若说是政治问题的延伸。

① 陈思和：《文本细读在当代的意义及其方法》，《河北学刊》2004 年第 2 期。

② 陈思和：《关于文学批评的几点思考》，《上海戏剧》2016 年第 12 期。

③ 刊于天津《大公报·文学副刊》1929 年 3 月 4、18 日第 60、62 期。

正如下文所示，无论左、右，或是居于中间政治立场的声音，它们在倡导或讨论“革命文学”时，大都或多或少地因此介入了政治。1949年以后的30余年间，亦大体如此，不同的是，它以规范且符合政治正确要求的文学史形式①，更加树立了“革命”在现代文学历史谱系中的中枢地位。20世纪80年代，尤其是90年代以后，“革命文学”研究虽则出现了新的路向，但多无关乎文学研究本身，更多的是使用女性主义、后殖民、文化研究、文化社会学等这些新的认识性装置，重新对“革命文学家”们及其作品做另一番历史与政治的“内容分析”。很大程度上，不是新的认识性装置“赋予”了作品以意义，而是“开放的作品”（翁贝托·艾柯语）所呈现或表达的作家其人及其思想，“赋予”了前者以诠释的可能性。“历史不是有待于社会学家植入形式内部的东西，而是本身就存在于形式之中的；对形式本身进行有效的分析，甚至也能够最大限度地揭示历史本身”②，但凡不把其中的“历史”内涵理解得过于狭隘，便可晓悟恰恰是文学作品的感性肉身形态，为解读写作者思想及历史意义，提供了丰富、多样，且或许矛盾、错杂，同时也更真实的诠释的可能。

如是观之，为“革命”所规制的“革命文学”文本，其语言形式同样是具有丰富诠释的可能的“感性的肉身”。即如特里·伊格尔顿所言，“语言并不像是一种用后即可扔掉的玻璃纸”，“一首诗的语言就是其思想的构形”；“形式是内容的构成，它不只是对内容的反映”。③ 在此近似的意义上，翁贝托·艾柯也说，“艺术作为

---

① 其中自然尤以王瑶、丁易、刘绶松等人的文学史书写实践为代表。参见王瑶《中国新文学史稿》（上、下），新文艺出版社1951、1953年版；丁易《中国现代文学史略》，作家出版社1955年版；刘绶松《中国新文学史初稿》，作家出版社1956年版。

② 陈太胜：《语言的幻象：后理论时代的文学研究》，湖南人民出版社2016年版，第23页。

③ ［英］特里·伊格尔顿：《如何读诗》，陈太胜译，北京大学出版社2016年版，第3、95页。

一种形式结构有自己的谈论世界和人的方式；可能会发生这样的情况：一件艺术品通过自己的议题——正如一部小说的主题或一首诗的主题——肯定一个世界，但是，艺术首先通过它以什么样的结构方式来处理和表现世界所存在的历史的趋势和人物的趋势来肯定一个世界，这就会涉及这种表现方式的世界观”①。换言之，语言形式不仅仅是内容（意义）的语言学层面上的能指，它同样在所传达的语义层面之外，仍然具有所指的功能（“思想的构形”，“内容的构成”，“表现方式的世界观”）。“语言是由现实或经验构成的，而不只是现实或经验的载具”②，伊格尔顿的这句话无疑对此做了十分到位的诠释。他进而指出，对文学作品而言，“我们实际上拥有的一切，是纸面上的词语”。也就是说，文学文本中，语言是唯一可以径直掌握的，“而意义（内容）却无法同语言那样‘客观地存在于纸面上’”③。因此，有关“革命文学”的研究，的确有必要且“有待于从形式（语言）开始”④。

## 二 研究视角：文体与意识形态

在伊格尔顿看来，文学批评典型的行为是这样的，它“通常根据‘怎么说’来把握‘说了什么’，或者，用稍微更专业一点的话来阐释，即是从非语义方面（声音、节奏、结构、版面样式等）来把握语义（意义）”⑤。将此番诠释移用至当下中国语境，依旧可称

---

① 罗伯特·艾柯：《开放的作品》，刘儒庭译，新星出版社 2005 年版，第一版序第 6 页。按：引文中着重号为引者所加。

② ［英］泰瑞·伊格顿：《如何阅读文学》，黄煜文译，台北：商周出版社 2014 年版，第 26 页。

③ ［英］特里·伊格尔顿：《如何读诗》，陈太胜译，北京大学出版社 2016 年版，第 160、163 页；龙昌黄：《重建形式的诗学：评特里·伊格尔顿〈如何读诗〉》，《中国图书评论》2017 年第 12 期。

④ 龙昌黄：《重建形式的诗学：评特里·伊格尔顿〈如何读诗〉》，《中国图书评论》2017 年第 12 期。

⑤ ［英］特里·伊格尔顿：《如何读诗》，陈太胜译，北京大学出版社 2016 年版，第 95 页。

得上是深富卓识的洞见。对此，刘俐俐有关“文学‘如何’”的理论建构主张，或可视作将前者主张中国化的一种努力[①]。在她看来，“让全部关于文学‘如何’的理论告诉我们文学‘是什么’”，或许是一种建设文学理论的新思路。照其所陈，她的此番思考，多少同其本人对“人类认知和知识形态表达”的“基本方式”，也即援引自韦恩·布斯（Wayne C. Booth）的两个叙事学术语——“讲述”（telling）[②] 和“呈现”（showing）的理解有关。[③] 根据布斯在《小说修辞学》里的诠释，“讲述”指的是“那种深入情节表面底下，去求得确实可信的人物思想感情画面的手段”，是一种故事叙述者“直接地和专断地告诉我们各种思想动机”的“修辞法”。而“呈现”，指的是故事叙述者“自我隐退”，不再“直接介入”，而让故事中的人物“在舞台上去决定自己的命运”；相比于“讲述”，故事叙述者放任读者去“偷听”故事里的人物的声音，像站到剧场的舞台前直接“观看”后者的行止。如果说“讲述”是叙述者深度“介入”的言说方式，“呈现”则是任由读者“充分介入”的言说方式。[④]

相当程度上，布斯所及现代小说的言说方式，由“讲述”越加趋向“呈现”的演变，本身就已经说明了与人类历史意识（内容）变迁相伴随的语言表达方式（形式）的演化和现代性趋向。这多少与伊格尔顿的某些观点相呼应：“艺术形式的重大危机几乎总与历

---

① 须补充说明的是，这并非意味着对刘氏有关理论建构可能存在的原创性表示质疑，只是想借此指出二者间理论主张的相似性。

② 某种意义上，此处“讲述”与“tell”颇充分地体现了不同语言间的不可通译性。据《牛津高阶英汉双解词典》（第7版，2011），“tell”的义项之下，除了汉语的“讲述”（“把事情或道理讲出来”——《现代汉语词典》2012年第6版）之意，另有“告诉，告知”“命令，指示，吩咐”等意涵。而这其中，至少已经明示的前两个义项，无疑是布斯于其文中已经明确表露出来的意思。

③ 刘俐俐：《文学“如何”：理论与方法》，北京大学出版社2009年版，第19页。

④ ［美］韦恩·布斯：《小说修辞学》，华明等译，北京联合出版公司2017年版，第4—8页。另，原译“显示”即本文之“呈现”。

史激变相伴生”，“文化形式最深层的危机，通常也是历史的危机”。也正在此基础上，伊格尔顿认为，历史上最好的文学批评状态，便是对文学形式（文本的质地、纹理）同作品文化语境的“双重关注”。他进而指出，像理查兹（I. A. Richards）、燕卜逊（W. Empson）这样的新批评派文论家，也同样对社会历史“作出了深刻的反应”；不同于历史主义批评家们的是，他们倚助“使我们成为所是的媒介”——语言——的“厚度和精致”，来实现自己对人类社会历史的“敏锐感受”。[①]

因此，由“如何说”把握“说了什么”，无疑是一种可以尝试和实践的研究视野。伊格尔顿并未具体阐述怎样由“如何说”去达成“说了什么”的研究路径，不过他在《如何读诗》一书中的相关实践，已经清晰地“呈现”了这种研究路径的基本风貌。在笔者看来，最关键者即在于他评论奥登的《美术馆》一诗时曾指出的：“重要的是所有这些如何用词语成形。”[②] 而这，实际上强调的正是语言形式的表达或呈现功能。

为了消除将语言形式可能视作质料（material）的一般性刻板印象，本书有意援引西方文体学中的术语“文体”（style）一词，来凸显语言形式作为文学作品的感性肉身的意义表达功能。因为依照英国学者罗吉·福勒的释义，所谓文体，“即表达方式”，是“语言的一个方面”，其意义“主要来自个人或文化的特质”。[③] 艾布拉姆斯也在近似的意义上指出，“就传统意义而言，文体指的是散文和韵文中语言的表达方式——说话者或作者如何说话，不论他

① ［英］特里·伊格尔顿：《如何读诗》，陈太胜译，北京大学出版社2016年版，第11—12页。

② ［英］特里·伊格尔顿：《如何读诗》，陈太胜译，北京大学出版社2016年版，第4页。

③ ［英］罗吉·福勒：《现代西方文学批评术语》，袁德成译，四川人民出版社1987年版，第269页。

们说的是什么"[①]。杰弗雷·里奇与米克·肖特（Geoffrey Leech & Mick Short）也认为，"依据最通行的解释，'文体'这个词关涉特定语境当中，由特定的人物，为着特定的目的等的使用方式"；"传统意义上，它尤其同已写就的文学文本相关联"，并且与"作家的个性"关系紧密。[②] 荷兰学者彼特·韦丹柯（Verdonk，P.），在定义文体学的概念时，即将其界定为"分析语言中独特的表达方式，以及这种方式的目的和效果"的一种研究[③]。质言之，本书中的"文体"概念，正是在参鉴相关论述基础上的借用，主要意在彰显语言形式在具体作家为其文学写作"赋形"过程中，本就具有的思想或意识形态等功能的指向。

关于"意识形态"。意识形态（英文 ideology，德文 ideologie），在中国现代文学语境中的首先使用，应为李初梨率先揭橥的"意德沃罗基"［ideologie 音译——引者按］[④]。正如汪民安等所考陈的，它本是一个历史发展中生成的概念。依照 D. E. 阿普特的定义，"意识形态"指的是"在特定行为中发挥作用的观念的总称"，又或者如汪民安等所及，主要指"某一阶级（政党）的政治思想观念或倾向"。换言之，它是一整套能够"控制特定思想的信仰"，是一个政治的概念。[⑤] 大体上说，本书对这一概念的使用，即以此义为基础。甚至更准确地说，文中所涉及的"意识形态"，实际上即无产阶级意识形态。它在中国现代文学语境中，本就是作为无产阶级政治的革命话语出现的。

将文体与意识形态并置，意味着本书对"革命文学"的考察，

---

① ［美］M. H. 艾布拉姆斯：《文学术语词典》（第 7 版），吴松江等编译，北京大学出版社 2007 年版，第 607 页。

② Geoffrey Leech & Mick Short，*Style in Fiction：A Linguistic Introduction to English Fiction Prose*，Pearson Education Limited，2007，pp. 9 – 10.

③ ［荷兰］韦丹柯：《文体学》（英文），上海外语教育出版社 2016 年版，第 3—4 页。

④ 李初梨：《怎样地建设革命文学》，《文化批判》（上海）1928 年第 2 期。

⑤ 参见汪民安主编《文化研究关键词》，江苏人民出版社 2007 年版，第 435 页；［美］戴维·E. 阿普特《现代化的政治》，陈尧译，上海人民出版社 2016 年版，第 235 页。

基于对“文体”“意识形态”的交互性观照。也就是说，本书有意尝试在历史语境分析与文学文本分析的互动中，探析特定革命作家具体的“革命文学”书写，与其本人书写意图或一般史著的相关评述之间的相歧性；并在此基础上对相关问题展开探讨。

## 三　“革命文学”的历史谱系

迄今，“革命文学”依旧是中国现代文学研究视域内含义最有分歧的概念之一。它既被用来指20世纪20年代末的那场同名论争，又被用来“仅指20世纪20年代（约1923—1930年）的无产阶级文学”的“初始形态”，也被用来指自“五四”文学革命、左翼文学运动至解放区文学而涵盖整个所谓中国现代文学阶段的文学史叙事观念，抑或是用来指19—20世纪之交“宣传革命的文字”，甚至还被用来指20世纪40年代“延安文学以来直接受主流政治领导和规范”的“当代主流文学”[①]，等等。

这种指称上的分歧性，很大程度上，源自“革命文学”本就是具体历史语境及其变迁中生成和演化的概念。正如笔者在后文中所考陈的那样，“革命文学”最初指称的是19世纪俄国浪漫主义和批判现实主义文学，以强调文学对于革命的“陶染、感化人心”而促进革命发展的推动作用。相比于1927年以后倡导的“革命文学”，其外延及偏重文学本位的性质，与陈独秀力主“文学革命”而诞生的“新文学”更接近。[②]“革命文学”始用于指称中国者，源于清季革命党人，其内涵即汪精卫《〈南社丛选〉序》（1923）中所陈“革命之文字”；使之指陈于现代意义上的文学者，为中国共产党

① 分别参见钱理群等《中国现代文学三十年》，北京大学出版社2005年版，第149—150页；王智慧《二十世纪二十年代“革命文学”研究》，中国社会科学出版社2013年版，第1—45页；王富仁《河流、湖泊、海湾：革命文学、京派文学、海派文学略说》，《中国现代文学丛刊》2009年第5期；张玉法《晚清革命文学》，台北：经世书局1981年版，“序”第1页；杨联芬《孙犁：革命文学中的“多余人”》，《中国现代文学丛刊》1998年第4期。

② 参见第四章第一节的第一部分“中国革命与‘革命文学’的发生”。

人。其中，沈泽民对于中国历史语境下“革命文学”与无产阶级意识的结合具有重要意义，他本人也确可称作无产阶级“革命文学”论的前驱。[①]其兄沈雁冰（茅盾）则将“革命文学”定义为一切“含有反抗传统思想的文学作品”，并认为其“性质是单纯的破坏”；所称“无产阶级艺术”方同沈泽民所称“革命文学”观趋近。[②]常被称为“革命文学”倡导者的郭沫若，另以历史进化论阐明了最新阶段的“革命文学”即无产阶级文学[③]，也在此意义上与沈泽民接近。

1928年“革命文学”论争发生前，另有悟悟社许金元、蒋鑑，以及杨幼炯等“鼓吹国民性”、为人生的“革命文学”主张，但其诉求实步“人生派”（文学研究会）的后尘。[④]真正令“革命文学”成为文学场域中的概念，并开始规制新文学，尤其是左翼阵营文学发展的，自是在1927年后。先是1928年初，成仿吾企图以革除《新青年》一代以资产阶级趣味为中心的“新文学”，致力于“新的形式与新的内容之创造”，来实现一次新的文学革命，从而获得“阶级意识”，走向“工农大众”。[⑤]李初梨沿着成氏驱逐资产阶级趣味的理路，更直截了当地阐明文学是意识形态（“意德沃罗基”）的一种，所以“支配阶级的文学，总是为它自己的阶级宣传，组

① 1924年7月12日，沈泽民在《民国日报》附刊《评论之评论》撰文《什么是革命的文学?》，提出了自己对“革命文学”的定义：“革命的文学是被压迫阶级中能了解其阶级的思想、情感、地位与其使命，而又亲自参加被压迫阶级的运动的文学者所产生，以表达其阶级的全般生活而直诉诸人心的文学。”这一定义，颇为清晰地阐明了“革命文学”对作家的身份与阶级意识，以及作品所须表达的内容的要求。同年11月6日《民国日报·觉悟》上，他又书《文学与革命的文学》，主张“革命的文学者”要去做“民众情绪生活的组织者”，要“走到无产阶级里面去”。由此不难看出，他所主张的“革命文学”具有鲜明的无产阶级意识。

② 沈雁冰：《论无产阶级艺术》（二），《文学周报》1925年5月第173期。

③ 参见郭沫若《革命与文学》，《创造月刊》1926年10月5日第1卷第3期（再版）。

④ 参见许金元《革命文学运动》，《民国日报·觉悟》1924年6月2日；杨幼炯《革命文学的建设》，《民国日报·觉悟》1924年7月15日。

⑤ 成仿吾：《从文学革命到革命文学》，《创造月刊》1928年2月第1卷第9期。

织”，是“一个阶级的武器”。[①] 成、李二人的论述，实际上是对沈泽民、郭沫若等相关论述的承续与推进。他们运用马克思主义意识形态理论，来诠释文学之举，使得文学为革命（政治）服务的意图更加理论化，自此从政治功能诠释文学的视角，也由此前经验性的进化论切换到意识形态理论。

此后不久“左联”所倡导的有关文学的主张，在相当意义上，正是沈泽民、郭沫若、成仿吾、李初梨等所揭举的“革命文学”论的延续和系统化。也正是在“左联”时期，“革命文学”开始从个人或文学社团主张，演变为政党领导下的文艺组织所规制的文学书写方向。无产阶级立场、文学及文学家的双重“大众化与无产阶级化”，自此渐趋成了左翼文艺阵营“必须”遵循的规范。[②] 这种规范的企图，自然经常面临来自阵营内外的挑战。声称“革命文学是反个人主义的文学”[③] 的蒋光慈，最终因“只求个人享乐”，成了“一个没落的小资产阶级”“革命文学家”[④]。这种“小资产阶级革命文学”论也被人张举[⑤]。三民主义的“革命文学”论[⑥]，“法西斯蒂的革命文学”论[⑦]，民族主义的“革命文学”论[⑧]等，亦面世招摇，不过应者寥寥，流播未远。

“左联”以降的相当长时期内，“革命文学”的概念在使用上

---

① 李初梨：《怎样地建设革命文学》，《文化批判》1928 年第 2 期。

② 《冯雪峰论文集》（上），人民文学出版社 1981 年版，第 57—68 页。

③ 蒋光慈：《关于革命文学》，《太阳月刊》1928 年 2 月第 2 期。

④ 方铭编：《蒋光慈研究资料》，知识产权出版社 2009 年版，第 140—141 页。

⑤ 杨邨人：《揭起小资产阶级革命文学之旗》，《现代》1933 年第 2 卷第 4 期；扬帆：《揭起小资产阶级革命文学之旗》，《社会主义月刊》1934 年第 2 卷第 1 期。

⑥ 见张天化《文学与革命》，民智书局 1928 年版；绍先《革命的文艺与文艺的革命》，《民国日报·青白之园》1929 年 3 月 24 日至 4 月 14 日；王可伦《革命的文学论》，《三民半月刊》1929 年第 2 卷第 2 期；饶余威《革命文学与非革命文学》，《清华周刊》1929 年第 32 卷第 11、12 期；王集从《三民主义文学的本质》，《时代思潮》（江西泰和）1941 年第 31、32 合刊，等等。

⑦ 邱楠：《法西斯蒂的革命文学刍论》，《华北月刊》1934 年第 1 卷第 5—6 期。

⑧ 尚由：《民族主义的革命文学》，《黄钟》1936 年第 9 卷第 9 期。

虽然依旧纷乱杂陈，但就左翼阵营而论，它已成了无产阶级性质的文学概念，并渐为左翼作家们普遍接受，却是不争的史实。就连鲁迅这样曾经的“革命文学”的激烈反对者，也最终围聚在“无产阶级革命文学”的旗帜之下，畅论“现在，在中国，无产阶级的革命的文艺运动，其实就是惟一的文艺运动。[……] 除此以外，中国已经毫无其他文艺”①。也正是自“左联”时期开始，“革命文学”不再仅是文学场域内的主张，更毋宁说是具有鲜明政治指向性的文艺政策。

1942 年 5 月毛泽东《在延安文艺座谈会上的讲话》发表后重新规制的革命文艺（文学）书写，亦可视作“左联”之后的新发展。它明确要求“革命文艺”从属于革命政治，是交付给来自人民群众的“革命文艺工作者”的一项革命工作。该工作应为工农兵群众服务，并由“服务”的效果来衡量和评价。毛泽东甚至将“革命文艺”界定为“整个革命机器”的“齿轮和螺丝钉”，是“团结人民、教育人民、打击敌人、消灭敌人的有力武器”②。毛泽东“讲话”的发表，标志着“革命文学（文艺）”正式被纳入政党政治、国家政治的意识形态规范，成了为政治修辞并为政治规制的一项“革命工作”。并且，这番定义，事实上，也于后来“规定了新中国的文艺的方向”③。于是，人民当家作主的时代里，“革命文艺（文学）”依旧是一项有待继续的革命事业。

综上可见，清季以降的“革命文学”概念，有着明显的历史语义变迁：由初始的“文学革命”“革命文学”不分，到二者分途；由“革命文学”与“无产阶级艺术”义殊，到二者所指相合；由泛指一切“革命之文学”，到特指无产阶级文学。这些，均呈现了“革命文学”作为概念层累建构的历史。这种语义变迁已经说明，

① 《鲁迅全集》第 4 卷，人民文学出版社 2005 年版，第 292 页。

② 《毛泽东论文艺》，人民文学出版社 1983 年版，第 47、83 页。

③ 《周扬文集》第 1 卷，人民文学出版社 1984 年版，第 513 页。

“革命文学”自其“诞生”之日始，就同国人（主要是近现代文学知识分子）以文学济革命的情怀和用意相关。无论清民之际，还是“从文学革命到革命文学”的转易之间，它均是文学同革命政治媾生的产儿。清季传入中土的马克思列宁主义，更使整个中国社会步入了一个全面“革命”化的激情时代。“劳工神圣”、无产阶级、意识形态等新的革命政治话语和概念，也在1917年俄国革命之后，渐次传入中国，谱就了中国革命的新篇章。也正是在20世纪无产阶级革命的全球语境下，经由马列主义意识形态诠释之后，“革命文学”便成了该语境下唯一具有合法性（或正当性）的文学。任何“非”“反”“革命文学”的，皆丧失其合法性和正当性，成为“革命文学”阵营须“革命”务尽的对象。“革命文学”自身也便更具斗争性，同时也更易为革命政治左右，为其规定。

这种与政治相伴随的历史趋向，相当程度上也较为清晰地呈现于清季以降的中国“革命文学”书写中。“革命文学”也因此呈现为下列几种范式：（1）清季“革命文学”，凡书写革命情绪的文字或文学皆是。（2）“为人生”派——悟悟社“革命文学”，实际上承续19世纪俄国“革命文学”和“五四”文学革命，强调文学自身的艺术表现（或再现）对于社会改造的现实功用。（3）“左联”前后生成的无产阶级“革命文学”，囊括沈泽民、郭沫若、成仿吾、李初梨等人所努力的“层累”式建构；它将“革命文学”明晰为无产阶级领导的，旨在实现文学普罗大众化的无产阶级革命文学。（4）延安革命文艺工作者为人民大众写作的“革命工作”范式。

不难看出，随着上述“革命文学”范式依次而降，政治递“进”于文学场域内部的程度便越发明显，“革命文学”的概念也于其间越发具体。[①] 小节开头所言及“革命文学”语义指涉的分歧乃至混乱现象，很大程度上，也正因相关书写者于这四种范式之

---

① 方维保对此也有所揭示，参见所撰《从泛称到特指：“革命”与“革命文学”的历史定位》，《天津社会科学》2014年第4期。

间，采用或宽或窄的诠释方式各陈己见，各书其文。若想规避其中分歧，确有必要对“革命文学”的“谱系与结构”[①] 做更细致、深入的考察。因为唯有在此重返历史现场的过程中，切近于历史真实的“革命文学”史书写才有可能。单就本书而言，主要集中于对“革命文学”论争发生前后以降，1927—1949 年有关革命作家（也即“革命文学家”）自觉书写“革命文学”的状况，来做一番观察。

## 四　蒋光慈、郭沫若、丁玲在“革命文学”谱系中的意义

正像前文已及，既然我们是将“革命文学”视作中国现代文学史上的文学，而非政治形态的东西，就有必要以文学的、审美的艺术生成性，而非政治的、功用的意识形态性，来开展我们对“革命文学”的基于文学本位的评价。当然，首先须申明的是，这并非有意否定其政治或思想史意义，而是在既有的学术语境下“强调文学的独特性”。正如陈太胜评议萨义德对于叶芝的相关论述时所阐明的，“没有建立在对［……］艺术的深入和全面理解上的政治批评，其所理解的政治，可能也是过于简单化的”；“换言之，不能合适地对待文学，大概也不可能合适地对待政治”[②]。

将上述“革命文学”范式所指称的现代文学史上的“革命文学家”及其“革命文学”，力图做一番全景式、描述性的历史叙事，恐怕是烦冗庞杂的，并易流于浮浅乃至无趣的言说苦境当中。本书无意对此面面俱到，而是有意将论述的重心，集中到蒋光慈、郭沫若、丁玲这三位具有鲜明代表性的革命作家及其“革命文学”书写上来，以他们的“革命文学”书写及其转型，来展现 1927—

---

① 参见李怡《开拓中国“革命文学”研究的新空间：建构现代大文学史观》，《探索与争鸣》2015 年第 2 期。

② 陈太胜：《语言的幻象：后理论时代的文学研究》，湖南人民出版社 2016 年版，第 50、55 页。

1949 年中国“革命文学”书写的丰富、复杂、多样，乃至相歧性。具体言之，就是要将他们的“革命文学”作品（文本）自身的呈现（或表达）方式，与写作意图，以及对其写作行为本身产生实质性影响的“革命文学”概念，这三者之间可能存在的彼此表达的多样性乃至相歧性予以揭示。这种多样性、相歧性，事实上，正如将要论述到的那样，在以“革命文学”观念/概念作为规范或指归的文学史书写当中，被简写和同一。于是，作家其初写作之际原有的历史当下性的复杂、鲜活与丰富，也就难免为这简写和同一的行为本身所遮蔽。

选择蒋光慈、郭沫若作为主要研究对象，其中最主要的原因便在于他们都是既有文学史书写当中常被述及的“革命文学”的倡导者，又彼此被己方（创造社、太阳社）同仁视作“革命文学”第一人。且不必说这种抢夺“革命文学”发明权的特定历史意图，就连他们彼此宣扬“革命文学”的主旨或意图也可谓轩轾迥别。如是，即便在这一点上，中国现代文学史上的“革命文学”，就已经是一种多重性的文学表达的存在，更无须说蒋、郭二人彼此的“革命文学”文本形态之间的差异了。蒋光慈虽为中共党内真正意义上诞生的第一位有影响的革命作家[①]，可是在某种程度上，他是以疏离革命走近文学的方式，成就了作为“革命文学家”的地位。在这一点上，茅盾与之更为接近。不同的是，茅盾作为一位小说家，而非文艺批评家的身份出现时，已在他自牯岭（庐山）回上海脱党之后。[②] 郭沫若则显然与之相反，于 1927 年“北伐”途中入党，并多次公开宣示自己不再是诗人。

相比之下，丁玲更具“革命文学家”的典型形态，并且也是现

---

① 郭沫若自不必说其身份的革命转型，即便茅盾（沈雁冰）实际上也是脱党之后成就了现代著名小说家的文学史地位，瞿秋白、张闻天虽也曾有过一些文学写作，但他们的身份更多的还是被视作政治家而非文学家，且就文学史地位而言，也明显不及蒋光慈。

② 《茅盾回忆录》（上），华文出版社 2013 年版，第 298—299 页。

代文学史上为数不多公认的、兼及文学身份与革命意识的作家之一。梁启超评述康有为毕生行止时，曾将历史人物分为两种：一种是“先时而生”的先时人物，一种是“应时而生”的应时人物。[①]在我看来，丁玲当归属为后一类。起先，对于革命，丁玲并没有“先时”者的觉悟，面对“九姨”向警予委婉的暗示[②]，她依旧故我地过着如其小说人物梦珂（《梦珂》）那般前路迷惘、苦闷自浇的生活。直待 1928 年南下上海，尤其是乃夫胡也频的革命转向，革命才真正在她的内心里萌芽。不过，在我看来，将她评述乃夫“长篇”（实际上是中篇）小说《到 M 城去》的书评文章[③]，以及她本人的小说《韦护》的写作，视作丁玲自 1929 年下半年起“思想和文学道路开始发生转折”的关捩点[④]，可能还是过于简单，且过于信任丁玲本人的记忆重构，却多少忽略了人际关系这一层可能更具探视空间的思考与细察。尽管或有其他因素作用，不可否认的是，丁玲激进地“左”转，同胡也频之死关联甚大。某种激进的意义上，丁玲起初是以革命“遗孀”的身份靠拢革命及中共党组织的[⑤]。此后她因“左联”期间的活跃而被捕，再至 1936 年脱难后急切地奔赴延安，虽说有革命意志在其间，却也不可彻底否认的是，那时国内唯有延安才是她可安全容身之所。如此看来，她之所以成为最早奔赴延安的沪上文坛作家中的一员，也并不奇怪。

丁玲在延安时期的态度变化，以及毛泽东 1942 年发表“讲话”之后，1942—1947 年间文学写作的相对沉寂，都已说明丁玲并非我们思维定式里想象的激进的革命作家。或者说，一定程度上她没有那么“革命”，反而是革命队伍中的“落后分子”和务须接受“改造”的对象。依此再来看从《我在霞村的时候》《在医院中》到

① 梁启超：《康有为传》，载《饮冰室文集》卷九，广智书局 1902 年版，第 1—2 页。

② 《丁玲全集》第 6 卷，河北人民出版社 2001 年版，第 29 页。

③ 《丁玲全集》第 6 卷，河北人民出版社 2001 年版，第 6 页。

④ 秦林芳：《丁玲评传》，南京大学出版社 2012 年版，第 68—69 页。

⑤ 袁良骏编：《丁玲研究资料》，知识产权出版社 2011 年版，第 11 页。

《太阳照在桑干河上》写作意图和文体上的剧烈转变，其中许多同思想史相关，但更与文学形式相关的问题，便可得到更轻易的理解。也正是在这种既复杂又明晰的身份与书写的彼此纠缠之间，丁玲作为一个感性存在的历史人物，显示出了她在能指意义上的多重性和相歧性。于是，在女性、作家、革命者的互通又彼此交战的身份之间，丁玲的“革命文学”写作，也便更清晰地呈现出了具体的历史语境下，一个“现实的个人”作为“感性的肉身”存在的立体和丰满。

蒋、郭、丁三人均是“革命文学”论争前后发生文学书写转向的作家，并都以其典型性见证了现代文学时期内某一时段乃至整个时段（1924—1949）内，中国无产阶级“革命文学”萌生与发展的历史进程。而这也是本书所以择为对象的内在逻辑。相比之下，之所以不选择茅盾，一方面是已经有论者立足于现代性视角，从革命与形式（实际上多指长篇小说的文类与文体形式）的交互关系上，做了专门的论述[①]。另一方面也如前文已及，本文所关注的历史时段里，他主要是一位非革命者身份的左翼作家。“革命文学”论争期间，他之所以遭受攻击，而非像太阳社、创造社那般内部妥协式的解决，已然暗示：至少在其时的“革命文学家”眼中，茅盾同当时饱受攻击的鲁迅一样，是非革命乃至“反革命”[②] 的革命时代的落伍者。赵树理、周立波等被摒除在外，最主要是因为，他们的作品乃是“革命文学”浪潮声渐消，“人民文学”之势渐强之后，更符合政治正统性规制的写作形态。即便若赵树理的山药蛋派“说书人”叙事策略的写作，也显示出了大众视角的民间叙事与政治意识形态之间潜在的相歧乃至冲突[③]，但像蒋、郭、丁三人身上

---

① 参见陈建华《革命与形式：茅盾早期小说的现代性开展（1927—1930）》，复旦大学出版社 2007 年版。

② 参见郭沫若《革命与文学》，《创造月刊》1926 年 10 月 5 日第 1 卷第 3 期（再版）。

③ 参见李杨《“赵树理方向”与〈讲话〉的历史辩证法》，《文学评论》2015 年第 4 期；赵勇《在文学场域内外：赵树理三重身份的认同、撕裂与缝合》，《文艺争鸣》2017 年第 4 期。

所体现出来的那种书写转型的苦恼、阵痛、裂变、矛盾，以及折射于文体的历史变迁中的冲突性质，大大减弱。而这为赵树理、周立波等所不具备的“成长的烦恼”，也更使得本书的研究具有些许重温并再次见证历史的况味。

### 五 研究策略与章节安排

基于以上阐述，本部分之后，将以文本细读（尤其着意于从“怎么说”去把握“说了什么”）和文献分析为基本研究方法，以文学作品（文本）的文体与其革命功用之间可能存在着的张力关系为主轴，对蒋光慈、郭沫若、丁玲的“革命文学”文本做一番细读和考察。并在此细读和考察的基础上，揭示它们介于“呈现”（文体）与“讲述”（政治意图）之间的丰富且相歧的复杂面相，从而展示出三位作家（或诗人）“革命文学”写作的丰富性、复杂性乃至相歧性。

第一章，主要以蒋光慈“革命加恋爱”小说叙事模式的建构及其小说人物菊芬（《菊芬》）的形象塑造为中心，来揭陈现今这一看似众口铄金的、典型的“革命文学”书写范式背后，可能存在着的非关宏大的革命叙事却更关切蒋光慈本人自我需要（生活、情感、自我实现等）的小说写作的深层意蕴。第二章，主要以郭沫若文学写作中的改写问题为中心，围绕他的“青春”写作中的抒情困惑，1928 年革命意识主导下的修改问题，来论述郭氏这种有意凸显革命政治企图的写作和修改，其革命功用意图是否在文学文本的艺术呈现中达成的问题。第三章，以丁玲从早期“自叙”式抒情文体到后期大众/人民叙事的史诗文体的转变为中心，揭示丁玲早期写作技艺粗疏却独放异彩的女性心理书写，在后期写作技艺相对纯熟的阶段如何被革命叙事的史诗文体压制，却依旧对后者构成了“反叛”，并因此影响到了作家本人意欲为革命政治撰“史”的写作意图的最终达成。第四章，在前三章讨论的基础上，以文体与意识形态的交互关系为中心，来继续阐述中国现代历史语境下，“革命”“革命文学”“文学革命”三者彼此间相互纠缠的关系，由此对其间蒋光慈、郭沫若、丁玲三人文体与意识形态之间的文学书写姿态予以揭示。并在此基础上，对文体与意识形态之间的关系本身做延伸性探讨，指出文体问题对于包括“革命文学”在内的文学研究的重要意义，进而在探讨文学如何为政治修辞的问题上阐明：文体本身即意识形态的表达。

最后的余论部分，就“革命文学”研究的范式问题做展开性讨论，进而指出“革命文学”乃“为意识形态目的”和“为审美目的”的双重“修辞”。因此，就文学本身而言，“革命文学”研究在其政治向度的研究之外，同样也须以文学本位研究为基础和前提。

# 第一章

## “革命加恋爱”：蒋光慈小说的形式与政治

王德威在《革命加恋爱——茅盾，蒋光慈，白薇》一文中称，1927年，蒋氏等人在武汉国民政府垮台之后，前往上海，“以小说作为媒介，抒发他们的革命块垒”；“他们不约而同，都在小说里将爱情当作革命的象征”，蒋也在书写一系列“革命加恋爱”小说的过程中，爆得大名。[①] 蒋光慈因创制“革命加恋爱”叙事模式，而在小说写作上一举成名，成为“风行一时”的小说家[②]，自不必再行赘述；单就王氏所陈蒋光慈等“都在小说里将爱情当作革命的象征”之语，我以为，或同不少论者将蒋氏的“革命加恋爱”小说，置于性（个人、恋爱、本我）与革命（政治、超我）之间激情澎湃的张力关系当中去考察[③]一样，多少仍陷在革命话语叙事的圈套里面。在我看来，蒋光慈之所以创制出“革命加恋爱”小说的叙事模式，主要原因仍应当从他个人的历史境遇，而非革命的“超我”叙事话语，抑或力比多原欲的“本我”叙事中去探求。换言之，与其将蒋光慈的小说书写，放置于“本我”与“超我”的两端及其

---

① 王德威：《现代中国小说十讲》，复旦大学出版社2010年版，第56—57、72页。

② 《申报》1936年9月25日载：“几年前专门写彻头彻尾的革命家的蒋光赤的小说风行一时。”

③ 有关综述参见史元明《“革命+恋爱”小说研究——古今演变视野下的考察》，博士学位论文，复旦大学，2010年，第13—14页。

张力关系的考察上，不如将探查的视点首先集中在居于二者之间的联结点，也即“本我”（自然性）与“超我”（社会性）的结合处——“自我”之上。唯有“自我”的“平视”，而非“本我”的“俯视”或“超我”的“仰视”，才能从蒋氏本人理智与情感的纽结处，更清晰地看出多少可视作其人之“感性肉身”语言维度的延伸——小说书写——之下的那个人的真实。

为此，本章将围绕蒋光慈小说写作的典型叙事模式——“革命加恋爱”的情节布局，与其通常被揭发的革命意图之间的相歧性，来展开论述。其中自然会涉及叙述模式的建构、情节的组织安排、具体人物塑造方面的语言表达等相关的文体问题。在此论述的基础上，再对蒋氏“革命文学”的体（文学写作）用（革命功用）关系，做更深层次的探讨，希图借此展示蒋光慈看似“浅薄”的浪漫革命主义的“习作”①，以及蒋氏其人游走于“意识形态狂热与浪漫自恋之间”的革命作家②身份背后，那个同样可能也是“现实主义者”的蒋光慈作为“现实的个人”的历史存在。

## ◇◇ 第一节　蒋光慈与“革命加恋爱”的情节“布局”

王德威曾借用彼得·布鲁克斯“布局的欲望”（desire for plot）说，来阐述蒋光慈、茅盾、白薇等畅写“革命加恋爱”小说的作家，有以文学叙事来重新“布局”③ 革命事业，从而使“浪漫欲望

① 夏志清：《中国现代小说史》，刘绍铭等译，复旦大学出版社 2012 年版，第 184—187 页。

② 王德威：《现代中国小说十讲》，复旦大学出版社 2010 年版，第 81 页。

③ 在中文语境里，可同用英文词“plot”释义的“情节”“布局”，似不能彼此替代（前者更倾向于名词性，后者则多为动词）。故文章中，对“plot”一词语义的中文移用，多据实际语用而相机使用。

与革命理想连成一气”的用意。[1] 历史地看，“革命加恋爱”小说家们为革命叙事之意或不尽然，重新布局小说写作的用心的确存在。为此本节将围绕蒋氏如何创制“革命加恋爱”的叙事模式，为其小说写作“布局”，“布局”效果如何，来最终逆推其“布局”的心理动机；并在此过程中阐明：蒋氏这种叙事模式的“革命文学”写作，与其说是在为革命布局，毋宁说为其本人的人生及其事业布局。

## 一 模仿与开新之间：再论“革命加恋爱”小说叙事模式的“发明”

迄今，一般研究（如王德威、旷新年、刘剑梅、许志英与邹恬等[2]）多将该类小说模式的“发明权”归之于蒋氏。这一判定，正如现有研究多已指陈的，肇始于蒋的密友兼太阳社同人钱杏邨。后者在评论蒋的小说《野祭》（1927）时说：

> 作者描写长的恋的故事这是第一次，虽然在形式上好像和其他专门包办三角四角……恋爱的作家一样，实际上在意义方面已开了一个新的局面，把革命与恋爱揉杂在一起书写了。现在，大家都要写革命与恋爱的小说了，但是在野祭之前似乎还没有。[3]

不过，需要特别指出的是，钱氏在此论及“革命与恋爱”的小

① 参见王德威《革命加恋爱——茅盾，蒋光慈，白薇》，载《现代中国小说十讲》，复旦大学出版社 2010 年版，第 55 页。

② 参见王德威《革命加恋爱——茅盾，蒋光慈，白薇》，载《现代中国小说十讲》，复旦大学出版社 2010 年版，第 56 页；旷新年《1928：革命文学》，山东教育出版社 1998 年版，第 101 页；刘剑梅《革命与情爱：二十世纪中国小说史中的女性身体与主题重述》，上海三联书店 2009 年版，第 19—20 页；许志英、邹恬《中国现代文学主潮》（上），南京大学出版社 2008 年版，第166 页。

③ 钱杏邨：《“野祭”》，《太阳月刊》1928 年 2 月号。

说时，其出发点是将小说《野祭》看作是“一部恋爱小说”，更准确一点，是一部以“恋爱问题”为重心的“问题小说”。换言之，在钱氏看来，蒋光慈这部小说的首要价值在于，从革命的视野当中，检视青年男女的恋爱问题，以此张举革命的爱情观：在爱情面前，志同道合（“人格的合抱”“思想的一致”），远比身体欲望与金钱（“肉的结合，经济的结合”）更为重要。这样一来，革命自然也就“比恋爱重要”。如是，钱杏邨认为，这部小说优于以往恋爱小说的关键，就在于它的时代性，也即体现了革命时代的精神特征，所以，这是第一部“代表时代的恋爱小说”①。

蒋光慈创制《野祭》这部“革命加恋爱”小说，确有以革命意识充当爱情的价值裁判，来宣扬革命的恋爱（婚姻）观之意，以此突破既已出现的以个人恋爱、婚姻自由为要义的“五四”时代的恋爱与婚姻观。这种构想的意图，在这篇小说中也得到了体现。小说中，男主人公陈季侠难以释怀的，是自己对革命女性章淑君的辜负，却一度用情于与自己终究无果的非革命女性郑玉弦。借此，蒋氏确乎暗示了革命女性较之他者，更为圣洁和高尚。就此意义而论，为蒋光慈所揭櫫的“革命与恋爱”小说写作，诚如王德威所言，可称得上是1927年大革命失败后，“革命文学家”们有意创造一种“献身的文学”的努力。这种努力，使得这些小说家们的文学写作在作为“一种政治行动”之外，同时担负起了“‘情感教育’的使命”。“革命尚未成功，同志仍须努力‘叙事’。”于是为着革命事业而叙事、寻求“历史愿景与主体意欲的统一”的情节“布局”，也便在以革命（而非作家本人）为主体的文学诠释中，展示出了“革命文学”写作的“预言”性质，以及小说家们竞相“渴求革命的姿势”。不过，就此以为蒋光慈在小说《野祭》里，有意将革命当作“年轻男女的欲望试金石”，用章淑君、郑玉弦的存在

① 钱杏邨：《“野祭”》，《太阳月刊》1928年2月号。

来“促进陈季侠的政治觉醒”，这种观点却恐怕是错误的。①

蒋光慈创制《野祭》这部“革命加恋爱”小说的命意，实际上，在小说开篇的“书前”部分，他就借叙述者“我”之口有所阐明：旨在于时下流行的恋爱小说中间，呈示一个“别开生面”的恋爱故事，使之有异于“三角恋爱，四角恋爱，什么好哥哥，甜妹妹”之类，耽溺于个人情爱世界当中的旧式香艳故事。② 也就是说，蒋氏借助了“我”这个叙述者的声音，至少有意传达了他为何如此创制的双重原因：一方面，“布局”新的恋爱小说书写，使之与旧式恋爱小说区别开来。这一点，确与王德威评述时所陈的那样，“在传统三角恋爱当中”，添加了“革命”的元素，从而使得小说本身在革命与恋爱之间“增添了复杂的辩证向度”。③ 因此，它是新的、革命的，而非旧的、腐朽和落后的。另一方面，这种创制又是与旧式沪上恋爱小说相承续的。它们多以三角（乃至多角）恋爱的小说人物情感关系的结构模式，来组织各自的恋爱故事情节。换言之，蒋氏于《野祭》中所架构的“革命加恋爱”小说叙事模式，又非他本人全然独创性的开新，其中也有新旧恋爱小说叙事模式兴替过程中延续性的模仿。

前一方面，无须再多做解释。后一方面，至少可以见出，蒋氏本人此番“革命加恋爱”小说叙事模式的建构，所面对的潜在读者，与此前旧式恋爱小说的读者群大体相类。他在小说《野祭》“书前”部分末尾处便说：“现在恋爱小说这样地流行，又何妨将陈君的这本小书凑凑数呢?”④ 其中“凑数”之语，实际上已经暗含了蒋光慈本人有意以此“新”恋爱小说，迎合原本喜读旧式恋爱小说的“旧”读者之意。这种迎合，意味着蒋光慈在如何让自己的

① 王德威：《现代中国小说十讲》，复旦大学出版社 2010 年版，第 53—55、72—73 页。

② 《蒋光慈文集》第 1 卷，上海文艺出版社 1982 年版，第 307 页。

③ 王德威：《现代中国小说十讲》，复旦大学出版社 2010 年版，第 72 页。

④ 《蒋光慈文集》第 1 卷，上海文艺出版社 1982 年版，第 307 页。

小说写作为沪上文坛的读者们接受乃至喜爱方面，着实动了心思。其独到之处在于：它既延续了旧式恋爱小说叙事结构或情节组织的布局方式；又在革命时代越趋激进的社会心理层面上，通过添加革命的主题或题材元素，再次迎合了读者（主要是小资产阶级知识分子[①]）的求“新”、趋时意识。

蒋氏此番从形式（叙事模式）到内容（革命元素）的双重迎合，在其好友钱杏邨的笔下，也便成了应当受到批评的、“才子佳人英雄儿女”倾向的“革命的罗曼谛克”式写作。于是看似为了革命而叙事的写作，也便成了四分之三“专写恋爱”，“四分之一把革命硬插进去”的杂糅。在钱杏邨看来，这种“写恋爱加上点革命，小说里必须有女人，有恋爱”的革命恋爱小说，能够“风行一时”，自不必意外，因为这便是沪上书坊老板们翘首以盼的“顶好的作品”。[②] 且不论钱氏在蒋光慈殁后所论此言是否为平心之论，但他对后者小说之所以受到其时沪上文学市场欢迎的观察，应当是到位的。

蒋氏“革命加恋爱小说”写作在市场层面上的成功，在相当程度上呼应了布迪厄的相关阐述。布迪厄认为：“当一个新的文学或艺术集团在场中推行开来，整个位置空间及相应的可能性空间，乃至整个未定性，都发生了转变［……］至此占统治地位的产品则被推到了次等或经典产品的地位。”[③] 布迪厄所言，无疑是“五四”以降“新”文学，取代“旧”文学既有文学场域地位的一种文学社会学视角的典型描述。蒋氏这种在模仿（恋爱）基础上创新（革命）的小说叙事模式更非例外，也就势必更快、更猛地冲击既有的文学市场，以至于1929年便有人指出，“拿革命与恋爱的冲突

① 茅盾在“革命文学”论争期间就曾指出过“革命文艺”天然的读者对象是小资产阶级，参见所撰《从牯岭到东京》，《小说月报》1928年10月第10号。

② 《阿英全集》第1卷，安徽教育出版社2003年版，第673—674页。

③ ［法］皮埃尔·布迪厄：《艺术的法则：文学场的生成与结构》，刘晖译，中央编译出版社2001年版，第281页。

来做题材”，已成了“近来的作家们所常用的方法”[①]。

如此看来，以蒋氏为中心的太阳社诸人的“革命加恋爱”小说的写作，一方面，确不应怀疑其为革命事业书写的初衷。《太阳月刊》创刊号“编后”即载，孟超的小说《冲突》，就是要揭陈“革命与恋爱的冲突”这一“现代”的“大问题”，其结果是“革命战胜了恋爱”。[②]“革命第一，爱情第二”[③]，因此也就成了此后“革命加恋爱”小说写作的一个基本面向。另一方面，同样须注意到这种新的书写范式，与既有的沪上通俗小说的相类性。正如范伯群所述，文学革命对自彼以降的文学批评与文学史书写的一大误导，就是“将现代通俗文学看成是文学史中的一股‘逆流’”[④]，以致在相当长时间里形成了现代文学史书写的新的“专制”。有关通俗文学与现代纯文学的复杂关系自非本文论题，不过，就“革命加恋爱”小说的源起而论，正如有论者已揭示的那样，实脱不开“明清以来的写情小说”[⑤]。

其实，若将“革命”视为一种政治实践，而非以特定的阶级意识来规范，可以发现，除了有论者所及以“趣谈化”的方式来调侃革命之外，在蒋之前，以严肃态度书写的“革命加恋爱”的小说也已存在。[⑥] 1915年6月，《小说丛报》在其“周年增刊”上，曾刊署名“花奴”（黄中）[⑦] 的短篇小说《春兰秋菊》。这部题名多少有些风花雪月的“革命外史”，类同蒋氏的小说《野祭》，也是一个

---

① 汪倜然：《新书月评（续）·〈没落的灵魂〉》，《申报》（本埠增刊）1929年8月21日。

② 《编后》，《太阳月刊》1928年1月号。

③ 赵凌河：《历史变革中的中国现代文学》，文化艺术出版社2014年版，第142页。

④ 范伯群主编：《中国近现代通俗文学史》，江苏教育出版社1999年版，第2页。

⑤ 史元明：《“革命+恋爱”小说研究——古今演变视野下的考察》，博士学位论文，复旦大学，2010年，第128页。

⑥ 这一点，史元明在其博士论文中已有提及，但所举徐枕亚《玉梨魂》、李定夷《茜窗泪影》，恐不具备“革命加恋爱”小说之为革命叙事的典型性意义。参见史元明《“革命+恋爱”小说研究——古今演变视野下的考察》，博士学位论文，复旦大学，2010年，第18、54页。

⑦ 参见陈玉堂编著《中国近现代人物名号大辞典（续编）》，浙江古籍出版社2001年版，第275页。

“听来的”故事。小说以叙述者“戈杰”的旁观角度，讲述了革命青年男女李梦春（伪名李梦秋）、章兰英（伪名张菊英）舍弃儿女私情，最终双双献身于辛亥革命运动中的故事。其中，李梦春缱绻于“薄幸”“负心”而无可开释的伤怀，与“手刃十余人，殁于阵中”的革命勇气，所展现出来的个人情感与国族情怀之间的双重牺牲，以及章兰英因追踪李亦献身革命的人生选择，谱就了辛亥革命时代里革命与恋爱的冲突。某种意义上，就思想主题而论，这篇小说与《野祭》并没有轩轾两然的区别。

并且事实上，在革命与恋爱（或婚姻）之间，选择弃后者就前者的小说书写，“五四”之前，《春兰秋菊》也算不上是孤例。周瘦鹃在其小说《真假爱情》[①]中，也叙述了与之类似的故事。小说叙述了男主人公，一位江西九江籍的男子郑亮，为了“投笔从戎”，参加辛亥革命，被迫与未婚妻陈秀英毁弃婚约，成了一个“情场失意人”，却得陈氏表妹李淑娟倾慕。战中，他因救情敌张伯琴负伤而立功受勋，擢为军官。其间收到未婚夫张伯琴已牺牲的陈氏欲言归于好的信笺，然其心已属李氏。战后，郑向李家求婚，遂成“神仙眷属”。小说中虽逃不脱才子佳人的套路，以及因果报应的世俗观念，但从它以革命与恋爱何者优先的视角来看，也可称得上是1927年之后“革命加恋爱”小说的先锋。

如是可以基本判定，单从其“实”而论，“革命加恋爱”的小说叙事范式，并非蒋光慈所独创和开立。就此来看，钱杏邨揭举蒋氏为“革命与恋爱的小说”之第一人，可能更准确的说法是，蒋是发起“革命文学运动”以来，在无产阶级革命文学的园地里，开掘恋爱小说的第一人。即便在郁达夫那里，蒋仍“不是一个真正的普罗作家”[②]。也正是在这种小说叙事模式的开掘里，蒋光慈展示了其小说欲新还旧的复杂面相。革命意图与叙事形式既趋合又背反的张

① 瘦鹃：《真假爱情》，《礼拜六》1914年第5—6期。

② 郁达夫：《光慈的晚年》，《现代》1933年5月第3卷第1期。

力关系，足以折射出蒋氏本人在此类小说写作背后内在心理层面的丰富性和复杂性。

## 二　为革命“布局”的文学呈现：主题还是表达

有论者以为，蒋光慈等“革命文学家”的“革命加恋爱”书写，其超越于“五四”的“新青年”作家们的地方，就在于他们引导了青年们走出了“爱情的狭仄天地，去求索人生更高价值的东西”，使之摆脱了“单纯‘个性解放’思想所无法解决的理想爱情失落时的郁闷苦痛”，从而“将‘五四’个性解放和恋爱自由的主题转变成为了革命和政治的主题”，以革命的能指替代了爱情这一能指。[①] 这一看似大体允当的结论，却也有经不起推敲之处。就蒋光慈而论，既然他“以革命的能指替代了爱情这一能指”，那他又为何孜孜于这种书写当中耽情的“恋爱”细节？例如：

> 曼英一方面似乎恨李尚志，嫉妒和李尚志并排走着的女子，但一方面她想起了柳遇秋来……［按：此后有删节］曼英的身子已经被污秽了，不必再想起那纯洁的、高尚的爱，更不必嫉妒那个和李尚志并排走着的女子，也不必恨李尚志忘却了自己……但是……李尚志是曾爱过曼英的人呵……而他现在有着别一个女子！不再需要曼英对于他的爱了！……
>
> （《冲出云围的月亮》六）

这种暗含三角乃至四角恋爱因素的小说叙事，以其语言形式的潜流暗地里破坏的，恰恰是对于革命意识的书写。这样的细节，比诸他本人批评的“只注意什么三角和四角”的“恋爱小说专家”[②]

---

① 王智慧：《二十世纪二十年代“革命文学”研究》，中国社会科学出版社 2013 年版，第 147 页。

② 蒋光慈：《致张资平君的公开信》，《海风周报》1929 年 2 月第 6、7 期合刊。

张资平的同类书写，恐亦不遑多让。对此，不妨以张资平自认为是最后一部“浪漫的作品”[①] 的《最后的幸福》来做比较：

> 美瑛望着他俩的浓厚的恋爱的情形免不了要感着一种寂寞，同时也发生一种嫉妒，也有点后悔不该把秦助手放过去了的。由美瑛看来，秦助手和林瑞云的恋爱完全是由对自己的反抗心而发生的。他因为向美瑛进行恋爱失败了，便故意的以加倍的爱情接待林瑞云，借此向美瑛复仇。美瑛最初以嘲笑的态度眺望他俩。到了后来又羡慕他俩，嫉妒他俩起来了。
>
> （《最后的幸福》七）

可以看出，蒋氏小说《冲出云围的月亮》里，曼英对李尚志的拒绝，以及对李身边女伴的嫉妒，同美瑛对秦助手的拒绝，以及对林瑞云的嫉妒之间，在情节布局的功能上并没有大的区别，只是人物不同而已。并且，实际上，蒋氏在小说后续的叙事当中，仍继续以这种三角乃至多角的叙事模式演进。因此，一两年前蒋本人所批评的事情[②]，幽灵般地附体于他本人的书写当中。这不啻是对他本人的写作最富戏剧性的反讽。只是与《最后的幸福》里的美瑛大有不同的是，王曼英遇到了真心爱她的李尚志；而美瑛，无论精神上，还是肉体上，都没有寻得可以真正托付的男人。所以，或可激进一点地说，蒋光慈写于 1929 年的这部小说，在借鉴乃至模仿张氏 1926 年的情节模式（或叙述方式）的基础之上，实现了对后者的“超越”，并因此更“新”。这种“超越”和“新”的革命性就在于：相似的一女多男的情欲叙事所编织的故事情节里，蒋氏给了

① 张资平：《编后并答辩》，《乐群月刊》1929 年 2 月第 1 卷第 2 期，第 206 页。

② 蒋光慈起初批评张资平的文本笔者未能找到（据高长虹于 1928 年 12 月 15 日第 10 期所及，蒋、张二人提及的《文学生活》为创造社其时办的小报），但按张氏上及《编后并答辩》，可知蒋批评他之时至迟为 1929 年 1 月，甚至更早的 1928 年间。据蒋氏《异乡与故国》，可知小说《冲出云围的月亮》写于 1929 年旅日期间，其初版则在 1930 年 1 月（由北新书局印行）。

其女主人公一座可以借以挣脱漩涡并驻留的岛礁和灯塔——既是情感生活的栖息之所，又是精神追求的导引航标。

如此参对，并非有意贬低甚或否认蒋氏的小说写作，对于“革命文学”的开新意义，以及这部小说的革命意识，只是需要借此指明一点：其中的爱情主题依旧存在。“爱情的能指”非但没有被“革命的能指”替代，反而因此笼罩了一层“革命”的光晕。如果它是“革命文学”，那也多少基于这样一个前提：它是一部“革命”的恋爱小说。

按照叙事的展开，《冲出云围的月亮》这部“蒋光慈以及‘革命的浪漫谛克’的代表作”[①]，以女青年王曼英为中心，其故事情节大致可以析分为以下主要的事件：（1）救下孤女吴阿莲。（2）追述因男友柳遇秋而参加革命的经历，以及她彼时纯洁的爱情观，并交代与李尚志的相识。（3）回忆革命形势紧张之际参加革命斗争，以及革命失败后深感绝望，经S镇逃至上海的经过。（4）初受富家公子钱培生诱惑失贞，醒后以自己的性满足“报复”后者。（5）始以色相周旋于钱培生、伪诗人周诗逸、委员老爷、童贞小少年等所营设的肉欲与金钱的沉迷之中。（6）再遇李尚志，始觉对后者的情愫，便有意寻机与之相认，然后邀其至家，嘱之再来。（7）再遇已投敌的前男友柳遇秋，柳虽斥其堕落，然有意与之重修旧好，反遭出卖灵魂的指责。（8）收到李尚志情书，企以再见。（9）因随周诗逸赴宴，再遇柳遇秋，再拒修好之意。（10）应约再见李尚志，开始接受后者教育，然依旧游移，且自认感情上配不上李。（11）李对她的教育令她心生波澜，随之生病，并自以为感染了梅毒。（12）开始以梅毒“报复”陈洪运、钱培生等曾令其堕落的男人们，直至五天后因李尚志的出现而终止。（13）李尚志来访诉情，曼英自觉堕落，阻其爱己，并叫他带走阿莲。（14）李接连

① 旷新年：《1928：革命文学》，山东教育出版社1998年版，第97页。

来访教育、诉情，令她开始反省，内心几经挣扎之后，她重拾革命信念。（15）李再遇已为纱厂女工的曼英。（16）曼英向李倾诉寓沪经过，并自认现已完成身心的改造，所以有了“爱你”的资格。

显而易见，除了以革命作为小说及人物背景之外，小说叙述的主轴依旧是男女的情爱关系。虽然它讲述了一个向往革命的女性，在革命遭遇挫折时沉沦、堕落，而后经革命男性的教育和拯救，最终重回革命队伍的故事，但其本质上依旧在谈“恋爱”，在讲述一个“革命恋爱的事件”①。王曼英与李尚志之间由不爱到相爱，再到结合的情感发展，构成了全书的主线。而柳遇秋、钱培生、周逸诗、委员老爷、童贞小少年、有妇之夫陈洪运等，在一定意义上，构成了王曼英身上阻碍二人终成眷属的各种弱点的表征；同时也是她需要克服，并由此让自己具备终成眷属的资格的考验。这种故事情节的构造，很显然，是一种现代版本的旧式才子佳人小说，颇近“传奇家摹绘才子佳人之悲欢离合，以供人娱耳悦目”② 的旨趣。而在王曼英、柳遇秋、李尚志之间，也的确上演了另一个张资平氏的“三角”，与《野祭》里的一男二女的纠缠相类，此处一女二男的情事，最终依旧是革命的战胜了非（或反）革命的。

确如有论者所陈，这部小说与张资平等人早前的恋爱小说的不同之处，唯在“通过李尚志将性/政治、爱情/革命高度缝合”③，从而将个人爱情置于革命历史叙事的框架中，并在此基础上重新组合、编码，使之成为一种“革命的浪漫谛克”的文学书写。不过，这种“缝合”所倚赖的是李尚志这样一个作为欲望介体的现代“才子”。小说里，李尚志不仅具有高尚的革命情操，更重要的是，他深爱着王曼英，甚至几乎完全不介意后者两个月来无论精神（革

① 焦庆萱：《没光的月亮——评蒋光慈的〈冲出云围的月亮〉》，《萌蕾旬刊》1932 年 3 月第 2 期。

② 三江钓叟：《铁花仙史·序》，载云封山人编次《铁花仙史》（上），上海古籍出版社 1994 年版。

③ 旷新年：《1928：革命文学》，山东教育出版社 1998 年版，第 99 页。

命意志）还是肉体（女性贞洁）上的迷失和出轨，并最终将她从肉欲与金钱的陷阱中拯救出来。因此，在王曼英最终何以选择走上革命之路的叙事逻辑上，蒋氏所倚借更多的，不是王曼英投身革命活动，并在革命实践与斗争中的历练和成长，而是借助一个象征着爱情与事业（革命）双重理性的男性的指引，在后者给予其情感（包括情欲）、精神归宿的前提下，来实现她对本我的力比多力量（消耗、破坏、毁灭）的克服和挣脱。

这样，小说里，李尚志便也成了一个卡里斯马式的革命化身。在王曼英那里，甚至就是革命理性的意义本身。他成了王曼英继续革命（实现“超我”价值）的引领者，也成了王曼英继续革命的前提要件。唯有借助对李尚志的双重（革命、恋爱）依赖感，王曼英才能克服强大的本我力量，归附于超我的革命理性。小说的展开，也颇为“高效”地验明了这一点：与李尚志相认之后的王曼英，每次自觉堕落而有意觉醒之时，都在李尚志出现之后；并且，每当李尚志长时间没有出现，此前有所觉悟的王曼英，又会覆辙重蹈，沉湎于绝望情绪下性“报复”的变态快感中，直至再次得到李的拯救。曼英最终彻底完成自我救赎，摆脱任由力比多左右的盲目的命运，也在李的反复教育和情感倾诉之后。这样看来，在这部小说里，爱情的天地非但不“狭仄”，“人生更高价值的东西”（革命）甚至还有赖于这种“狭仄”的爱情去促成。小说结尾部分，王曼英一再向李尚志陈情的，也不是革命理想、信念，而是一句“我现在可以爱你了”的情话。若依此论，这样塑造出来的“革命”新女性，依旧是主要受制于个人情爱的恋爱中人，而非有着独立意识和冷静理性的革命者。她所扮演的角色，倒更像旧小说中“夫唱妇随”的革命时代里的表演者。于是，束缚本我的激情的缰绳，在蒋光慈那里，尚不是作为超我的革命意识形态，而是介于本我与超我之间的自我的日常理性。

相比于《野祭》，小说《冲出云围的月亮》故事情节的设计，的确更为复杂。但在其中，革命依旧不是最中心的问题，它的存在是作为背景[①]，而非“前景”，呈现于小说的叙事结构和语言形式当中的。所以，依照通常所称的“革命文学”概念来衡量，这一概念内涵似乎具备理所应当的进步观念或阶级意识，至少在这部小说中，已无意间被男女情爱的力比多，挤占了应有的中心或至少显要的位置。小说里关涉革命事业本身的叙述，也就只能通过李士毅这样一个相对边缘的小说人物来简略提点。一定程度上，蒋氏的这部小说仍不过是给“‘恋爱’穿了件‘革命’的外套”[②] 的文学写作。这件外套，就仿佛小说标题所隐喻的透出云围的“光晕”那样。

蒋光慈的文学写作中，或许真正能够称得上为“革命文学”的，恐怕唯有他生前未能连载完毕，殁后方才出版的《咆哮了的土地》[③]。虽然其中同样充斥着的三角恋爱的“调料”，小资产阶级知识分子的精神趣味，不过确是写作之时已经参加了“左联”活动的蒋光慈，在新的文艺组织的思想指导下的“大众化”[④] 写作。当然，是否成功是另外一回事。待该书单行出版（《田野的风》，1932），已是蒋氏被开除党籍，继而离世之后的事情了。

---

① 李跃力对此有“致使‘革命’淡化为布景”的近似看法。“布景”或过之，毕竟也有革命活动的在场叙述。李说参见所撰《个体性革命话语生产的困境与失败：再论“蒋光慈现象”》，《中国现代文学丛刊》2008 年第 5 期。

② 何籁（茅盾）：《“革命”与“恋爱”的公式》，《文学》1935 年 1 月第 4 卷第 1 号。

③ 该小说 1930 年 3 月 10 日起，开始在他本人主编的《拓荒者》第 3 期及 4/5 合刊期上发表，也自同期始，是刊成为当月 2 日正式成立的“左联”机关刊物（参见方铭《蒋光慈研究资料》，知识产权出版社 2010 年版，第 16 页）；另据夏衍回忆，自 1929 年 10 月始，“左联”开始筹组，蒋光慈为筹备小组的 12 名成员之一（参见会林等编《夏衍研究资料》，知识产权出版社 2010 年版，第 40—41 页）。

④ 1930 年 3 月 1 日，上海《大众文艺》第 2 卷第 3 号“新兴文学专号上册”，刊载了“文艺大众化座谈会”纪要，蒋光慈于会上发言，专门提到现在要“检查”的大众文艺问题，乃是“怎样使大众文艺变成大众的文艺，其次怎样使我们的文艺成为大众的文艺”；并在“通俗化”问题上，认为要有“正确的意识”。同期另刊有郭沫若等人的有关大众化问题的专论文章。

## 三 “革命加恋爱”为哪般?：情节布局与作家心态

旷新年在论及“革命与恋爱”的公式时认为，该叙事模式成功的秘诀，就在于将“这两种互相对立、分离的题材重新结合起来”；这样的结果是，“革命终于取代恋爱成为了唯一的能指”，“‘五四’恋爱和个性的主题”最终转变为“革命和政治的主题”。[①] 不过，这种多为现有研究者述及的二元对立统一的诠释，可能还未揭示深透其所以走向“结合”的内在因素。“恋爱”虽是一个涉及个体与本我的问题，却也不完全是一个纯粹个人情感的自由选择，以及个体情欲的纾解问题；“革命”虽指向社会与超我的维度，却也不纯粹是阶级意识的理性规约。在二者之间，多数研究者似乎遗忘了作家本人这个自我的存在。

恋爱小说的兴起，确是“五四”新文化运动以降的事情。随着“新青年”同人的合力鼓张，恋爱自由，婚姻自主，其时渐入人心，“一个显著的特点就是抗婚现象增加，自由结婚的风气也日渐扩展”[②]。“恋爱热”与“恋爱小说”也成了20世纪20年代初期值得注意的流行文化现象。[③]“当‘恋爱’无可阻挡地成为1920年代青年最关切的人生主题时，恋爱成为文学的主要题材，也是顺理成章的事。”[④] 这样看来，恋爱进入小说叙事，实是清季以降古代中国社会由封闭的“天下”，逐渐走向世界格局下现代国家的历史转型过程中，文学与社会领域相协同的结果。

就“革命加恋爱”现象本身而言，据杨联芬所考，在其成为一种文学“‘公式’和‘滥调’之前，早已是革命阵营一种文化

① 旷新年：《1928：革命文学》，山东教育出版社2006年版，第96、104页。

② 汪玢玲：《中国婚姻史》，武汉大学出版社2013年版，第376—384页。

③ 参见高在媛《现代性语境下“青年话语”：1900—1920年代中韩思想与文学比较》，博士学位论文，华东师范大学，2014年，第103—105页。

④ 杨联芬：《浪漫的中国：性别视角下激进主义思潮与文学（1890—1940）》，人民文学出版社2016年版，第45页。

症候”：

> 1926 年前后，正是革命阵营恋爱之风正炽的时节。“五四”运动以后开始的社交公开、恋爱自由思潮，因革命的催化，迅速向“自由恋爱”膨胀，并演变成性解放的思潮，在校园和革命阵营中，浪漫的恋爱泛滥成灾。[①]

唯惜所见拘于女性的性别视角，未进一步深究“恋爱”与“革命”这两个看似悖于两端（个人—国家）的社会热点关键词，其时为何会相结合，以致成为“文化症候”的深层原因。其实问题的关键，在我看来，或许正在杨氏因其女性叙事视角而回避的婚姻与家庭问题上。的确，“五四”以降的“新”青年，无论男女，大都意欲挣脱旧式婚姻与家庭束缚，但“恋爱神圣”的终点要么是恋爱的终结，要么就是婚姻与“新家庭”的组合。而这也正是有论者实已观察到的，在“五四”文学中，恋爱与“个人主义的家庭革命”是“浑然一体的叙事话语”[②]。

虽然自清季始，即有倡“家庭革命”者，甚至有“欲开社会革命之幕者，必自破家始”[③] 这般的极端言论，但建设“新家庭”也是“新人”们应有之义。陈独秀即云：“吾人首当一新其心血，以新人格，以新国家，以新社会，以新家庭，以新民族。必迨民族更新，吾人之愿始偿［……］”[④] 恋爱不仅是个人的自由选择（性的吸引，情感的依归），也自有其社会性的指向。1922 年，《申报》刊文也及，“新文化促社会之进步”，“男女恋爱之动机”等，均以

---

① 杨联芬：《浪漫的中国：性别视角下激进主义思潮与文学（1890—1940）》，人民文学出版社 2016 年版，第 252 页。

② 罗振亚、李锡龙主编：《现代中国文学：1898—1949》，南开大学出版社 2009 年版，第 221 页。

③ 《毁家论》，《申报》1908 年 2 月 18 日。

④ 陈独秀：《一九一六》，《新青年》1916 年 1 月 15 日第 1 卷第 5 号。

家庭这个“社会的小乾坤”作为“出发点”。[①] 因此，“个人的成长”虽然初始于“对于异性意识的放射”[②]，但这种与情爱意识和行为关涉的“成长”，走向社会公共领域，仍需要借助家庭这个（可能隐在的）中介，为其披上公共伦理的外衣。于是，恋爱也便不仅仅涉及个人，而实为至少两个“个人”以上的事情，或者说它必然是青年男女们以情欲、情感为基础的社会化过程。而“革命”，在当时，则多少是这种社会化的最高形态。1927 年 10 月，《申报》所刊的一则“启事”或为典型案例：

> 我俩，已于本年九月，开始在革命职业上共同生活了。以后俩人中，如有一人不革命者，其余一人毫不疑虑的，马上脱离。恐未周知，特此露布。朱叔兰朱仲唯启[③]

其中意旨，“革命”不只是二人由恋爱走向婚姻的基础，更是其婚姻赖以存续的根本前提。“启事”本身或有“哗众”之嫌，却也可见革命作为社会、政治话语，对个人恋爱、婚姻等日常生活领域的侵入。

如是反顾，“恋爱”与“革命”在现代小说中的频现，虽与其时知识分子于“个性自由”与“社会责任”之间，选择何者“作为指导未来成长方向的新‘超我’”的迷惘有关[④]，但更可能的是，它确是以调适二者之间既存的背反关系而出现的一种小说“布局”的策略，用以疏导个体价值与革命事业之间的紧张关系，使之以个人—婚姻/家庭—革命的关系，调适此前两极的对立，从而建构新型的革命伦理秩序，超越并同时呼应现存社会伦理秩序，以更新或

---

① 双菱轩主：《论社会与家庭之关系》，《申报》1922 年 3 月 12 日。

② 祖正：《骆驼草：纪念英国神秘诗人白雷克》（下），《语丝》1927 年 10 月 15 日第 153 期。

③ 《自由恋爱之结果？·这条件的婚姻》，《申报》1927 年 10 月 19 日。

④ 徐秀明：《20 世纪中国成长小说研究》，博士学位论文，上海大学，2007 年，第 53 页。

先锋的方式使对立走向统一，或达成和解。如此，以之为介体的个体价值与革命诉求，也就实现了“家—国”叙述的协调，而非一味地指向“匈奴未灭，何以家为”的孤独英雄之路。因此，“革命加恋爱”，并非全然是“浪漫政治”情调的“革命的破坏力”[①]，也有其新的伦理秩序的诉求。杨联芬所及1931年湘赣边苏区文件，对过度的恋爱自由观念的批判，恰好反过来说明这种新秩序在革命阵营中的存在[②]。因为且在其时，“破坏是革命的手段，建设是革命的目的”[③]的“革命”论，早已在中土深入人心。“革命与恋爱”的冲突，其本质不是恋爱妨碍了革命，而是如孟超在其小说中所言：“在现在的社会制度底下，恋爱是受了势力，名誉的支配”；真正的革命者并“不反对恋爱”，他们的恋爱“建立在他们的工作上边”。[④]

鲁迅曾指，才子佳人小说“以文雅风流缀其间，功名遇合为之主”[⑤]。一定意义上，它同样适用于“革命加恋爱”小说。“文雅风流”多在于小说叙事的具体铺展；“功名遇合”则在于主体情节布局的基本设定。某种意义上，“革命加恋爱”是“功名遇合”的现代版本：“革命”指向的是中国传统价值观中的“治国平天下”，也即博取“功名”之途；唯所赖以博取者，不再是才学，而是革命性——一种新的获取特定社会组织肯定的象征资本。“恋爱”指向的则是新式“才子”与“佳人”的“遇合”方式。依此论之，“革命加恋爱”叙事策略的背后，隐藏着的正是古典中国社会伦理秩序中最基本的形态：成家立业。《大学》有言：“古之欲明明德于天下者，先治其国。欲治其国者，先齐其家。欲齐其家者，先修其

① 杨联芬：《浪漫的中国：性别视角下激进主义思潮与文学（1890—1940）》，人民文学出版社2016年版，第255页。

② 杨联芬：《浪漫的中国：性别视角下激进主义思潮与文学（1890—1940）》，人民文学出版社2016年版，第255页。

③ 《蒋光慈文集》第4卷，上海文艺出版社1988年版，第73页。

④ 孟超：《梦醒后》，《太阳月刊》1928年7月停刊号，第23—24页。

⑤ 鲁迅：《中国小说史略》，载《鲁迅全集》第9卷，人民文学出版社2005年版，第196页。

身……”如是反观，可见，修一己之身（个人），齐数口之家（家庭），治万乘之国（国家），明德以平天下（世界），有渐进的社会伦理秩序维系其间。依此观照之下，现代语境下的个人与革命之间，除却两极间的张力关系外，也诚关涉家庭和成长的问题，而非纯然的本我与超我的对立。在这两种充满激情的力量（情欲、革命）中间，是遵循现实原则的自我。这恰恰是现有研究者往往忽视的地方。只不过，在“革命加恋爱”的叙事（既有文学虚构，也有历史真实）中，“成家”已非旧式的“洞房花烛夜”，而是革命伦理规训之下的“志同道合”；“立业”也非彼时的“金榜题名时”，而是理想、信念支撑着的革命事业。从个人到家庭，是人之为人的种的属性（性、生存与繁衍）的成长；从个人到革命，是人作为成员贡献于社会的成长。而这，或许是现有论者将才子佳人、狭邪小说等传统小说类型，视作“革命加恋爱”小说之先导①的更为充足的理由。

依此回顾蒋光慈的同类小说，不难发现其与“前辈”们的诸多相合之处。鲁迅在上引语句之后的话是，“始或乖违，终多如意”。显而易见的是，蒋氏之《冲出云围的月亮》《田野的风》，就沿袭了这种故事情节的布局。并且，蒋氏选择“革命加恋爱”小说，确有其在小说《野祭》开篇所提到的，反拨当时沪上文坛盛行的恋爱小说的企图。但若将他的小说仅视作后者的反动，则无法揭示其小说也同样受沪上文学市场的欢迎，以及他本人也受革命阵营内部批评②的深层原因。虽有论者已揭示这两种激情的不同载体（爱情、

① 如史元明以文学传统的古今续变，详审了才子佳人小说、狭邪小说、“五四”浪漫主义文学等，对于“革命加恋爱”小说的影响；苏光文等也论及“革命加恋爱”小说导源于才子佳人小说模式，并指前者殊于后者在于“不重诗才，却重革命意识”。分别参见史元明《“革命+恋爱”小说研究——古今演变视野下的考察》，博士学位论文，复旦大学，2010年，第126页；苏光文主编《中国现代无产阶级文学研究》，重庆出版社2004年版，第219—220页。

② 1928年7月，就连其好友钱杏邨也批评其小说“《野祭》《菊芬》里所表现的恋爱观不完全是无产阶级的恋爱观”。参见钱杏邨《现代中国文学作家》，泰东图书局1928年版，第185页。

革命），“在‘本我’与‘超我’、感性与理性的矛盾共生中”，实现了其价值内涵指向上的“天然的亲和”，故而迎合了青年的心理诉求，使之具有“广泛流行”的“题材优势”①。但激情总有回复日常的平静之时，正如于汪中绝笔信后“附语”的维嘉（《少年漂泊者》），淑君殁后的陈季侠（《野祭》），回到S埠的江霞（《菊芬》），“冲出云围”的王曼英（《冲出云围的月亮》），以死为哀怨终结的丽莎（《丽莎的哀怨》）……还有遭受了身体、情感与革命三重打击的20世纪30年代的蒋光慈自己。这种“激情”的表象，实际上遮蔽了“革命加恋爱”的叙事模式，在此后的“革命文学”书写当中继续存有的真实。正如茅盾所言，“现在的优秀的作家仍旧写到‘男女关系’”，不过与之前的“老‘公式’”不同，“而从新的观点去表现”罢了。② 刘剑梅也以为，“‘革命加恋爱’作为一个主题与创作模式”，自20世纪20年代末流行以后，直至“70年代还一直影响着文学的潮流”。③

就蒋光慈本人而言，这种叙事模式的选择，确与其浪漫的诗人气质有关。

1925年，在给其时交往还不甚深的宋若瑜的信中，他这般引诗自陈：

> 我已成为一天涯的飘零者，
> 我已习惯于流浪的生活，
> 流浪罢，我或者将流浪以终生。
>
> （《过年》）

① 王智慧：《二十世纪二十年代“革命文学”研究》，中国社会科学出版社2013年版，第146页。

② 何籁（茅盾）：《“革命”与“恋爱”的公式》，《文学》1935年1月第4卷第1号。

③ 刘剑梅：《革命与情爱：二十世纪中国小说史中的女性身体与主题重述》，上海三联书店2009年版，“引论”第1页。

并对后者说："我是一个诗人，古今来的诗人，特别是有革命性的诗人，没有不飘零流浪的。[……] 我的命运是颠连的。我倒愿意这样，否则我就创造不出来好诗了。"① 在某种意义上，回顾其此后人生历程，所言也可谓一语成谶。离开故乡之后的岁月里，他便以流浪的零余者姿态孤独地行走。自 20 世纪 20 年代离开安徽，蒋氏漂泊于莫斯科、北京、张家口、上海、武汉、东京等地；而其情感上，虽有宋氏之恋慕，可惜彼沉恙速殒，遗爱无多，后即便娶妻吴似鸿氏，也多话不相投；组织关系上，虽为早期党员，也因有志于文学，"不愿做政治家"以致常擅离守②，终究自请开除。这种个人、情感及社会组织上的疏离感，令虽有"万丈深的火焰"烧灼其心的他，仍仅感受到"我的祖国，我的爱人，我的家园"给我的"哀感"③。而他本人，却又"忘记不了我的悲哀的祖国"④，每每想着"归去"⑤；"时常很思念"所谓革命者"一定要脱离"的家庭⑥；还不时周旋于不同女性的情感与欲望之间⑦。既有此悖论，国家、家庭与情爱，也就成了他情感上缺失又在努力寻找的对象，且又正是他试图永久地情感性占有却不得的东西。

通观其文学书写，其实不难发现，那些带有他个人深刻印记的作品，如《少年漂泊者》《野祭》《菊芬》等，往往多悲剧性；反倒是郁达夫称作"空想的无产阶级的描写"式作品，如《冲出云

---

① 《蒋光慈文集》第 3 卷，上海文艺出版社 1985 年版，第 178 页。

② 先是于 1925 年未经中共党组织许可便擅离职守，从北方只身返回上海（参见吴腾凰《蒋光慈传》，安徽文艺出版社 1982 年版，第 67—68 页）；后又是如前文已及，1929 年亦未经批准擅离上海前往日本。

③ 蒋光慈：《朋友——》，载《蒋光慈文集》第 3 卷，上海文艺出版社 1983 年版，第 427—428 页。另，作此诗时为 1926 年 6 月，他所相爱之宋若瑜尚未离世。

④ 《蒋光慈文集》第 2 卷，上海文艺出版社 1983 年版，第 428 页。

⑤ 蒋光慈：《我应当归去》，载《蒋光慈文集》第 3 卷，上海文艺出版社 1985 年版，第 450—453 页。

⑥ 《蒋光慈文集》第 2 卷，上海文艺出版社 1983 年版，第 446 页。

⑦ 除其两任妻子，与他有关男女感情纠缠的，据现有材料，至少可知还有俄罗斯姑娘安娜、王映霞女同学陈锡贤，以及他本人在《异邦与故国》中提及的 H 女士。

围的月亮》《田野的风》，常有光明的结局。如是而观，似可将“革命加恋爱”小说的倡导与书写，视作其情感缺失呈现于文学文本当中的一种策略性补偿。

在或可视作蒋氏本人“自传”[①]的短篇小说《弟兄夜话》（1926）里，江霞烦闷之时常萦绕于心的，是早年的乡情，父母、弟兄们的亲情。但他又不敢回去，因为惧怕曾誉之“神童”，冀其光宗耀祖，且有心赖以托庇的乡亲们的哓哓之口。而这，也足见蒋氏内心深处，仍有功成名就、荣归故里的旧式才子的文人士大夫情结。江霞拒绝父母之命的旧式婚姻，其理由也在结婚须“男女双方情投意合”。这放置于古典时代，也是青年男女朴素的情感认知。

李欧梵以为，“蒋光慈渴望爱情、人间温暖和一个不错的家庭”，这确为洞见，并且至少在陈季侠、江霞身上，也实有几分“为了这些小资产阶级欲望而惭愧”之意；不过，所谓“他确实不愿做党指派给他的政治工作，却又想证明自己作为革命者的价值”[②]，可能更合宜的说法，是将后半句中的“革命者”改为“革命文学家”。因为在蒋光慈那里，至少狭义的革命者与“革命文学家”之间，存在着差别：正是“革命文学家”的自我认同，同党组织要求的革命者的工作之间客观存在的分歧，让他最终选择主动脱离革命政治的漩涡，自甘为“革命群众一分子”[③]。但与此同时，这种革命身份的自觉边缘化意识，一旦面对1927年春夏之交那样血腥的政治屠杀，又反过来让自倨于“革命文学家”身份的他，对文学自身所具有的政治价值产生动摇，以致为了响应实际的革命运动而粗暴地喊起了“杀，杀……”。于是，在此前他所不愿为之，

---

① 钱杏邨：《〈鸭绿江上〉：蒋光赤第二小说集》，载方铭编《蒋光慈研究资料》，知识产权出版社2010年版，第244页。

② 李欧梵：《中国现代作家的浪漫一代》，王宏志等译，新星出版社2005年版，第217页。

③ 《没落的小资产阶级 蒋光赤被开除党籍》，载方铭编《蒋光慈研究资料》，知识产权出版社2009年版，第141页。

此后也无心为之的革命者面前，“卑怯”“渺小”的自惭形秽之感又常萦怀其心：

> 我几次想投笔从军，将笔杆换为枪杆，
> 祖国已经沦亡了，我写什么无用的诗篇？
> 而今的诗人是废物了，强者应握有枪杆，
> 我应当勇敢地荷着武器与敌人相见于阵前……
>
> （《写给母亲》第28节）

自我怀疑、自我确认，似乎便是游走于无产阶级党员身份与小资产阶级知识分子的自我意识之间，蒋氏的“革命—文学”中间物性质写作的真实反映，以至于他不仅需要在小说里（《菊芬》），同时需要在现实中（《异邦与故国》），为自己的“革命文学”写作寻找知音（菊芬、藏原惟人[①]），寻找这种写作赖以存续的正当、合法的理由。而“革命加恋爱”，从故事情节的布局上，恰为之提供了一种“中间性”写作的可能，本我（性、情欲）、自我（个人价值与自我实现）、超我（革命与国家前途），在这样的写作场域中得以贯通。正如王德威所锐见，与茅盾将“革命加恋爱”视作“矛盾”的社会病症不同，蒋光慈把它看作“治愈社会种种疑难杂症的良药”，革命与恋爱非但没有冲突，“反而是个彼此息息相关的革命议程”。[②] 如此看来，他所创制的“革命加恋爱”小说叙事模式，似可看作蒋光慈作为一个有血有肉的“现实的个人”，既面向世界也面对内心的、一种心理诉求获取与挫折相伴随的文学层面的设计与构想。至少对蒋光慈而言，这种设计和构想，恐非冷冰冰的、没有温度的作为小说模式的骨架，它同样被蒋氏本人赋予了为

① 《蒋光慈文集》第2卷，上海文艺出版社1983年版，第476页。

② 王德威：《革命加恋爱——茅盾，蒋光慈，白薇》，载《现代中国小说十讲》，复旦大学出版社2003年版，第55页。

语言形式所呈现的情感和肉身，即如他的小说文本不能被粗暴地简化为“革命加恋爱”的小说模式一样。在此意义上，他所建构的“革命加恋爱”小说叙事模式，可以部分地理解为他本人旨在暗示和寄寓的现实和理想世界的文学隐喻。

## ◇◇ 第二节　菊芬：革命女性塑造中的呈现与意图

通过上节的分析，我希望我已经将蒋光慈“革命加恋爱”小说叙事模式的布局意图做了较充分的揭示。本节将在此基础上，以蒋氏小说《菊芬》为个案，对这部颇具典型性的“革命加恋爱”小说作更进一步的文本细读和分析，从三角恋爱、三角欲望的情节组织，小说情节与叙述者声音之间的背反性，以及女性人物形象色情性倾向的描写，同其作为“革命文学”理当为革命叙事的内在规定性的冲突等方面，来继续相关的探讨。

### 一　《菊芬》：“三角”恋爱与革命叙事之间

蒋光慈“革命加恋爱”的小说[①]中，《菊芬》可能是一个多为现有研究忽视，却可能更值得注意的文本。它首次发表于1928年2—3月《创造月刊》的第9、10期上。按是刊第10期小说末尾的标注，可知它完稿于1927年11月26日。1928年4月出单行本，

---

① 史元明在其博士论文中，将蒋光慈的“革命＋恋爱”小说归拢为6种，分别为《野祭》(1927)，《菊芬》(1927)，《罪人》(即《最后的微笑》，1928)，《往事》(1928)，《丽莎的哀怨》(1929)，《冲出云围的月亮》(1930)。不过，须注意的是，其中《往事》实为《罪人》的第二章(见是年《太阳月刊》2月号)。并且，这种“革命＋恋爱”的叙事，实际上在蒋氏早期小说《少年漂泊者》《短裤党》，以及1932年出版的《田野的风》(即《咆哮了的土地》)中也有所呈现。史氏的归纳，并未陈及何以若此的依据，联系其论文语境，他的理据或为是著稍前所言之“爱情与革命的双重叙事”，而这与钱杏邨及蒋本人所言之“革命与恋爱”的小说也略有参差。参见史元明《“革命＋恋爱”小说研究——古今演变视野下的考察》，博士学位论文，复旦大学，2010年，第18—19页。

后又改名为《汉江潮》出版[①]。

相比于其他几部同题材小说，在一定意义上，《菊芬》或可称作蒋氏更具“实感”的体验性写作。小说的历史背景，确有着蒋光慈本人经验的影子[②]。是时，因上海（即小说中提及的S埠）爆发“四一二”政变，沪上共产党人遭遇大肆屠杀。不久，蒋任教的上海大学被查封。于是，他也便如小说中述及的那般，来到了当时“还是革命的中心”的汉口（即小说中的H镇）。小说主要发生的时间（“炎热的夏天”），也与蒋氏1927年5—7月间驻留汉口约莫相合；小说结尾处江霞提及离开H镇到S埠“快四个月了”，也与蒋氏离开汉口写这篇小说的时间（11月）大体相近。所以，可以肯定的是，小说某种意义上有着蒋氏“自叙”的成分在内。当然，这样参对，并非有意模糊小说虚构与历史真实之间的界线，而是借此来检视其小说的表达，与他本人在其论文中阐述的，“我们的作家”应当成为“革命浪潮极高涨的时代”的表现者[③]，这二者之间的关系得到了怎样的呈现。

小说讲述了1927年大革命遭遇挫折之际，他因会友认识了革命女青年褚梅英。因友人妻的有意撮合，江霞尝试与之交往。但因她的“冷静而富于理智”，让虽有些心动的江霞未能生出情愫。一次半路上的偶遇，江霞认识了梅英的表妹菊芬。菊芬是他的文学爱好者。江霞对她一见倾心，念念不忘。情感上已被菊芬俘获的江霞，一改往昔对待梅英的那般态度，在与菊芬初见后的第三天，去赴之前应允梅英许久却未成行的拜访之约，前往姊妹俩任教的江岸劳动学校探望。会见中，菊芬向他道出了自己的革命经历，并说自

① 1930年12月30日出版的国民党《浙江党务》杂志第111、112期合刊，载国民党浙江省执委会宣传部密令第一三五四号，有“查禁上海现代书局出版之《汉江潮》，原名为《菊芬》”等语。

② 参见刘绥松《中国新文学史初稿》（上），人民文学出版社1979年版，第331页；殷国明、陈志红《中国现代小说中的知识女性》，广东高等教育出版社1990年版，第118页。

③ 蒋光慈：《现代中国文学与社会生活》，《太阳月刊》1928年1月刊。

己深受后者作品的影响。但在讲述中，她无意间谈及自己已有心上人薛映冰，以及后者同日的到访，让蒋怅然若失，落魄而归。此后，他虽然有意回避菊芬，以成全同是革命者的有情人，而独自承受单恋的痛苦。然而，当他深感紧张的革命气氛，而需要在继续文学写作，还是投身实际的革命斗争之间做出抉择时，首先想到的倾诉对象还是自己本不愿搅扰的菊芬。为此，菊芬对江霞进行了一番“反教育”，让他于越发强烈的文学对于革命无用的虚无感中，重新确认了自己作为一位革命文学家的革命价值所在，并应允写一部关于前者的小说的请求。不久，同样在革命挫折面前激愤却沮丧于时局的菊芬，决意实施以暴易暴的复仇行动，并致书予以告别。故事的结局是，江霞本人再未见过菊芬，也没有其确切的消息，只是看见过一则某年轻女子行刺一政府委员未遂，“当场就获”的新闻报道。至于这名女子是否为菊芬，也无可考证。

按照蒋光慈 1929 年 10 月 17 日日记，他本人也如其小说的叙述者兼男主人公江霞那般，于武汉期间经历过一场情感的邂逅。其中提及的 H 女士，是否即菊芬本人原型，据现有资料无从确证[①]。但是，蒋光慈试图通过小说的故事虚构，去表现大革命失败前后，驻留“革命的中心”汉口的革命青年斗争的生活，以及因此赖以反映的“革命浪潮极高涨的时代”，却是无疑的。小说实际上可以切分为以江霞（“我”）为中心人物的 6 个类似电影中蒙太奇镜头的场景：（1）与褚梅英的相识；（2）半路中初遇菊芬；（3）赴江岸学校拜访菊芬；（4）在傍晚的江畔与菊芬独处；（5）探访已来 H 镇的病中菊芬；（6）读菊芬来信。每个场景虽然所涉人物及其是否在场各不相同，但其叙事的方式，却显现出了作者情节设计的单一和雷同：都以“A—（对话）—B”的重复方式来讲述故事。尽管其中也不乏独白、行动的穿插，却都居于从属或补充的位置，就连

① 《异邦与故国》，载《蒋光慈文集》第 2 卷，上海文艺出版社 1983 年版，第 477—478 页。现有吴腾凰、马德俊著同名传记《蒋光慈传》（1982、2001）等多未提及。

菊芬可能付诸实施了的行刺活动，也以模棱两可的报载新闻形式呈现。某种意义上，它们可被视为热奈特所言的“同一事件的重复”，并以这种“重复”完成小说“思想的构筑”。虽然其故事发生了多次，但从“对应叙述的重复与故事的重复相呼应”的角度来看，其情节组合关系“仍是单一的”。[①] 依此而论，确可见出蒋氏小说写作“技术”的贫乏。当然，也正如他在小说《短裤党》中“写在本书的前面”所言，其小说“作为中国革命史的一个证据，就是有点粗糙的地方，可是也自有其相当的意义”。一概以其“文学天才”的“薄弱”[②] 否定其对于革命时代书写的真诚，恐亦不妥当。

确如有关论者所略及，小说中有着明显的三角恋爱叙事的元素[③]，如梅英—江霞—菊芬，江霞—菊芬—薛映冰。但问题的关键可能不在于讲故事的方式，而在于它如何以这种方式更进一步，更细一层地“讲”故事。《菊芬》中的三角恋爱关系，应当说与鲁迅批评的张资平氏三角恋爱“小说学”不同，它并未有意直接指向为鲁迅所斥责的“性欲冲动”的情色书写[④]。并且事实上，书中的恋爱问题确实参与了小说中的革命叙事。在江霞那里，冷静、理智的梅英，无法匹敌活泼热情、感性冲动的菊芬。这多少暗示了江霞在看待革命的问题上，与菊芬有着同样感性的一面。在菊芬那里，虽然她认为江霞的文学写作同样可以助益革命，但后来“去做军事工作”的薛映冰，依旧是她心目中岿然不动的现代英雄。这也同样暗示了在菊芬等革命群众的心目中，空谈的革命文学家无法取代实干的革命家的崇高地位。而江霞与菊芬之间，也构成了一组矛盾关系：菊芬因受江霞的革命文学作品的影响，踏上革命之路；但江霞

① ［法］热拉尔·热奈特：《叙事话语·新叙事话语》，王文融译，中国社会科学出版社1990年版，第73—74页。

② 《蒋光慈文集》第1卷，上海文艺出版社1982年版，第213页。

③ 黄修己：《中国现代文学发展史》，中国青年出版社2008年版，第187页。

④ 鲁迅：《张资平的小说学》，载《鲁迅全集》第4卷，人民文学出版社2005年版，第235—236页。

弃笔从军的一时之念，又是因菊芬对革命文学价值的肯定而被打消。于是，受教育者与教育者的身份发生了逆转。某种意义上，这种转换已经回答了革命文学家与革命者之间，何者更革命的问题。于是，对于菊芬冲动的暗杀行为，江霞更多的是自愧于空谈的卑怯与渺小。借助菊芬的暗杀行动，相当意义上，小说较为委婉地再现了 1927—1928 年中共党内及革命群众中间弥漫着的“一种强烈的革命复仇情绪和急躁情绪”[①]。从这一角度再来反顾蒋氏对 1927 年夏武汉革命时局的反映，应当说，这部小说大体上实现了他所谓的表现革命时代浪潮，抒写“革命情绪”的主张。[②]

但这种实现，可能仅是其中一种较为显在的面向。实际上，在菊芬这面镜子面前，江霞这样的革命文学家（其中自然也包括蒋光慈自己），已经暴露了他（们）在革命阵营里作为“思想的巨人，行动的矮子”的存在。而且，更值得注意的是，在《菊芬》的三角恋爱叙事的背后，实际上隐藏了一种类似于勒内·基拉尔所谓的“三角欲望”。后者认为，在欲望的主体与客体之间，存在着介体。欲望主体“追求客体，归根结蒂就是追求介体”。因此，欲望主体追求客体，最终也就变成了对介体的模仿，就像他所论及的堂吉诃德（欲望主体）对骑士生活（欲望客体）的追求，“是对阿玛迪斯的摹仿”一样。[③] 小说中，梅英对于革命事业的“很热心”，“大半是受了他的男朋友的影响”；菊芬热衷于革命，是受薛映冰的影响；江霞对未来事业方向的抉择，也由其迷恋的菊芬来裁决。如此，在梅英、菊芬（欲望主体）与其革命目标（欲望客体）之间，是她们的男友（介体）；在江霞（欲望主体）与革命文学使命（欲望客

---

① 袁良骏：《鲁迅研究史》上卷，陕西人民出版社 1986 年版，第 54 页。

② 有论者以“歌颂以暗杀为手段的复仇，更是错误”论之，多少有些类似后来对当时中共党内盲动主义批评一般的后见之明。参见张大明《阳翰笙（节录）》，载潘光武编《阳翰笙资料》，知识产权出版社 2009 年版，第 387 页。

③ ［法］勒内·基拉尔：《浪漫的谎言与小说的真实》，生活·读书·新知三联书店 1998 年版，第 2—10 页。

体）之间，是认定文学可以“鼓动革命的情绪”的菊芬（介体）。

这种以介体及其期待为模仿对象的革命诉求，恰恰揭示了无论是冷静、理智的梅英，还是感性冲动的菊英，又或是优柔寡断的江霞，在对待革命的事情上，都没有自我理性的独立判断，一切都交由介体为之选择。多少因为自己倾心的爱人投身于军事斗争之中，菊芬最终选择了替代性的暗杀，在激情中走向了个体生命的毁灭；因没有效摹菊芬献身革命的勇气，江霞也自惭形秽。这些因三角欲望裹挟而酿就的盲目的革命激情，充斥于小说中，不能不说是革命文学家蒋光慈，在如何理解个人与革命的关系问题上，出现了严重的偏差。不过小说本身，反倒因此得以再现当时青年男女投身革命时并不“纯洁”的动机的某些真实面向。换句话说，这种文学效果，是由小说家政治上的失误，而不是成功造就的。“只有小说家揭示了欲望的摹仿性质”①，若以此论，蒋光慈倒确实展示了他作为小说家的才能。

如是观之，这部“革命加恋爱”的小说，与其说近似于茅盾所谓“革命决定了恋爱”，不如说它以“恋爱”成就了“革命”的叙事。而这也多少说明，茅盾的“革命”与“恋爱”的公式，并不具有普适性的规范意义。此外，茅盾曾批评蒋光慈等太阳社同人“文学技术不够，结果便是把他们的‘革命生活实感’来单纯地‘论文’化了”，并点名指其时已殁的蒋光慈“人物描写是‘脸谱主义’”，小说结构大多采用“反革命者与革命者的对比”来构成，由此质疑其小说“来源不是‘革命生活实感’，而是想像”。② 所论的有些方面，如技巧问题，确是连蒋氏自己都已承认的问题。至于蒋氏以为“粗暴”有理，“请你们莫要理我好了”，即便仅是一种

① ［法］勒内·基拉尔：《浪漫的谎言与小说的真实》，生活·读书·新知三联书店 1998 年版，第 14 页。

② 朱璟（茅盾）：《关于创作》，《北斗》1931 年 9 月创刊号。

文学场占位的修辞策略，也不能尽掩其劣迹。[①]尽管如此，也不能因政治的“定论”、个人的私怨，全盘否定蒋氏致力于革命文学的认真态度。单就《菊芬》而言，蒋氏确有以先入为主的观念，介入人物性格塑造的倾向，却也不至于被冠以“脸谱主义”；至若以革命与反革命的对比论，来简单、粗暴地予以斥责，更与蒋氏的小说写作不相符合。蒋氏小说的主要问题，很大程度上或在于：一方面，它也确如茅盾所言，无论从观念，生活还是技术而论，在其写作之时，所据有的程度皆不充分[②]；另一方面，也多因其“宁肯毁稿”，不愿修改的“奇癖”[③]。而这多少说明，这位口口声声要“圆成文学家的梦”[④] 的作家，对于文学本身并无多少虔敬的态度。

回到本小节开头的问题，《菊芬》之所以值得注意，除了它再现了1927年有着他本人“真切的实感”的、那个革命遭遇挫折的历史事件，实践了“革命文学”应当基于“被压迫的群众”的立场，表现革命群众（“梅英”“菊芬”）力量的任务[⑤]，达成了“革命文学”应当表现革命时代的主张之外，还在于它拉开了现代以降中国文学策应、图解现时革命观念乃至政策的帷幕。关于后者，小说中，不光菊芬冲动的刺杀之举，对当时中共党内的“左”倾盲动情绪有所暗示，至若反复重申的“现在是拿枪的时代”等语，更直接呼应了同年毛泽东在中共中央“八七”会议上，所提出的“枪杆子里出政权”的著名论断。就连蒋氏本人论文所及文学之于革命的价值及其相关主张，也首先于小说中借菊芬之口揭举。其目的，或在：一方面企望紧扣时代脉动，另一方面又试图以政治乃至政策“宣传”的方式确立其革命性。这种从现时、政治两方面维持其小

---

① 《蒋光慈文集》第1卷，上海文艺出版社1982年版，第3—4页。

② 朱璟（茅盾）：“将来的伟大作品之产生不能不根据三个条件：正确的观念，充实的生活，和纯熟的技术。”见所撰《关于创作》，《北斗》1931年9月创刊号。

③ 《郭沫若全集·文学编》第12卷，人民文学出版社1992年版，第269页。

④ 《蒋光慈文集》第3卷，上海文艺出版社1985年版，第187页。

⑤ 蒋光慈：《关于革命文学》，《太阳月刊》1928年2月刊。

说书写的唯“新”性，显然是他的其他小说罕能兼及的。较之相若的《短裤党》的“粗糙”[①]，它也更具有些许“小说味”。

也许在像夏济安那样对蒋光慈抱有政治成见的研究者那里，蒋氏是“一部彻底的反面教材”，并且其“贡献就是他的失败，其价值就在于他的一无所值”。[②] 但就像王德威所言，蒋光慈文学事业上的失败本身就具有重要意义，不过它可能不“在于他甚至不曾有机会为自己的作品辩护”[③]，而在于蒋氏居于革命—文学之间的实践，提供了诊断20世纪二三十年代以降“革命文学”“病灶”的一个鲜活的标本。

## 二 菊芬：故事情节与叙事者声音之间的人物塑造

赵园曾指出，关于“革命与恋爱的冲突”问题，“应当研究的，不只是‘冲突’，更是‘性格’。一个时期笼统的批评，往往在对‘公式化’的指摘中，把更关文学作品实际成就的‘性格’给忽视了”[④]。所论自然容易让人想到黑格尔“性格就是理想艺术表现的真正中心”之论。何谓“性格”？黑格尔以为，就是“引起动作的普遍的有实体的力量”赖以实现的，“具有具体的心灵性及其主体性的人，就是人的完整的个性”。[⑤] 这一“性格”说，在恩

---

① 《蒋光慈文集》第1卷，上海文艺出版社1982年版，第213页。另，吴腾凰在《蒋光慈传》（安徽人民出版社1982年版）里就《短裤党》中小说人物对现实人物模仿情况做了说明，并指小说中许多细节“都与史实相符”，甚至有人因此“将《短裤党》归成报告文学一类”（第85—86页）。

② Tsi-an Hsia，“The Phenomenon of Chiang Kuang-tz'u”，*The Gate of Darkness*，Seattle：University of Washington，1971，p. 71.

③ 王德威：《革命加恋爱——茅盾，蒋光慈，白薇》，载《现代中国小说十讲》，复旦大学出版社2003年版，第82页。

④ 参见赵园《艰难的选择》，上海文艺出版社1986年版，第90—99页。

⑤ ［德］黑格尔：《美学》第1卷，朱光潜译，商务印书馆1996年版，第300页。需要注意的是，朱光潜同页脚注中说，所译“性格”一词，原文为“Charakter”，西方文论一般借以指称“‘人物’或‘角色’”。

格斯那里，更进一步演化为“典型环境中的典型人物”[1]。如此一来，依照经典马克思主义的文艺观，检视小说中人物（性格）塑造的成功与否，也就成了衡量其艺术价值的关键。迄今，有关“革命加恋爱”小说的研究，亦多少继续沿袭着赵氏所及之“忽视”的路向。有关蒋氏的相关研究自亦如此，《菊芬》更不待言，甚至迄今都难以找到一篇专论文章。有鉴于此，对同名小说中“菊芬”这一人物的塑造情况，做一番细致的审察，是必要的。

小说以诗人、革命文学家江霞的第一人称叙事展开，“我”（江霞）的声音即叙述者的声音。小说叙事的开展，都借助于“我”的所见、所闻、所为、所触、所感等来实现。而这也使得菊芬成了“被叙”的对象，在作为叙述者“我”的面前，其性格的塑造受制于“我”的叙述。而“我”是一个“从未参加过政治活动”的流浪文人。“我”所叙述的与菊芬之间的系列事件也很简单：

(1)“我”（因被介绍的恋爱对象梅英）认识了菊芬，并暗恋上了她。但菊芬另有所爱，所以“我”很痛苦。

(2) 革命陷入低潮，“我”想投笔从戎，于是征询菊芬意见。菊芬表示反对，于是“我”放弃了投身实际革命斗争的打算。

(3) 江畔二人独处，“我”私下里对菊芬充满了情欲的冲动，却又不敢付诸行动，梅英的介入，彻底击碎了这种冲动。

(4) 菊芬告诉我，她决意采取激进的暗杀行为，实践革命意志。最后，她或许真的实施了（不可确证）。

---

① 《马克思恩格斯选集》第4卷，人民出版社2012年版，第590页。另，有论者以为恩格斯致玛·哈克奈斯的信中所语，“现实主义的意思是，除细节的真实外，还要真实地再现典型环境中的典型人物”，其中末句的正确译法应当是“还应再现典型环境中的典型性格的真实”。参见阎国忠《走出古典：中国当代美学论争述评》，商务印书馆2015年版，第143页。

其中，“我”的行为最终都是受挫的，菊芬可能才是知行合一的革命者。而这，也使“我”的“革命文学”叙事变得非常可疑。因为在蒋光慈那里，唯有“参加过革命运动，富有革命情绪”，“与革命有密切关系”的革命作家，才能书写出真正的“革命文学”①。但“我”的声音显然不是革命者的声音，那么“我”还能否被称作“革命文学家”？这样一个从未参加革命实践的文学家的革命叙事，又是否可被称作“革命文学”？他笔下所刻画的革命者菊芬，又是不是真正的革命者？

依照“我”的“讲述”，菊芬是这样一个人：十七八岁的“窈窕”少女，与她冷静、理智的表姐梅英相比，她“天真”“活泼”“美丽”“纯洁”“热情”“温柔”……面对革命烈士遇害的惨案，又展露出她“多情而好悲伤”的一面。她爱好文学，从前沉浸于旧小说、旧诗词之中，读起《红楼梦》这样的小说常潸然泪下；而今爱读“我”所著的“革命文学”，以及大量的革命书籍。她也因此自觉“变成了一个很激烈的革命党人”，常对黑暗的现实怀有不满，且在求学期间就已参加了实际的革命活动，并因此被迫来到“革命的中心”H镇。她出身于中产阶级家庭，家中父亲是复辟思想严重的前清举人，大哥是无所事事的爱国主义者，二哥与她一样是从事革命的“左派”，还有一个叔叔是极右的国民党员。她爱上了一个同样抱有革命思想的进步青年薛映冰，是“我”眼中的“一对可爱的鸳鸯”。随着时局每况愈下，原本“温柔和善”的她，也开始变得情绪激动，满怀着“杀，杀，杀尽世界上一切坏东西”的强烈复仇情绪，最终在可能的复仇行动中毁灭。如是而观，在“我”的故事讲述里，菊芬既集中传统女性的几乎所有美德，又有着新时代女性要求进步的革命意识，并且同时也是旧家庭中的离经叛道者。她对革命同志的不幸遭遇深感同情，对敌人满怀仇恨，并以复仇举

① 蒋光慈：《现代中国文学与社会生活》，《太阳月刊》1928年1月刊。

动确证了自己的革命性。

但这仅是“我”可能欲达成的意旨，就像“我”对菊芬的痴迷，纯然出于自己的一厢情愿。在小说的叙事当中，仅第二次见面，菊芬就对“我”倒豆子般地详细讲述她的家庭背景，自己参加革命活动的原委，好像他们真的是“老朋友一样”；薛映冰来访，菊芬未经同意，就翻检薛的书包，且因一封字迹近似女子笔迹的信，当众“带着醋意地”问为哪个女子所写；应仅见过两面的“我”的相邀，菊芬即赴约与“我”孤男寡女独处于江畔。且不说这些能否发生，但就似小说文本已呈现的那样，菊芬可能并非我如上赞誉那般“可爱”，倒显得心无城府，大大咧咧。简单、天真虽则有之，却也同时意味着她多少有些不懂礼数，不识大体。就此而论，恐也与她本人所述出身“中产阶级”家庭的身份不那么相称。同时又是这个女子，不从事革命文学写作，却又似深知文学之于革命的功用，“我”居然也无条件地信服于她；并且，还是这样一个年轻女性，对“我”人生道路的选择尚有着一定清醒的判断，自己却反受同一问题的左右，义无反顾地踏上了毁灭敌人同时也毁灭自己的道路。而“我”及在“我”看来理智的梅英，对于她的冲动计划，居然全无制止的劝意。尤其是“我”，反要将她这种“可贵的，光荣的”的精神表现出来。小说叙事中，对菊芬人物性格的刻画，无疑与“我”所给予的诸多形容词的定性相去甚远。叙述者这种非常浅薄、粗疏，且与小说情节开展自相矛盾的“脸谱”式勾勒，事实上也背离了蒋氏本人对于革命文学应当抒写“真切的实感”的自有命意。

这种背离，也在小说结尾部分集中地彰显出来。“我”读完菊芬来信后的感受是：

> 我的心火烧起来了，我的血液沸腾起来了……我不为菊芬害怕，也不为菊芬可惜，我只感觉到菊芬的伟大，菊芬是人类

> 的光荣。我立在她的面前是这样地卑怯，这样地渺小，这样地羞辱……我应当效法菊芬，崇拜菊芬！我应当永远地歌咏她是人类史上无上的光荣，光荣，光荣……倘若人类历史是污辱的，那么菊芬可以说是最光荣的现象了。

以“伟大”“人类的光荣”等极夸饰的语词称誉的暴力，唤起的也仅是逞一时之快的亢奋和激情。

故事情节中的现实回应，是一条简短且未完的新闻：

> 政府W委员坐汽车至H路转角时，遇一年轻女子行刺，连发两枪，幸未中。凶手当场就获，形似一女学生，操四川口音……

新闻看过就是旧闻，旧闻的命运就是渐次不再继续听闻。这种人类记忆的遗忘曲线，同样左右着对菊芬迷恋至深的“我”，以至于也无意将它全文转引。句末省略号所延长的，不是意义的真实，而是意义的虚无，对于“我”尚且如此，对于其他读者就更不必说了。人为赋予的意义，以及因刺杀行为带来的个体生命的毁灭之间，形成了巨大的落差。这种盲目、冲动之举，真的是“人类史上无上的光荣”？真的为“我”所应当“效法”和“崇拜”？问题不但显而易见，而且反倒见出“我”对待生命的冷酷无情和麻木不仁。为革命献身的意义，也在此处归零。尽管革命有其崇高的价值，却不应该是对个体生命无谓的浪费。而这，原本也可以成为蒋氏这篇小说可能呈现的、更丰富的一种面向。

小说的结局是，“我”似乎也因菊芬这个欲望介体的消失，重又找回了作为一个人的自我理性。至少“我”已离开危机四伏的H镇，在S埠安然地生活了4个月。也是在这里，蒋光慈重新寻回了他作为一个小说家的感觉。这也是他的其他小说所不具备的。可惜的是，故事情节（或事件）组织的单调呆板、结构逻辑的乏善可陈，以及语言形式的散漫粗制，更重要的是，蒋氏本人对文学技术忽视乃至贬低的态度，注定了他及其作品只会成为流星，无法灿若恒星，永久闪耀。

## 三 色情性描写与“革命文学”：佳人还是革命女性？

民初十余年间，沪上通俗小说，尤其是“鸳鸯蝴蝶（礼拜六）派”，常遭“白话”新文学社团攻击的，是它们“污毁一切的玩世的纵欲的人生观”的“谬误思想”，以及浅薄的“技术”。[①] 实际上，除了前文已述的蒋氏文学技巧之简陋外，纵情声色的思想倾向，同样也是“革命文学运动”时代，革命恋爱小说多少存在的问题。刘剑梅就曾指出，不单蒋光慈沉湎于“情欲身体”的书写，即便茅盾这样的写实派，虽则严斥以“游戏”文字的态度所作“吟风弄月文人风流”[②] 的旧小说，却也难以抗拒女性“诱人的身体”“高耸的乳房”。[③] 并且在她的眼里，这种对于女性身体欲望的书写，也是“传达革命意识形态”的一种工具，从而在20世纪二三十年代颇为集中地催生了“新女性形象的出现”。[④] 因此，问题的关键，可能不在于对情欲、女性身体的书写，而在于这种书写是否真的是以革命为主体，不是相反的“将‘恋爱’写成了主体”，让“‘革命’成了陪衬”[⑤]。

迄今，《菊芬》是一部“革命文学”作品，菊芬是一位革命女性，似乎都是应有之义。这种观念最早可能起自钱杏邨。钱氏在评

① 沈雁冰：《反动?》，《小说月报》1922年11月20日第13卷第11号。

② 沈雁冰：《自然主义与中国现代小说》，《小说月报》1922年7月10日第13卷第7号。

③ 刘剑梅：《革命与情爱：二十世纪中国小说史中的女性身体与主题重述》，上海三联书店2009年版，第64、73页。有关茅盾对于女性身体的书写，另参见陈建华《革命与形式：茅盾早期小说的现代性展开，1927—1930》（复旦大学出版社2007年版）第三、七章。

④ 刘剑梅：《革命与情爱：二十世纪中国小说史中的女性身体与主题重述》，上海三联书店2009年版，第105—108页。

⑤ 何籁（茅盾）：《“革命”与“恋爱”的公式》，《文学》1935年1月第4卷第1号。

论《野祭》时就指出，《菊芬》虽“是一部恋爱小说”，但在描写革命女性的方面“是成功”的。[①] 依此推论，其言下之意，菊芬这一形象最起码比诸旧式才子佳人小说中出现的女性更加“革命”。1928年钱杏邨揄扬蒋光慈小说《野祭》之时，认为该小说高出旧式恋爱小说的地方，就在于“作者没有忘却他的时代”[②]。但这种“时代性”在其书写“革命情绪”的文学呈现中，是否与同时代的革命意识更相趋近，乃至更“革命”、更“新”，不无有检讨的必要。在此，特以旧式小说《春兰秋菊》中章兰英这一“佳人”形象的塑造，与《菊芬》中同名女性形象塑造的对照，来重审后者作为革命女性形象的塑造。

1915年，《春兰秋菊》刊于有“鸳鸯蝴蝶派的大本营”[③] 之称的《小说丛报》上，为其“革命外史”系列之一。章兰英是该短篇小说中一位因情变伪死的女子，为寻机刺杀负心汉李梦春，她追踪而来加入革命军。其身份只能从李梦春引杜牧诗“十年一觉扬州梦，赢得青楼薄幸名”的一声低叹中推知，或为青楼出身，但又无法确知，毕竟所引为陈言修辞。鲁迅曾提及，清民之际，才子佳人小说经历了从“才子”加“婊子”，到“才子”加“良家女子”的人物组合构型演进[④]。章氏到底出身青楼还是良家，小说中的叙述者戈杰或未及探明；小说家本人隐在的声音（不同于叙述者戈杰），也似无意对此做一番澄清。很显然，后者有意模糊章兰英的身份性质。再及小说后来所述二人因隙情变，又或见他们的感情恐为世不容。这种有意的“佳人”身份的模糊，多少隐见作者写作时，已经感觉到了一种介于名教秩序与“革命外史”的文学表达之

---

① 钱杏邨：《“野祭”》，《太阳月刊》1928年2月号。

② 钱杏邨：《“野祭”》，《太阳月刊》1928年2月号。

③ 郑逸梅：《民国旧派文艺期刊丛话》，载魏绍昌编《鸳鸯蝴蝶派研究资料（上）·史料部分》，上海文艺出版社1984年版，第380页。

④ 鲁迅：《上海文学之一瞥》，载《鲁迅全集》第4卷，人民文学出版社2005年版，第298、301页。

间的潜在张力。

小说中，章氏初现于“我”与李梦春所在的援鄂湘军开拔前夕，据“我”所见：

> 少年风姿绝美，姣若好女子，修眉纤细，侵入鬓边，双眸含媚，而有英锐气。惟蹙损春山，似衔无限恨事。

章氏在“我”的眼里，显然是一个典型的“佳人”形象：貌美，眉长，眼中含媚。简洁的外貌描写之中，虽无出彩的白描，却大体上暗示了她为后文所揭穿的女扮男装的身份。其心结郁气、恨意在胸，以及目有锐气的神情捕捉，也为其人后来复仇计划的放弃，最终英勇殉战的故事展开，作了应有的铺垫。“我”对章的观看，几无玩亵之意，侧面体现了其时依旧传统的礼教或伦理观念。与之相对的是，小说中，李梦春易动情流泪，伤心感叹，其中作者有意设计的李氏向昔日情人章兰英对月抒怀的情话，如“亚字栏边，月光如水，柔荑在握，情话喁喁，此景此情，犹宛然在目也……”也可看出，其人确为才子加情种。

“我”再见章氏时，正是在“我”偷听情种对月独抒对她的痴心、悔疚之时。她是“我”之外的另一位“偷听”者：

> 其人握手枪，准指李君背，作欲击状。闻到伤心，乃潸然泪下，纳枪衣底，懒步回营。且行且语：“春郎，春郎汝意，兰英死乎？兰英固未死也！兰英伪死，为薄幸郎耳。觅遍天涯相逢，于此方谓狭路冤家，复仇有日，不料天公遣吾特来闻此数语。郎既悔矣，侬奚忍哉？”

偷偷接近李梦春，欲行刺杀的章兰英，因为偷听到李梦春对自己的抒情、忏悔之语，情动于中，“潸然泪下”，选择了中止因情伤复仇的计划；且身心俱疲地“懒步”自回，却未现身与李相认。文行笔下之间，小说对章氏情伤宛在、恨存余气的矛盾，作了颇为细致的刻画。“我”所旁观的女子，又犹有闺范，非一般风尘女子所能及。在她为“我”所窃听的言辞之间，展现出了困于情恨的她，既性格刚毅，又明是非，且懂得放下的贤淑。“郎既悔矣，侬奚忍哉”，更显出她不同于一般女子的大度：虽“觅遍天涯”誓报情仇，然又有宽恕容忍之心。故事的结尾，这个于私人情感问题上敢爱敢恨的奇女子，据其他革命者转述，战斗中颇为“善战”，终因“力乏自沉于江”，临死托人寄语实已阵亡的李梦春，告诉后者自己已献身革命之事。

小说算不得出色，却较为真实地刻画了两个为情所困，而在革命事业中找回自己生存（和死亡）的价值的一双怨侣。借助于“我”的观看，章兰英这个既具传统女性美德，又忠勇于革命事业的巾帼英雄形象，呈现于当时崇尚贤妻良母的社会风气之中①。其身份之微贱，事业之激进，无疑难为其世所容。清民之际，虽当时已有秋瑾这样的革命女杰出现②，然兰英仍实为辛亥革命小说叙事中的先锋女性。她因情爱走向了革命，并在革命的浴血奋战中，完成了自己从小爱到大爱的转变，以及其间从痴情的小女人到英勇的革命者的身份转换和人格提升。从特定的历史语境来看，无论是颇为紧致的叙事形式，还是革命意识的揭示，此作实可称同类“革命外史”中的上乘。

综合前述，可以看出，从叙事组织的方式上看，章兰英是菊芬

---

① 小说发表的同年，也即1915年1月，《妇女杂志》创刊。2月，该刊第1卷第2号登载了一篇《妇女之天职》的文章，其中认定，妇女的天职“趋重于家庭，而不趋重于社会”，“为联合的而非独立的……必得良人以为夫而委身以事之，以综理其家计而辅助男子之独立”。

② 即便秋瑾这样的豪气女杰（自号“鉴湖女侠”），1907年，同为光复会同志的章太炎为其遗集作序，亦以“山阴为少康枝子之地，箕帚作而妇道成。曹娥以死其父，未足为多。最后有秋瑾，变古易常为刺客，将其德合于乾元……”之语，为其革命壮举寻找合于古之妇德的渊源。

的近代版。与后者追慕薛映冰而以暗杀之举毁灭了自己一样，后者也以追随怨侣李梦春献身革命战争的方式殒命。她们的欲望客体（革命）都因表征情欲的介体（男人）产生，也在因此产生的三角欲望当中，成就为钱杏邨所谓的真正“革命的女性”[①]。同时，菊芬与章兰英一样，也在“我”回溯性（倒叙）的观看中，完成了这种转变。

“我”（江霞）第一次见到的菊芬是这样的：

> [……] 那个与梅英并排走着的，穿着黄色的衣裳的女子 [……] 只见她不过是一个十七八岁的很窈窕的姑娘，具着一副白净的瓜子样儿的面孔，两腮泛着桃色的红晕，鼻梁上因为热的缘故，呈现出几粒细微的汗珠；她的剪短的头发蓬松着，不似梅英的整齐，她那由微笑而从红嫩的口唇内透露出来的牙齿，不似梅英的洁白无疵。

在女性身体的观看细节上，与戈杰仅注意到章兰英“侵入鬓边”的“修眉”这般粗疏的第一印象相比，江霞对菊芬的观看甚为精细：黄色衣裳、白净的瓜子脸、红腮、渗汗的鼻梁、蓬松的头发、红唇龇牙。这种身体观看之间的差别，确可见出从辛亥革命时代谦谦君子般的非礼勿视[②]，到“革命文学”时代自由无忌的大胆直视之间，近代中国以来旧的礼教秩序的崩坏，女性社会性别意识的觉醒。诚如相关论者（如陈建华、刘剑梅）所陈那般，它彰显了

---

① 钱杏邨认为，真正“革命的女性”是“从事革命而真能认识革命的女性”。从这个意义上看，菊芬、章兰英二人都只在各自爱情的丧失之后，于革命的陨灭中成长为“革命的女性”。参见钱杏邨《“动摇”》，《太阳月刊》1928 年 7 月停刊号。

② 清民之际，这种女性身体书写的方式并非孤例，徐枕亚小说《玉梨魂》中耽情的何梦霞，私会朝思暮想之黎娘时，也只见“黎娘方斜背银釭，低沉翠黛，以罗巾揾其泪痕。其神情之惨淡，颜色之憔悴，较前见时，又增几分可怜之态”（《玉梨魂·对泣》）。其中“斜背”“翠黛”“颜色”，所绘虽及女性身体，实为虚及，未越“发乎情，不能不止乎礼义”（《玉梨魂·情耗》）的名教藩篱。

一种此前被压抑了的革命的现代性面向。但与此同时，它也显示出传统社会伦理规范被推倒之后，女性身体在“新文学”书写的观看中，越来越被饰以更多的供以玩味的色情因素[①]。而这，也确乎是西方自然主义、浪漫主义等在中国本土推进美学现代性的必然结果。对创造社同人产生过影响的席勒，在其《美育书简》中说：“在吝啬的自然剥夺了人的快乐的地方……在迟钝的感官感觉不到需求的地方，在强烈的情欲得不到满足的地方，美的幼芽都不会萌发。”[②] 显然，与章兰英一样，菊芬也是貌美的佳人，并且比前者更有写实的质感。

这一佳人的形象在如下文字中更是推以至极：

> 菊芬穿着一件旗袍式的白绸子长衫，一双白帆布鞋，在晚风的轻荡之中，她素雅得如雪中的仙女一样。她近来的脸色比以前更变为丰腴洁白而红嫩了。[……] 我俩坐着的距离不过二尺，因之我深深地感觉她的风韵，领受着她身上一种处女的香气。她的两个柔媚的乳峰是这样动人地高高地突起……

白衣似雪、处子清香，这不啻是革命时代的“才子”——革命文学家江霞（“我”）最完满的佳人想象。并且文中对菊芬高耸的乳房看似随意地勾起，更是将新“才子”对“新”佳人的情欲直接披陈出来。句末的省略号，暗示了可能更富肉欲乃至淫亵的情欲想象。这一点，也从菊芬问“我”时，“我不知因为什么，忽地有点羞赧起来”的语言描述中，得到了呼应。某种意义上，可以将其中的“不知因为什么”理解为一种有意顾左右而言他的措辞。

---

① 当然，并非仅“五四”以降的新文学如此。20 世纪 20 年代初，吴宓即批评沪上通俗恋爱小说“好色而无情，纵欲而忘德”，参见冰《写实小说之流弊？——请教吴宓君》，《文学旬刊》1922 年 11 月 1 日。

② ［德］席勒：《美育书简》，徐恒醇译，中国文联出版公司 1984 年版，第 132 页。

小说中，江畔二人独处的部分，可谓展现了蒋光慈作为一位心理刻绘擅手颇具才华的一面。而这，也是其任由“我”对菊芬多少有些肆无忌惮的观看来实现的。除了上面一段之外，在两人就“我”是否应投笔从戎的问题进行交谈的中间，“我”在移目夕阳转回菊芬时，又有一段对后者身体的描写：

> 菊芬头上的蓬松的黑发，这时更被风吹得纷乱。因为头低下的原故，我看出她的很洁白如玉一般的颈子……

耐人寻味的，不是菊芬的发丝之乱，而是“我”对她白皙的颈项的注目。其后的省略号，同样起着前述的勾起情欲想象的延绵作用。

或许蒋光慈本人都没有预想到，其时左右“我”的意念和情绪的，已不是菊芬在如何看待革命与文学的关系的见解上有多独到，不是她所谓的文学有引导爱好文学的青年走向革命道路之功，阻遏了“我”对革命实际工作的渴望。而是菊芬作为一个既容貌娇丽，又有革命意识的知识女性，符合了“我”心目中理想佳人的情感（精神）、欲望（肉体）的想象。如此，也就不难理解当菊芬请“我”将来写一篇关于她的小说之时，“我”的语言的反常，以及内心的亢奋：

> “你真是一位可爱的姑娘！”我忽然地说出来了这一句话。我的心有点跳将起来，我觉得我的脸也有点红将起来……我想把她一把抱到怀里，蜜蜜地吻她，吻她的头发，吻她的颈子，吻她的眼睛，吻她的鼻子……

“可爱”，从某种激进的意义上或可理解为“可以去爱”的某种畸变。此前还被菊芬的言辞语势压迫得思想“莫名其妙”，“有点茫然，有点失望”的“我”，瞬间因她的一个请求，而有此剧变，这显然不是通过“我”的革命意识的转变或提升实现的，而是一种所指（欲望）到能指（文学）的转移性补偿。

尽管“我”一再地臆想与菊芬发生直接的肉体接触，消除彼此之间的身体距离，希冀若省略号所暗示的那般实现灵与肉的交合，却无法以行动践履其欲望的实际占有。这种心理渴望与行动怯懦之间的紧张关系，在蒋氏的笔下，最终因这个近似于鲍德里亚所谓的“物恋的隐喻”[①]，得到了调适和缓解。由此反顾《菊芬》中蒋光慈不吝笔墨地对“我”的心理所展开的刻画，不难发现，其中“我”受菊芬的情欲左右的内容更多，而对“我”的革命意识的揭示，“革命情绪”的抒写实在寥寥。“我”想得更多的，是“菊芬这样天使似的女子，这样勇敢而纯洁的女子，我实在不配爱她”这般，常常耽溺于自我情感旋涡里的“渴”却无“望”之中。就连菊芬这位他所力图表现的革命女性，也在盲动的仇杀情绪之中失去了“我”所感受的“可爱”；并且，他所欲高扬的“革命情绪”，也在小说结尾部分一则似是可非的简短新闻摘要里，消解了菊芬作为一个真正的革命女性的确定性。

因此，从抒写“革命情绪”的向度来看，“旧”小说中的章兰英似乎比菊芬更革命。且不光如此，前者在革命情势危急时刻投军，与革命战友协同共进，最后战死疆场的革命实践，似更接近革命作为一项使命和事业的社会属性指向；与之对照的是，从“我”的讲述中，菊芬的革命行为更像一种报复性的个人行为。在一定意义上，前者虽是旧式恋爱小说，却毋宁说是一部可能更具“时代性

---

① 按照让·鲍德里亚的诠释，“物恋”是在某种具有魔力或神性的力量（包括力比多），转变为一些存在、一些物和一些载体的时候发生的，它使得“某个群体或者个人根据自身的利益来加以调节，或改变其方向”。参见［法］让·鲍德里亚《符号政治经济学批判》，夏莹译，南京大学出版社 2015 年版。

的”革命小说，而《菊芬》可能反是。[①] 此外，更耐人寻味的，是两位女性身份引申出来的问题。章兰英似是而非的妓女身份，指向的是更趋明晰的革命性；菊芬明晰的革命知识青年身份，在江霞带有情欲心理的色情观看中，指向的却是似是而非的革命性。虽然依照巴塔耶所陈，妓女“这个对象是色情的，她从始至终、彻头彻尾、完完全全是色情的”[②]，但章兰英与之相关的色情表征，被小说家有意地淡化了。相反，江霞对菊芬女性身体特征浓墨重彩的描写，反倒使之在“革命文学”的叙事当中凸显出来，使之成为与个体的情欲相关，却与革命无关的一种色情的表现形式[③]。有论者就曾指出，蒋氏在其《野祭》《菊芬》这样的“革命加恋爱”小说中，“将次要的恋爱问题和浪漫情节掩盖了革命的重要的意义”[④]。这种“掩盖”，借用巴塔耶的话来说，很大程度上就在于，色情总是以消耗小说文本中可资用于政治斗争的力量作为代价[⑤]。

## ◇◇ 第三节　体用之间：蒋光慈“革命文学”的书写与政治

迄今为止的研究当中，蒋光慈往往被贴上了各式概念性的标

① 需要特别补充的是，若摒弃今必胜昔的线性历史观念和革命意识，而以柯文的“代际变化的相对观点”论继续检视，甚至可以发现某些更值得关注的问题。柯文的这种观点，是他在论及晚清思想家王韬时提出的。在他看来，评价历史人物的更好尺度，是其“从一代到下一代的更新程度”，也即相对于同时代的超前性，而不应以其与后世观念的趋近性来做评判（参见［美］柯文《在传统与现代性之间：王韬与晚清改革》，江苏人民出版社 2003 年版，第 8 页）。若依此论，考陈蒋氏包括《菊芬》等在内的“革命加恋爱”小说，是否比旧式“才子佳人”小说更“革命”的要点，应在其文学书写中所揭示的女性的革命意识，是否比同时代社会舆论所反映出来一般的革命意识“更新”，更具有时代的超前性。这样一来，有关既有现代文学史书写的方式，也不无有须检讨的地方。

② ［法］乔治·巴塔耶：《色情史》，刘晖译，商务印书馆 2003 年版，第 117 页。

③ ［法］乔治·巴塔耶：“对男人而言的女性特征——对女人而言的男性特征——在色情中代表了兽欲的一种基本形式。”参见所著《色情史》，刘晖译，商务印书馆 2003 年版，第 124 页。

④ 刘绶松：《中国新文学史初稿》（上），人民文学出版社 1979 年版，第 331 页。

⑤ 乔治·巴塔耶：“加入政治斗争的人永远无法服从色情的真实。进行色情活动总是以消耗用于斗争的力量为代价的。”参见所著《色情史》，刘晖译，商务印书馆 2003 年版，第 124 页。

签，其中“革命”“无产阶级”“浪漫”，可能是界定其文学身份之最显眼的“标签”。革命诗人，无产阶级革命文学家，浪漫主义者，等等，也成了诸多文学书写当中，称谓蒋氏日渐程式化的空洞的能指。一方面它既是现有研究日渐成熟且层累的结果，另一方面也可能会反过来以既定的思维范式，左右乃至压制研究更新的空间。的确，“革命”与“浪漫”，构成了蒋光慈作为历史人物的主要精神面相，可这并不意味着“主要”可以取代整体或全面。正如上文已经阐述的那样，蒋光慈以“革命加恋爱”小说为代表的“革命文学”书写，在性（本我）与政治（超我）的叙事激情之外，同样有着约束乃至羁绊二者的自我日常理性的存在。换言之，在蒋氏“革命”与“浪漫”的激情之余，同样有着一个“现实主义者”（姑且冠之）蒋光慈的存在。而这也正是蒋光慈前述“革命加恋爱”小说文本当中，常常呈现出错综的矛盾性、丰富的复杂性、统一的相歧性等多重面相的原因所在。这种种折射于“革命加恋爱”叙述模式的建构，以及具体小说文本的语言呈现层面的小说文体与革命意图之间的悖论，其最终原因仍须从蒋光慈本人如何看待文学的体（文体）、用（意图）关系上去进一步澄清。

为此，本节围绕文本内部的语言所呈现出来的超我（革命）意识与本我（爱欲）意识相互纠缠的文学之用的复杂性，作家与小说人物于历史（现实）语境与文学书写的相互映对当中折射出来的自我诉求与革命信念之间的脆弱关系，来展开论述。并在此基础上，揭示“革命加恋爱”叙事模式不仅是蒋光慈小说创制中偶然成之的浪漫谎言，它同样是展现蒋氏作为“现实的个人”的文学视窗。他的小说书写也因此在他即便仍显粗糙的艺术呈现当中，展示了其本人的历史真实。

### 一　超我与本我：“革命文学”的文学之用

要想理解蒋光慈以“革命加恋爱”小说为主要构成的“革命

文学”书写，其中一个最大的困境可能在于，不是因为他的文学成就的突出，而是他为现有研究者一再指陈的“失败”。这种失败，除了郭沫若所及的“散漫”笔调[①]、茅盾指摘的“文学技术”不够[②]等相关批评之外，还在于其文学写作与文艺批评之间的相歧。

在某种意义上，小说《菊芬》中的一段对话确可作为这种相歧性的集中揭示：

> “请你说，文学到底有什么作用呢？”（江霞——此括注为引者所加，余者同）
>
> “喂！我真料不到你会说出这种话来！你居然否认文学的作用……我不是向你说过吗？我的思想之所以有今天，你实在有很大的功劳……”（菊芬）
>
> “也许是的，不过这种功劳总是很小的！”（江霞）
>
> “我真奇怪你的说话！你能说文学与革命思想没有关系吗？你能否认文学不能鼓动革命的情绪吗？老实向你说，一篇好的革命文学的作品，比一篇什么宣传大纲的效用还要大呢。现在一般青年大部分都喜欢看文学的书，若你能用文学的手腕，将他们的情绪鼓动起来，引导他们向革命路上走，这岂不是很要紧的事吗？这岂不是你对于革命的贡献吗？”（菊芬）
>
> [……]
>
> “我劝你别胡思乱想罢！好好地做小说！现在真有许多可歌可泣的材料，你应当好好地将他们表现出来，我以为只有你才能表现出我们的时代来……”（菊芬）

江霞（“我”）与菊芬之间的这段对话，中心话题是文学之于

---

① 《郭沫若全集》，人民文学出版社 1992 年版，第 269 页。

② 朱璟（茅盾）：《关于“创作”》，《北斗》1931 年 9 月 20 日创刊号。

革命功用的大小。对话的背景，是江霞有感于“H镇近来革命的空气日渐消沉下去，而反动的空气却一天紧张似一天”。眼前的局势令其倍感压抑，因而心绪烦闷，无法继续文学写作。拿笔还是拿枪，在这深感文学无助于改变现状的情况下，“我”有了改“文斗”为“武斗”的念头。

历史地看，这一想法或有蒋光慈本人1927年夏于武汉期间亲历的那段历史的思想印记。是年7月，他写了《寄友》一诗，在劝勉友人坚信“我们的胜利终将不远”的同时，又“觉悟”革命者应拿起枪杆子，“我们要到军队中去”，“去把那枪柄紧紧地，紧紧地拿到自己的手里”：

> 在此严重的时期，在此危急存亡的时期，
> 我的心灵满充着痛苦，我的胸腔充满着悲愤；
> 我恨我是一个微弱的诗人，我的笔不能冲锋破阵，
> 但是让我狂喊罢，跟着勇士们前进啊，前进！
>
> （《寄友》末节）[①]

诗中表露的弃笔从军的意愿，以及对自己作为“一个微弱的诗人”无法陷阵杀敌的怨艾，实与《菊芬》中的江霞相照应。据此将以后者口吻“自叙”的这篇小说，视为曾名“蒋侠生”的作者本人某种意义上的“自传”，也非全无理由。江霞与其名前两字“蒋侠”之间的谐音，也确呈示了些许端倪。可是，将江霞直接视同蒋光慈本人，又同时存有问题，其实不唯江霞，菊芬在一定程度上也有他本人精神面向的一种投射。这种投射最集中也最明显地呈现于上述菊芬对于江霞所提问题的答复当中。

菊芬所陈说的文学之于革命的“很大功劳”，相当程度上是蒋

---

① 《蒋光慈诗文选集》，人民文学出版社1955年版，第86页。

氏自从事文学活动以来的一贯坚持。早在1924年，他就认为，“无论一个创作或批评家，自己的作品应对于社会负责任”，面对外来压迫与内部剥削，“中国的新诗人们”即便以“最低的限度”要求，也须“要喊一声‘反抗’”。[①] 在他自己那里，做“一个真实的革命者”，与将自己造就为“一个革命诗人”，也是不矛盾的。[②] 次年元旦发表的一篇文章的许多观点，更可看作是其今后阐发“革命情绪”说的前期基础。他说：

> 一般不明了文学意义的人们，不明了文学与社会的关系的人们，以为文学家无足重轻，有也可以，没有也不要紧，值不得什么尊重。其实这种见解是大谬而特谬的！文学是社会生活的反映，一个文学家在消极方面表现社会的生活，在积极方面而可以鼓动，提高，奋兴社会的情绪。

因此，革命决定了文学，而非反之，在他那里是理所当然的。“无革命性的不能做革命的文学家”，也是毋庸辩驳的。[③]

如果说1925年，他还停留在文学的社会生活积极反映论，自1926年起，他即已开始明确思考文学与革命的关系问题。是年4月起，他开始在《创造月刊》上连载长篇论文《十月革命与俄罗斯文学》[④]。文中，他批评布洛克［今译勃洛克］对“革命是行动”的误解，只是一味地沉浸于“革命就是艺术”的罗曼谛克中，而没有意识到他的这种“幻想”，与需要“理性来支配的”革命之间的

---

① 蒋光赤：《现在中国的文学界》（未完），《民国日报·觉悟》1924年11月16日。

② 蒋光赤：《通信·抱朴与反革命》，《民国日报·觉悟》1924年9月27日。

③ 光赤：《现代中国社会与革命文学》，《民国日报·觉悟》1925年1月1日。

④ 未刊载完，1927年12月，与瞿秋白撰《十月革命前的俄罗斯文学》按时序分上下卷，交付创造社出版部出版（参见方铭《著译年表》，载《蒋光慈研究资料》，知识产权出版社2010年版，第42页）。

疏离[①]；批评谢拉皮昂兄弟时，更直指“文学不是照像［相］”，真正的革命文学家应该是“革命的表现者”。由此可见，在他早期的文艺思想中，评估文学价值的根本尺度就是革命。也正在此意义上，他褒奖白德内宜是“一个伟大的诗人”，因为他的诗是“为着民众做的”，“他能够代表民众的利益，能鼓动民众战斗的情绪”；并且，就诗中“所含蓄的民众的意义”来说，已经超越了普希金、布洛克、马雅可夫斯基。因此，就其文学写作而言，已比三人更“革命”、更“伟大”。[②] 更不必说与创造社发生文争之后，“革命情绪”说、“时代表现”说，愈加成了他作为革命文学家的思想名片。

反顾小说《菊芬》里菊芬与江霞的上述对话，这种经过时间沉淀的蒋氏文艺思想，恰恰集中地呈现于菊芬的言说当中。在菊芬看来，文学不唯助益于革命，且功劳很大。她本人也因受到江霞的“革命文学”的影响，走上了革命的道路。文学可以“鼓动革命的情绪”，“好的革命文学的作品”鼓吹革命的效用，比任何宣传大纲都要大。这种反证蒋氏自身写作意义的文学言说，恰恰说明菊芬不仅仅是一个革命女性那么简单。与江霞相比，她构成了蒋氏本人精神面向的另一极。依此推之，从蒋氏个人的革命精神向度上看，与其说菊芬是一个作为革命女性的能指符号，不如说是他在具体的历史语境下，将革命的暴力美学价值以可触、肉感的情欲形态表现出来的介质。或者说，在江霞—革命之间，菊芬是必不可少的介体，因之才能组合成一个微型、闭合的三角欲望模式。她的存在，

① 在这一点上，李欧梵对蒋光慈有关布洛克的论述有一定的误解。他推论蒋光慈“在苏俄文学中的偶像就是布洛克”，以及借此展开相关阐发时，可能没有看到其后蒋氏所述：“……他对于革命的心灵，始终是忠实的同情者”，“害了所谓‘共产主义左派的幼稚病’”；“在心灵上，理想上，布洛克完全与革命是一致的，但是他没有明白，并且不会估量革命后所谓从小做起的价值”。参见李欧梵《中国现代作家的浪漫一代》，王宏志等译，新星出版社 2005 年版，第 212—214 页；《蒋光慈文集》第 4 卷，上海文艺出版社 1988 年版，第 72—73 页。

② 《蒋光慈文集》第 4 卷，上海文艺出版社 1988 年版，第 68—73、78、83、106 页。

令江霞的革命激情得以存续；她的消亡，也成了江霞远离革命旋涡的前因。因为与这个介体消亡的，还有江霞本人曾经浮现的投身革命的念头。文学之于革命功能的大与小之间的歧见，也就呈示于指向革命的欲望介体菊芬，与作为欲望主体的小说叙述者江霞之间。

既然小说由叙述者的叙事付诸实现，因此，考察蒋氏小说写作更重要的视角，是江霞们（叙述者）怎么说，而不是菊芬们（被叙的对象）说了什么。

革命是什么？革命的价值何在？尽管在“革命文学”时代的书写里，其意义往往是不证自明的。但问题是，在“消灭社会阶级，建设无阶级社会，实现共产主义”的无产阶级革命的路途中，“革命文学”如何呈现革命，可能并非如蒋氏本人所言，无产阶级革命会为“全人类的新文化”的创造开辟一条新途径[①]那么简单。“新途径”确是自有之义，但如何实现这“新途径”，恐怕也是蒋氏自己一直思索的难题。“革命加恋爱”小说的出现，或即他的这种尝试。在《野祭》“书前”中，他的确揭陈了自己借鉴这种“三角恋爱，四角恋爱”的小说叙事模式，有戏仿的反讽因素。并且，钱杏邨等也诠释了蒋将革命与恋爱杂糅在一块，以图开辟新的书写领域，使之规约为“革命文学”书写新形态的一番用意。然而，确如黄药眠所见，蒋光慈在理论上虽反对“好哥哥，甜妹妹”的旧式恋爱小说，但在写作当中，“大多数都是把革命和他的甚为自私的爱情交织在一起”[②]。

除了黄氏在其论著中列举的例子，其中更具典型的是，小说《野祭》里，当郑玉弦一纸留书与之分手后，陈季侠晚归回来，见到前来为他开门的淑君时，他所关注的不是穿着薄衣的淑君是否会因此受寒，而是对她的身体充满着肉欲的凝视：

---

① 蒋侠僧：《无产阶级革命与文化》，《新青年》1924 年 8 月第 3 期。

② 黄药眠：《沉思集》，棠棣出版社 1953 年版，第 159 页。

> 她的胸前的两个圆圆的乳峰跃跃地突出，这令我在一瞬间起了用手摸摸的念头。说一句老实话，这时我已经动了肉感了。[……] 她这时真有妩媚可人的姿态了。我为之神驰了一忽：我想向前拥抱她，我想与她接吻……①

尽管蒋氏以陈季侠克制了这种情欲，终止了其中充满色情的臆想，然其所刻画的这位“革命文学家”，诚已显露出了道貌岸然的猥亵一面。至于郑玉弦与之分手后，他再寻思与淑君续前缘，以作为其情感补偿的自我意淫，亦更见其人品之下作。所谓“季侠的心理描写，确实是很健全，很健全的”②，恐也是一瞥之见（或另有动机）。至若“在小说的高潮，陈季侠独自朝向大海，祭奠章淑英君，并且发誓要继承她未竟的事业”③ 之说，也多少忽视了激情之后，陈季侠为之所做的不过是忏悔，请求宽恕（某种意义上也是一种精神上的自私之举），“凭吊”她的侠魂，为之写了一个关于她的三角恋爱故事而已。

当然，此处无意以道德批评取代文学批评，而是想借此揭示：某种意义上，无论《野祭》还是《菊芬》，其中书写的“革命文学家”，可能是小说中恰恰距离革命最远的人物。不管是陈季侠最终以“一瓶红玫瑰酒和一束鲜花”，以及一首自以为是的忏悔的“哀诗”，来祭奠为自己所辜负的女性，还是江霞最后在苦寻菊芬而不得之后，逃离 H 镇，回到 S 镇，二人的共同“归宿”，是在作为“革命加恋爱”叙事的介体的女性消亡之后，继续保有自我的苟安。在生命的陨灭面前，任何形式的忏悔、哀悼和回忆，都是仪式作为能指的空洞与贫乏。在“红玫瑰酒”“鲜花”“哀诗”的小资产阶

---

① 《蒋光慈文集》第 1 卷，上海文艺出版社 1982 年版，第 337 页。

② 钱杏邨：《“野祭”》，《太阳月刊》1928 年 2 月号。

③ 王德威：《革命加恋爱——茅盾，蒋光慈，白薇》，载《现代中国小说十讲》，复旦大学出版社 2003 年版，第 72 页。

级知识分子趣味的祭奠仪式面前，小说中得到呈示的，不是受革命女性影响了的更趋革命的革命男性（“革命文学家”）的出现，从而真正实现了其“通过恋爱来肯定革命”[①] 的革命叙事，而是在这种“革命加恋爱”叙事模式的面纱之下，以恋爱的合法性促发了色情和暴力的媾和，从而最终消耗了可资革命的斗争力量。而这，多少是在阅读蒋氏此类小说，尤其是若《野祭》《菊芬》这样，有着其本人思想、情感印记的小说时，同样不可忽视的面向。更是在这里，蒋光慈可能真正呈现了他作为“革命文学家”的历史意义，让我们在思考今天的文学何以实现政治表达时，从批评与写作的裂缝中间，去深度探究其中必然涉及的“革命加恋爱”小说的文体和意识形态的张力关系问题。蒋光慈隐约间有着本能的色情动机和自我（更准确地说是本我）保护意识的文学呈现，足以揭示他的“革命文学”绝非纯粹的为革命写作那么简单。在这不简单的复杂背后，或可映射出其间有着更耽于情爱、抵抗革命“超我”的蒋光慈另一重人格精神面相的存在。

## 二　自我与社会：小说内外的蒋光慈

1924 年 11 月 3 日，在写给未来妻子宋若瑜的第一封信中，蒋光慈于行首这样写道：

> 屋内的伴友：一盆金黄色的菊花，一架子的西文书。闷起来的时候，就看看花，对它发一阵痴想；痴想发过之后，觉得更是无聊，于是掀开几页蟹行文字的书来看。钟点到了，就夹起书包上学校里去讲课。课讲完了之后，或者回到屋内闷闷地稍微坐一下，拿起笔来写，或编讲义，或翻译文章。有时候下了课，独自一人跑向花园里逛一逛。[②]

① 旷新年：《1928：革命文学》，山东教育出版社 1998 年版，第 97 页。

② 《蒋光慈文集》第 3 卷，上海文艺出版社 1985 年版，第 175 页。

他继续说："这就是我近来的生活!"尽管这种日常生活的"无聊"，令他烦闷，令他另生"痴想"，他对于现实生活的庸常性，却有着朴素的认知。这种现实与精神之间张力的自我体认，恰恰揭示了他并非天生的浪漫主义者和革命文学家，即便其时他已经开始了他的"革命文学"书写，蓄志以"诗人的热泪"去做"安慰被压迫人们的甘露"（《新梦》，1922）。

这种现实的认知，实际上也以文学书写的方式，呈现于今天蒋光慈那些以"革命文学"命名的文学书写当中。一个常为人忽视的细节是，在今天名之为"自叙体"[①] 的蒋氏小说当中，常常会出现前文已经述及的问题：这些小说的"自叙"者，往往是距离革命最远的人物。1928 年 2 月，钱杏邨评论《野祭》中的人物陈季侠时，就称后者"完全是小资产阶级的象征"；又说在这部"自叙体的小说"中，"陈季侠当然是全书的中心"。钱以为，蒋氏将陈季侠刻画为一个始终"苦闷，游疑，不稳定"的小资产阶级知识青年，"是因为当时作者在武汉，目睹许多小资产阶级的青年反动，幻灭，悲哀……"因而"有感而发"。[②]

武汉经验的确可能构成了蒋写作该篇小说的一个历史背景。不过，钱氏可能没有了解到的是，蒋氏写作这篇小说的直接动机，或与其武汉之行并无多大关系。按照该小说"书前"所示，"我"所得以完成这篇小说的原因，最主要缘于"我得遇着了一位朋友陈季侠君"，是后者的讲述和写作促成了这篇"恋爱小说"的面世。而据相关研究，蒋光慈写作这部小说，实有以自己的恋爱故事隐射的因素：除了陈季侠即以他本人为原型外，"小说中的俞君和他的爱人黄女士，即指郁达夫和王映霞，那个看到反革命风暴立即关上爱

---

① 钱杏邨：《"野祭"》，《太阳月刊》1928 年 2 月号。

② 钱杏邨：《"野祭"》，《太阳月刊》1928 年 2 月号。

情门窗的郑玉弦，自然是影射陈锡贤了”①。虽然小说人物与现实自我之间，可能存有背离②，但历史事件与小说故事之间的特殊关联，应当可以确定。

这种关联，正如前文已及，放诸《菊芬》中的江霞身上，也是合适的。在蒋氏的其他小说当中，也有这样的人物存在。如《鸭绿江上》《徐州旅馆之一夜》《一封未寄的信》里的“我”。③ 而这，也多少可以看作是他在小说中，以此践履“作家要有实感”④ 的文学呈现方式。即便可能没有其亲身经历折射出的，如《少年漂泊者》，蒋氏也有意为之植入一个近似于自己的角色“维嘉”，来增加小说叙事的“实感”。构成小说主体的，虽然是汪中的“自叙”，然其成为“革命文学”，仍旧需借助维嘉这样一位诗人作为读者的“自叙”，来确定其文学价值。汪中作为革命者的名实相副，也最终由后者与L君的交谈来验证和完成。并且，有意味的是，其中对于以生命谱写革命“无上的光荣”的汪中，维嘉首先在意的不是他的悲惨遭遇及革命精神，而是他“居然注意到我这个不合时宜的诗人，居然给我写了这一封长信”（《少年漂泊者·维嘉的附语》）。如此，这些承担着虚构叙事功能的人物，在小说中多非革命行为的承担者，以及“革命文学”意欲表现的革命者，而是旁观者，有的甚至是与之相对的革命的落伍者。革命者在小说中，往往是叙事的

---

① 陈孝全：《蒋光慈生平史实的几个问题》，载《细读与随想》，福建教育出版社2000年版，第277页。另参见唐先田、陈友冰主编《安徽文学史》第3卷，安徽文艺出版社2013年版，第144页。

② 陈孝全（上引）以为蒋、陈恋爱无果而终，责任在陈女士因“四一二”政变事件后的退缩；另据王映霞回忆，蒋与陈锡贤恋爱之所以无法继续下去的主因，不是陈的不革命，而是“蒋嫌陈的外貌不漂亮，而不愿谈下去”，见吴腾凰《蒋光慈传》，安徽人民出版社1982年版，第83、90页。

③ 有论者认为蒋“大部分主人公可以看作他自己的化身，或者干脆就是他真实的自我”，所陈具体案例可能切要，但就其整体小说写作而言，似犹过之。至少《最后的微笑》《冲出云围的月亮》《丽莎的哀怨》等不可做此解。

④ 华希理（蒋光慈）：《论新旧作家与革命文学》，《太阳月刊》1928年4月号。

他者，是被“观察”[①] 的对象。通观蒋氏的小说写作，这似乎也是一个事实。

因此，在维嘉、陈季侠、江霞，与汪中、章淑君、菊芬等人物之间，确可有理由认为，前者与承担小说元叙事功能的作者蒋光慈更为趋近。这样类比，不是意在借此表陈，可以将蒋氏等同于前者那般的小资产阶级知识青年，而是想说明这些小说中革命思想落后的知识青年形象，可被视作其本人精神面向的一种独特呈现。它指向的是一个不那么“革命”，且念念于现实生活中个人感受的庸常的蒋光慈。《弟兄夜话》里，除了前文已陈的相关方面，江霞给大哥做西餐，带他逛“新世界”“大世界”“游乐场”，到“共舞台”看戏，也显露了蒋氏本真的温情与寻常。郁达夫在蒋去世后，援引吴似鸿之语，更是揭示了蒋氏思想的“守旧”一面：他“理想中的女性”，既要是“能料理家务”的“贤妻良母”，又要是终日陪守在侧“伴他著书”的红颜知己。[②] 所以，蒋光慈并非天生高唱“革命的罗曼谛克”的诗人，他也食人间烟火，甚至还有着自身性格上的弱点。

就蒋光慈的文学写作本身而言，写实的而非浪漫的文体，在作为浪漫主义诗人的蒋光慈身上，也非截然去之的存在。譬如：

> 靠着山丘，傍着河湾，零星散布着的小的茅屋，大的村庄，在金黄色的夕阳的光辉中，依旧是没有改变一年以前的形象。炊烟随着牧歌的声浪而慢慢地飞腾起来，仿佛是从土地所发泄出来的伟大的怨气一样［……］乌鸦成群地翱翔着，叫鸣着［……］那树林葳蕤的处所，隐隐地露出一座楼

---

① 华希理（蒋光慈）：“作者对于某种题材要亲近，因为亲近才能有观察的机会。”参见所撰《论新旧作家与革命文学》，《太阳月刊》1928 年 4 月号。

② 郁达夫：《光慈的晚年》，《现代》1933 年 5 月第 3 卷第 1 期。

阁的屋顶［……］[①]

这种对乡间景色的白描显然是写实的，是一种摄影式镜头的抓取和拍摄。早在1933年，就有论者以为，1929年后，“他的作品也渐由空泛的描写而进展到真实的叙述，他不再放过现实，根据这一个时代，这一个阶段，来尽量发挥他内在的意识”[②]。20世纪50年代，黄药眠也指出过蒋氏小说写作文体的转变问题。在他看来，“和光慈过去的作品比较起来”，他最后一部小说《田野的风》“风格显然有了很大的转变，恋爱的罗曼蒂克的气氛”减少了。[③] 其实，不单其后期的小说，就连矢志“继续列宁的未竟之志”（《哭列宁》，1924），高唱革命的抒情时代里，他也有《柳絮》这般低回、婉约的抒写乡情之作：

记得儿时，
在柳深阴处，
与群儿乱扑柳絮；
争先恐后，
嘻嘻笑笑，
每个都想把柳絮扑在水里。
喂！好一幅天真的画图！

这一幅天真的画图
永远地
印在我的脑里，

① 《蒋光慈文集》第2卷，上海文艺出版社1983年版，第157页。

② 老马：《谈谈蒋光慈》，《大夏周刊》1933年5月第9卷第26期。

③ 黄药眠：《蒋光慈选集·序》，载方铭编《蒋光慈研究资料》，知识产权出版社2010年版，第300页。

挂在我的心里；
我又怎忍把伊忘记呢？
哎哟！黄金的儿时离我而去了，
我再不能回转头来变成小孩子！

儿时见着柳絮——乱扑，
现在见着柳絮——沉思。
当乱扑柳絮的时候，
不过觉得柳絮有趣；
但是当对着柳絮沉思的时候，
这柳絮如丝也般地乱扰，
浪也般地涌激，
一齐都变成了我心中的情绪。①

（1923 年 5 月 20 日）

这首低音语调的诗的书写，虽在抒情，指向的却是平易、朴素的乡村童年生活。在它略带点忧伤的情调里，呈现的是心思（“丝”）如柳絮般纷飞的游子简明、清空的思乡情怀。

如此，这种现实与浪漫的并存，日常的理性与革命的罗曼蒂克的相歧性纠合，在蒋光慈身上也就并不奇怪，反倒在他身上折射出更复杂、更丰富的时代性的精神纠缠：一边，他自居为“久置家庭于不顾”的“漂泊诗人”②，一边又渴望爱情和婚姻。一边，他“害怕艰苦工作”，“过惯了浪漫优裕的生活”③——这恰恰对他本人而言是一种反浪漫的，至少是非浪漫的生活方式；一边，又发誓

① 《蒋光慈文集》第 3 卷，上海文艺出版社 1985 年版，第 319—320 页。

② 《蒋光慈文集》第 3 卷，上海文艺出版社 1985 年版，第 234 页。

③ 《没落的小资产阶级 蒋光赤被开除党籍》，载方铭编《蒋光慈研究资料》，知识产权出版社 2010 年版，第 141 页。

“永远为一反抗，为一赞诵革命之诗人”[①]。其矛盾的本质，正如前文所及，乃是蒋光慈如何面对“成家立业”这一传统却又有更新的社会伦理秩序的问题。平凡与浪漫，理性与激情之间，恰恰揭示的是一个动荡的历史时代，如蒋氏这般的文学知识分子，如何在政治化的社会生活中，实现自我期待与人生价值的精神探求问题。在蒋光慈这里，小说的书写不仅是革命政治价值的实现，同时也是关照个人生存、个体精神的一种文学的存在方式。爱情和“革命文学”，无论在小说之内，还是小说之外，都是蒋孜孜苦求的人生需求。情感、尊重与自我实现需求的满足，任何时代都是恒久追求的人生目标。若“《纪念碑》里的侠生和若瑜”之间“才子佳人的趣味”，虽有“乡间旧社会”的“余毒”[②]，又何尝不是这双苦命鸳鸯对情感与人生价值的双重追求？

> 我想我俩将来走一条路，我希望你也勉成一个女诗人。成功与否，这当然是不可预料的，但是我们可以抱定一个志气呀！妹妹，亲爱的妹妹！你莫以此为幻想啊！倘若你来张家口时，我想你很可借这个时间来同我研究研究文学，并促长我俩爱情中的诗意。[③]

这段写于1925年6月23日的情话，确可视作蒋光慈以“革命文学家”名著于世之前，最坦白、最热切的爱情与文学诉求的宣言。唯惜世事乖违，人愿难遂。

然而，在现实的革命政治面前，这种将自我诉求与革命理想相结合的想法，是十分脆弱的。不唯党组织最终开除了他，就连他本

---

① 《蒋光慈文集》第3卷，上海文艺出版社1985年版，第234页。

② 黄药眠：《蒋光慈选集·序》，载方铭编《蒋光慈研究资料》，知识产权出版社2010年版，第300页。

③ 《蒋光慈文集》第3卷，上海文艺出版社1985年版，第214页。

人也每每于文学与革命之间产生困惑——菊芬与江霞之间，占据蒋氏内心的，不唯是前者，同时也有后者。当文学在革命面前失去了意义，他对党组织的背离也就不难想象。他的落后，不仅是他本人的落后，同时也是表现时代、趋时自任的“新文学”，已经“落后”于革命的事件表征。文学“改造”，文学的再次“革命”，也就成了必要与必然的事情。这样，蒋光慈作为一位“虽始终一贯的表现了革命的小资产阶级的倾向”的“革命文学家”，也就必然地要在“发展的浪潮中”退出革命的舞台。①

## 三 “革命加恋爱”：浪漫的谎言与小说的真实

在众多研究者的眼里，蒋光慈是一位“浪漫”的作家。“浪漫”，不唯是他被开除党籍的辞令所示的人格弱点，还是他曾心向往焉的革命理想诉求的一种自我表达。在“小资产阶级浪漫性”②，与“凡是革命家也都是浪漫派”③之间，是同一个看似矛盾的生命个体的统一。由于现有资料的匮乏，蒋氏在去世前祸不单行——开除出党、作品遭禁、夫妻离心——的最后岁月里④，是否对自己的人生作过类似其挚友瞿秋白牺牲前夕那样真诚的自我反省，已无法探知⑤。然而可以肯定的是，相比于他曾有所保留地揄扬的俄罗斯诗人布洛克，他在自己生命的最后两年间，成了布洛克镜像的反面：

① 方英（钱杏邨）：《在发展的浪潮中成长　在发展的浪潮中死亡》，《文艺新闻》1931年9月15日“追悼号”。

② 《没落的小资产阶级　蒋光慈被开除党籍》，载方铭编《蒋光慈研究资料》，知识产权出版社2010年版，第141页。

③ 《郭沫若文集·文学编》第12卷，人民文学出版社1992年版，第268页。

④ 愚公：《蒋光慈的死》，《新人周刊》1936年3月14日第2卷第28期；杨邨人：《太阳社与蒋光慈》，《现代》1933年8月号（第3卷第4期）。

⑤ 从郁达夫及杨邨人的回忆文章来看，蒋光慈似乎仍然没有这种意识，依旧纠缠于大家“不了解他”的困扰。参见郁达夫《光慈的晚年》，《现代》1933年5月第3卷第1期；杨邨人《光慈临终前后记略》，《文艺新闻》1931年9月15日“追悼号”。注：方铭编《蒋光慈研究资料》选杨邨人同篇文章及钱杏邨《在发展的浪潮中生长　在发展的浪潮中死亡》篇末标注为“追悼蒋光慈专号”，不确，受悼者除蒋外，还有李尚贤、杨贤江、张悉贞等。

如果说布洛克“比革命还要激进些”[①]，那么他本人则相反[②]。“诗人——罗曼谛克更要比其他诗人能领略革命些！”[③] 昔日如此评论布洛克时，他可能没有料到的是，在其本人被开除出党后，“罗曼谛克”非但没有起到为之革命性辩护的作用，反倒贻人口实：

> ［……］他的作品是感情气分多而理智气分少，虽然表示对于革命发生需渴，但他终究不了解社会大众之实况，所以他的作品终逃不出一些罗曼司的记录而已。并且那种小资产阶级的心是最容易幻灭［……］光慈的病，本来仅仅是有些肺炎，照理只要稍稍医治便可全［痊］愈。然而政治和恋爱的苦闷，也是增加他病重的大原因。所以终于没有什么药能够去医治他，除非是一个 Utopia 立刻呈显出来或者是另外找到了一个爱他而又了解他的女子。[④]

今天来看，借用他本人的话，像他这样，“要做一个革命的诗人真是不容易！”[⑤] 虽然他高扬为“大半的批评家”所“置之不理”的俄国诗人节木央·白德内宜，称之为“劳动群众的眼光中”的“唯一的诗人，唯一的为他们所需要的诗人”[⑥]，并就此批评那些持“旧有的眼光”，“以旧的态度来批评文学”的批评家们，但与这位诗作“如红军手中的枪，工人手中的机器，农人手中的锄头”，

① 《蒋光慈文集》第 4 卷，上海文艺出版社 1988 年版，第 69 页。

② 参见方英（钱杏邨）《在发展的浪潮中成长　在发展的浪潮中死亡》，《文艺新闻》1931 年 9 月 15 日“追悼号”；夏济安：蒋光慈的“失败可能也归因于这样一个事实：历史比他之所想发展得更快”（Tsi-an Hsia，“The Phenomenon of Chiang Kuang-tz'u”，*The Gate of Darkness*，Seattle：University of Washington，1971，p. 63）。

③ 《蒋光慈文集》第 4 卷，上海文艺出版社 1988 年版，第 68 页。

④ 美子：《蒋光慈别传》，《出版消息》（上海）1933 年第 5、6 期合刊。

⑤ 《蒋光慈文集》第 4 卷，上海文艺出版社 1988 年版，第 72 页。

⑥ 如此评价，或许也有蒋氏本人自况的意味在内。

“将自己所歌咏的与民众所需要的连合一起”的诗人相比[①]，蒋光慈尽管素以“革命诗人”自居，却也从未忘记对女性与爱情的书写：偶见一面的鞑靼少女（《听鞑靼女儿唱歌》），司文艺的女神（《新梦》《与一个理想的她》），假想中“心爱的她”（《病魔》），安娜（《与安娜》），亡妻（《牯岭遗恨》）……这类书写，在其并不丰硕的诗歌总量当中，占据了相当一部分。它足以证明，如果说他因曾“高歌革命”[②] 而可称作“革命诗人”，那么同样也可以借此称他为“爱情诗人”，至少也是“革命加恋爱”的诗人。高语罕评其诗《与一个理想的她》：“革命的爱情，爱情的革命!”[③] 虽犹过之，却可侧见爱情本就与革命一样，于蒋氏的文学书写中不可脱离。这样，他所以执着于“革命加恋爱”小说的书写，实不难理解：正所欲求也。

现实的欲之深、求之切，让他的小说成了展现其欲望的文学视窗。尽管蒋光慈也曾“忏悔我过去太浪漫了，/现在我要抛去一切的幻想”（《给某夫人的信》，1929），可此后一年完稿的《咆哮了的土地》，依旧插叙了一个革命阵营内部的“三角恋爱”故事（何月素—李杰—毛姑）；并且在新的事业（农民运动）开展期间，这个“三角”也因何月素与张进德在革命过程中产生了新的恋爱的插曲，得以完满地消解。从《冲出云围的月亮》到《咆哮了的土地》，革命与爱情双丰收的文学寓言，也就此伸展出它历史的枝蔓，成为无产阶级意识规范之下“革命文学”书写“大团圆”的一种范型。由此进而推之，在“革命文学”论争之前写作的《少年漂泊者》《野祭》《菊芬》《最后的微笑》[④]，与之后的《冲出云围的

---

① 《蒋光慈文集》第 4 卷，上海文艺出版社 1988 年版，第 74 页。

② 《蒋光慈文集》第 4 卷，上海文艺出版社 1988 年版，第 256 页。

③ 《蒋光慈文集》第 4 卷，上海文艺出版社 1988 年版，第 247 页。

④ 《最后的微笑》（《罪人》）先后于 1928 年 1、2、6、7 月刊发于 1928 年的《太阳月刊》上，可谓“见证”太阳社、创造社论争的写作。从其小说的孤独英雄的选择，以及故事布局（尤其是结尾）总体而言，仍主要受蒋氏本人此前文学思想的影响。

月亮》《咆哮了的土地》之间，小说结局设计的改变，似乎暗示了蒋在此期间文学思维的变化：唯有革命者之间的爱情方能修成正果；并且革命文学家与革命家之间的爱情终将会无果而终[①]。这种思维变化，多少说明蒋氏经历论争之后，已经发生了文学观念上的改变。此前个人主义孤胆英雄式的盲动的暴力，改为革命者共同携手有组织性地推进革命事业。这种革命观念前后的转变，实际上在小说叙事模式的设计中已经呈现出来。于是，由此得以展示的“形式的政治”（伊格尔顿语），并不依赖于蒋氏小说中叙述者有着明确意图的“讲述”（“内容的政治”）。自然，其中改变仍与李初梨等所诠释的，“革命文学”应当成为“一种预言，一种渴求革命的姿势”[②] 差距不小，以致其友钱杏邨认为他在1928年以后“逐渐的停滞了”[③]。

蒋氏革命小说叙事模式的结尾设计，事实上比小说中所谓革命情绪的揭发，更真实地呈现了蒋光慈“狂热”“主观”“唯我”“自恋”“激情”“荒谬的英雄主义”……[④]之浪漫的背后，自卑、自怯且自艾自怜的另一重精神面向。在尤其有着他本人“实感”经验的小说《野祭》《菊芬》里，从章淑君、菊芬的身上，的确可以获致革命的“激情”“狂热”“荒谬的英雄主义”，不过在蒋光慈的精神面相里，她们作为其中的“他者”因素更多，即便他也曾借助菊芬这样的女性宣讲自己的文学主张——而这也是致使这个女性形象塑

---

① 夏济安就曾指出：“《短裤党》里的公式或许暗示像他这样一个男人心仪的女性本应是共产党员。但没有任何记录可以表明他与党内女同志有过恋爱关系。”参见 Tsi-an Hsia，“The Phenomenon of Chiang Kuang-tz'u”，*The Gate of Darkness*，Seattle：University of Washington，1971，p. 97。

② 王德威：《革命加恋爱——茅盾，蒋光慈，白薇》，载《现代中国小说十讲》，复旦大学出版社2003年版，第55页。

③ 方英（钱杏邨）：《在发展的浪潮中成长 在发展的浪潮中死亡》，《文艺新闻》1931年9月15日“追悼号”。

④ 参见王德威《现代中国小说十讲》，复旦大学出版社2003年版，第70、79、81、113页。

造颇显失败的一个重要因素。她们既在陈季侠、江霞这样的文学家、诗人的镜子里，烛照出了作为革命者光辉形象的存在，又在各自的革命“激情”，乃至“狂热”和“荒谬的英雄主义”里陨灭。不只她们，截至1928年蒋光慈所发表的小说，汪中（《少年漂泊者》）、王贵（《最后的微笑》）、云姑（《鸭绿江上》）、汪海平（《碎了的心》）等，也大致如此。[①] 它所暗示的是，革命即意味着流血牺牲；凡是参加革命的，多不会有好下场。这种小说结局的几乎雷同，恐怕不是小说故事推演的必然性能够解释的，很大程度上，是蒋光慈本人的思想观念在“作祟”，所映射的是其本人软弱、害怕牺牲的深层心理。[②] 当然，这并非有意贬低蒋氏有志革命的勇气，而是想揭明其中有着他无意识的自我护卫意识存在。与此同时，革命的牺牲多成了个人英雄主义的表演，而这也多少说明其时他依旧有着无政府主义的思想[③]存在，同时也反过来证明：蒋光慈“革命文学”论争期间自居的“被革命的潮流所涌出”的“新的作家”[④] 身份，颇有些可疑。

即以王德威论及的陈季侠这一形象再作展开。虽然在王看来，小说《野祭》“陈腔滥调”的情节“之所以能引起注意”，是因为蒋氏在“传统三角恋爱当中，加入了第四个元素：革命”，使得

---

① 小说《短裤党》多少是个异类，并非蒋氏故意使然，乃多因瞿秋白的命意。参见吴腾凰《蒋光慈传》，安徽文艺出版社1982年版，第84—85页；贵芳《〈短裤党〉——上海工人武装起义的报告文学》，载方铭编《蒋光慈研究资料》，知识产权出版社2010年版，第303—304页。

② 殷国民、陈志红曾颇深刻地指出，有着蒋氏本人影子的陈季侠、江霞，与小说女主人公之间的“精神联系”，不独恋爱，也在革命，一方面充当了后者“走向革命‘教唆犯’”，另一方面“女性步入死地，而作为男性的却安然无恙”。参见所著《中国现当代小说中的知识女性》，广东教育出版社1990年版，第118页。

③ 高语罕在《〈短新梦〉诗集序》中即指蒋早年是“无政府主义者”（《蒋光慈文集》第3卷，上海文艺出版社1985年版，第241页）；刘剑梅也注意到小说《冲出云围的月亮》里王曼英身上依旧有着“无政府主义和虚无主义的色调”（《革命与情爱》，上海三联书店2009年版，第32页）。

④ 蒋光慈：《现代中国文学与社会生活》，《太阳月刊》1928年1月刊。

“革命”成了确证恋爱的“前提”和“理由”；并称经过与章淑君、郑玉弦之间的情感教育，陈季侠晓悟“只有透过革命，他才能偿还章淑君对他的爱，才能超越他失去章的痛苦”[①]。蒋光慈或有赋予爱情以革命的基础的意图，但是王氏可能没有注意到的是，陈季侠并未走向革命，依旧是小说元叙事者“惯于流浪的我”笔下的青年文人。与其故事结构或有所效摹的鲁迅小说《伤逝》[②] 相比，似乎无法在《野祭》中看到类似涓生那样深痛的自我反省。譬如其开头：

> 淑君呵！我真对不起你！我应当在你的魂灵前忏悔，请你宽恕我对于你的薄情，请你赦免我的罪过……我现在想恳切地在你的墓前痛哭一番，一则凭吊你的侠魂——你的魂真可称为侠魂呵！一则吐泄我的悲愤。
>
> （《野祭》一）

除了口口声声的“忏悔”“罪过”背后，陈季侠可有抒“革命”之志？凭吊“侠魂”，吐泄“悲愤”的，所资用的却是看似高昂、悲恸，实则虚矫、轻浮的语调。并不见行动。这段话，实已揭破陈季侠乃言高于行之人。

正如小说中所叙述的，章淑君成为同志与否，并非陈季侠足以爱她的理由，她从事革命工作的情况，陈也不怎么关注；真正让他重新涌起对章淑君爱的激情的，乃是郑玉弦的离去：爱情的“空缺”，让他重新发现了章淑君作为情感（情欲）补偿或替代者的存在。注意到这点，便可发现小说中陈季侠所作的叙事，是需要重新

---

① 参见王德威《现代中国小说十讲》，复旦大学出版社2003年版，第72—73页。

② 在我看来，这种模仿的痕迹较为明显。除了蒋氏在小说前增加了“书前”之外，《野祭》的中间叙事、两头忏悔的构架，诚颇雷同。

检视的，不宜贸然将其所述等同于事实本身。陈季侠的叙述与所叙述的事件之间，显然存在可疑的漏洞，这种不一致的背后，恰恰隐藏着陈季侠本人的假面：纵情于青年文人趣味的爱情观，以及以自我为中心的利害观。某种意义上，陈季侠之所以念念不忘淑君者，恐在她爱“我”，“我”却没有珍惜，而不是她的革命献身精神真的对“我”有所触动。小说结尾的“哀诗”里，“你是为探求光明而被牺牲了，/我将永远与黑暗为仇敌”，这看似富有革命煽动性的诗句，所得以呼应的唯有开头部分乏味的滥情：“我真是太薄情了”，“我真是罪过，罪过！……”

也许这种小说叙事形式的呈现效果，并非蒋光慈本人的意愿，但在这效果与其意图之间，的确存在着无法弥合的缝隙。事实上，它已经形成了特里·伊格尔顿所论及的“形式对抗内容”[①] 的尖锐矛盾。某种意义上，或可认为，正是蒋光慈本人语言叙述的平庸，导致了小说思想主旨与文体呈现之间的乖离。不唯《野祭》如此，他的所有文学写作大都存在着同样的毛病。这种毛病，也正如黄药眠所曾揭示的，不仅仅是在“文字的技巧”，也在“思想上”[②]。然而就文学而言，这两种分立侧重的看法，恐亦多不能成立。某种意义上，正是语言形式让“思想”的表达成为可能，“文学作品的意义恰恰蕴涵在形式之中”[③]。因为对文学作品而言，意义“只有借助于语言形式才得以呈现”[④]。夏济安曾语：“对我而言，蒋光慈失败的缘由可以从他的不成熟，而非［……］为之添加的阶级标签中

① 相关论述见［英］特里·伊格尔顿《如何读诗》（陈太胜译，北京大学出版社 2016 年版）第 4 章第 2 节“形式对抗内容”。

② 黄药眠：《蒋光慈选集·序》，载方铭编《蒋光慈研究资料》，知识产权出版社 2010 年版，第 296—297 页。

③ ［法］罗伯-格里耶：《旅行者》（上），余中先等译，湖南美术出版社 2011 年版，第 80 页。

④ ［英］特里·伊格尔顿《如何读诗》，陈太胜译，北京大学出版社 2016 年版，第 160 页。

找到。”[①] 单就所言“不成熟”而论，无论是“文学技术”，还是思想观念，在我看来，对于蒋光慈的革命小说写作而言，都是合宜的。

## ◇◇ 本章小结

综上所述，笔者认为，在以往研究当中将蒋光慈的“革命加恋爱”小说叙事模式的写作，一味地视作对旧式恋爱小说陈词滥调式的模仿，或是视作一种“新兴文学”（革命文学）的崭新布局，可能都过于简单。倘若它真可视作一种文学形态的布局，那么首先也应当是蒋光慈本人小说文体的一种重新布局。这种看似文学叙事层面的主题组合方式（“革命加恋爱”），实际上揭陈了蒋氏在个人（情感）与革命（事业）之间游移的复杂态度。尽管这种揭陈并非同蒋氏本人的个人经验一一耦合，其中却无疑有着蒋氏本人情感、经验的投射。于是，即算今天，我们依旧可以从他多少有些粗糙、疏简的“自叙”式语言形式当中，体察到与一般文学史所及刻板、僵化的“革命文学家”不那么相同的多重人格面相。或者更准确地说，不是蒋光慈可能存在的为革命写作的意图，赋予其小说文本以丰富的内涵和历史意义，而是其小说文本当中呈现的这种内涵的丰富性，文学性地“见证”了蒋氏本人更为丰富的历史人物性格和精神面貌，并且也因此见证了蒋氏本人曾经置身其间的历史（或现实）。

也在同样的意义上，将蒋氏“革命加恋爱”的小说叙事，视作性与革命两极间的激情演绎，同样失之于简单。在这本我（性）与超我（革命）之间，添加自我（作家个人、隐含作者、叙述者）

---

① Tsi-an Hsia, “The Phenomenon of Chiang Kuang-tz'u”, *The Gate of Darkness*, Seattle: University of Washington, 1971, p. 84.

这样一个观察文学的维度，是必要的。因为小说叙事，“不仅仅是故事，而且也是行动”，是作家个人、隐含作者或叙述者在小说文本当中，出于某种目的“讲述”故事的行为。[①] 更不必说在杰拉德·普林斯（Gerald Prince）那样的学者眼里，叙事文本（语境）里“真正的主人公是叙述者，而不是他的任何一个人物”[②]。

---

① 此处借用了詹姆斯·费伦“作为修辞的叙事”的有关阐述，参见［美］詹姆斯·费伦《作为修辞的叙事：技巧、读者、伦理、意识形态》，陈永国译，北京大学出版社2005年版，第14页。

② ［美］杰拉德·普林斯：《叙事学：叙事的形式与功能》，徐强译，中国人民大学出版社2015年版，第14页。

# 第二章

# 形式与政治的两歧：郭沫若的改写

郭沫若曾以古语“文如其人”，来形容蒋光慈为人与为文的一致性。对此，他说：“凡是没有见过光慈的人，只要读过他的文章，你可以安心地把你从他的文章中所得的印象，来作为他的人格的肖像。他为人直率、平坦、不假虚饰［……］”① 其实这段话中所及蒋氏文格与人格的相似性，同样也适合于他本人。唯一不同的是，某种意义上，其文格所折射出来的人格，或为蒋氏的反向。正如李欧梵所揭示的，如果说蒋光慈在其“个人浪漫主义”文学同革命政治之间展示出了“比较可悲的一面”的话，那么郭沫若或如他所言，展示出了“‘较为愉快’的一面”。在既有的“革命文学史”范式的研究视野下，郭沫若也确如李氏所指出的，在文学与政治的两面都取得了“收成”。② 这份“收成”的获取，本身就已暗示了郭氏文学与政治高度纠缠的文体格调背后，身兼文学家（诗人、历史剧作家）与革命家等多重身份的人格的复杂性。

作为中国现代文学史上可能最有心趋近于革命意识，故而不断自我革命并“革命”其文学书写的典型作家，自 1926 年发表《革命与文学》一文以降，郭沫若即有意告别“在精神上是个人主义自

---

① 《郭沫若全集·文学编》第 12 卷，人民文学出版社 1992 年版，第 267—268 页。

② 李欧梵：《中国现代作家的浪漫一代》，王宏志等译，新星出版社 2012 年版，第 211 页。

由主义，在表示上是浪漫主义的文学”[①] 的人生与文学阶段。然而，正如现有研究多已指陈的那样，终其现代文学阶段的写作，无论诗还是历史剧，主观性、抒情性的浪漫主义依旧蛰伏于他笔下的字里行间。[②] 自然，在其革命转向之后，这种有着典型的自我抒情的浪漫主义文体特征，无疑不同于起初近于蒋光慈那般的“直率”和“不假虚饰”。特别是他本人的文学写作发生了整体性的“革命文学”转向之后，其中有意理性故而专断地“讲述”革命，而非感性故而自然地“呈现”文学的趋向，也便在随之发生的由“我”（自我）到“们”（人民/大众）的主体抒情的转易过程中，展现出革命意图与语言表达之间的背离。

对于像郭沫若这样一位现代文学史上少有的“球形天才”，要想就其现代文学场域内多文类（诗、小说、戏剧等）写作展开全面、系统的考察，无疑颇为繁难。并且仅就他的新诗写作而论，陈太胜对其中存在的两个面相（“高音的诗”“低音的诗”）的揭示，本就是十分精到的新诗文体问题研究。[③] 有鉴于此，本章不拟作历史线性地详论，而是选择以下两个有着密切关联的问题来集中探讨：第一，“青春”之后难再抒情的问题；第二，1928 年其文学写作或修改的革命意识指向，与其依旧迟滞的、自我抒情的浪漫主义诗体之间的两歧性。并在此基础上，就其由文学趋向政治，因革命“改写”乃至取消文学的“革命文学”之路，做进一步深入的探讨，以此展现他越发激进的革命意识，同其写作之间存在着的越发背反的形式（语言表达）与历史（政治意图）的矛盾。

① 郭沫若：《革命与文学》，《创造月刊》1926 年第 1 卷第 3 期。

② 参见钱理群等《中国现代文学三十年》，北京大学出版社 2005 年版，第 80—88 页；李欧梵《中国现代作家的浪漫一代》，王宏志等译，新星出版社 2012 年版，第 199—209 页等。

③ 参见陈太胜《声音、翻译和新旧之争：中国新诗的现代性之路》，湖南人民出版社 2016 年版，第 34—62 页。

## ◇◇ 第一节 “青春”之后：抒情难再的困惑

在郭沫若的诗学观念里，诗是主情的，是情感的自然流露。相当程度上，这也确是他本人毕生的坚持。1920 年致信宗白华时，他就说：“诗的本职专在抒情。抒情的文字不采诗形，也不失其诗。[……] 情绪的吕律，情绪的色彩便是诗。诗的文字便是情绪自身的表现（不是用人力去表示情绪的）。我看要到这体相一如的境地时，才有真诗好诗出现。”[①] 且就其中郭氏对情感居于诗中地位的理解和阐发来看，后者甚至可以说构成了他所理解的诗之为诗的本质。1922 年，郭氏在为所译歌德小说《少年维特之烦恼》作序时也称，自己因歌德这位“伟大的主观诗人”而产生“共鸣”的思想，首先一点便在于后者的“主情主义”。他所服膺的，便是歌德不用“理智去分析，去宰割”，而是“用他自己的心情去综合，去创造”。[②] 可见，在他 1926 年宣布告别浪漫主义之前，情感（或情绪）即以构成了他的诗学主张的核心。1936 年、1944 年，他两度将自己诗歌写作的中辍，也归咎于“情”的难再爆发。[③] 1958 年，郭氏在为曾遭自己弃绝的浪漫主义转圜、辩护之际，又再度迂回地肯定了文学（尤其是诗）“主情”说。[④]

然而，20 世纪 30 年代，他便开始自觉不再是诗人，并一再宣讲他的“青春”诗学。对他此番态度和言说逻辑予以揭示，无疑有助于理解 1928 年后，他的诗歌写作（修改）何以发生文体转向，

① 《郭沫若全集·文学编》第 15 卷，人民文学出版社 1990 年版，第 47 页。

② 郭沫若：《〈少年维特之烦恼〉序引》，《创造》季刊 1922 年第 1 卷第 1 期。

③ 郭沫若：《我的作诗的经过》，《质文》1936 年 11 月 10 日第 2 卷第 2 期；《郭沫若全集·文学编》第 19 卷，人民文学出版社 1992 年版，第 408—409 页。

④ 郭沫若：《浪漫主义和现实主义》，载王训昭等编《郭沫若研究资料》（上），知识产权出版社 2010 年版，第 324—335 页。

以及他本人作为现代诗人的身份意义何以消亡的深层原因。为此，本节主要围绕他“青春”写作现象来展开论述，重点探讨不同历史阶段，其抒情方式的选择，抒情主体的面向，对他的新诗写作所产生的戕害，并由此揭示此际郭沫若展现出来的外向、功用的文学态度。

## 一 郭沫若诗歌写作中的“青春”现象

郭沫若崭露头角于现代中国文坛，按其本人的回忆，起自1919年《时事新报·学灯》对他所作《鹭鸶》《死的诱惑》《新月与白云》等诗的发表。对此，他说：“看见自己的作品第一次成了铅字，真是有说不出的陶醉。”也正因这种陶醉感所带来的“刺激”，郭氏迎来了自己写作的第一个“创作爆发期”。[①] 恰在同年，比郭氏略长的英国诗人T. S. 艾略特（1888—1965），于遥远的欧洲发表了他的著名论文《传统与个人才能》[②]。25岁之后如何写诗？这一在后者论文中着意探讨的，“青春”诗人如何蜕变为“成熟”诗人的命题，颇富戏剧性地以远在东方的前者作了反例。稍微不同的是，郭沫若给出的诗歌写作危机的临界点，不是艾略特所及的25岁，而是30岁。尽管郭沫若在开展其新诗写作之时，尚无从获知T. S. 艾略特的相关论述，但由“青春”转向“成熟”的写作困惑，却真切地成了现代诗人郭沫若无法回避，且最终令其“夭折”于诗坛的现实问题[③]。

某种意义上，中国新诗史上，郭沫若的确是一位“青春”诗人：无论就他写作时的年龄，还是写作成就本身来看，郭沫若都未能以“成熟”的面目展现。现今多数文学史著对其诗歌成就的评

---

① 《郭沫若全集·文学编》第12卷，人民文学出版社1992年版，第64页。

② 参见刘燕《〈传统与个人才能〉在20世纪中国的“旅行”》，《外国文学评论》2006年第3期。

③ 《郭沫若全集·文学编》第15卷，人民文学出版社1990年版，第119页。

述，多集中于1928年以前，尤其是《女神》时代。1937年，其创造社同人穆木天就说："诗人郭沫若的诗歌，是'五四时代'的生命的写照，是'五四时代'狂风怒浪的表现，而更是'五四时代'的一个极敏感的气压计，在那个气压计里，可以看见'五四时代'的运动潮汐的起伏［……］而诗人郭沫若［……］则是作黎明的喇叭手。"言下之意，郭氏作为现代诗人的意义，主要呈现于"五四时期"。同篇文章末尾，穆木天进而指出，彼时的郭沫若，依旧是一个"还在吃奶"的诗人；其《女神》时代的诗作，仅是"'五四'时代革命怒潮中的灿烂的昙花"。[①]

"昙花"乍开乍谢之后的几年间，郭沫若虽然依旧出版了诗集《瓶》（1927）、《恢复》（1928），20世纪30年代之后继有《战声集》（1938）、《蜩螗集》（1948）等，然多未给他带来诗歌写作上的突破，也多未被纳入文学史的书写视域。这本身也从另一个视角暗示：郭沫若于"五四"时代绽放的那朵"昙花"，业已繁华落尽。如此，郭沫若诗歌写作成就的"青春"定位，在一定意义上，也确与他作为一位现代诗人的影响及活跃程度相符。郭沫若本人也说："新诗应该是年青的。新诗人的心更应该永远是年青的。"[②] 而就郭的新诗写作而论，诚如有论者所言，其毕生文学事业的"成功与缺陷、长处与不足"，"都深深地带上了'青年'的印记"[③]。

青春，既意味着活力、新鲜和希望，又意味着稚嫩、生涩和不成熟。如果说闻一多、穆木天等以动的精神、反抗的精神、力的精神[④]，对前一方面多予褒扬的话，那么沈从文对郭沫若此间的"放

① 穆木天：《郭沫若的诗歌》，《文学》（上海）1937年1月1日第8卷第1号。

② 黄淳浩编：《郭沫若书信集》（下），中国社会科学出版社1999年版，第152页。

③ 黄侯兴：《论郭沫若"青春型"的文化品格》，载《郭沫若百年诞辰纪念文集》，社会科学文献出版社1994年版，第484页。

④ 参见一多《女神之时代精神》，《创造周报》1923年6月3日第4号；穆木天《郭沫若的诗歌》，《文学》1937年1月1日第8卷第1期。

号”作出的“天真”“废话”[①]之讥，则是对后一方面的贬抑。就连郭本人也意识到，《女神》时代为自己所称赏的“男性的粗暴的诗”[②]，从技巧方面来看，或许不及此后《星空》《瓶》《前茅》等集诗作“高明”[③]。可即便如此，他依然认为后者不如前者好。他甚至直言：“自从《女神》以后，我已经不再是‘诗人’”，虽然此后也陆续出版了好几部诗集，“但象产生《女神》时代的那种火山爆发式的内发情感是没有了”；“我始终是感觉着只有在最高潮时候的生命感是最够味的”。[④]可见，随着年龄的增长，文学技巧的越发熟练，并不为郭氏本人看重。他更看重的是“青春”的激情，并因此认定自己起初的诗歌写作才是最“成熟”的。

这种具有浪漫主义倾向的诗学追求，也让他更青睐于主观、直觉和内在情绪的抒写，而非自然主义的写实。而这，也正是他曾经提及的自己早年同张资平在文学观念上的分野。[⑤]对于早年的诗学主张，他说：

> 我想我们的诗只要是我们心中的诗意诗境底纯真的表现，命泉中流出的 Strain，心琴上弹出来的 Melody，生底颤动，灵底喊叫；那便是真诗，好诗，便是我们人类底源泉，陶醉底美酿，慰安底天国。[……] 诗不是“做”出来的，只是“写”出来的。我想诗人底心境譬如一湾清澄的海水，没有风的时候，便静止着如象一张明镜，宇宙万汇底印象都涵映着在里面；一有风的时候，便要翻波涌浪起来，宇宙万汇底印象都活

① 沈从文：《论郭沫若》，载李霖编《郭沫若评传》，现代书局 1932 年版，第 46、49 页。

② 郭沫若：《我的作诗的经过》，《质文》1936 年 11 月 10 日第 2 卷第 2 期。

③ 《郭沫若全集·文学编》第 19 卷，人民文学出版社 1992 年版，第 408 页。

④ 《郭沫若全集·文学编》第 19 卷，人民文学出版社 1992 年版，第 408 页。

⑤ 郭沫若（《创造十年》）：“资平是倾向于自然主义的，所以他说要创作先要观察。我是倾向于浪漫主义的，所以要全凭直觉来自行创作。”参见《郭沫若全集·文学编》第 12 卷，人民文学出版社 1992 年版，第 49 页。

> 动着在里面。这风便是所谓直觉，灵感（Inspiration），这起了的波浪便是高涨着的情调。这活动着的印象便是徂徕着的想象。这些东西，我想来便是诗的本体，只要把他写了出来的时候，他就体相兼备。[①]

依其所见，诗人只要依着直觉、灵感，去捕捉内心深处“高涨着的情调”和“徂徕着的想象”，借用语言文字把这种“情调”和“想象”记录下来，那么，如此记录下来的，便是一首“体相兼备”的诗。很显然，其中暗示了郭氏这样一种诗学观念：相比于“情调”与“想象”，赖以表达的语言形式是第二义的，不过是使前者物化为诗的凭借或工具。诗是“写”出来的，而非蓄意为之的“造作”（“做”），由此也便成了他让诗的写作任由“直觉”“灵感”来触发的理由。

将诗任之于直觉、灵感和情绪（情感），而非理性与思考，就这一点来看，郭沫若作为诗人，其“精神、气质、性格、情绪上”的确属于“‘青年’的范畴”[②]。当然，或许更相宜的说法是，在郭氏看来，诗歌是命定的“青春”事业。为此，他说：“一般的说来，年轻的时候是诗的时代，头脑还没有客观化；而到了三十左右，外来的刺激日多，却逼得逐渐客观化，散文化了。”[③] 言外之意，从写作年龄上看，“三十左右”即是“诗的时代”和散文时代的分界线。头脑一旦“客观化”，人越发变得理智，也就难再“写诗”，似是其应有的命意。

也正是在此处，郭氏的这种浪漫主义“青春”抒情的诗学主张，呈现出了一番与同时代的英国诗人 T. S. 艾略特殊异截然的美

---

① 《郭沫若全集·文学编》第 15 卷，人民文学出版社 1990 年版，第 13—14 页。

② 黄侯兴：《论郭沫若“青春型”的文化品格》，载《郭沫若百年诞辰纪念文集》，社会科学文献出版社 1994 年版，第 484 页。

③ 郭沫若、蒲风：《郭沫若诗作谈》，《现世界》1936 年 8 月 16 日创刊号。

学风貌。1922 年，当 34 岁的艾略特以长诗《荒原》的发表，将其 25 岁之后诗歌的智性书写推至一个高峰之际，时年 30 岁的郭沫若却已渐觉自己诗歌写作激情的衰退。十年后，郭沫若在回忆过往时说，他的“诗潮”甚至早在 1920 年就已经“干涸”[①]。再十年，郭氏又借剧作人物屈原之口，重申自己的“青春”诗学观念：

> 人在年青的时候，好胜的心强，贪懒的心还没有固定，因此年青人总是天真活泼，慷慨有为，没有多么大的私心。这正是我所想学习的。［……］就拿做诗来讲吧，我们年纪大了，阅历一多了，诗便老了。在谋章布局上，在造句遣辞上，是堂皇了起来；但在着想的新鲜、纯粹、素朴上，便把少年时分的情趣失掉了。这是使我时时感觉着发慌的事。在这一点上，仿佛年纪愈老便愈见糟糕。[②]

“年纪愈老”，诗也易“老”，如此言说，显然与历史人物（而非剧中人物）屈原直到晚年才写作《离骚》的实际状况[③]相去甚远。其中所陈，反与上及郭氏本人的诗学思想更相接近。历史地看，“青春”之后的写作，不唯在英国诗人 T. S. 艾略特及屈原那里是可行的，即便在郭氏晚年（1971）专门研究的古典诗人李白和杜甫那里，也是无可更易的史实。

“青春”与诗的写作相伴随的消退现象，倒真实地呈现于郭氏自己的文学书写当中，并表现出其诗心（思）与诗艺（言）上的两歧。“青春”之后再难写诗，因此也只能算是适宜他本人的症候。这种近似“逆生长”的诗心的衰颓，一旦与艾略特、屈原相互参

---

① 《郭沫若全集·文学编》第 12 卷，人民文学出版社 1992 年版，第 68 页。

② 郭沫若：《屈原》，群益出版社 1949 年版，第 10 页。

③ 在《屈原研究》中，郭沫若本人便指《离骚》为享年 62 岁的屈原的“晚期作品”和“最成熟的作品”。参见《郭沫若全集·历史编》第 4 卷，人民出版社 1982 年版，第 24 页。

对，也便更有耐人寻味之处。这种多被忽视的人与诗之“成熟”的背反现象，在一定意义上，最起码为破解郭氏“青春”之后诗歌写作难再的“谜题”，提供了一窥门径的锁钥；并且，在更宽泛的层面上，它也是郭沫若研究中务须直面的一个问题。

## 二　主情还是智性：郭沫若诗歌的抒情方式问题

对于郭沫若青春写作难以为继的问题，孙玉石曾在其探论郭氏新诗的浪漫主义本体观时，做出过相关的阐发。在他看来，郭沫若诗歌写作中的一个弱点，是他“过分信赖情感自然流露而缺乏哲理思考的深沉韵味”；并援引歌德对拜伦以“灵感代替思考”的批评，指出郭沫若“对灵感有时过分信赖，而忽视了智性的沉思在灵感升华中的作用”。孙氏以为，正是郭沫若这般新诗观念的弱点，导致其写作“走入自己理论的误区”，以致此后诗作“走向概念化”，从而“少了诗的本质和生命”。[①] 其中以“智性”“思考”等关涉西方现代主义（尤其是象征主义）的诗学观念，来“逆”释郭沫若诗歌写作问题的相关阐述，自有其合理之处。不过，在我看来，这些尚不足以充任郭氏何以再难为诗的主要理由。

在继续讨论之前，有必要对郭氏的新诗写作经历做一简要的回顾。

作为“五四”时代成长起来的新诗人，一个首先直须面对的问题是：在破旧开新的转折年代，诗歌如何写作？在打倒孔家店、建设新文化（文学）的浪潮里，写作方式本身就需一场革命。就连胡适在去白话，并改以语体文开启“新诗”的断裂性“尝试”之初，其中文言的“尾巴”仍旧依稀可见。正如陈太胜已经揭陈的，在胡适 1916 年 6 月至 1917 年 9 月、1917 年秋至 1918 年底、1919 年初至 1921 年底，这三个《尝试集》诗歌写作的历史分期里，第一、二阶段都有着传统五、七言近体诗的影响；他的诗歌写作三个阶段的渐

① 孙玉石：《郭沫若浪漫主义新诗本体观探论》，《北京大学学报》（哲学社会科学版）1993 年第 4 期。

进过程，本身就呈现出了早期中国新诗从胎动到孕育的历史演化。[①]

郭沫若其实也走过了类似的过程。且不必说郭氏少年时代的旧诗实践[②]，单以《女神》集初版辑入的《别离》《春愁》为例。虽则在有关《别离》《春愁》这两首近似文言的诗作的具体写作时间上，就连郭氏本人都多有出入，但可以肯定的是，它们应属于郭氏步入文坛之初的初啼诗作之列[③]。如果说它们可算作郭沫若类似胡适那样，对已经立意要打倒的旧文学传统的沿袭，那么他的差不多同时且更多略晚于斯的自由体诗的“创造”，则多来自域外文学经验的效摹。

虽则郭沫若的首部诗集《女神》，常被现代文学史著称作“以崭新的内容和形式，开一代诗风”的中国现代新诗的奠基之作[④]，但事实上，他的“创造”与其说开新的意义更多，不如说“摹仿”的痕迹更重。刘纳便直言郭沫若“五四”时期的作品“仿效性很强”[⑤]；另有论者也以为，“郭沫若的诗歌创作从一开始就受到自身诗歌翻译或（诗歌）翻译系统的影响”[⑥]。实际上，郭沫若本人也表达过近似的意思。在回忆录（郭氏本人名之为“自叙传”[⑦]）《创造十年》里，他这样写道：

> 我的短短的做诗的经过，有三四段的变化。第一段是太戈尔［今译泰戈尔］式，第一段时期是在“五四”以前，做的

---

① 陈太胜：《声音、翻译与新旧之争：中国新诗的现代性之路》，湖南人民出版社 2016 年版，第 22—30 页。

② 参见《郭沫若少年诗稿》，四川人民出版社 1979 年版。

③ 参见《郭沫若全集·文学编》第 1、12 卷，人民文学出版社 1982、1992 年版，第 133—134、64 页。

④ 钱理群等：《中国现代文学三十年》，北京大学出版社 2005 年版，第 80 页。

⑤ 刘纳：《郭沫若：心灵向世界洞开》，载曾小逸主编《走向世界文学：中国现代作家与外国文学》，湖南人民出版社 1985 年版，第 337 页。

⑥ 姜秋霞等：《文学翻译与社会文化的相互作用》，外语教学与研究出版社 2009 年版，第 129 页。

⑦ 《郭沫若全集·文学编》第 12 卷，人民文学出版社 1992 年版，第 38 页。

> 诗是崇尚清淡、简短，所留下的成绩极少。第二段是惠特曼式，这一段时期正在“五四”的高潮中，做的诗是崇尚豪放、粗暴，要算是我最可纪念的一段时期。第三段便是歌德式了，不知怎的把第二期的情热失掉了，而成为韵文的游戏者。[①]

从泰戈尔到惠特曼，再到歌德式诗体影响的转变，相当程度上，已经说明其时的郭沫若尚没有形成自己相对恒定的诗歌文体。而这也在《女神》一集中有着鲜明的呈现，以致上文赞誉他“以崭新的内容和形式，开一代诗风”的评论家，也直陈该诗集“真切地展现了诗人在美学追求中的内在矛盾”[②]。在我看来，其中存在的这种美学矛盾，相当程度上须由郭氏对域外诗人们文体的效摹，而非全然自我的“创造”负责。

但颇为惊诧的是，正如上文所论，郭沫若却将这一时期的写作认定为“最够味”，因此也是最“成熟”的。问题的关键可能不在于他所言的对错，而在于他为何这么说。1936 年，他又说：

> ［……］在我自己的作诗的经验上，是先受了太戈儿［今译泰戈尔］诸人的影响，力主冲淡［……］有好些批评家不知道我这些经过，以为那些奔放的粗暴的诗是我初期的尝试，后来技巧增进了才渐渐地冲淡起来，其实和事实不符。我自己本来是喜欢冲淡的人［……］然而在“五四”之后我却一时性地爆发了起来，真是像火山一样爆发了起来，这在别人看来虽嫌兵暴，但在我是深有意义的，我在希望着那样的爆发再来。[③]

这段话常为论者援引却未予深透揭示的文字，至少已经透露出

① 《郭沫若全集·文学编》第 12 卷，人民文学出版社 1992 年版，第 77 页。

② 钱理群等：《中国现代文学三十年》，北京大学出版社 2005 年版，第 82 页。

③ 郭沫若：《我的作诗的经过》，《质文》1936 年 11 月 10 日第 2 卷第 2 期。

这样几个信息：（1）郭氏“本来”“喜欢冲淡”；（2）“五四”之后，郭氏在应如何抒情的态度上发生了转变，让他由“冲淡”的诗体钟爱者，走向了“奔放”“粗暴”的抒情。换言之，郭沫若虽是“主情主义者”，但对“情”的理解却有变化：由“清淡”和“简短”，转易为“豪放”和“粗暴”。

某种意义上，这两种不同的诗风，正是陈太胜在废名的相关论述上所诠释的，郭沫若诗歌写作中存在的两种不同面相：“低音的诗”和“高音的诗”。在废名那里，则相对应地分为“‘天成’的诗”和“‘乱写’的诗”。废名、陈太胜二人所指称的前者，多属郭氏所言“冲淡”“简短”的一类；后者则多属“豪放”和“粗暴”的一类，也正是郭沫若自认为“最够味”，也最能体现其“青春”诗学的那一类诗。然而，至少在废名和陈太胜那里，恰恰是郭氏本人自承“本来”为之喜欢却抛弃了的那一类“冲淡”“简短”的抒情诗，可能是郭沫若本人诗歌写作中，“最显出自由歌唱的诗人的个性，也最明显地表现着自由诗的诗”；正是这些“似乎只是沉浸在个人的情思和想象世界里”的“低音的诗”，“在放弃了强烈要人认同和呼应的要求之时，却获得了某种为真正的读者所认可的理性力量”。与之相对的，像《凤凰涅槃》这样沾染着惠特曼式诗风（废名则认为是楚辞遗风）的“‘乱写’的诗”（“高音的诗”），虽则允许诗人“上下古今乱写，没有一毫阻碍”，实则使其“文字语言不听命令”，以致陷入“感情有时写不出说不出”的境地。[①] 换言之，按照他们的理解，后一类诗汪洋恣肆的“乱写”语流之下，是清浅见底的河床。

因此，在我看来，首先对郭氏诗歌写作产生干扰，并使之难以继续的，可能不在于孙玉石所陈的智性问题，而是他在如何抒情，或者说抒发怎样的情，面向谁抒情的问题上出现了重大的偏差。而

① 废名、朱英诞：《新诗讲稿》，北京大学出版社 2008 年版，第 137、139 页；陈太胜：《声音、翻译和新旧之争：中国新诗的现代性之路》，湖南人民出版社 2016 年版，第 62 页。

智性问题，只能说是其中一种可能的待选方案。对郭沫若而言，“智性”与“思考”的缺乏，虽则的确可能滞碍了他在诗歌上取得更大成就的成长空间，不过这种多有所期的厚望，尚不必然地指向其诗歌写作的中辍问题。

一个显在的历史事实是，单就中国本土而言，“抒情精神”作为“文学传统的精髓”，至少在陈世骧那里，是可以成立的。[①] 也就是说，“主情”的文学不仅可能，而且已经熔铸到了中华民族的文学血脉当中。古典诗人屈原、李白、杜甫，乃至再往后的苏轼、陆游等，也都是在“主情”的抒情传统里，成就为卓著的古典诗人。王德威在综合陈世骧、沈从文、普实克等人相关论述的基础上，更将抒情视作中国文学的现代性（尤其是现代主体）建构的又一面向。[②] 即便是在后起的现代诗人艾青、戴望舒那里，“情”而非智性，依旧在其诗作中占据更主要的位置。如此辩陈，并非有意否定智性或思考之于新诗写作的重要意义，而是想指出，即便将诗拘限于“主情”的畛域之内，写作优秀的诗篇，并成就为优秀的抒情诗人，依旧是可能的。就像古典时代喜禅的苏轼，同样是一位主情的豪放诗/词人；现代善于书写日常经验的戴望舒，同样也可以写出《狱中题壁》《我用残损的手掌》这样激情澎湃的诗篇。

这种对“情”理解的重大偏差，其根本的“病灶”在于：他对诗的体认越来越趋向于世界，趋向于同时代的合奏，而非趋向自我的心灵，自我的个人体验。而这种趋向，本就是意识选择的结果。某种意义上，意识选择或过滤，本身即是另一种层面上的“智性”和“思考”，当然它并非面向文学的，而是面向自我与文学之外的某些东西。

---

① 陈世骧：《中国文学的抒情传统》，生活·读书·新知三联书店2015年版，第6—9页。

② 参见王德威《“有情”的历史——抒情传统与中国文学现代性》，《中国文哲研究集刊》2008年9月第33期。

## 三 自我体验的放逐：郭沫若诗歌中的抒情主体问题

在笔者看来，郭沫若“青春”诗学问题的关键，首先不在于是否需要智性或思考入诗（尽管一定意义上这对于郭沫若也是一个十分切要的问题），而在于所抒之“情”是否如郭氏本人所陈，是出于“自然”的流露，而非强求于“人力去表示”①。在这一点上，恰恰是过多外在的“人力”，或者干脆说文学外部的因素，“改写”了郭沫若诗歌写作的方向。而在这种“改写”的过程中，文学书写的自我主体地位开始渐渐让渡于自我之外的某些东西。

事实上，根据《创造十年》及其他相关回忆文章的记述，可以发现，《女神》时代里他所钟爱的《凤凰涅槃》《晨安》《地球，我的母亲!》《匪徒颂》等诗作，都是在一种非“自然流露”，而多受外部世界影响下的写作。即如他本人所言，以上所列诗作的写成，首先应该要感谢时任《学灯》编辑宗白华。是后者对郭氏来稿的每投必发，令郭氏的创作欲得以爆发。对此，郭氏本人就说：

> 那时候，但凡我做的诗，寄去没有不登，竟至《学灯》的半面有整个登载我的诗的时候。说来也很奇怪，我自己就好象一座作诗的工厂，诗一有销路，诗的生产便愈加旺盛起来。在一九一九年与一九二〇年之交的几个月里，我几乎每天都在诗的陶醉里。每每有诗的发作袭来就好象生了热病一样，使我作寒作冷，使我提起笔来战颤着有时候写不成字。我曾经说过：“诗是写出来的，不是做出来的。”便是当时的实感。但到一九二〇年的四五月间白华到德国去了，《学灯》的编辑换了人，我的诗潮从此消涸了。②

① 《郭沫若全集·文学编》第15卷，人民文学出版社1990年版，第47页。

② 《郭沫若全集·文学编》第12卷，人民文学出版社1992年版，第68页。

“诗潮干涸”的原因，另据郭氏6年后的回忆，乃因继任的编辑李石岑“每每给我以不公平的待遇”，导致我以后不再给《学灯》写诗，同时“更把那和狂涛暴涨了一样的写诗欲望冷下去了”。①

郭沫若本人上述的相关回忆，足以说明《女神》时代里郭沫若自以为“最够味”的这些诗作，多缘起于外界的刺激而发生的反应。一个毋庸避讳的事实是，诗作发表本身可能带来的文学象征资本，以及投稿行为带来的经济资本，至少是影响郭氏此类诗歌写作的重要因素。他将自己的写作譬喻为“工厂”里的“生产”，多少暗示了其间存在着资本主义文化商业的因素。而这种出于亢奋的非正常状态下的写作，一旦遭遇外界的干扰，自然也就很难持续，就像他因《学灯》编辑的更换而诗潮消涸一样。

并且在笔者看来，为郭沫若所高张的这类惠特曼式诗作，倘若说有什么助益于时代进步的意义的，恐怕不是其中所欲传达的思想意义（内容），而更多的是他所效摹的惠特曼式自由诗体本身。今天，这类诗之所以让人感觉诗味寡淡，很大原因就在于其形式大于内容。譬如《女神》（1921）中的短诗《立在地球边上放号》：

> 无数的白云正在空中怒涌，
> 啊啊！好幅壮丽的北冰洋的晴景哟！
> 无限的太平洋提起他全身的力量来要把地球推倒。
> 啊啊！我眼前来了的滚滚的洪涛哟！
> 啊啊！不断的毁坏，不断的创造，不断的努力哟！
> 啊啊！力哟！力哟！
> 力的绘画，力的舞蹈，力的音乐，力的诗歌，力的Rhythm哟！

① 郭沫若：《我的作诗的经过》，《质文》1936年11月10日第2卷第2期。

其中恣肆、瑰奇的想象，自然洋溢着典型的惠特曼式的浪漫主义。很显然，对海洋奇观、伟力的惊叹，对一切破坏与创造之力的崇拜，是诗人之所以"放号"的基本立意。但就其思想内涵而言，简单、直白的语言背后，并无多少值得回味的繁复意蕴。相比之下，更引人注意的，不是这首诗讲了什么（意义），而是它讲的方式（形式）。在它给人以"听军歌号军鼓时的感觉"的惠特曼式"鼓舞调"里①，恰恰是其"狂暴"有力的语言的节奏，以及大量的惊叹号，几无提炼、节制的口语化长句，反复、排比、拟人等修辞格的使用，让这首诗实现了郭氏本人所谓的"情绪的直写"②。尤其是太平洋欲推倒地球的拟人与夸张格，特色鲜明地彰显了"我"眼前所见（更准确地说是所想象）之自然伟力的崇高。换言之，诗中，郭沫若恰恰借助了语言形式本身，而非所传达的意义，呈现出了"五四"时代"暴飙突进的精神"。其中寡味的诗思，本质上就在于郭氏本人内心的情感体验，于诗中投射的稀少。

相反，《女神》之后为他所不喜的，没有"英雄格调"的《星空》集里的某些诗作，倒见出其于虚空、高扬的"豪放""粗暴"诗作之外，同他的诗艺日渐精进一道，趋于丰富的自我抒情。譬如《天上的市街》：

远远的街灯明了，
好像闪着无数的明星。
天上的明星现了，
好像是点着无数的街灯。

我想那缥缈的空中，
定然有美丽的街市。

---

① 郭沫若：《论节奏》，《创造月刊》1926 年 10 月 5 日第 1 卷第 1 期。

② 《郭沫若全集·文学编》第 15 卷，人民文学出版社 1990 年版，第 352 页。

街市上陈列的一些物品，
定然是世上没有的珍奇。

你看，那浅浅的天河，
定然是不甚宽广。
我想那隔河的牛女[①]，
定能够骑着牛儿来往。

我想他们此刻，
定然在天街闲游。
不信，请看那朵流星，
那怕是他们提着灯笼在走。[②]

虽然郭沫若本人一再抱怨自己作为一位诗人的命运，折损于歌德名著《浮士德》的影响。他甚至称歌德给他戴上了新的“枷锁”，使之成了“韵文的游戏者”[③]；但就此诗来看，它的成功恰恰建立于对惠特曼诗体的弃用、歌德诗体的仿用之后。尽管废名对其中牛郎织女典故简单的挪用略有讥嘲，却也对此诗末节给予“做得很好”的高评。[④] 在笔者看来，第一节诗在草创之初的新诗写作中，也是颇为精彩的。其中“街灯”与“明星”的回环、衬托的修辞格之间，寄寓着诗人天上—人间两相对比的自我遐想。这种既符合其浪漫、感伤的人格气质，又多少有些节制，或如他本人所语的“冲淡”的语调，以及瑰丽、奇幻星空的自由想象，所展现出来的世界—自我的契合，在郭沫若的诗作中是极为罕见的。尤其是第四

① 现通行本这一行为“那隔河的牛郎织女”。参见《郭沫若全集·文学编》第1卷，人民文学出版社1982年版，第194页。

② 于《创造季刊》1922年第1卷第1期。

③ 《郭沫若全集·文学编》第12卷，人民文学出版社1992年版，第76—77页。

④ 废名、朱英诞：《新诗讲稿》，北京大学出版社2008年版，第142页。

节的末两行，多少可以令人联想到中唐“诗鬼”李贺诗《梦天》里，“遥望齐州九点烟，一泓海水杯中泻”那般的妙笔神来。星空之下，是一个自由却不张扬，感伤却不滥情的诗人的自我。可惜的是，这样的诗作在他不算太少的诗作里，着实太少。

20世纪30年代以降，郭沫若一再讲述《女神》时代的诗，是他最好的诗的时候，恐怕也与他这类诗广受当时的批评家称许和褒扬有关。除了本节开头部分穆木天称之为“五四”时代的气压计之外，闻一多也说：“若讲新诗，郭沫若君的诗才配称新呢！［……］最要紧的是他的精神完全是时代的精神——二十世纪底时代的精神。”① 此外，朱湘、朱自清、周扬、臧克家等，对其《女神》时代有着“英雄格调”的这类同时代相应和，故而面向外部世界，而非面向内心体验故而面向自我的诗作，也多予以过高度评价②。迄今，这样的评价依旧存在于相关文学史著当中。钱理群等便称：“狂飙突进的‘五四’时代需要用高昂热情的浪漫主义来表现，而诗人郭沫若正是‘偏于主观的人’［……］个人的郁结，民族的郁结，在浪漫主义这里找到了喷火口，也找到了喷口的方法。”③ 如上种种揄扬，都无一例外地指向狂飙年代里，郭沫若趋近于时代精神的面向。这种面向，同他后来欲以“英雄的格调”，为革命政治而激情放歌的期待并无二致，反倒都有着共同的以诗歌介入世界（社会、政治等），进而引人注目的心理动机。于是，革命年代里，他一再唤起“五四”狂飙时代的记忆，也便不难理解。就像他自己距离《女神》时代十余年后，历史“重构”的记忆那样：

“五四”以后的中国，在我的心目中就象一位很葱俊的有

① 闻一多：《〈女神〉之时代精神》，载王训昭等编《郭沫若研究资料》（上），知识产权出版社2010年版，第650页。

② 参见王训昭等编《郭沫若研究资料》中册（知识产权出版社2010年版）所刊相关论文。

③ 钱理群等：《中国现代文学三十年》，北京大学出版社2005年版，第80页。

> 进取气象的姑娘，她简直就和我的爱人一样。我的那篇《凤凰涅槃》便是象征着中国的再生。“眷念祖国的情绪”的《炉中煤》便是我对她的恋歌。《晨安》和《匪徒颂》都是对于她的颂词。特别是《匪徒颂》，那是对日本新闻界的愤慨，日本记者称“五四”运动以后的中国学生为“学匪”，便写出了那首颂歌。[……]我处在国外的人却苦于知识的桎梏想自由解脱，跑回国去投进我爱人的怀里。[①]

且不论其他，单就郭氏本人急切与时代相应和的那份热切，以及因此对其诗作所展开的自我诠释，无疑已经揭明郭氏自承的“冲动”“意志力薄弱”[②] 的性格里面，热衷于外，而非持守于内的主要人格面相。如此一来，郭氏疏远于内心的情感体验，并就此疏远于他曾一再阐明的“自然流露”的诗心，也就不那么难以理解。

## ◇◇ 第二节　要求革命的“女神”与诗体的“反抗”

“不同的作者具有不同的文体”，或者说，每位作家（诗人）均有其“语言的指纹”。[③] 同一位作家不同时期的语言使用，也会因其积淀而发生相应的变化，从而呈现渐趋纯熟的文体变异。这种自觉的文体意识，常常会将作家的写作推进到一个崭新的阶段。郭沫若的文学写作也发生过这样的文体变化，甚至直接影响到他在文学写作上的文类选择。但与一般作家不同的是，发生于郭沫若文学书写当中的这种文体变化，并非源自文体自身层面的演进，而多出

---

① 《郭沫若全集·文学编》第12卷，人民文学出版社1992年版，第73页。

② 《郭沫若全集·文学编》第15卷，人民文学出版社1990年版，第225—226页。

③ ［英］罗吉·福勒：《现代西方文学批评术语》，袁德成译，四川人民出版社1987年版，第270页。

于革命意识或政治观念的外部介入。而这，也十分鲜明地集中在他的诗歌写作及修改问题上。郭氏这番有意以革命意识介入诗歌的写作和修改，正如有关论者已经注意到的，非但未能促进其文学写作艺术成就的精进，反而使之陷入了为该论者所指摘的“媚俗的改写”① 的境地。“媚俗”或为过之，不过郭氏因此展现出来的写作/修改意图对艺术呈现的“伤害”，并因此反过来影响到其意识形态功用的实现，却是显而易见的。本节拟在上节已然揭示的郭沫若对待文学的功用态度的基础上，以郭沫若 1928 年全面拥抱“革命文学”之际，其新、旧诗作文体上均呈现出来的明显改变（旧作为对过去诗体的修改，新作为对现在及将来写作诗体的改易）为中心，集中探讨这种双重时间维度的“改”写，反映于其诗作之上的意识形态的指归同他本人艺术才情之间的两歧性。并在此基础上，进一步深入地探究其诗歌写作何以中辍的原因。

## 一　从“创造”到作“革命时代的前茅”

据郭沫若本人的回忆，之所以作诗剧《女神之再生》（1921），乃旨在以此象征“当时中国的南北战争”。诗中的共工“象征南方”，颛顼“象征北方”，作此剧乃因“想在这两者之外建设一个第三中国——美的中国”。② 尽管他做此番论述时，已是时过境迁的 11 年之后，故其所言并不一定与往昔的写作初衷严丝合缝地相符，不过，颛顼与共工之争，的确指向的是政治与军事的斗争。在彼时的郭沫若看来，不论是“奉天承命”来“统治天下”的颛顼，还是随着自己的“本心想做皇帝”的共工，都是牧童眼中徒争名利的两只“斗狗”。争权夺利、杀戮、战争，显然是其时郭氏眼中国家和社会秩序遭到破坏的根源。他所追慕的，并非这两位“争帝”的神话英雄，而是在“宇宙全体破坏”之际补天，并因此新造太阳、

① 刘再复：《媚俗的改写》，《当代作家评论》2010 年第 2 期。

② 《郭沫若全集・文学编》第 12 卷，人民文学出版社 1992 年版，第 79—80 页。

光明、温热的女神们。她们虽是“争帝”时无可奈何的旁观者，却也是破坏之后新的宇宙或世界的创造神。剧的末尾处，郭沫若有意借“舞台监督”之口，道出“这幕诗剧的诗人”——郭沫若自己“真正逃往海外去创造新的光明和新的热力去了”。于是，女神们的创造便与郭氏自己诗的艺术与美的创造，实现了勾连。在此意义上，他确然成了《雪朝》一诗题记所及之“作为诗人的英雄”（the Hero as Poet）①。至少在文艺的“创造”这一点上，郭沫若似已实现了他所言“我即是神”“与神合体，超绝时空”的“无我”境界②的自我超越。

其时他想创造的“美的中国”，很显然，还是文艺或诗的中国。其中以“女神”自况的言说，并以之命名其首部诗集的举动，已经说明郭氏以文艺的“创造”神自居的意图。单就《女神之再生》而言，虽然该剧“所表现出来的成果仅仅是一副空架子”③，但无疑流露出了新生的诗人对自我“新生”的一种期许。自然这种期许本身，也包含着对所意欲奉献的“美的中国”的期待。这种早期浪漫主义的理想情怀与人道主义倾向，也常萦回于《女神》集中诗作高亢、激越的语言的节奏当中。譬如《晨安》（第8—16行）：

> 晨安！我年青的祖国呀！
> 晨安！我新生的同胞呀！
> 晨安！我浩荡荡的南方的扬子江呀！
> 晨安！我冻结着的北方的黄河呀！
> 黄河呀！我望你胸中的冰块早早融化呀！

---

① 郭氏《雪朝》一诗题记为“读 Carlyle：the Hero as Poet 的时候”，其中“作为诗人的英雄”（the Hero as Poet）为卡莱尔（Carlyle）所著演讲集《英雄和英雄崇拜》的第三章标题。文中语：“诗人是一种属于一切时代的英雄人物”，“英雄、先知、诗人，是我们在不同的时期和地点给伟人们的不同名称”（参见上海三联书店1988年版，第125—126页）。

② 《郭沫若全集·文学编》第15卷，人民文学出版社1990年版，第311页。

③ 《郭沫若全集·文学编》第12卷，人民文学出版社1992年版，第80页。

晨安！万里长城呀！
晨安！雪的狂野呀！
啊啊！我所畏敬的俄罗斯呀！
晨安！我所畏敬的 Pioneer 呀！

诗中满满的，是比诗行多出一倍的感叹号，是一声声语调上行的“晨安!”（阳平—阴平）高呼而出的，对晨光普照之下欣欣向荣的生机的礼赞，对祖国、同胞、长江、黄河、长城的问候，对作为世界先锋的俄罗斯的致敬。每行诗也因“呀!”的结尾，都保持着上行、高呼的语调，展示了身为抒情者的“我”在物我对象化的过程中，激越、昂扬、饱满的绝对主体地位。在这无羁且不断重复的词语与句法结构之间，隐藏着的正是诗人书写一任自由的创造者（或神）的姿态。这种高音的诗，的确不容“有一毫的造作，一刹那的犹豫”[①]，否则也就难以呈现出若宗白华赞其《凤凰涅槃》“雄丽”那般的面相[②]。其间以“诗的文字便是情绪自身的表现”，且杜绝“用人力去表示情绪”的写作，也就只关乎自我情绪的表现。

在郭氏看来，“诗的创造是要创造‘人’，换一句话说，便是在感情的美化（Refine）”[③]。那么读其诗，亦可逆知其人。如其诗作《天狗》（1920）里，拟物为吞天噬日的天狗并因此可媲美造物主的“我”，相当程度上即是诗人情绪膨胀之后的自我。借助中国民间传统里天狗吞月的神话传说，辅以惠特曼式“奔放”“粗暴”的“鼓舞调”，瑰丽、雄奇的浪漫主义激情，便弥散于这首“不采诗形”却“不失其诗”[④] 的诗作当中。其第 3 节如下：

① 《郭沫若全集 · 文学编》第 12 卷，人民文学出版社 1992 年版，第 15 页。

② 《郭沫若全集 · 文学编》第 15 卷，人民文学出版社 1990 年版，第 30 页。另：有关郭沫若诗作的多重面相问题，参见陈太胜《高音与低音：郭沫若新诗中的两个面相》，参见所著《声音、翻译与新旧之争：中国新诗的现代性之路》，湖南人民出版社 2016 年版，第 34—62 页。

③ 《郭沫若全集 · 文学编》第 15 卷，人民文学出版社 1990 年版，第 47—49 页。

④ 《郭沫若全集 · 文学编》第 12 卷，人民文学出版社 1992 年版，第 47 页。

我飞奔，
我狂叫，
我燃烧，
我如烈火一样地燃烧！
我如大海一样地吠叫！
我如电气一样地飞跑！
我飞跑，
我飞跑，
我飞跑，
我剥我的皮，
我食我的肉，
我吸我的血，
我啮我的心肝，
我在神经上飞跑，
我在脊髓上飞跑，
我在脑筋上飞跑。

在这由5个排比句与1个三重反复句组合的诗节里，正如有论者所及，难以阻遏的是其中以“高亢昂扬的语调”的呼喊，以及似有意宣泄的“说话者心中不加节制的激情”；其中短促的诗行，词语的大量重复、移用，所造就的“高音”与“热血沸腾的强度”①，的确展示了郭氏本人所陈“尽我一时的冲动，随便地乱跳乱舞”②式的情绪直写。这种无节制的“自然流露”，也就此塑造了一个唯有自我才是宇宙主宰的简单、虚夸、神经质，且明显已泛神化了的英雄主义者形象。于是，“天狗”与其说是神话传说中的神灵，毋

① 陈太胜：《声音、翻译与新旧之争：中国新诗的现代性之路》，湖南人民出版社2016年版，第40页。

② 《郭沫若全集·文学编》第15卷，人民文学出版社1990年版，第46页。

宁说是郭沫若本人思绪翩飞、自由想象、舍我其谁的昂扬情绪之有形的动态拟化之物。

然而这种耽于“创造”女神之美的理想的浪漫主义，却未能得到一以贯之的持续。这位此前尚“笔立山头展望”，或“仰望着星光祷告”“自由时代再来”（《星空》）的抒情诗人，已经决计告别孤独英雄式飞跑的“我”，走向“们”（《们》）的歌唱。如果说截至 1927 年出版的诗集《女神》《星空》《瓶》，尚多止于以“我”为中心的情绪抒写，那么，1928 年郭沫若再结集《前茅》与《恢复》时，便已有意走出“我”的私人情感（情绪）世界，以及“低回”“幻美”的艺术之宫，迈进更宏阔的政治与社会当中去，发出革命时代“粗暴”的宣言：

这几首诗或许未免粗暴，　　（仄仄仄平仄仄仄仄平仄）
这可是革命时代的前茅。　　（仄仄仄平仄平仄轻平平）
这是我五六年前的声音，　　（仄仄仄仄仄平平轻平平）
这是我五六年前的喊叫。　　（仄仄仄仄仄平平轻仄仄）

在当时是应者寥寥，　　（仄平平仄仄仄平平）
还听着许多冷落的嘲笑。　　（平平轻仄平仄仄轻平仄）
但我现在可以大胆的宣言：　　（仄仄仄仄仄仄仄仄轻平平）
我的友人是已经不少。[①]　　（仄轻仄平仄仄平仄仄）

很显然，在这首标注写于 1928 年 1 月 11 日的“序诗”里，郭沫若有意借此标示诗集《前茅》里他所收诗作的革命性和先锋性。它不唯指向所集之诗乃引领革命时代文学的“前茅”，更指向诗人欲借以彰显自己作为“革命文学”前驱的意图。与之呼应的是，该

① 郭沫若：《序诗》，载《前茅》，创造社出版部 1928 年版。

“序诗”的语言形式，较之《女神》《星空》里的“序诗”“献诗”更为整饬[①]，首节更是每行字数（10）相同。它不再有诗作《晨安》里那般带有明显抒情标志的叹词和叹号，也不似《天狗》那般诗行短促、激切，并且全诗78字的诗行中大量使用仄声字（47），以及两节诗末行句尾的降调，均使得其诗不再是抒发情绪的，同样也不是郭氏自陈为“粗暴”的，而是讲述的，拘束而富有明确意图指向的。这一“宣言”，对于1928年的郭沫若而言，自然是合适的。他的确有以此布告革命之志的企图。但若将《前茅》一集，视作是年纷争中涌现的“革命文学”的前驱，并就此将郭氏“革命文学”的写作，前推至“五六年前”的1922—1923年，却是颇为可疑的。

有论者以为，《前茅》与郭氏1928年间写作的《恢复》一道，“标志着郭沫若诗风的转变”，并陈：“在《前茅》里，诗人敏锐地感受到新的革命高潮逼近的时代气息，一面宣告与时代精神不相容的旧的情感、追求的决裂”，“一面关注着代表时代前进方向的工农命运与斗争”。[②] 不过，这一结论可能也有仍需警示的前提，那就是在时间的判定上，宜将诗集中展现的革命新高潮的时代气息，视作1928年间编纂的结果，而不宜以所辑单篇诗作此前的发表时间（1921—1924），来前推其所呈现的郭氏革命思想的先锋性。一个不容忽视的事实是，除上引写于1928年1月的《序诗》外，集中所收的14首诗[③]里，最易令读者注意到郭氏所揭扬的革命高潮时代气息的，无疑是《黄河与扬子江对话》《留别日本》《前进曲》。但恰是这三首已在字里行间里，直接呼告“无产专政”“无产者”“镰刀”“红旗”“工农”等词汇的诗篇，其间因词汇的语义而被赋予

① 这一问题从语言表达的形式层面来看，也是值得详加研究的，自然也是复杂的。某种意义上，这三篇“序诗/献诗”之间的承续与变迁，似可视作郭氏《女神》时代至1928年诗思与诗艺变迁的见证。限于篇幅，此处不作展开。

② 钱理群等：《中国现代文学三十年》，北京大学出版社2005年版，第85页。

③ 集中《黄河与扬子江对话》非纯粹的诗作，它更宜视作诗剧或剧诗。本书仅就其末尾所附两节诗（即篇中所及之“澎湃的歌声”）而论。

的无产阶级革命意识，却是1928年编集时修改的结果[1]。三首诗作最初发表的版本，与诗集中的版本主要差异大体如下。

（1）《黄河与扬子江对话》末附诗：

| | 《孤军》1923年1月第1卷第4、5期版 | 创造社出版部《前茅》1928年版 |
|---|---|---|
| 第7行 | 你们非如俄罗斯产业大革命一样 | 你们非如俄罗斯无产专政一样 |
| 第15行 | 二十世纪的中华人权大革命哟 | 二十世纪的中华民族大革命哟 |

（2）《留别日本》：

| | 《孤军》1923年5月第1卷第8、9期版 | 创造社出版部《前茅》1928年版 |
|---|---|---|
| 1节3行 | 我要向自由的天地飞还 | 我要向我的故国飞还 |
| 2节<br>5—6行 | 但是呀，你们的精——神<br>你们的精神是受了永远的监禁！ | 但是呀，你们，无产者的你们！<br>你们是受着了永远的监禁！ |
| 4节<br>5—6行 | 胆怯者只好窒居在象牙之宫，<br>胆粗者只好涂地肝脑！ | 你们竟连说话都不敢大声，<br>大了，你们便要地涂肝脑。 |
| 5节<br>2—6行 | 我的故山虽是荆棘满途，<br>可是那儿有清洁的山茶可煎。<br>那儿有任鸟飞的青空，<br>那儿有任鱼游的江湖，<br>那儿的牢狱是虽有如无。 | 我的故乡虽然也是一座监牢，<br>但我们有五百万的铁槌，<br>有三亿二千万的镰刀。<br>我们有一朝爆发了起来，<br>不难把这座世界的铁牢打倒。 |

---

① 有关三首诗的修改情况，陈永志在其论文《郭沫若的诗集〈前茅〉》中已有论及。须指出的是，陈在是文中所论《前茅》是“我国无产阶级革命诗歌出现的前奏”，或大有值得商榷之处。因为在他看来，《前茅》集中所收诗作早前发表时，已有“对资本家的罪恶的批判”，对资本主义社会下“工人的惨状”的揭露，并且也因哀悼列宁诗作《太阳没了》而具有了鲜明的“社会主义因素”等。依我所见，所论颇显操切，因为若如此，是否同样可以根据《女神》集中的《匪徒颂》《巨炮之教训》同样在诗中有关列宁的表述，以及《序诗》中提及的“我是个无产阶级者”“我愿意成个共产主义者”等语，而判定《女神》早在《前茅》之前，就已经是“无产阶级革命诗歌”的“前奏”了呢？答案显而易见，因为倘若如此，也就无法解释晚于其写作的诗集《瓶》的出现。关于编集之前的“社会主义因素”问题，郭沫若于1922年8月4日在《时事新报·学灯》上，自陈其此前诗作中也曾披以“社会主义的皮毛”一说，或可同样作为解释（《郭沫若全集·文学编》第15卷，人民文学出版社1990年版，第227页）。陈文具体参见《齐鲁学刊》编辑部编《沫若研究》第1辑，曲阜师范学院《齐鲁学刊》编辑部，1983年，第80—88页。

（3）《前进曲》。该诗1922年9月15日发表于政治刊物《孤军》的创刊号上，题为《孤军行》。依照于是刊所列目录中仅次于《孤军宣言》的位置，实颇具“卷首语”的性质。诗中，除了每节第1、6行由初次发表时的“进！进！进！”，改为“前进！前进！前进！”，以更切合其时发展了的现代汉语语言习惯之外，主要修改为：

| | 《孤军》创刊号版 | 创造社出版部《前茅》1928年版 |
|---|---|---|
| 2节<br>2—5行 | 点起赤诚的炬火！<br>鸣起正义的金钲！<br>张起人道的大纛！<br>撑起真理的戈铤！ | 点起我们的火炬，<br>鸣起我们的金钲，<br>举起我们的铁槌，<br>撑起我们的红旌， |
| 2节8行 | 我们有多少后盾 | 我们有无数后盾 |
| 3节<br>7—8行 | 挥起我们的斧钺，<br>开除尽路上的荒荆！ | 挥起我们的镰刀，<br>开除路上的荒荆！ |
| 4节 | 进！进！进！<br>世如有无衣的男儿，<br>我们有戈矛赠你。<br>我们愿携手同行，<br>向着那群魔猛进！<br>进！进！进！<br>愁城中的人们哟，<br>请替我们喊叫三声！ | 前进！前进！前进！<br>世上一切的工农，<br>我们有戈矛相赠。<br>把我们满腔热血<br>染红这一片愁城！<br>前进！前进！前进！<br>缩短我们的痛苦，<br>使新的世界诞生！ |

虽然早前，这些诗作中确已有“革命”“杀！杀！杀”（《黄河与扬子江对话》）之类的呼号，并也流露出革新政治的思想，但这显然与郭沫若在《女神·序诗》中宣称自己“是个无产阶级者”，并“愿意成个共产主义者”一样，属于一种前“革命文学”时代的情绪，而非后来具有明确意识形态性的革命话语表述。上述修改，则直接促成了郭氏于两个不同时期之间的思想转变。修改前，“产业大革命”“人权”“自由”“正义”“人道”等体现出来的，

是资本主义时代的人道主义观念；修改后，“无产专政”“无产者”“铁槌”“镰刀”“火炬”“红旗”“工农”等新词，使之具有了鲜明的无产阶级意识。这种无产阶级意识的赋予，无疑是有意为之的结果。此外，诗中甚至还有直接遮覆原作基本主旨的修改。例如，修改前后的《留别日本》一诗，其中“故国”形象便迥然两别。这种修改的目的，显然不能为文学本身所能诠释。

修改行为的本身，事实上倒更加确切地反证了1928年出版该诗集时，郭沫若从以情绪直写的文字竞骋于文坛的诗人，到纵谈政治的公共知识分子①，再到笃信无产阶级革命的政治宣传家的身份转变。八年后，他甚至自言，若其“诗潮”再次降临，他便“要以英雄的格调来写英雄的行为”，“要充分地写出些为高雅之士所不喜欢的粗暴的口号和标语”。其中为革命呼号，而非为文学写作的命意已然若揭。因此，更喜做“‘标语人’，‘口号人’”，而非“诗人”之语，也径直由这位昔日的抒情诗人脱口而出。质言之，宁要无产阶级革命的“标语”“口号”，也不要“诗”的这种选择，已经揭示了郭沫若意欲由文坛步入政坛的决绝态度。

再者，从郭沫若诗歌写作（另一种意义上的改写）本身来看，《恢复》集虽确可称作“无产阶级诗歌的最初尝试”②，但《前茅》以及下面专门论及的诗集《女神》的修改，实际上同样展现了郭沫若由文艺的“象牙之宫”，走向举起“红旗”、拿起“镰刀”的无产阶级革命事业的思想转变。所以，修改之后的《前茅》《女神》，同样应自“无产阶级诗歌”的视域中去考察，却不能就此将修改前的文本，直接移用至该视域当中去诠释。相当程度上，郭沫若的改诗，便是他有意渗透革命意识形态，“革命”其文学（诗），并因此完成自我的革命“改造”的行为表征。

---

①　魏建、张勇：《〈创造周报〉与郭沫若文坛地位的确立》，《中国现代文学丛刊》2007年第1期。

②　钱理群等：《中国现代文学三十年》，北京大学出版社2005年版，第85页。

## 二　《沫若诗集》中《女神》原集诗作的删改

既然“文学首先应当是文学的，而不是政治文件、思想汇报、教科书、新闻纪事、宣传材料……”，它首先应是“语言的艺术，是作家运用语言表现生活形象的富有感染力的艺术品”[①]，那么，也就有必要从文学性的视角，来检验像《前茅》《女神》这般具有鲜明的意识形态性渗透的修改，是否真的有助于其价值（无论思想价值还是艺术价值）的提升。在此，专以1921年结集出版为诗集《女神》的诗作，重新辑入《沫若诗集》初版[②]时所作的修改情况，做一简略的展开。有关《女神》集中的诗作重新辑入《沫若诗集》中的删改情况，相关研究[③]已多有陈及，但就修改之于相关诗歌文本自身的文学性所取得的效果而言，却罕有阐述。

作家、诗人对于自己作品的删改，自是无可厚非之事，但就文学史著的评价而论，又确是关乎其个人的“文学思想史”问题当中的不可忽视的重要一环。因此，看似语言、形式上的修改，实非纯然的雕虫小技，也是攸关文学自身思想性及艺术性评价的一个重要方面，尤其是像郭沫若这样有着明显革命政治意图的修改。对此，郭本人也无隐瞒之意。他在1928年1月28日的日记里，明确提到

---

① 唐弢：《关于现代文学——严家炎著〈求实集〉序》，载《西方影响与民族风格》，人民文学出版社1989年版，第407—408页。

② 须注意的是，《沫若诗集》自身也有版本的变易情况，本书仅就其1928年6月初版而论。相关情况参见蔡震《郭沫若著译作品版本研究》，东方出版社2015年版，第79页。

③ 现有论文，如杨芝明的《关于〈女神〉的初版和一九二八年版本》（《安徽师大学报》（哲学社会科学版）1978年第4期），王维燊的《从〈女神〉中两首诗的修改谈〈女神〉的研究》（《破与立》1979年第4期），陈晓春的《〈女神〉文本变异略论》（《四川师范大学学报·社会科学版》2012年第3期），马榕的《三次修改数度再版下的〈女神〉重生》（《中华读书报》2012年5月16日第014版），张勇的《为什么〈女神〉不收入同时期其他诗作》（《中国现代文学丛刊》2013年第2期），蔡震的《文学史阅读中的〈女神〉版本及文本》（《郭沫若学刊》2013年第2期），余蔷薇的《郭沫若新诗史地位形成中的〈女神〉版本错位问题》（《文艺争鸣》2014年第5期），以及论著，如陈永志的《长勤集》（黑龙江人民出版社2008年版）所收《〈女神〉校勘的版本及相关资料》（第35—46页）等，均作了不同程度的阐述。

“想改编《女神》和《星空》，作一番自我清算”① 的打算。一定意义上，这种“清算”至少已在他将《女神》所集诗作编入《沫若诗集》中，得到了一定程度的呈现。

正如现有研究已揭示的，《沫若诗集》初版主要收录1928年已出版的《女神》《星空》（1923）二集，以及1928年之前其他二集未收入的部分诗作②。《女神》一集收入时，除去附注、题注的删除（如《金字塔》《别离》《新生》等），诗行的重组（如《天狗》《巨炮之教训》等），空行代替诗节序号的修改，以及其他可忽略的微小改动之外，两部诗集在诗歌文本之间的歧异，主要有以下值得关注的删改：第一，直接删除。正如有论者已及，《序诗》《无烟煤》《三个泛神论者》《太阳礼赞》《砂上的脚印》《辍了课的第一点钟里》等6首诗作，未被《沫若诗集》初版收入。③ 第二，诗的局部删改，如《凤凰涅槃》《心灯》《电火光中》《新阳关三叠》《巨炮之教训》《匪徒颂》等（另有剧诗《女神之再生》也作了大幅度修改）。

这些删改，很显然，其中有一部分受着其时郭氏革命政治觉悟的影响。

在为郭氏直接删除的诗作中，这种影响是存在的。除了《序诗》多因重编体例的问题而被舍弃之外，上及被删的其他诗作，于艺术性本身的原因之外，很大程度上是因其中所体现的自我、个性、泛神的思想，与郭张举“革命文学”之后倡行的“大众”文学、“阶级”文学观念明显相悖。

---

① 《郭沫若全集·文学编》第13卷，人民文学出版社1992年版，第285页。另：该日记后编入《离沪之前》，后者于1933年11、12月，1934年1月，连载于《现代》第4卷1—3期上。

② 参见蔡震《郭沫若著译作品版本研究》，东方出版社2015年版，第79页。另需说明的是，《沫若诗集》中《女神》《星空》二集未收诗作，除了1919年写作的《新月与晴海》外，余者集中辑录为集中“Ⅶ. 彷徨”之下的“D. 泪浪之什”中，凡11首。

③ 张勇：《为什么〈女神〉不收入同时期其他诗作》，《中国现代文学丛刊》2013年第2期。

譬如初版《女神》集中的《无烟煤》：

（一）

“轮船要煤烧，
我的脑经中每天至少要
三四立方尺的新思潮。”

（四）

云衣灿烂的夕阳
照过街坊上的屋顶来笑向着我，
好像是在说：
“沫若哟！你要往那儿去哟？”
我悄声地对她说道：
“我要往图书馆里去挖煤去哟！”

诗中如叙家常式的低语，以及与之相应的仅限于自我日常经验的抒写，在郭氏有意走向革命的政治情怀面前，显然是难相迎合的。其中小资产阶级知识分子的“低级”趣味，在革命的崇高面前，自然不能再显露。其诗被删刈，故也实在自然不过。《辍了课的第一点钟里》也与之类似。再如《三个泛神论者》，诗中对“泛神论者”庄子、斯宾诺莎、卡比尔的礼赞，显然也同“革命文学”时代理应礼赞的对象不相符合。当然，这些诗作被郭氏删除，同样也与其艺术价值不高脱离不了干系，不过却不足以成为它们被删的充足理由，毕竟《沫若诗集》中类似艺术性不高的文本大有其在。

政治意图的渗透，更为明显地体现在他对《巨炮之教训》《匪徒颂》两诗的修改上。如《巨炮之教训》第10诗节：

| 《女神》(1921) | 《沫若诗集》(1928) |
|---|---|
| “同胞!同胞!同胞!” | “同胞!同胞!同胞!” |
| 列宁先生却只在一旁喊叫, | 列宁先生却只在一旁喊叫, |
| “为**自由**而战哟! | “为**阶级消灭**而战哟! |
| 为**人道**而战哟! | 为**民族解放**而战哟! |
| 为**正义**而战哟! | 为**社会改造**而战哟! |
| **最终的胜利总在吾曹**! | **至高的理想只在农劳**! |
| **至高的理想只在农劳**! | **最终的胜利总在吾曹**! |
| 同胞!同胞!同胞!……” | 同胞!同胞!同胞!……” |
| 他这霹雳的几声, | 他这霹雳的几声, |
| 把我从梦中惊醒了。 | 把我从梦中惊醒了。 |

其中标注为黑体文字的部分，正是修改前后两诗集文本的歧异之处。《女神》集中的“自由”“人道”“正义”等，乃“五四”时期所接受的欧美人道主义思想观念；到了《沫若诗集》，它们依次为“阶级消灭”“民族解放”“社会改造”替代。这种修改的政治意图十分鲜明，但是就全诗文体的表达效果而言，并未能起到实质性的促进和强化作用，反倒与此前诗节所表达的思想相歧。因为其诗主要从日俄之间的民族矛盾和地缘政治冲突谈起，倘若说“自由”“人道”“正义”的思想观念与之多少有些关联的话，“阶级消灭”“民族解放”“社会改造”等阶级论话语则俱无干系，放置于此，实为突兀的植入，而非合乎文体的提炼加工。其真正起到积极的文体效果的，反而是“最终的胜利总在吾曹!/至高的理想只在农劳!”这两行非关政治的逻辑性调整。因为“至高的理想”的完成，正是诗人所期待的“最终的胜利”的前提。

再如《匪徒颂》，也集中于将诗的第 2 节前 3 行做同样意图的改动：

倡导社会改造的狂生，庾而不死的罗素呀!
倡导优生学底怪论，妖言惑众的哥尔栋呀!

亘古的大盗，实行“波尔显维克”的列宁呀！

（《女神》，1921）

发现阶级斗争的谬论，穷而无赖的马克斯呀！
不能克绍箕裘，甘心附逆的恩格尔斯呀！
亘古的大盗，实行共产主义的列宁呀！

（《沫若诗集》，1928）

其中发生政治倾向性的根本更动为前两行。由“罗素”到马克思、“哥尔栋”到恩格斯的变更，有着明显的无产阶级意识形态的意图。[①] 但就诗的艺术提炼而言，其间的修改，非但未能从形式上有所进益，反倒将诗行自身相对整饬的语言节奏，或如他本人所谓的“眼睛可以看出来”的“运动的节奏”[②]，给破坏了。前者计入标点符号后，每行分别为 19，19，20 字符；经改动后，每行分别为 20，18，17 字符。显然，从语言形式呈现的视觉效果上看，修改前比修改后更为整齐。并且前者第 2 节中由“倡导……/倡导……”牵引的句式，与第 4 节中前 3 行“倡导太阳系统的妖魔，离经叛道的哥柏黎呀！/倡导人猿同祖的畜生，毁宗谤祖的达尔文呀！/倡导超人哲学的疯癫，欺神灭像的尼采呀！”之间，因原有的局部词语反复（“倡导”），构成了形式结构上的呼应关系；修改之后，这种呼应关系便被破坏掉了。而就此诗而论，借助语言的重复，形成重章复沓的音乐性效果，似是此内容（或表达意义）较为浅白之作颇为引人注目的地方。

可见，出于政治意图的特定修改，从诗艺的向度来看，至少在郭氏两诗的修改中，实于诗无补。反而是其旨在艺术性的而非政治

① 刘再复对此与下文所及的《凤凰涅槃》一诗的修改已有注意，但其研究同郭氏的修改行为一样有着明晰的政治批评意图。与之相比，我更愿意从文学语言（形式）的层面做相对更严谨、客观的分析，来呈现郭氏改诗行为中存在的问题，刘氏所论参见所撰《媚俗的改写》，《当代作家评论》2010 年第 2 期。

② 《郭沫若全集·文学编》第 15 卷，人民文学出版社 1990 年版，第 354 页。

性的修改，真正起到了“革命”性的进步或提升的效果。最典型者，自然便是其中名作《凤凰涅槃》。除了“即！”“足！”等单音拟声词根据现代汉语的发展，更为“即即！”“足足！”等双音拟声词外，其中最主要的删改，在于将其中颇为拖沓冗长的惠特曼式诗体的铺排，凝练为歌德式诗体语言形式的相对规整。它们颇为集中地呈现于“群鸟歌”与“凤凰和鸣”部分。

无论修改前后，“群鸟歌”中“岩鹰”“孔雀”“鸱枭”“家鸽”“鹦鹉”“白鹤”的唱词，除了末句稍异外，余者皆同。故单举“岩鹰”的歌行为例：

| 《女神》（1921） | 《沫若诗集》（1928） |
|---|---|
| 哈哈！<br>凤凰！凤凰！<br>你们枉为这禽中的灵长！<br>你们死了么？<br>你们死了么？<br>我才欢喜！<br>我才欢喜！<br>从今后该我为空界的霸王！ | 哈哈！凤凰！凤凰！<br>你们枉为这禽中的灵长！<br>你们死了么？你们死了么？<br>从今后该我为空界的霸王！ |

此处诗行的删除（“我才欢喜！/我才欢喜！”），形式结构的重新组合，对其诗艺的提升显而易见。修改过后，不仅诗的形式结构更为紧凑，其因“不能节制”而滋生的“废话”也少了许多，而且由于删节致使尾字的押韵集中到“ang”韵上，从而使之更富声音上的音乐性。而这，也从另一个角度对前文郭沫若揄惠特曼、抑歌德的相关言论，作了颇具针对性的回应：惠特曼式不加节制的“直写”，的确铺陈了词丰意简的“废话”；歌德式“韵文的游戏”反而至少使得其诗在节奏、格律的音乐性上得到了增强。“凤凰和鸣”部分也以同样类似的修改为主，不过在此之外，郭氏还从语义

方面作了较大的调整，限于篇幅，对此暂不展开。

从语言表达的方面来看，同样具有艺术提升效果的修改，也颇为明显地体现于《电火光中》组诗中的第 2、3 首。例如第 3 首《赞像——Beethoven 的肖像》：

| 《女神》（1921） | 《沫若诗集》（1928） |
|---|---|
| 电灯已着了光， | 电灯已着了光， |
| 我的心儿也已这么光灿着！ | 我的心儿也已这么光灿着！ |
| 我望着那弥雷的画图， | 我望着那弥雷的画图， |
| 我又在 Cosmos Pictures 中寻检着！ | 我又在 Cosmos Pictures 中寻检着！ |
| 圣母，耶稣的头，抱破瓶的少女…… | 圣母，耶稣的头，抱破瓶的少女…… |
| 在我面前翩舞。 | 在我面前翩舞。 |
| 哦，悲多汶！悲多汶！ | 哦，悲多汶！悲多汶！ |
| 我怎么却把你来寻着！ | 你解除了我无名的愁苦。 |
| 你乱发蓬蓬，刀泉流着！ | 你蓬蓬的乱发如像奔流的海涛， |
| 你白领高张，雪涛涌着！ | 你高张的白领如像戴雪的山椒。 |
| 你额如狮，眼如虎！ | 你如狮的额，如虎的眼， |
| 你好像是“大宇宙意志”底具体表著！ | 你这如像“大宇宙意志”自身的头脑！ |
| 你右手持着铅笔，左手持着音谱。 | 你右手持着铅笔，左手持着谱稿， |
| 你笔尖头上正在倾洒“音之雨”。 | 你那笔尖头上正在倾泻怒潮。 |
| 悲多汶呀！你可在听些甚么？ | 悲多汶哟，你可在倾听甚么？ |
| 我好像是在听着你的 Symphonie。 | 我好像听着你的 Symphonie 了！ |

其中修改幅度最大者，集中于上述标注为黑体的第 8—12 行。修改过后，诗的语言一则去除了原有语义表达的生涩、乖离。如修改前的第 9—10 行“你乱发蓬蓬，刀泉流着！/你白领高张，雪涛涌着！”着实令人费解，修改后至少做到了语言表达上的文从字顺。二则诗行由短句改长句的拉伸，使“你”字所牵引的诗行更具惠特曼式诗体排闼直来的语势，从而起到了层递、深化的效果。再者，修改前的诗行末尾“着”字的大量重复，在改后也多去除，并且因此改动押了“ao”韵，使之更具“韵文”的色彩。

综合上述，可以看出，诗歌文本由《女神》至《沫若诗集》的编订过程中，郭沫若实际上进行了两种意图的删改：一种是带有革命政治意图的修改，另一种是着眼于文学自身艺术规律的修改。前者以革命的政治觉悟为依归，后者是基于文学艺术价值的美学判断。这两种删改，尤其值得注意的是，并非前种修改真正地提高了其诗作为文学的思想价值（实际上反使文本内部自生分歧），倒是后者看似只在细枝末节处的修饰，却实质性地改变了文学文本的美学风貌。

伊格尔顿曾指出，人类社会的认识、伦理—政治，以及审美三大领域之间“仍然广泛地相互缠结着”；除了认识领域之外，“我们能做什么”（伦理—政治问题）还依赖于“我们的描写方式”（审美领域），“从而能够表现我们应该做什么或者能够变成什么”。因此，艺术并未“从伦理—政治中分离出来，而是作为伦理—政治的一种基本手段”，依旧具有“伦理—政治的效果”。[①] 也就是说，艺术及其呈现的美学效果，本就是意识形态赖以存在的一种方式，或者如他所言的、作为美学的意识形态的存在。[②] 由此来看郭沫若上述的修改，恐怕倒是后一种修改，也即着眼于艺术效力提升的修改，更具有“革命性”。

① ［英］特里·伊格尔顿：《美学意识形态》，王杰等译，广西师范大学出版社 1997 年版，第 365 页。

② 美学的意识形态性，不唯是特里·伊格尔顿意欲建构“感性的政治学”的学术努力（参见肖朗《美学：感性的政治学——读伊格尔顿〈美学意识形态〉》，《社会科学评论》2004 年第 1 期），它同样也是马克思主义中国化探寻的结果。早在 1958 年，其时置身于“美学大讨论”之中的朱光潜，便指“美必然是意识形态性的”。因为在他看来，既然依照马克思主义的相关阐述，“文艺是一种意识形态”，而美又是“文艺的一种特性”，那么美具有“意识形态的性质”，而非“客观存在的性质”，也就成了确然的事情（参见朱光潜《美学批判论文集 维柯研究》（新编增订本），中华书局 2013 年版，第 108—109 页）。20 世纪八九十年代，对于文学艺术作为具有审美意识形态性的“特殊精神产品”的相关讨论（可参见旷新年《中国现代文学理论批评概念》，清华大学出版社 2014 年版，第 145—146 页），更使美学的意识形态性观念广为接受。童庆炳甚至将文学的“审美意识形态”论视作“文艺学的第一原理”（参见童庆炳《审美意识形态论作为文艺学的第一原理》，《学术研究》2000 年第 1 期）。

## 三　《诗的宣言》与无诗可“写”

1928 年，的确可以视作郭沫若诗歌美学观念整体转向之年。如果说此前郭氏或也有关注社会、呼告革命的“粗暴”之诗，但他以明确的无产阶级革命意识灌注于诗的写作当中，且颇为集中地予以呈现的，仍在这一将“革命文学”论争推向高潮的年份。是年，不仅《前茅》《沫若诗集》这样的改订之作被编辑成书出版，而且他还另外写作、出版了《恢复》一集。在这部诗集里，郭沫若借《诗的宣言》一诗这样宣告：

> 你看，我是这样的真率，
> 我是一点也没有甚么修饰。
> 我爱的是那些工人和农人，
> 他们赤着脚，裸着身体。
>
> 我也赤着脚，裸着身体，
> 我仇视那富有的阶级：
> 他们美，他们爱美，
> 他们的一身：绫罗、香水、宝石。
>
> 我是诗，这便是我的宣言，
> 我的阶级是属于无产；
> 不过我觉得还软弱了一点，
> 我应该要经过爆裂一番。
>
> 这怕是我才恢复不久，
> 我的气魄总没有以前雄厚。
> 我希望我总有一天，

我要如暴风一样怒吼。

其中的宣言里，郭沫若似乎有意确立诗的“无产”阶级属性。不唯如此，从诗行里“一点也没有甚么修饰”，“赤着脚，裸着身体”，“仇视那富有的阶级”等语，也可以明显地看出，这些诗行绝非“诗”自身所能传达的声音。因此，诗中的说话者，不光是主体精神客观化之后的精神产品——“诗”，更应是诗人郭沫若自己。“诗的宣言”，也就此成了“我的诗的宣言”。不过须注意的是，这一有意凸显真率、质朴、贫穷的无产者“宣言”，本身却是以相对整饬的韵文诗体呈现的。其诗每节 4 行，各节多有押韵，第 3 节更是采用了典型的“abab”格律诗体。它既有别于郭氏《女神》时代狂放的惠特曼式自由诗体，也有别于他所译歌德《浮士德》严密精细的韵文诗体，而是呈现出了一种介于这二者之间的文体形态。这种居间性，某种意义上，也可视作郭沫若本人身处两个“他们”（“工人和农人”“富有的阶级”）之间的现实社会关系的形式表征。

尽管郭沫若在其中宣称自己是个仇富的无产阶级者，然而这种宣称，正如他在诗中所语，又是“软弱”和不自信的。换言之，早在 1928 年，他就已感知到了毛泽东后来《在延安文艺座谈会上的讲话》中专门阐述的革命作家的阶级革命性问题。在这攸关无产阶级革命道德的准绳上，与那些“赤着脚，裸着身体”的“工人和农人”相比，郭沫若已经感觉到自己的不及。虽然他也自觉同后者一样极度贫困，但在真正的无产阶级——工农面前，他依然有一种不自觉的知识分子的革命原罪感，觉得自己“应该要经过爆裂一番”，要自我革命一番才行。在这一点上，他与蒋光慈有着相近的共识。所不同者，在蒋光慈那里，革命的原罪感是由革命文学家无法兼顾实际革命工作的原因所致；而在郭沫若这儿，它却是阶级出身这一社会等级属性问题带来的。郭沫若对于革命阶级意识的这种敏感性，或可视为一种富有历史前瞻性的思想预判。

他的这番思想观念上的感悟，无疑与其此前的个人遭遇相关。据其回忆，诗集《恢复》编成于1928年初，其时距他自广东取道香港回到上海不远。所辑二十余首诗作，皆写于他抵沪不久罹患斑疹伤寒后的养病期间。具体写作日期，按《郭沫若全集·文学编》第一卷所载诗作标示的尾注，主要在1928年1月5日至16日之间。其中又以5、6、7、8、9、10日所作尤多，每日所作分别为5、2、6、4、2、2首，另有16日1首，未注明时间的1首。如此集中的写作，多是他“睡在床上，或坐在一张藤椅上用铅笔在钞本上写出的”①。某种意义上，这部诗集可以称作郭氏双重“病痛”之后的结果。正如他在回答蒲风的采访时所说，《恢复》集乃是“革命的顿挫，且在我个人大病后，在卧榻上不能睡觉因而流出来的东西”②。因此，诗集题名“恢复”之意，似可在郭氏所及恢复身体之意外，更添革命受挫之后恢复斗志的寓意。正如他在同名诗作《恢复》第8节中所抒写的：

革命的榜样就在这粗俗的话中，
我要保持态度的彻底，意志的通红，
我的头颅就算被人锯下又有甚么？
世间上没有两面可套弦的弯弓。

对待革命之“彻底”的态度，“通红”的意志，头可断也不改弦更张的勇气，所欲张扬的，是诗人如病痛一般经历一番革命失败的消沉之后，革命意志的重新巩固和强化。

不过，颇耐人寻味的是，不管是《诗的宣言》里，郭氏以替诗代言的方式言说的“我是一点也没有甚么修饰”，仇视富有阶级的“美”及其所爱的“美”之物，还是《恢复》一诗里口口声声喊着

① 《郭沫若全集·文学编》第13卷，人民文学出版社1992年版，第272页。

② 郭沫若、蒲风：《郭沫若诗作谈》，《现世界》1936年8月16日创刊号。

“我要以彻底的态度撒尿”，“我要以意志的力量拉屎”，“我们对于敌人，应得如拉屎、撒尿”，等等，这些有意以诗喊出的粗暴的声音，在宣示自己与“赤着脚，裸着身体”的工农一样具有无产阶级属性的言说时，却以与之预想相悖而颇具富有阶级的“美”的，或精致化的审美取向的诗体和语言形式来呈现。譬如（其中“|”为引者所标示）：

我 | 今后的 | 半生 | 我相信 | 没有 | 甚么 | 阻挠，
我要 | 一任 | 我的 | 情性 | 放漫地 | 引吭 | 高歌。
我要 | 唤起 | 我们 | 颓废的 | 邦家，| 衰残的 | 民族，
我要 | 歌出 | 我们 | 新兴的 | 无产 | 阶级的 | 生活。

（《述怀》第 5 节）

不过 | 我们 | 也没有 | 一个人 | 在抱着 | 悲观，
我们 | 相信着 | 革命 | 是操着 | 最后的 | 胜算。
所悲的 | 是减少了 | 你这样 | 热诚的 | 同志，
所悲的 | 是牺牲了 | 许多 | 勇敢的 | 伙伴。

（《怀亡友》第 8 节）

啊，| 我心中 | 是这样的 | 淡漠，
任有 | 怎样的 | 境地 | 也难 | 使我 | 欢呼。
你除非 | 照着 | 几百万的 | 农人
在凯旋的 | 歌吹中 | 跳舞！

（《对月》第 5 节）

我也曾 | 决定 | 志向 | 不再 | 离开 | 他们，
想聊尽 | 我 | 做父亲的 | 一番 | 责任；
但是 | 祖国的 | 呼唤 | 有无限的 | 引力，
我 | 不能不 | 为解放 | 前进，为群众 | 牺牲。

（《归来》第 11 节）

我已 | 准备下 | 一杯 | 鲜红的 | 寿酒，

朋友，| 这是 | 我的 | 热血 | 充满 | 心头。
要酿出 | 一片的 | 腥风 | 血雨 | 在这 | 夜间，
战取那 | 新生的 | 太阳，| 新生的 | 宇宙！

（《战取》第3节）

其中，不论是作为革命者坚定、决绝的抒怀（《述怀》），对牺牲的革命同志（孙炳文）的追缅和自我革命信心的再认（《怀亡友》），对既往不思众生疾苦却耽溺自然与幽闲之美的书写的反省（《对月》），还是剖白舍家为国、为革命献身的心志（《归来》）……又或是经历革命血腥斗争之后，对终究会到来的“新社会”的憧憬（《战取》），就诗集《恢复》而言，均采用了相对整饬的4行一节的“韵文”诗体。这种非但不“粗俗”，反而精致且整饬的诗体，与其所欲表达的革命意图之间的矛盾，无疑是郭沫若本人文化精英立场同大众革命政治之间，存在着张力关系的最显在的写照。它清晰地折射出郭沫若等知识分子位列革命阵营之后，思想（革命意识）与身份（知识分子）之间的严重背离。

相关颇为晚近的史著在评论郭氏此集诗作，多以为他“用更高亢、更坚决、更充实的诗篇”昭示了自己并未磨损的“革命意志”①，“充满了无产阶级的战斗激情，具有一种‘犹如鞺鞑的鼙鼓声浪喧天’的‘狂暴’的力的美”②，“这些诗情感直率、真切，节奏急促，旋律激越，格调雄壮”③。然而，只要对其中诗作诵读一番，便会发现，诗中的语言经由发声器官所能呼出的，非但不是“高亢”的，“声浪喧天”的，“激越”的高音，反而多是沉郁、粗重的中低音；节奏也非“狂暴”的，“急促”的，反而是有力而滞重的。试读上引诸诗节，可以发现，如上多达四音步（或卞之琳所

① 唐弢主编：《中国现代文学史简编》（增订版），复旦大学出版社2008年版，第85页。
② 钱理群等：《中国现代文学三十年》，北京大学出版社2005年版，第85页。
③ 朱栋霖主编：《中国现代文学史》，北京大学出版社2007年版，第73页。

说的“顿”）以上的诗句，很难让诵读产生急促、飞快如《凤凰涅槃》《天狗》等一般明快的节奏。以《战取》第3节为例，真正能在诵读时形成短促的节奏的，仅有其中由逗号隔开的第2行的呼告语“朋友”，以及第4行的“新生的宇宙”。可它们却是不能独立成句的名词性短语，故无以完成独立的诗的“述行”（performative），因而仍需依附于与之关联的诗行，来实现其作为诗相对独立且较为完整的一种情绪的表达。每行5音步以上的诗行组合，迫使诵读必然地成为一种慢节奏的，偏于低沉凝重的，而非情绪激昂的语流。[①] 而就其语调而言，大量仄声字的使用（诗节凡51字中有28字为仄声，另有不计平仄的助词“的”5字），极少有以低元音“a”组合成韵的音节（第1—2行各1个，第3行3个，第4行1个），都压制了其声音高昂的可能。

这种偏于低音、有力的诗的书写，可以说是其明晰的革命意识灌注的结果。郭沫若曾回忆，在他“诗兴的连续不断的侵袭”的三次经历里，《恢复》的写作是比之前写作《女神》《瓶》两集时“更加清醒的”[②] 一次。这种“清醒”的意识，牵引了形之于语言的情绪，从而使之不再是“直写”的，而是为革命意识所拘束的。于是诗集《恢复》，也较之《女神》《瓶》的情绪抒写更为节制。这种情绪的节制，在《恢复》一集中是相当普遍的。一个颇为负面的例子便是《对月》一诗。这首有意以之来与诗人所译歌德的同题名诗相颉颃的诗作，虽存心对抗歌德望月伤时、咏叹人生的格调，反对后者“那银灰色的情感”“超然的情绪”“幽静的心弦”腐蚀诗人心志的影响，但当诗人有意以革命意识的渗透来缩结其诗时，

---

① 另有论者以为，郭沫若借《恢复》集抒发了“革命人民在失败、悲痛中崛起、奋进的强烈感情”，若将其中的“革命人民”置换为“我”本人，或许更合乎“我”在其中自我陈述和抒情的个体身份；倒是所及“悲剧性的崇高感使诗的主调雄浑沉郁”，单从诗的声音上看，或可称为迄今颇为浩繁的中国现代文学史专著或教材中论及《恢复》时，最为切题的回答之一。参见黄曼君、朱寿桐主编《中国现代文学史》，武汉大学出版社2012年版，第124页。

② 《郭沫若全集·文学编》第13卷，人民文学出版社1992年版，第313页。

其第5节（上引）中“几百万的农人”的植入，便直接阻碍了“我”同月亮之间虽不精彩，却也算得上自然的一场对话。它多少类似于废名在评述郭氏另一诗作《司春的女神歌》时所譬喻的，如在滑冰场溜冰时滑了一脚，“本来是没有阻碍的”，但一“滑”便有了阻碍[①]。其有意的阻碍，便是郭氏本人要使这种书写由面对自我转向社会现实的一种努力。

所以在某种意义上，郭沫若效摹“歌德的诗体”，或如此后他所以为的那样，为之“戴上了新的枷锁”[②]，但不可否认的是，在他刚揭起“革命文学”的旗帜，决意书写“反抗浪漫主义的”“无产阶级的社会主义的写实主义”[③] 文学之时，歌德式每节4行的韵文诗体，恰恰为其诗的书写提供了“写实”的可能性，使之摆脱了一任情绪信马由缰的奔泻和无可遏制。而这种四行韵文体的诗节形式，自非写作《恢复》集时才有的新鲜事物。早在《女神》《星空》，以及早《恢复》一年出版的诗集《瓶》里即已出现。且不必说诗节普遍颇为齐整的《瓶》，即便前两集中，也有《心灯》《地球，我的母亲!》《Venus》《霁月》《天上的市街》《冬景》《夕暮》《春潮》《大鹫》《地震》等，采用了这种诗节形式。通观郭沫若截至1928年的诗歌写作，若按照写作时间略作排序（即《女神》《星空》《前茅》《瓶》《恢复》），其实不难发现，郭沫若的诗歌文体并非若一般印象里固定的那样，呈示为《女神》时代里“最厌恶形式”和“奔放到不能节制”，反倒呈现了由“乱写”的自由体，到渐趋稳定和秩序化的四行“韵文”诗体的演进。

这种诗体形式的变迁，一方面的确有“以先主张 Inspiration 的诗人，现在要求文艺的社会性”[④]，将自我抒情转换为社会或“大

① 废名：《论新诗及其他》，陈子善编订，辽宁教育出版社1998年版，第139页。

② 《郭沫若全集·文学编》第19卷，人民文学出版社1992年版，第409页。

③ 郭沫若：《革命与文学》，《创造月刊》1926年第1卷第3期。

④ 穆木天：《郭沫若的诗歌》，《文学》1937年1月1日第8卷第1号。

我”抒情（实则为革命意识规约下的“讲述”）的因素；另一方面同样不可忽视的是，他对艺术美的精致（fine）或提炼（refine）之意，实际上同样有着潜移默化的接受。1922 年 8 月 14 日，他在回复沈雁冰暗讽其诗耽于“幻美”[①] 时就说：

> 我近来对于客观的世界也渐渐觉得能够保持静观的态度了。不过我对于艺术上的见解，终觉不当是反射的（Reflective），应当是创造的（Creative）。前者是纯由感官的接受，经脑神经的作用，反射地直接表现出来，就譬如照相的一样。后者是由无数的感官的材料，储积在脑中，更经过一道滤过作用，酝酿作用，综合地表现出来。就譬如蜜蜂采取无数的花汁酿成蜂蜜的一样。我以为真正的艺术，应得是属于后的一种。［……］作家惯会迎合时势，他在社会上或者容易收获一时的成功，但他的艺术的成就恐怕就很难保险。[②]

虽然表面上，所言侧重回应沈雁冰对其诗歌过于主观而脱离人生和社会的指控，但郭氏在做此回应的字里行间，明显阐述了艺术创造的精致和提炼过程。

郭沫若有关注重艺术的凝练与提升的阐述，更明显地呈现于 1923 年他对列夫·托尔斯泰《艺术论》的批驳当中。在批评列夫·托尔斯泰将艺术活动归于“教化的功［工］具”，忽视“人类的感受性”的差异与发展的可能性时，他说：

> 艺术活动，诚如托氏所说在唤起一种感情的经验，然而这种活动每每流行于不经意之间，即使宏伟的制作须得匠心经

① 雁冰：《介绍外国文学作品的目的：兼答郭沫若君》，《文学旬刊》1922 年 8 月 1 日第 2 版。

② 《郭沫若全集·文学编》第 15 卷，人民文学出版社 1990 年版，第 226—227 页。

> 营，而艺术家的目的只在乎如何能真挚地表现出自己的感情，并一定不在乎能使人得到共感与否。[……] 纯粹的艺术使一般的民众碍难接近的理由，并不完全在乎艺术的高蹈，而在乎社会制度使民众的智慧停滞，并限制其享受的机会。[①]

可见，其时郭沫若在坚持感情的真挚表现之余，也对艺术所须之“匠心”有所体认。

然而，当其诗的形式以近于潜意识的流动，渐趋清晰地呈现于写作当中的时候，也正是郭沫若本人越来越无心于诗的年代。正如有论者所详陈的那样，自 1922 年参加孤军社之后，郭沫若文学观念的转变，或多“源于一种‘政治经济学的认知’”，而这同他与创造社同人起初“为艺术而艺术”，志在创办“纯文艺的杂志”[②]的文学诉求，无疑是相悖的。在此意义上，确如该论者所指，郭沫若“以文艺观念的自我否定”为标志的转变，本身就“根本不是一个‘文艺事件’”。[③] 也正是这种“无心”和文学之外的影响，让本就意志“薄弱”的郭沫若，越来越无心于文学书写本身的沉潜。

如果说《星空》里的《夕暮》多少若废名所言，尚是“天成”的，是“诗人的感情与所接触的东西”恰到好处的相“碰”[④]，那么《瓶》里 40 余首爱情诗的抒写，让人感受到的不是诗体形式无以表达其情绪的束缚，相反倒是其相类的简单、直白的爱之思慕、焦虑、苦情，一再地在对“妹妹”强自说愁的倾诉中，流于浮泛、虚夸乃至近伪。反倒是其中能脱其情爱之热气旋的诗作，譬如第 12 首，有几分近于废名所言的“天成”之作：

---

① 《郭沫若全集·文学编》第 15 卷，人民文学出版社 1990 年版，第 196—197 页。

② 《郭沫若全集·文学编》第 12 卷，人民文学出版社 1992 年版，第 127 页。

③ 李怡：《国家与革命：大文学视野下的郭沫若思想转变》，《学术月刊》2015 年 2 月刊。

④ 废名：《论新诗及其他》，陈子善编订，辽宁教育出版社 1998 年版，第 139 页。

默默地步入了中庭，
一痕的新月抓破黄昏。

还不是燕子飞来时候，
旧巢无主孕满了春愁。

尽管这首诗依旧满是旧诗词中化来的陈词，却多少真实地展现了一方月上中天的古典意境下，现代才子望月惆怅的情迷之伤。由景至情的移换之间，所指向的依旧是其人耽于男性主义幻想的才子佳人梦。

至于《前茅》《恢复》，在郭沫若那里，或是“诗兴”所乘之作，但在他有意为革命放号的声音里，那份属于《女神》时期的“自然流露”或“情绪直写”的“天成”之感，自是难以复现。当他旅日寓居多年以后，一反此前肯定的态度，称《恢复》一集“也没有多大价值”，全部为“不免有浓厚的感伤情趣”的失败之作时，其言或许多从该诗集的思想内容，尤其是“左倾的意识”而论。[①] 不过，这种失败，也不全在于思想内容；它同样在于其精致的诗体和语言形式，与其所欲歌呼革命的“粗暴”之声之间，存在着显著的背离。当精致的“瓶”，放置于“粗暴”的“镰刀”和“铁槌”之间，破灭自然也就无疑了。

郭氏此后写诗的中滞和诗艺的降低，实际上不是其笔墨对早期惠特曼式诗体及语言形式的“健忘”，也非歌德式精致的技巧层面的东西束缚了他的写作，而是其社会革命、政治革命的志趣，遮掩了那个一度有意耽于美之感受性的“自我”（即便这也颇为可疑）。以自我的经验，面对社会和现实生活自主的审美感受性，也因此在他一再意欲以“雄厚”的、“如暴风一样怒吼”，来呼唤新兴的无

① 郭沫若、蒲风：《郭沫若诗作谈》，《现世界》1936 年 8 月 16 日创刊号。

产阶级革命的独唱里丧失。诚如其言，“文艺家在做社会人的经验缺乏的时候，只好写自己的极狭隘的生活，这正和章鱼吃脚相类”[①]。但问题是，当章鱼凭借它的脚脱离海洋而爬上陆地，那么对于它就不仅仅是“吃脚”的问题了。因此，1928 年以后，他虽然依旧写诗，但的确如他自己所言，已不再是一个文学场中的诗人了[②]。

## ◇◇ 第三节　“改写”的政治：文学的用途与革命的企图之间

要想理解中国现代文学视域里的郭沫若，可能是一个颇为困难的思想史问题，而非单一的文学问题。这不仅是因为他是一位为人称道、为己自期的“球形天才”，同时也不仅仅是因为他一生经历跌宕，辗转于文学、学术（史学）与政治之间，而且更因为他是一位不断要求自我革命的知识分子。正如有论者所陈，在郭沫若等人那里，他们所揭举的“革命文学”，所依循的乃是“将线性时间进化观和历史进化观（新胜于旧、新即善、愈新愈有价值），同政治和革命［……］杂糅在一起”的“革命进化论”[③]。这种“革命进化论”史观，也使得郭沫若这位转向无产阶级“革命文学”的文学家，以进化的观念来理解“革命文学”，并在此基础上继续提出“革革命文学”“革革革命文学”这般为鲁迅等人嘲笑，在他本人那里却是一种由文学视野窥得的“辩证的史观”[④]。由此上溯，1928 年他本人以具有鲜明的无产阶级意识形态特征的词汇，来修改/写作其过去/现在的诗作行为；以及 20 世纪 40 年代后，他用历

① 《郭沫若全集·文学编》第 13 卷，人民文学出版社 1992 年版，第 273 页。

② 郭沫若：《我的作诗的经过》，《质文》1936 年 11 月 10 日第 2 卷第 2 期。

③ 逄增玉：《中国现代文学观念与进化论》，载周勋初等主编《文学理论丛刊》（第 3 卷第 1 期），江苏文艺出版社 2000 年版，第 184 页。

④ 《郭沫若全集·文学编》第 12 卷，人民文学出版社 1992 年版，第 280—281 页。

史剧及其对话为主的戏剧语言表达方式，来继续本人有意告别浪漫主义，实则因此告别了诗歌的写作，这些文学书写行动，均可从相对广义的意义上，视作因应“革命进化”需要的文学“改写”，从而使之与“革命”一同进步。如果说上两节主要聚焦于攸关郭沫若“革命文学”书写转型中诗的书写困境及“改写”问题，那么本节将主要从其本人更为广泛的个人现代文学书写史，来讨论郭氏一再“改写”其文学的深层原因。

## 一　从“无产阶级者”到不断“革命”的文学家

1966 年 4 月 28 日，郭沫若在《光明日报》上发表题为《向工农兵群众学习，为工农兵群众服务》的文章。其中写道：“在一般的朋友、同志们看来，我是一个文化人，甚至于好些人都说我是一个作家，还是一个诗人，又是一个什么历史学家，几十年来，一直拿着笔杆子在写东西，也翻译了一些东西。按字数来讲，恐怕有几百万字了。但是，拿今天的标准来讲，我以前所写的东西，严格地讲，应该全部把它烧掉，没有一点价值。”所言虽是特殊历史时期自我检讨的辞令，但对于文学家身份的自我否定，却又是他 20 世纪 20 年代以降一以贯之的态度[①]。

这样的自我“革命”，其实在郭沫若身上发生过多次。抒情诗人，文坛翘楚，军政要员，历史学者，文化领袖（且有由国民党到共产党不同政治阵营的切换），国家领导人，等等，这些身份的确立与更替，于郭沫若而言，本就是他不断“革命”的结果。无论是他由文学到史学的文化场域内部的转向，还是他由从文到从政的志愿及社会角色的转变，都可以看出 20 世纪 20 年代上半期文学实践

---

① 1926 年，郭氏云：“我的诗从此死了”；1936 年又云：“不必一定要做‘诗人’”；1944 年再云：“实在不大喜欢这个‘诗人’的名号”。分别见《孤鸿》，《创造月刊》1926 年 4 月 16 日第 1 卷第 2 期；郭沫若《我的作诗的经过》，《质文》1936 年 11 月 10 日第 2 卷第 2 期；《郭沫若全集 · 文学编》第 19 卷，人民文学出版社 1992 年版，第 404、409 页。

的挫折，已经彻底去除了他原本对艺术功利性的否定态度。[①] 尽管自彼时以降，无论在国民党还是共产党的领导下，他所从事的工作依旧与文化、文艺相关，不过显而易见的是，他更认同自己身为革命者，而非文学家的身份。1927 年，时值大革命失败前后，他便这样写道："革命的职业可以罢免，革命的精神是不能罢免的"；"一个人在团体的活动里面的时候，他可以忘却一切。团体的意志就是他个人的意志，团体就好象绝大的洪炉，把一切的个人都融成一片了。"[②] 革命者的身份认同意识，在其表陈心志的文字背后昭然显露。

郭沫若的如此转变，除了现有研究多予陈及的传统士人济国情怀的承续，外部政治环境的急遽变化（五卅运动、国民革命等），以及他本人因翻译《社会组织与社会革命》而开始接受马克思主义[③]等原因之外，相当程度上，也与其文学事业，更毋宁说文学生意的受挫，有着密不可分的直接关联。如其本人所言，初登沪上文坛的他，如其《女神·序诗》里所言，便是一位无产者：

> 我是个无产阶级者：
> 因为我除个赤条条的我外，
> 什么私有财产也没有。

以诗集《女神》开篇的这三行诗，来诠释他早在 1921 年即以

---

① 郭沫若："假使创作家纯以功利主义为前提以从事创作，上之想借文艺为宣传的利器，下之想借文艺为糊口的饭碗。这个我敢断定一句，都是文艺的堕落，离文艺的精神太远了。这种作家惯会迎合时势，他在社会上或容易收获一时的成功，但他的艺术（?）绝不会有永远的生命。这种功利主义的动机说，从前我也曾怀抱过来［……］。"参见《郭沫若全集·文学编》第 15 卷，人民文学出版社 1990 年版，第 228 页注释。

② 《郭沫若全集·文学编》第 13 卷，人民文学出版社 1992 年版，第 175 页。

③ 参见李欧梵《中国现代作家的浪漫一代》（王宏志等译，新星出版社 2012 年版）第九、十二章相关部分；贾剑秋《郭沫若思想转向之逻辑辨》，《西南民族大学学报》（人文社会科学版）2013 年第 9 期等。

接受马克思主义，定然是失当的。但是，用以诠释郭氏对自己的物质生活条件的认知，却是允当的。徐志摩于1923年10月11日所写的一则日记，更以旁观者颇为真切的态度揭示了郭彼时的贫困，其中语："沫若自应门，手抱襁褓儿，跣足，敝服（旧学生服），状殊憔悴"；"沫若居至隘，陈设亦杂"。如此景况，也难怪与徐同行探看的胡适不由生出"其生计亦不裕，或竟窘，无怪其以狂叛自居"之叹。[①] 如是反观，携妻带孥的他，也的确是一个"赤条条"的"无产阶级者"。

倘若1924年郭沫若因翻译《社会组织与社会革命》，便开始接受马克思主义之说可以成立[②]，那也须注意的是，真正促使其完成这种接受的，恐怕也不全在翻译行为本身，同时也与彼时文学梦碎后难以释怀有关。就在他着手翻译该著的略早前，他在致成仿吾的信中写道：

> 我每晚几乎都要梦见你，梦见和你商量周报的后事，但我现在实在无能为力了。上海的空气太使我厌倦了，多住一日就好像要窒息死了的一样。其实索性死了倒痛快些，免得我久受牢狱的束缚。[③]

如此言谈，着实可以看出郭氏为文受挫之后心如死灰的沉痛。该著的翻译，则恰好为其提供了一条纾解消沉、萎靡的情绪的崭新渠道：

---

① 韩石山：《徐志摩全集》第5卷，天津人民出版社2005年版，第285—286页。

② 对此，李欧梵表示了自己的质疑，参见所著《中国现代作家的浪漫一代》，王宏志等译，新星出版社2012年版，第199—201页。另，此信发表时的落款时间为"十三年八月九日夜"，也即1924年8月9日。二者之间存在着时间差。正如上文中可以看到的，郭沫若是一位热心修改自己早前诗文的擅手，若以是文来指称他1924—1926年的思想发展，恐亦不尽妥当。

③ 黄淳浩编：《郭沫若书信集》（上），中国社会科学出版社1992年版，第24页。

> [……] 我对于这书 [即《社会组织与社会革命》——引者按] 的内容虽然也并不能满意，如他不赞成早期的政治革命之意图，我觉得不是马克斯的本旨，但我译完此书所得的教益殊觉不鲜呢！我从前只是茫然地对个人资本主义怀着的憎恨，对于社会革命怀着的信心，如今更得着理性的背光，而不是一味的感情作用了。这书的译出在我一生中形成一个转换的时期，把我从死的暗影里救出了的是它 [……]。[①]

可见，他对马克思主义、社会革命思想的接受，也是于翻译过程之中及其完成之后才发生的。并且，他之所以翻译该书，虽一方面有他本人“对于社会科学的憧憬”，但最根本的恐还是“一家的生活迫切地有待解决之必要”。[②] 在后以《孤鸿》为题发表的这封信中，他在致信成仿吾时，也专意提及了该书翻译后，由于原拟“卖稿的计划”“不得不变成版税”，致使他及家人此后“两月来的生活”“真真苦煞了”的细节。[③]

这种据于日常生活的理性，而非耽溺于主观、浪漫的感性冲动，来作出自己的人生抉择，实际上很早便出现于这位著名的浪漫主义诗人身上。甚至可以说，即便在其早年，现实生活中的郭沫若，也称不上是一位“昂头天外”，“不知道人生为何物”[④] 的浪漫主义者，反倒是一位往往能够在关键时刻，以理智控制其激情的现实主义者。根据他本人所撰《我的学生时代》所述，郭氏自小便对文学有着兴趣，七岁便已开始“做试帖诗”，高小时代即开始阅读《西厢》《花月痕》《西湖佳话》等作品，并因此“颇以风流自命，大做其诗”。可见，他于文学确有些天赋，其本人显然对此明晓并

---

① 郭沫若：《孤鸿》，《创造月刊》1926 年 4 月 16 日第 1 卷第 2 期。

② 《郭沫若全集 · 文学编》第 12 卷，人民文学出版社 1992 年版，第 204 页。

③ 郭沫若：《孤鸿》，《创造月刊》1926 年 4 月 16 日第 1 卷第 2 期。

④ 《郭沫若全集 · 文学编》第 12 卷，人民文学出版社 1992 年版，第 69 页。

颇为自负。然而，在他为人生未来作准备的学生时代，他却因文哲“无补于实际”而“不愿学”，反倒根据自身合宜的“切实”需要，选择了学医。虽然他说自己起初打算学医，为的是今后给国家、社会做一点切实的贡献，但学医的选择显然有以之“作为将来的生活的保障”的因素在内，并且终竟毕了业，他也因此多少比学医中辍的鲁迅更“现实”一点。[①] 再者，尽管他一再宣称自己学医“没有学成功”[②]，却不可否认的是，这里的不成功是建立在他当时已在沪上文坛博得一席之地以后的“后见之明”。彼时，身为文界名流，从文较于从医，为之提供了更具可能且可行的职业前景。

如果说之前这种日常生活的理性，多基于朴素的人生经验，那么他在翻译《社会组织与社会革命》过程中的学习与接受，更让他这种朴素的日常经验上升到了唯物主义哲学的高度。他已然因此明晰理想生活要以“物质的条件”和“精神的条件”为前提，于是对于自己及成仿吾等人所面临的处境，也就有了更趋近于现实，而非浪漫的体察：

> 我们现在的是甚么时代呢？时代的不安迫害着我们的生存。我们微弱的精神在时代的荒浪里虽好像浮荡着的一株海草。我们的物质的生活简直像伯夷叔齐困饿在首阳山了。
>
> [……]
>
> 我现在成了个彻底的马克斯主义的信徒了！马克斯主义在我们所处的这个时代是唯一的宝筏。物质是精神之母，物质文明之高度的发展和平均的分配终是新的精神文明的胎盘。芳坞哟，我们生在这个过渡时代的人是只能做个产婆的事业的。我们现在不能成为纯粹的科学家，纯粹的文学家，纯粹的艺术家，纯粹的思想家。要想成为这样的人不消说是要有相当的天

① 《郭沫若全集·文学编》第12卷，人民文学出版社1992年版，第8—15、73页。

② 《郭沫若全集·文学编》第12卷，人民文学出版社1992年版，第16页。

> 才，然而也要有相当的物质。[……] 芳坞哟，我现在觉悟到这些上来，我把我从前深带个人主义色彩的想念全盘改变了。[……] 以前没有统一的思想，于今我觉得有所集中。以前矛盾而不能解决的问题，于今我觉得寻着关键了。或者我的诗从此死了。但这是没有法子的，我希望它早些死灭罢。[①]

按其所言，不难发现，在郭沫若本人看来，时代所给予他们的迫害，在精神和物质两方面，但首先在后一方面。他本人对《社会组织与社会革命》所诠释的马克思主义、社会主义的接受，也主要表现在对唯物论以及与之相关的社会革命的接受上。这种由现实生活到思想接受上的契合，很大程度上已经充分揭示了他“受动”地迎合，而非主动地作用于社会现实的精神面相。

虽然他曾坚决反对作家“惯会迎合时势”的功利主义动机，但正如他彼时所陈，这种动机也曾为他本人“怀抱”过：“有时在诗歌之中借披件社会主义的皮毛，漫作驴鸣犬吠，有时穷得没法的时候，又想专门做些稿子来卖钱。”[②] 当“密斯创造”中道夭折，以至于希望诗（文学）也“早些死灭”之际，他随即萌生的，乃是越加清晰的政治功利主义。自此，诗（文艺）不再是昨日的“消闲圣品”，而是今日“走在革命途上的文艺，是我们被压迫者的呼号”之“革命的文艺”，其价值也便只能在促进社会革命的意义上体现。[③] 这种文学观念的确立，无疑是郭沫若思想上越发政治化的必然。

## 二　由诗到剧：艺术与政治之间的文类选择

自《女神》时代起，郭沫若便是文学场域内一位可以驾驭多种

---

① 郭沫若：《孤鸿》，《创造月刊》1926 年 4 月 16 日第 1 卷第 2 期。
② 参见《郭沫若全集 · 文学编》第 15 卷，人民文学出版社 1990 年版，第 228 页注释。
③ 郭沫若：《孤鸿》，《创造月刊》1926 年 4 月 16 日第 1 卷第 2 期。

文类来进行写作的现代文学家。1932年，鲁迅的论敌曾今可便称赞他是一位“包括着各方面”的“天才作家”：“小说写得好，诗写得更好，散文也写得好，戏剧也写得好，文艺理论也好，翻译也翻译得好，具有着这样各方面的才能的作家，我觉得在中国现在还没有发现第二人，只有一个郭沫若。”[①] 如此声名，确非浪得。1935年编辑出版的“中国新文学大系”，也在其久负盛名的“五四”新文学头十年间（1917—1927）的巡礼中，于所辑各文类专集内，均为郭氏留有一席。[②] 就连与之多有纠葛的沈从文，早在1930年，也以为前者在其“几几乎皆玩”的诗、戏曲、散文、小说领域内，都还“玩得不坏”。[③]

不过，20世纪二三十年代，其文学的声誉却又主要因诗[④]得来。这一方面说明，其时他的诗歌成就和影响远在其他文类之上；另一方面或更如沈从文所评论的那样，他的文学天赋适用于辞气浮露、情绪直写的抒情诗，却“不适于写实派笔调”；尽管其小说“成就并不坏”，却也是他“把创作当作抒情写”的结果[⑤]。也就是说，彼时，不唯其诗歌，就连他的小说、戏剧的成就，也多缘其自我抒情的灌注。郭氏虽则对沈从文的批评，以小说“只适宜于Eskimo那样的小人去住”的“寒带”[⑥] 之喻，作出过颇带怨气的回应，不过，其小说无法比肩他的诗歌写作，也是不争的事实。就算其剧作成就获得文学界的广泛认可，也是以《屈原》《虎符》为代表的历史剧问世之后的事情。

抗战时期，作为寓日十年间文学活动基本隔绝于现代中国文坛

---

① 曾今可：《郭沫若印象记》，《新时代月刊》1932年9月号3卷1期。

② 分别见朱自清编《诗集》、郑伯奇编《小说三集》、洪深编《戏剧集》、周作人编《散文一集》。

③ 沈从文：《论郭沫若》，载李霖编《郭沫若评传》，现代书局1932年版，第45页。

④ 郑伯奇：《中国新文学大系·小说三集》，良友图书印刷公司1935年版，“导言”第13页。

⑤ 沈从文：《论郭沫若》，载李霖编《郭沫若评传》，现代书局1932年版，第45—57页。

⑥ 《郭沫若全集·文学编》第12卷，人民文学出版社1992年版，第35页。

的“归来”作家，除了参加文化、文艺界相关的抗日救亡组织外，郭沫若也开始拿起笔来为抗战书写。起初，除了战时通讯、回忆录等，诗、剧也是他写作中采用的文类形式。1938 年 1 月，诗集《战声集》，与话剧集《甘愿做炮灰》（内附剧作《棠棣之花》）大约同时出版。然其此际的写作，已经呈现出一番与《女神》时代迥异的面貌。这种转变，自是他的思想意识日益革命政治化的必然。有意告别浪漫主义，走向现（写）实主义，本就是 20 世纪 20 年代转向革命政治的郭沫若，原本追求的文学方向。早在 1926 年，他便指出，“我们所处的时代是第四阶级革命的时代”；这一时代里“所需要的文艺是站在第四阶级说话的文艺，这种文艺在形式上是写实主义的，在内容上是社会主义的”。除此之外的，都已过时而成了反动的文艺。① 即便抗战以降，怀着爱国热忱归国的郭沫若，依周恩来所言，也在“四年多抗战”的岁月里，接受着“客观的事实不断的教训”，完成了其由“革命的浪漫谛克主义”到“革命的现实主义”的蜕变。②

郭氏曾指出，抗战时期的诗歌“最受着鼓舞”，“甚至诗歌本身差不多就等于抗战的号角”。不单诗人大量涌现，“诗歌产量之丰富”，也远超其他文类，且有艾青的《向太阳》、老舍的《剑北篇》这样的“时代的乐谱”面世。③ 且不论艾青、老舍诗作的思想与艺术价值如何，仅就郭沫若本人而论，自《战声集》之后，他的诗歌写作非但没有与之相应地“勃兴”起来，反而更显示出每况愈下的颓态。并且，这一时期他的诗歌写作，如果说尚有可以称之为诗的东西，恐怕依旧在他一再意欲告别的“浪漫谛克主义”。例如《战声集》里的《们》（第 2 节前 5 行）：

---

① 郭沫若：《文学家的觉悟》，《洪水》1926 年第 2 卷第 16 期。

② 周恩来：《我要说的话》，载王训昭等编《郭沫若研究资料》（上），知识产权出版社 2010 年版，第 370 页。

③ 郭沫若：《中国战时的文学与艺术》，《半月文萃》1942 年 7 月 20 日第 1 卷第 3 期。

们哟，我亲爱的们！
你是何等坚实的集体力量的象征，
你的宏朗的声音之收鼻而又闭唇。
你鼓荡着无限的潜沉的力量，
像灼热的融崖在我的胸中将要爆喷。

其中第4—5行里由比喻织就的瑰奇想象，多少令人联想到《天狗》里的末两行："我便是我呀！/我的我要爆了！"所不同者，昨日之"我"（"作为诗人的英雄"），已非今日之"我"（期待成为"们"的一分子）。情感也由自我的膨胀，转变为"们"（"灼热的融崖"）作用于"我"之后的催发。

然而，即便是这样在艺术上虽无精进，却仍有些许鲜明特征的颂歌，也在其抗战以降的文学书写中较为少见。他为数众多的"赞""给""题""悼""祭""纪念""挽""寿"诗，尤使其诗的语言形式成了实际功用的载具。在这越发归附"们"的酬唱里，是他本人由"我"走向"我们"，趋近革命"现实"主义的语言形式和思想意涵上的双重贫乏：

这胜利是属于全人类的胜利，不仅仅属于苏联，
红军哟，你是在替全人类争取着自由的明天！
纳粹匪徒还在企图着困兽犹斗而苟延残喘，
"无条件投降"仅仅靠着空谈绝对不能实现。

倘若除去这选自其诗《颂苏联红军》第5节中的分行格式：

这胜利是属于全人类的胜利，不仅仅属于苏联，红军哟，你是在替全人类争取着自由的明天！纳粹匪徒还在企图着困兽犹斗而苟延残喘，"无条件投降"仅仅靠着空谈绝对不能

实现。

显而易见，原本浅白的诗节改后，并不影响原有语意的传达。除了极个别的叹词（“哟”）和叹号，它同散文，乃至演讲词这般实用文体相比，也几无差别。这种连郭沫若本人都觉得“没有什么价值”[①] 的诗的写作，此后难以持续，也便是非常自然的事情。至于他随之渐起的旧体诗词的写作，则如他本人所言，已不适于“作为表现新时代的工具”，只能权作“雅致的消遣”。[②]

也正是在其诗歌写作着实难以继续的前后，历史剧多少有些突然地成了他的文学生命赖以延续的另一种书写方式。早在 1944 年，便有苏联学者指出：“郭沫若新著的历史剧《屈原》的出现，是近几年来中国文坛上的一件重大的事情。无疑问地，这已是作者在戏剧方面的一个创作上的大成功。在这以前，我们大家都知道郭沫若是位诗人，是作家和学者，只有在最近几年来，他才显示出他还是一位写作历史剧的巨匠。”[③]“巨匠”或为过誉，当时郭氏作为文学家的声望的确因历史剧的写作而获得，倒也是一般的共识。时至今日，20 世纪 40 年代的历史剧写作，依旧被视为郭氏《女神》时期诗歌之外的又一个文学写作的高点。

虽然一位作家写作时的文类（或体裁）选择，往往并不足以引起特别的关注。它似乎仅是一个与题材、作家的气质性格、时代风尚等相关的问题[④]。但它同时也可能关涉“一种规范或法则体系”[⑤]，并且其自身便“包含了强大的权力”，一旦“得到认同，它

---

① 《郭沫若全集·文学编》第 2 卷，人民文学出版社 1982 年版，第 51 页。

② 《郭沫若全集·文学编》第 19 卷，人民文学出版社 1992 年版，第 349 页。

③ ［苏］费德林：《论郭沫若之〈屈原〉》，苏牧译，《文学创作》1944 年 6 月 15 日第 3 卷第 2 期。

④ 王鼎钧：《体裁选择》，载《作文三书：文学种子》，国际文化出版公司 2007 年版，第 63—74 页。

⑤ 陶东风：《文学类型与文学创作》，《学习与探索》1992 年第 1 期。

将随即变成某种必须遵守的章程和约束”，迫使作家“服从这种形式凝聚力”[①]。依此看来，文类又不仅仅是一个作家相对自由的主体选择问题，同时也是文学场域内外的权力秩序制约和规范之下的一种法度或准则。一个作家选择某一文类进行写作，也就意味着他对相应文学秩序和相关法则的接受。正如有论者所言，郭沫若“文学理性思想的发展与成熟”，使之“较多注重文学的政治功能和社会教益”，“无论从文学体裁的选择，还是艺术风格的变化看，其求‘实’的倾向逐渐明显”。[②] 所以，一定程度上，剧的写作虽是其早年即已实践的一种文类，但只有等到郭沫若有意使其文学表达趋“实”，从而与抗战后期现实的革命政治相勾连之后，它才得以在其时成为影响中国现代政治，并因此影响他本人文学写作自身的一种功用性文类。[③] 在此意义上，可将历史剧视作郭沫若摒弃诗歌写作之后，再次发生的文类选择。这一选择，很大程度上，或可视作郭氏有意为之的一种拨转性的“整体改写”。

戏剧的功用，不论中外，也多在以其真实性感染和打动人，从而实现其政教功能。亚里士多德就认为，悲剧可借“行动的摹仿”，“引起怜悯与恐惧来使这种情感得到陶冶”[④]。吴梅也说：“剧之作用，本在规正风俗，顾庄论道德，取语录格言之糟粕，以求补救社会。”[⑤] 抗战时期的郭沫若，对此也有一番自己的认识。在他看来，

---

① 南帆：《南帆文集3·文学的维度》，福建教育出版社2016年版，第254—255页。

② 杨胜宽：《郭沫若与文学理性传统》，《郭沫若学刊》1989年第1期。

③ 对此，黄侯兴指出，郭沫若于20世纪40年代改写历史剧，乃是郭氏现实主义戏剧写作（如《甘愿做炮灰》）失败后的结果。某种意义上，黄氏所陈郭沫若在《甘愿做炮灰》中表现出来的人物缺乏个性，“情节略嫌简单”，“典型事件和戏剧冲突”构设得不够生动，语言颇为“概念化”等缺点，至少同样出现在《屈原》一剧中。黄氏以为郭沫若“不擅于对社会现实进行深入的观察和反映”，“始终是一个偏于主观的抒情的浪漫主义诗人”，所论有其道理；但认为郭“擅于历史剧的创作”，恐有待商榷。参见黄侯兴《郭沫若历史剧研究》，长江文艺出版社1983年版，第10页。

④ ［古希腊］亚里斯多德：《诗学·修辞学》，罗念生译，上海人民出版社2015年版，第36页。

⑤ 吴梅：《吴梅全集·理论卷》（上），河北教育出版社2002年版，第88页。

戏剧乃是“宣传教育的利器”，并直言其时戏剧“演出次数之多和吸收观众之广”①，非其他文类所能比拟。单就郭氏本人在重庆上演的首部剧作《棠棣之花》而论，据时论者言，“上演了八场，观众也有近万人”②。并且戏剧演出带来的如临其境的现场感，以及演员与观众在场的交互性，所产生的戏剧效果，也为诗歌、小说等纯文本的语言艺术所无法比拟。

可是，就此以为郭沫若完成了由革命的浪漫主义到革命的现实主义的转变，恐仍是一个无法成立的结论。譬如《屈原》第五幕第二场风雷电颂部分的下面这一小段：

> 但是我，我没有眼泪。宇宙，宇宙也没有眼泪呀！眼泪有什么用呀？我们只有雷霆，只有闪电，只有风暴，我们没有拖泥带水的雨！这是我的意志，宇宙的意志。鼓动吧，风！咆哮吧，雷！闪耀吧，电！把一切沉睡在黑暗怀里的东西，毁灭，毁灭，毁灭呀！③

其间短促、急进、钝重的语言节奏，依旧是郭沫若《女神》时代惠特曼式情绪直写的“鼓舞调”的重现。④与其同时复现的，自然也有那个不经意间再次褫夺国家与人民的抒情主体地位的浪漫主义诗人——郭沫若本人。于是，郭氏在《写完五幕剧〈屈原〉之后》里所说的，“实在也奇怪，自己的脑识就象水池开了闸的一样，只是不断的涌出，涌到了平静为止”⑤，也就难免令人联想到他在

① 郭沫若：《中国战时的文学与艺术》，《半月文萃》1942年7月20日第1卷第3期。

② 章罂：《从〈棠棣之花〉谈到评历史剧》，《新华日报》1941年12月7日第4版。转引自王训昭等编《郭沫若研究资料》（中），知识产权出版社2010年版，第769页。

③ 郭沫若：《屈原》，文林出版社1942年版，第131—132页。

④ 对此，李长之在其评论《屈原》的文章里便说：“这使我们恍然忆起《女神》中的调子，诗人郭沫若的青春原来依然存在着！”参见曾健戎、王大明编《〈屈原〉研究》，重庆地方史资料组1985年版，第68页。

⑤ 《郭沫若全集·文学编》第6卷，人民文学出版社1986年版，第399页。

《女神》时代里书写惠特曼式诗作时才有的亢奋状态。

再如同幕同场的另一处：

> 啊，我思念那洞庭湖，我思念那长江，我思念那东海，那浩浩荡荡的无边际的波澜呀！那浩浩荡荡的无边无尽的伟大的力呀！那是自由，是跳舞，是音乐，是诗！[①]

倘若为之赋予诗的形式：

> 啊，我思念那洞庭湖，
> 我思念长江，
> 我思念那东海，
> 那浩浩荡荡的无边无际的波澜呀！
> 那浩浩荡荡的无边无尽的伟大的力呀！
> 那是自由，是跳舞，是音乐，是诗！

毫无疑问，修改之后的诗行，宛然是20世纪20年代初郭氏书写《女神》集诗作时的一番风貌，且有着近似《立在地球边上放号》的况味。其中洋溢着的是一个高音的、情绪奔放的抒情诗人的声音。或如陈瘦竹所言，郭沫若的历史剧《屈原》里，“许多台词就是诗”，风雷电颂更是“大家公认的好诗”[②]。不过，剧中沉湎于极度自我的个人主义情绪里的抒情诗人屈原，显然不是郭氏所意欲高扬的革命政治家，而是一位举世皆浊我独清、举世皆醉我独醒的孤独英雄。

可见，从剧中屈原的如上抒情方式上来看，当中所沿袭的，恰

---

① 郭沫若：《屈原》，文林出版社1942年版，第128—129页。

② 陈瘦竹：《剧中有诗》，载王训昭等编《郭沫若研究资料》（中），知识产权出版社2010年版，第731页。

恰是郭氏本人20世纪三四十年代念兹在兹的、《女神》时代浪漫主义自我抒情的“英雄的格调”。此外，也有论者分别从创作理论、人物塑造等视角，阐述了郭沫若历史剧鲜明的浪漫主义特征。[①] 陈瘦竹尽管未以“浪漫主义”来称谓郭氏的历史剧，不过从他赞誉后者的历史剧为“剧诗”，认为其风格“雄伟壮丽，气势磅礴，热情奔放，意境深远”来看，实际上也揭陈了其中依旧存在着的郭氏浪漫主义抒情的典型特征。[②]

## 三　激进的革命家与诗的消亡

今天，客观地评价郭沫若的文学成就，可能依旧是一个因为牵扯政治与历史过深，故而难以厘清的问题。自然，倘若不建立在一定的价值共识的基础上，可能也是一个无法讨论的问题。

既然文学研究自身被赋予了作为学科建制的相对独立的地位，有关郭沫若文学研究的问题，也就有必要相对集中于文学场域和文学性的言说语境之下。以此为前提，来回顾郭沫若文学与政治的间性关系，确可发现郭沫若走向政治（社会）的志业选择，的确损耗了他在文学场域里进一步深度开掘的可能性。20世纪50年代，郭沫若在写给他人的信中就说：

> 足下对我，评价过高。我自内省，实毫无成就。拿文学来说，没有一篇作品可以满意。拿研究来说，根柢也不踏实。特别在解放以后，觉得空虚得很。政治上不能有所建树，著述研究也完全抛荒了，对着突飞猛进的时代，不免瞠然自失。[③]

---

① 参见王瑶《郭沫若的浪漫主义与历史剧创作理论》，《文学评论》1983年第3期；韩立群《从人物塑造看郭沫若历史剧的浪漫主义特色》，《郭沫若研究》1987年第3期。

② 陈瘦竹：《剧中有诗》，转引自王训昭等编《郭沫若研究资料》（中），知识产权出版社2010年版，第728页。

③ 黄淳浩编：《郭沫若书信集》（下），中国社会科学出版社1992年版，第314页。

其中对既往事业的反顾，无疑有着郭氏反躬自问的沉痛。这个追逐时代已近一辈子的诗人，“烈士暮年”之际，竟自觉毕生一事无成，这确可视作悲从中来的一番深刻检讨。尽管这番言语有着特定历史语境下的谦辞，却也说明郭沫若本人也已意识到自己“毫无成就”的症结所在：杂而不专，多而不精。换言之，人渐暮年之际的郭沫若，已然发觉早年所期待的“球形天才”之梦，给他的毕生事业带来了致命性的耗散。而这也恰从侧面回应了郭氏文学难以取得更大成就的重要（乃至根本）原因：虽有文（诗）才，却未能以立诚之心，对诗文予以深掘。当然，在私人交际与公共领域之间作出的这番叩问，是否真的深抵灵魂，是另一回事。不过，他对自己政治上“落后”的恐慌，着实已浮现于言谈之间。

某种意义上，革命对其人、其文的影响，甚至可视作身为革命家[①]的郭沫若身上的一种本能。革命政治的思维方式，作用于郭沫若的文学观念，并因此波及其文学写作，最为突出的，便集中在他对文学本质的认识的转变上。在这由“文学的本质是有节奏的情绪的世界”（1925），“文学是革命的前驱”（1926），到“文艺的本质不外是宣传”（1938），“文艺的本质是斗争［……］因此文艺是武器”（1943）[②] 的过程中，是文艺的本质之内涵渐进的政治化。将文艺径直等同于政治和军事斗争的武器，确是伴随郭沫若本人文化身份越趋政治化的表征。也正随着他本人文化身份的日趋政治化，他的文学书写也日渐为革命政治的光晕所笼罩。

然而，为此光晕所投射的文学书写，却并未能如其革命思想的进步那样，取得更进一步的成就。就诗而论，他依旧欣然于《女

---

① 王训昭等编：《郭沫若研究资料》（上），知识产权出版社 2010 年版，第 1 页。

② 郭沫若：《文学的本质》，《学艺杂志》1925 年 8 月 15 日第 7 卷第 1 号；郭沫若：《革命与文学》，《创造月刊》1926 年第 1 卷第 3 期；《郭沫若全集·文学编》第 18 卷，人民文学出版社 1992 年版，第 250 页；《郭沫若全集·文学编》第 19 卷，人民文学出版社 1992 年版，第 336 页。

神》时代惠特曼式的“英雄的格调”[1]；依旧认为，只有像《女神》时代那样体现了“最高潮时候的生命感”的诗，才是“最够味的”。为此，他继续说：

> 广义的来说吧，我所写的好些剧本或小说或论述，倒有些确实是诗，而我所写的一些“诗”却毫无疑问地包含有分行写出的散文或韵文。[2]

其中所阐发的诗中无“诗”，剧中有“诗”之说，确可隐见其早年诗是“情绪的直写”“情感的自然流露”的诗学主张。于是依照这看似悖论的诗学观念，倘若他早年所陈“诗是文学的本质”论依旧可以成立，那么他本人对诗之本质的理解，与其革命政治年代里文艺作为宣传工具和斗争武器之间的相歧，已然揭示了他《女神》时代之后的诗里何以无“诗”的必然。在郭氏的文学（诗）事业与革命（政治）志业之间，隐然存在着可能为他本人所未注意或有意掩藏的一种“视差”。“视差”里，是其情绪（情感）与意识的背离。虽然郭沫若将自己无法写诗的缘由，一再地归结为诗体模仿带来的“软禁”或束缚问题，但事实上束缚其诗歌写作的，除了语言形式、诗学观念等问题之外，更可能在于其革命意识的有意规训。其中最典型者，便是有关浪漫主义的问题。

何谓浪漫主义？早在1915年，章锡琛便指出，浪漫主义（romantism）是一种盛行于18世纪末19世纪初欧洲的文学思潮，直待晚近才传入我国。根据他的阐述，浪漫主义作为古典主义的反动，本旨在求“形式制约之自由”，“个人感情之开放”；它崇尚“感情”和“抒写”，反对“智识”和“分析”；其流弊在于它的

---

① 郭沫若：《我的作诗的经过》，《质文》1936年11月10日第2卷第2期。

② 《郭沫若全集·文学编》第19卷，人民文学出版社1992年版，第409页。

"放恣"和"浮躁"。[①] 1920年沈雁冰（茅盾）也撰文说，浪漫主义主"创造""想象""动""放纵嗜欲"，并言自由是浪漫主义的精神。[②] 1926年，郭沫若在其文章中也提到，浪漫主义文学，是"最尊重自由，最尊重个性的文学"，它"在精神上是个人主义自由主义"；又说，"文学的本质是始于感情终于感情的"。[③] 可见，尚在其时，自由、个性、主观、抒情等，早在郭沫若的《女神》时代前后，也已成了中国语境下浪漫主义一词的应有之义。而这种浪漫主义的精神，在他及其创造社另一员干将郁达夫的文学作品里，也非常显著。

郭沫若为何弃绝浪漫主义？显而易见，正如他的《革命与文学》一文已宣布的，便是他的革命意识作用于文学的结果。作为"革命文学"的倡导者，20世纪20年代，当他喊出"反抗浪漫主义"，主张"写实主义的文学"之时，恐怕也未曾料想到自己会在30多年后重新倡导浪漫主义：

> [……] 在我个人特别感着心情舒畅的，是毛泽东同志诗词的发表把浪漫主义精神高度地鼓舞了起来，使浪漫主义恢复了名誉。比如我自己，在目前就敢于坦白地承认：我是一个浪漫主义者了。这是三十多年从事文艺工作以来所没有的心情。当然，我依然不承认我是"为艺术而艺术"，也有自行标榜现实主义的朋友从前确实说过这样的话，但那样的话就是不现实的。我在这里这样说，并不是要算旧账，但我们如果要重新编写"五四"以来的中国文艺发展史，我认为我们应该采取科学的方法来正视现实 [……][④]

---

① 雪村（章锡琛）:《谈屑·浪漫主义》,《东方杂志》1915年9月第12卷第9号。

② 雁冰（茅盾）:《文学上的古典主义现实主义和写实主义》,《学生》1920年第7卷第9期。

③ 郭沫若:《革命与文学》,《创造月刊》1926年第1卷第3期。

④ 《郭沫若全集·文学编》第17卷，人民文学出版社1989年版，第10页。

很显然，郭沫若在此处有意回避了一个与之相关的历史事实：起初揭橥反浪漫主义大纛的旗手，正是他本人。同样颇具意味的是，浪漫主义在“革命文学”场域内合法性的恢复，也同样源自政治化叙事的需要。

倘若说20世纪40年代，他的剧作里真的有“诗”，很大程度上，也在于借助历史剧这一以史实影射现代的文类在革命政治文学叙事中所具有的合法性地位，为其剧中之“诗”的写作提供了安全的庇护。其中的“诗”，至少就《屈原》而论，若风雷电颂者，不过是《女神》时代自我膨胀的英雄浪漫主义的复现。若将其视作诗，而非剧的一部分而论，也着实没有特别出彩之处。至于剧中包括《橘颂》在内的剧中诗，实多为屈原原作（人民文学出版社1957年版之后改为译诗）。

而且，单就《屈原》剧作本身来看，尽管他一再主张“失事求似”“幻假成真”[①]，却不可否认的是，早在1927年，向培良所指出的其剧作中“历史的”与“戏剧的”两方面的缺陷，依旧是其20世纪40年代历史剧写作中存在的问题。就“戏剧的”一方面而论，向氏曾言：“郭沫若的戏剧，我以为，并不是对于戏剧的艺术有特殊的情绪，只是因为剧中的人物可以‘张开嘴说话’。所以，一切剧中人的嘴，都被他占据了，用以说他个人的话，宣传他的主张去了。”[②] 这种现象，在郭氏的剧作里，也委实不难发现。剧作《屈原》中屈原形象的诸多不可理解之处，也多集中在此，以致使我们看到的一张“机械的嘴，代替作者说他要说的话”[③]。如此评论，并非有意贬低郭沫若在历史剧方面的文学成就，而是想说他原本可以在此基础上做得更好。有意介入的思想和意识，所戕害的正

① 《郭沫若全集·文学编》第19卷，人民文学出版社1992年版，第296页。

② 培良：《中国戏剧概评（续）》，《狂飙》1927年1月第13号。

③ 培良：《中国戏剧概评（续）》，《狂飙》1927年1月第13号。

是其戏剧艺术本身的自洽和完满。就连 1949 年以后写作的《蔡文姬》中，同样被郭氏引为自况的人物蔡文姬，也存有类似的问题："由于剧作家急切地要把自己的幸福感受与蔡文姬的经历同化，这种强烈的主观意图促使他把曹操执政的时代过分理想化了，因而，也就使剧本失去了历史的具体性［……］说到底，那种纯主观的表现方式，在历史剧《蔡文姬》的创作依然滞留着［……］。"①

以写作行为而论，也许我们不能说郭沫若作为一位文学家的生命，在告别抗战时期的历史剧写作，甚至早在《女神》时代之后，就已然消亡，但一个无法回避的事实是，郭沫若确于 20 世纪 20 年代就已萎顿了他作为诗人（文学家）的志趣，抛却了与诗之本义相符合的诗人身份。英国学者罗吉·福勒曾指出，"一般人认为只有诗歌才具有那种超然的、难以率指的浪漫性质"②。诗的"浪漫性质"，单就郭氏本人而言，大体上或是适用的。然而，当自我的浪漫甘心顺从于政治之后，浪漫也就只能是革命剧场里从众的副歌（Chorus），而不再是立在地球边上高扬自我的力的放号。

## ◇◇ 本章小结

不可否认，郭沫若首先以文学家（诗人）的身份崭露头角于中国现代的历史舞台，并且更多的时候首先被视作诗人为世人所了解。但须注意的是，至少自 1928 年以降，他的文学写作已不再是纯粹文学场域内的事件。在此意义上，甚至可以说，郭沫若的文学视界已然发生了由文学到"非文学"（至少是"革命文学"）认识装置的剧变。现今郭沫若研究当中存在的"非郭沫若"认识装置问

① 《谭霈生文集·论文集 II》，中国戏剧出版社 2005 年版，第 371—372 页。

② ［英］罗吉·福勒：《现代西方文学批评术语》，袁德成译，四川人民出版社 1987 年版，第 209 页。

题[①]，从文学研究本身来看，相当程度上便导源于此。而这，同样指出了一个现今郭沫若文学研究所须直面并亟待解决的问题：我们应当如何去研究其文学写作，并因此去研究文学家（而非其他）身份的郭沫若本人？

在上述相关论述当中，我希望自己已经将郭氏文学的用途与革命的企图之间相歧性的“改写”状况，于文体的呈现与意识形态的讲述之间，予以了较为充分的揭示。实际上，不论抒情诗自身有意为革命的改写，还是历史剧写作，抑或是从抒情诗到历史剧的文类切换（这同样是其有意为之的写作文体的整体转换，某种意义上，同样也可视作另一个层次的“改写”，也即由诗到剧的文类更改意义上的“改写”），这些皆因郭沫若以革命介入文学书写的企图，而承载着他本人强烈的文学功用意识。而这，也不可避免地使其更倾向于自我情感体验，而非革命意识的诗歌写作，走向聊胜于无的酬唱，从而消损了作为诗人存在的文学意义。

郭沫若此番不断“革命”并“改写”其文学的用心，一方面，着实映射出了一个中国现代知识分子不甘落后于20世纪中国革命浪潮之后，而不断自我革命的心路历程；另一方面，毋庸讳言的是，也同样对其文学写作本身造成了显在的戕害。郭氏本人一再自陈30岁以后不再是诗人（文学家），却又念念在兹于诗（文学）的复杂态度，自然是20世纪中国历史（革命史）中当须厘清的问题。但就文学场域来看，为之提供解决这种复杂态度的更多可能性，恐怕不在于他自己曾经说过什么，而在于他在自己的文学书写中，以更近于他本人本真面相的无意识的语言，如何去言说和书写，并由此呈现出他在书写时恐亦未察觉的看待自我与世界的方式和态度。

---

① 参见李斌《对“非郭沫若”认识装置的反思》，《文艺理论与批评》2017年第5期。

# 第 三 章

# 从莎菲日记到暖水屯史诗：丁玲的小说与革命

王德威曾借用捷克学者普实克在《中国现代文学中的主观主义和个人主义》一文中提到的两个概念——“抒情性”与“史诗性”，来诠释中国现代性的两种声音。在普实克的基础上，他将“抒情性”界定为“个人的诗意表达”的声音；将“史诗性”界定为“集体的政治呼声”。[①] 单就丁玲的文学写作而言，王氏所言的这两种相歧性的声音，的确呈现在她革命转向前后不同阶段的小说文本当中。倘若说普实克曾提及的《莎菲女士的日记》[②]，是典型的“抒情性”文本，那么《太阳照在桑干河上》，在现今大多数相关研究中，无疑是“史诗性”写作的典范。

在我看来，像丁玲笔下的莎菲这样沉湎于自我独白的话语世界里的女性，真正使之具有女性主义现代性意义的，恐怕不是日记体小说当中所表达的内容（思想意义），而是日记体及与之相应的表达方式自身所呈现出来的抒情性的声音，使之成了中国现代女性文学史上具有开创性意义的典范性文本。换言之，《莎菲女士的日记》

---

① 王德威：《史诗时代的抒情声音：江文也的音乐与诗歌》，《台湾文学研究集刊》2007 年 5 月第 3 期。

② ［捷克］亚罗斯拉夫·普实克：《抒情与史诗》，李欧梵编、郭建玲译，上海三联书店 2010 年版，第 8 页。

女性主义视角下的革命意义，首先在于其文体的自身呈现。革命转向之后，为丁玲赋予了革命经典作家地位的《太阳照在桑干河上》，也在同样的意义上，与其有意实现史诗性革命叙事的建构之间，产生了女性主义的自我抒情的声音（语言形式）同革命叙事的人民史诗（思想内容）之间的冲突与纠结。为此，本章将分别对两部小说展开较细致的文本细读，并在此基础上，对丁玲的作家姿态与革命意识之间的女性意识展开探讨。

## ◇◇ 第一节　莎菲的“日记”与“Modern Girl”自我言说姿态

丁玲早年的小说写作，之所以能够在20世纪20年代末的沪上文坛引来严肃的作家同行的激赏，并同时赢得文学市场的青睐，正如现有研究所及，首先便在于丁玲“以女子而写女子”[①] 的笔墨，敢为“从来就绝口不谈恋爱”[②] 的冰心等前辈女作家（诗人）所不敢为，大胆地喊出了作为女人的爱与欲，颇为鲜活地塑造了梦珂、莎菲这样的“Modern Girl”（摩登女郎），或者说酷肖其本人的时代“新女性”。而这，也使此前冰心等现代女作家的淑女贤妻型的“母性”写作，成为杨联芬所及的“被丁玲、萧红这些女性主义者淘汰的‘祖母’作家”，并进而因此在更新的现代女性文学书写中失去其延续的意义[③]。不过，这种迄今渐成共识的结论，恐仍有值得继续讨论之处。

相比于同时代中国的妇女解放思潮及历史实践，丁玲的女性文学书写，在我看来，其中有关女性权利诉求的思想表达，在她早期

---

① 《〈在黑暗中〉（广告）》，《申报》1928年11月28日。

② 沙生：《由杂感说到〈莎菲女士的日记〉》，《青海》1929年1月1日第1卷第6期。

③ 杨联芬：《浪漫的中国：性别视角下激进主义思潮与文学（1890—1940）》，人民文学出版社2016年版，第336页。

写作中，并不如她本人作为一位“新进”的女作家那般同样的“一鸣惊人”①，相反其中思想倒显得多少有些陈旧。这种“新女性”的“旧”思想，相当程度上，即便在她赖以成名的早期代表作《莎菲女士的日记》中，也有具体的呈现。为此本节拟围绕小说中莎菲的形象塑造，以日记独白体言说的方式，以及三角恋爱式情节的布局，来论述丁玲语言表达中呈现的莎菲，在其现有被命名的“Modern Girl”或“新女性”之外，另有其相歧乃至反向的面相。

## 一 “新女性”：在语言表达中塑型

据杨联芬的观察，自清季以“兴女学”“不缠足”为发端的女权运动兴起于中国，特别是“五四”新文化运动以降，崇尚独立，追求自由和个人解放的现代女性意识，便开始了中国“新女性”的塑型。② 尽管确如杨氏所陈，这种具有个人主义性质的妇女解放有着鲁迅所言“娜拉的困境”般天生的缺陷，却不得不承认，在现代女性个人思想解放的层面上，当时的有关讨论已经非常深透和彻底。其时，从“贤妻良母”主义到“废婚”“毁家”主义，从女德修养到女性解放③，乃至直面女性的性问题的探讨④，无一不说明女性问题已经成了现代中国的一个重要的社会问题。而这，在20

---

① 毅真：《几位当代中国女小说家》，《妇女杂志》1930年第16卷第7期。

② 参见杨联芬《浪漫的中国：性别视角下激进主义思潮与文学（1890—1940）》，人民文学出版社2016年版，第171—179页。

③ 杨联芬在《浪漫的中国》一书中专章（第6章）论述“‘贤妻良母’的现代命运”时，颇有详及。需补充的是，“贤妻良母”一词并非其所言为1920年中后期才出现的“词序”组合词。早在1913年，张东荪在《庸言》1913年7月16日第1卷第16号上纵论《中国之社会问题》，谈到女子教育问题时，便言女子教育“则宜标示贤妻良母主义”，“至于职业，则社会程度，尚无此要求也”。至1918年4月15日，华林于《新青年》第5卷第2号上发表《社会与妇女解放问题》，公开反对此前的“贤妻良母主义”，认为“忠臣孝子贤妻良母之规范，为新教育所不容”。另外，关于“废婚”“毁家”主义参见刘中一《近代“废婚毁家论”及其对妇女解放的思想启蒙》，《中国妇运》2017年第6期。

④ 其最典型且最极端的代表事件，自然是1926年6月张竞生《性史》一书的出版。其中载署名“一舸女士”的自述《我的性经历》，以及“江平”作《初次的性交》述及的性对象二嫂与自己偷情的大胆等，专门论及女性在两性关系态度上的主动。

世纪之前恐怕是难以想象的。女性问题意识的彰显和聚焦，不仅从舆论宣传的媒介层面上，催生了诸如《新女性》《新妇女》《妇女杂志》《妇女旬刊》《民国日报·妇女评论》等女性问题专刊，而且在现实中刺激了一批“五四”新女性的诞生。就连文学写作上，也已经出现了像鲁迅的《伤逝》这般深刻思考现代女性出路的优秀之作。倘若说此前像秋瑾那样投身清季革命的女性尚为凤毛麟角，那么在丁玲加入革命队伍之前，即便她的身边，也有若向警予、杨代诚（王一知）这样较早将个人解放与社会解放相结合的女革命者。

虽然丁玲很早就与中共人士多有接触，并有向警予这样与之关系密切的长辈给予过委婉的暗示，但早期的她对政党活动和激进的革命事业尚无多少兴趣。[①] 这种非“革命”的生存状态，也真实地反映在她其时源起于“寂寞”和“对社会不满”的小说写作中。确如钱杏邨评论她的小说集《在黑暗中》所指出的那样，小说里的女性还生活“在黑暗中”：

> 她们的生活完全是包含在灵与肉，生与死，理智与感情，幸福与空虚，自由与束缚，以及其他一切这样的现象的挣扎冲突之中，而终于为物质的诱惑所吸引，在苦闷的状态的内里，陷于灰心，丧志，颓败，灭亡……

对于该集小说思想的贫弱，钱杏邨甚至以为，丁玲仅在其中发出了“社会是黑暗的，生是乏味的，生不如死”的“哀喊”，而未能够“指出社会何以如此的黑暗，生活何以这样的乏味，以及何以生不如死的基本原理，而说明社会的瘤疾的起源来”。[②] 钱氏所论，

---

① 《丁玲全集》第6卷，河北教育出版社2001年版，第29页。

② 钱杏邨：《〈在黑暗中〉——关于丁玲创作的考察》，《海风周报》1929年1月1日第1期。

虽则以其时他所理解的“革命文学”来作为评价的尺度，但他对丁玲《在黑暗中》的写作仅停留于生活（存）经验的本能或直觉的反映，确是富有洞见的。

不可否认，丁玲着实是一位有态度的小说家，然而她的态度，至少在她接受革命意识形态的濡染和洗礼之前，显然并未能够像鲁迅写作《阿Q正传》《伤逝》等那样，深刻地反映在对自己小说里所呈现的现象何以若此的本质性的深刻思考上。换言之，她的早期小说写作，尚停步于展示自己所体认到的现代中国语境里摩登女郎尴尬的生存状态，并未能为之提供切实可行的解决困境的出路。除了梦珂（《梦珂》）最终成了电影明星，堕入了为其所认定的不道德的“纯肉感的社会里”，阿毛（《阿毛姑娘》）死于幻想的绝望里之外，她转向革命前的其他小说里的女主人公，如莎菲（《莎菲女士的日记》）、承淑与嘉瑛（《暑假中》）、薇底（《一个女人和一个男人》）、伊萨（《自杀日记》）、阿英（《庆云里中的一间小房里》），乃至丽嘉与珊珊（《韦护》）等，虽然或曾幻想改变，却大都依旧被禁锢在现有生活状态的牢笼里。她们的命运，正如丁玲本人在其小说《日》（1929）的末尾处所说的那样：“明天，一切将照旧来回转一过。”

确如有论者所言，丁玲“作为一个小说家，她思索自己痛苦的主要方式就是把它们描写下来”，不过，她显然没有做到于此描写的过程中去深入地分析它们。那种由“自我审视”到“自我超越”的文学书写，在她的早期小说里，应当说还不存在，尽管她心中确乎“有着强烈的自我更新的愿望”。[①] 多在此意义上，丁玲的写作确可视作她本人“对生活态度的认识程度”的文学反映[②]。对此，

---

① 王雪瑛：《从自我分析到自我掩饰：论丁玲的小说创作》，载陈思和、杨扬主编《上海五十年文学批评丛书·评论卷》，华东师范大学出版社1999年版，第239—240页。

② ［美］加里·约翰·布乔治：《丁玲的早期生活与文学创作》，载孙瑞珍、王中忱编《丁玲研究在国外》，湖南人民出版社1985年版，第103页。

丁玲晚年自己也说："我是一个搞创作的人，很少从理论上，而更多是从现实生活里去认识社会。"① 这番综论其一生的人生诠释，自然更适用于投身革命之前的作家丁玲。因此，早期的丁玲，也就无法因其文学写作而成就为若鲁迅那样的文学场中的思想家。

真正为她在创作伊始即带来"新兴作家""未来的天才"② 等隆高声誉的，很大程度上，不是在于她写了些什么（内容或思想），而是她如何写作的方式（语言形式或表达）及其因此展现的文学姿态。单以《莎菲女士的日记》为例，正如1929年有论者谈到初登文坛的丁玲，评论该作时所言：

> 这一篇故事，实在并没有什么特别可以惊动人的地方，只是记录一个神经质的女子日常生活的琐碎。但因作者有丰富的创造热情，能够描写出女性的微妙复杂的心里［理］。所以很会着［?］现出一个逼真的莎菲来。而且关于文字的技巧方面，作者也得着一部分的成功。假如没有那样美丽委婉的文句——恰合莎菲的身分［份］的文句，这部日记也决不能如此的动人。那是可以相信的。③

很显然，在论者眼里，其故事本身并无多少可值得寻味之处，仅是一个敏感多疑的女子日常生活的琐碎记录；真正令小说出彩的乃是丁玲对小说里莎菲"微妙复杂"的女性心理的生动刻画，和语言文字层面所呈现出来的"技巧"。换言之，这部小说真正令其值得另眼相看的地方，不在于小说的故事讲了些什么，而在于它是如何讲述的。就此而论，这段刊印于《莎菲女士的日记》发表的次年元旦之际的评论文字，今天看来，仍算不得过时。

---

① 《丁玲全集》第8卷，河北人民出版社2001年版，第87页。

② 沙生：《由杂感说到〈莎菲女士的日记〉》，《青海》1929年1月1日第1卷第6期。

③ 沙生：《由杂感说到〈莎菲女士的日记〉》，《青海》1929年1月1日第1卷第6期。

这种语言形式，而非思想内容，对于丁玲早期小说写作的典型性意义，迄今也多受关注。即便从女性主义的视角来探寻《莎菲女士的日记》的评论家，也多将其开展研究的起点，落脚于女性第一人称“大胆、开放、坦率地诉说”的叙述者的声音上：“不像石评梅和庐隐那种极端隐秘的带有诗意的谈话，莎菲的坦率不仅谈论内心的一切，而且勇敢地表露女人的欲望，特别是身体的性的欲望。”① 很显然，论者注意到了这种大胆、坦率、勇敢的“表露”，实际上已经构成了小说女性欲望赖以实现的关键。

刘禾在比较《莎菲女士的日记》与鲁迅的《伤逝》时，也曾明确地指出丁玲与鲁迅的不同之处。在刘禾看来，这种不同之处首先在于，丁玲“对妇女主体性基础的探讨”，是让叙事者以女性自己的视角，去讲述女性身份的小说人物的体验，拒绝迎合“五四”时代盛行的自由恋爱小说叙事。因此塑造出来的人物，乃是“一个力图了解自己的身份、性与孤独的迷茫的现代女性”。这种站在女性立场思考女性生存状态的写作所展示出来的姿态，使得丁玲“站在了同时代人的作品之上”。其次，它还在于这种“女性第一人称主体叙事的声音”，以及就此展现出来的写作姿态，对于这篇小说的女性主题书写的重要意义。为此，她进一步指出，丁玲这部小说的“指示性冲动来自其日记形式的表述，它自己向自己说话，而且有时以自我为他者”；这种写作充分揭示了小说“对性别化的主体性极度敏感”，使之“奋力抵抗对求爱以及女性的俗套描摹”，戳破了浪漫恋爱故事的假面，“最终削弱视写作为走向自我认知之有效途径的看法”。②

刘禾的如上评论，确可视作对丁玲这篇小说里的语言形式（表

---

① ［美］刘剑梅：《革命与情爱：二十世纪中国小说史中的女性身体与主题重述》，郭冰茹译，上海三联书店2009年版，第139—140页。

② 刘禾：《跨语际实践：文学、民族文化与被译介的现代性（中国，1900—1937）》，宋伟杰等译，生活·读书·新知三联书店2002年版，第244—245页。

达）与女性主题（诠释）之间紧密关系的一番洞察。不过，按照此后丁玲本人日益走向与理性思考和价值判断相扭结的写作实践来看，其中述及的“视写作为走向自我认知之有效途径的看法”的“削弱”，恐非其不愿，而是尚不能够，或者说在她附身于莎菲之上的自我，作为一个理性、独立的精神主体的建构，在小说里未能完全实现。

小说的最末一则日记，便这样写道：

> 在这本日记里，与其说是莎菲生活的一段记录，不如直接算为莎菲眼泪的每一个点滴，是在莎菲心上，才觉得更切实。然而这本日记现在要收束了，因为莎菲已无须乎此——用眼泪来泄愤和安慰，这原因是对于一切，都觉得无意识，流泪更是这无意识的极深的表白。[①]

小说里这段话是颇耐玩味的。这不仅在于它暗示了身为作者的丁玲的声音对小说叙述的主动介入（事实上，这也对小说意欲以日记体形式饰伪成真的企图构成了挑战），还在于它将莎菲主动暴露日常生活的日记写作意图，视作一种“泄愤和安慰”，是一种苦闷自纾与自我疗愈，并且也是“无意识”的“表白”。自然，在莎菲那里，它也就成了一种无意义的述行实践。也就是说，“无意识”暗示了莎菲（丁玲）虽然以此日记体小说疏泄了胸中块垒，但这番书写对自己此后的生活及活下去的意义，并无多少助益。莎菲（丁玲）对自己的人生依旧没有深透的参悟，对此后的人生方向尚未有清晰的辨明。所以，她的“表白”（写作）行为本身，展现的是“各大都市里”依旧发展着的“典型的资产阶级的‘近代女子’的姿态”，一种前革命转向状态下的“Modern Girl”的颓废。就此而

① 丁玲：《莎菲女士的日记》，《小说月报》1928 年第 19 卷第 2 期。注：下引《莎菲女士的日记》出处均同此，不再另加说明。

论，不是丁玲有意于其中建构的理性的主体思想，反倒是于该篇小说语言形式技巧层面所隐藏的"无意识"的东西（自然也无法清晰地析出），参与了丁玲笔下"新女性"形象的塑造。于是，这些本就"随着人的精神而扭动"[①] 的语言，也便在与这难以言明的"无意识"的彼此缠绕中，同样成了与可以概括的理性意识或思想一般存在的"内容"本身。

## 二　虚构的日记：小说的技艺与个人的经验之间

相比于同时代的其他女作家，丁玲确可称得上是一位其时"最擅长"表现所谓"Modern Girl"姿态的女性作家，不过，倘若以为她"在描写的技术方面又是最发展的女性作家"，恐与丁玲早期的小说写作并不相符。[②] 虽然在其初登沪上文坛的写作里，丁玲的确以"率直的女性的心理的描写"，给"这死寂的文坛上，抛下一颗炸弹"，而令时人刮目相看，但是也如这位给予其高度评价的批评家所指出的那样：

> 可惜作者的文字不熟练，有时写得颇不漂亮。作者好叙述，而少抒发。例如作者最喜用"是……"的句子，即是告诉读者是怎么怎么一回事儿。譬如："然而阿毛更哭了，是所有的用来作宽慰的言语把她的心越送进悲哀里去了，是觉得更不忍离开她父亲，是觉得更不敢亲近那陌生的生活去。"这么一小段里，在句头上竟用了三个"是"字，这种句子带有告诉的语气，而缺少感情的成分。在她的作品中，我们几乎随便翻开那［哪］一页，都可找到。作者那样高的天才，不幸为不十分流利的文字所累，真是令我觉得有些美中不足。[③]

---

① 孙郁：《民国文学十五讲》，山西人民出版社 2015 年版，第 28 页。

② 《阿英全集》第 2 卷，安徽教育出版社 2003 年版，第 378 页。

③ 毅真：《几位当代中国女小说家》，《妇女杂志》1930 年第 16 卷第 7 期。

其中对丁玲语言文字功夫的指摘并非苛责。单就所及“带有告诉的语气”的“是”字句，这种过于欧化、多少有些卖弄且专制的叙述者的声音，便已多少偏离了小说追求个人经验的真实的基本标准[①]。

但凡对丁玲早期小说有过阅读，便不难发现其中所讲述的故事大多简单，情节组织也颇为随意。譬如《梦珂》，真正构成这篇小说情节主干的，是梦珂对待表兄晓凇的情感态度的变化，和与此相伴随的，梦珂欲借助同后者由恋爱走向婚姻的关系发展，过上奢靡、安逸的洋场生活，却最终在物质与情感上蒙受双重幻灭，以致自甘“堕落”为电影明星的故事。然而，丁玲却在小说开头，用整整一节的篇幅交代她何以来沪的前因。再比方说《阿毛姑娘》里，除了上面批评家所指陈的具体句式的表达问题外，其中讲述阿毛因向往都市生活，以致被此欲望折磨致死的故事，也多少令人感觉到小说的叙事逻辑不那么合乎情理。如是，于丁玲小说中所呈现出来的叙事行为的散漫，乃至小说情节安排的违反常理，等等，都说明丁玲早期的小说写作，“其结构很难称为紧凑，无懈可击”[②]。这也足以说明，丁玲这一阶段的文学语言驾驭能力尚显不足乃至贫弱。王德威曾言：“纯就文字艺术的试炼而言，丁玲的小说［……］笔锋粗糙，不如同期或稍后的女作家如凌叔华、萧红、张爱玲等多矣。”[③] 仅就丁玲的早期写作，它无疑是合适的。甚至某种意义上，她的文学语言也诚如夏志清这样较为极端的批评者所指出的那样，

---

① 参见［美］伊恩·P. 瓦特《小说的兴起：笛福、理查逊、菲尔丁研究》，高原等译，生活·读书·新知三联书店1992年版，第6页。

② ［日］中岛碧：《丁玲论》，载孙瑞珍、王中忱编《丁玲研究在国外》，湖南人民出版社1985年版，第173页。

③ 王德威：《想象中国的方法：历史·小说·叙事》，百花文艺出版社2016年版，第171页。

在遣词造句上，尚不及蒋光慈和郭沫若二人来得“干净”[①]。

应当说，《莎菲女士的日记》成为丁玲早期小说写作的代表作，并不出乎意料。甚至可以说，这篇小说的成功，最主要体现在日记体小说这一文类，为丁玲本人所擅长的语言表达方式提供了最好的呈现空间。丁玲自己曾说：“在我的作品里，我不愿写对话，写动作，我以为那样不好，那样会拘束在一点上。”[②] 其实，将句中的“不愿”更改为“不擅长”，某种意义上也同样适用于早期写作阶段的丁玲。丁玲在做这番表述时，恐对小说这种西来的现代艺术文类作为叙事文学的实质缺乏足够的了解，因为正如伊恩·P. 瓦特所指出的那样，“在小说中，比在其它任何文学形式中更为明显的是，普遍真理只存在于事件之后”[③]。没有“对话”（言）与“动作”（行）的小说人物及以之为中心的情节的开展，显然也就没有了小说作为如是存在的意义。丁玲在小说情节组织或结构布局方面存在的不足，倒恰恰反过来说明了为何她在上海时期的小说写作，唯独《莎菲女士的日记》所获赞誉尤多。

日记体小说，正如陈平原所陈，形诸中国小说家笔下，当在西方小说传入之后。“尽管中国文人记日记由来已久”，但在此前，日记还未曾“进入小说形式”；中国古代的日记“更偏于‘史’，而不是‘文’”。换言之，在西方小说东来之前的古典文学观念里，日记并不属于文学场域，仅属于历史文献的范畴。在他看来，日记体小说在中国的发生，是西洋小说译介到中国之后，并最终影响到本土小说写作形式的结果。[④] 历史地看，其实不唯日记体小说，就连“新文学”视域下的小说本身，也是西方小说及其观念舶来于中国之后的结果。

---

① 夏志清：《中国现代小说史》，刘绍铭等译，复旦大学出版社 2012 年版，第 192 页。

② 《丁玲全集》第 7 卷，河北人民出版社 2001 年版，第 4 页。

③ ［美］伊恩·P. 瓦特：《小说的兴起：笛福、理查逊、菲尔丁研究》，高原等译，生活·读书·新知三联书店 1992 年版，第 4 页。

④ 陈平原：《中国小说叙事模式的转变》，上海人民出版社 1988 年版，第 201—203 页。

另据伊恩·P. 瓦特的观察，在西方语境中，“小说兴起于现代”，或者说本身就是西方现代性的产物；它有着“与其古典的、中世纪的传统明确地区分开来”的意图。与后者主要呈现为“古旧过时的传奇文学”相比，它依循“现代的总体理性方向”抵制一般概念，要求“比前人更冷静、更科学地考察生活的结果”，所以相比于此前的任何一种文学样式，它更热衷于对“真实的”个人经验的追求。于是，在一般的小说家那里，他们的“根本任务就是要传达对人类经验的精确印象”。① 多在与此相关联的意义上，郁达夫认为，既然文学作品“多少总带有自传的色彩”，那么在确立“文学的真实性”这一点上，“小说家在初期习作的时候，用日记体裁来写的时候，其成功的可能性，比用旁的体裁来写更多一点”。因为在“散文作品里头”，日记是“最便当的一种体裁”：“［……］在日记里，无论什么话，什么幻想，什么不近人情的事情，全可以自由自在地记叙下来，人家不会说你在说谎，不会说你在做小说，因为日记的目的，本来是在给你自己一个人看，为减轻你自己一个人的苦闷，或预防你一个人的私事遗忘而写的。”②

郁达夫对日记体小说在写作技巧上的便易性所做的阐述，虽是一种经验之谈，但也十分精到地触及了日记体小说在语言表达方式上的特性：（1）在写作实践中易于操作。因为是日记体，它所决定的第一人身指示的言说方式，也就使得叙述者（通常也是小说人物）言说行为本身变得相当自由，真正使之做到我手写我口，而不必顾虑可能会因小说技巧层面的“破绽”导致的失真问题。（2）在语言表达层面，它只需面向叙述者自己，是一种典型的自我主体性言说（写作）。因为“日记的目的”，本就是要写给“自己一个人看”，所以在人物指称上，日记体小说更易弥缝叙述者（有时甚

---

① ［美］伊恩·P. 瓦特：《小说的兴起：笛福、理查逊、菲尔丁研究》，高原等译，生活·读书·新知三联书店 1992 年版，第 2—6 页。

② 《郁达夫全集》第 10 卷，浙江大学出版社 2007 年版，第 287—288 页。

至就是作者本人）与小说人物之间的分歧，为前者如此刻画后者的"心理状态"提供了合理的预设。为此他特别指出，第三人称叙事中"主人公的心理状态"的刻画难题，在日记体小说这样的文类当中，任何层面的语言（形式）表达的障碍都不存在。（3）日记体的小说写作样式，有助于满足读者的窥视癖。郁达夫认为，读者阅读小说的"一个最大动机"，就在于对"旁人的私事的探知"；在这种好奇心的驱使下，"读他人的日记，比较读直叙式的记事文，兴味更觉浓厚"。为此他专门以自己为例，说就其"个人的嗜好"而言，他最喜欢读的"旁人的著作"，先是"他的日记"，其次是"他的书简，最后才读他的散文或韵文的作品"。[①] 尽管郁达夫这种推己及人的诠释多少有些牵强，尤其是将它用之于日记体小说的阐述之时，不过，日记体小说的这种求真（日记体）与虚构（小说）并存的文类特性，的确为像丁玲这样刚迈入文坛、尚缺乏足够写作经验的新兴作家，敞开了走向成功的可能之门。

事实上，在《莎菲女士的日记》里，正是借助日记体这一小说文类典型的独白体，丁玲才得以在是篇小说中无须顾忌其间的事件，应当如何在叙述的过程中编织为有序的情节的问题。正如有论者所及，日记体小说"采用日记的形式"的文类特性，决定了"它一般不以曲折的故事情节和具体的环境描写见长"，只需通过对小说人物"直白的倾诉，尽情的呐喊，深刻的内省"，来组织情节，以"表达主题思想和塑造人物形象"。[②]

并且，日记体也决定了小说在情节组织上必然是简单的。因为依照热拉尔·热奈特的叙事理论，丁玲的这篇小说虽然由 30 余则日记组成，有着颇高的叙述频率，但若仅考虑其依循时间顺序发展的第一人称独白体叙述的文体特征，确可将这种"讲述 n 次发生过 n 次的事（nR/nH）"的情节组织的方式，"称作'相同事件'或

① 《郁达夫全集》第 10 卷，浙江大学出版社 2007 年版，第 287—288 页。

② 钱念孙：《论日记和日记文学》，《学术界》2002 年第 3 期。

'同一事件的复现'"。这样一来，尽管《莎菲女士的日记》文字篇幅不算短，可从情节组织的方式来看，其小说叙述依旧呈现为一种"单一性的特征"，也即"叙事的重复"与"故事的重复"次数相等的单一性[①]，因此，其情节组织的复杂程度甚至不及丁玲的另一部小说《梦珂》。

这种亚小说文类对于技巧要求之低，相当程度上，也将丁玲小说写作中暴露出来的语言能力的不足问题暂时掩盖起来，使之附着于莎菲的身上，颇为顺意地讲述她本人借此意欲言说的故事，吐露她得自自我经验的真言。譬如 3 月 24 日日记：

> 一当他单独在我面前时，我觑着那脸庞，聆着那音乐般的声音，我心便在忍受那感情的鞭打！为什么不扑过去吻他的嘴唇，他的眉梢，他的……无论什么地方？真的，有时候都到口边了："我的王！准许我亲一下吧！"但又受理智，不，我就从没有过理智，是受另一种自尊的情感所裁制而又咽住了。唉！无论他的思想是怎样坏，而他使我如此癫狂的动情，是曾有过而无疑，那我为什么不承认我是爱上了他咧？并且，我敢断定，假使他能把我紧紧的拥抱着，让我吻遍他全身，然后他把我丢下海去，丢下火去，我都会快乐的闭着眼等待那可以永久保藏我那爱情的死的来到。唉！我竟爱他了，我要他给我一个好好的死就够了……

这段文字，作为小说的一部分，它的虚构性虽一目了然，但日记体从形式上为其提供了充足的庇护。恰是这种作为惯例的形式的预设，使丁玲笔下的莎菲有了几乎完全自由的自我表演的空间。而在丁玲写作该小说的彼时，以意识流为代表的西方现代派小说写作

① ［法］热拉尔·热奈特：《叙事话语·新叙事话语》，王文融译，中国社会科学出版社 1990 年版，第 73—74 页。

手法，尚未影响到中国小说家的写作实践。[①] 如此一来，日记体及其文类惯例影响的语言表达形式，也便为小说中莎菲如上所示这般激烈、矛盾且复杂的心理刻画，提供了赖以实现的最佳的可行性方案。也在此意义上，梅仪慈认为这部日记体小说，“远非一个透明的媒介，一扇仅供观看故事行动的窗户，而是自反的（self-reflexive）”。它不仅是小说主人公“自我探索”的凭借（means），其自身也是须探索的对象。在她看来，《莎菲女士的日记》中“独特的叙事形式”，是极有助于丁玲早期小说的中心主题——“世界中孤独的自我与写作的意义”——的表达的。[②]

梅仪慈的观点是值得重视的。尽管在一些研究者的眼里，《莎菲女士的日记》确可称作现代文学女性主义视角研究的经典范本，不过，丁玲恐怕并非若有关论者所构想的那样，“拒斥‘传统’的生活方式”。其实只要借助细致的文本细读，便可以发现上面这段文字已经暗示：莎菲并非一个一意决绝的女性主义者，且因此有意显示出自己具有绝对压制性的女性主体地位，事实上，她依然柔弱，渴望被男性宠爱。上述以日记体形式呈现的“对性别化的主体性极度敏感”的“女性写作”，在充分呈现莎菲作为“Modern Girl”大胆“袒露”自我狂热的情欲的面相之外，同时也揭示出她同样有着传统女性那样“理智”地克制情欲的柔弱。[③] 这种狂热与柔弱，已然构成了一种背反的张力关系，致使她深陷于理性与情感、道德与欲望之间的激烈冲突中而无法自拔。小说最后呈现的莎菲拒绝凌吉士时犹疑与深痛的心理，与其说在两性关系上展露了莎

① 有关意识流的传入，可参见史健生《意识流在中国现代文坛上的传播和影响》，《外国文学研究》1987 年第 4 期；吴锡民《“意识流”流入中国现代文坛论》，《外国文学研究》2002 年第 4 期；郭恋东《论中国现代文坛对“意识流”的接受》，博士学位论文，复旦大学，2006 年。

② Yi-tsi Mei Feuerwerker, *Ding Ling's Fiction: Ideology and Narrative in Modern Chinese Literature*, Cambridge, Massachusetts: Harvard University Press, 1982, p. 50.

③ 参见刘禾《跨语际实践：文学、民族文化与被译介的现代性（中国，1900—1937）》，宋伟杰等译，生活·读书·新知三联书店 2002 年版，第 246—247 页。

菲作为女人的自主和强势，不如说暗示了她对此物质化、情欲化的情感的害怕。她最终的弃绝态度，与其说是一种保持女性独立意识的主动选择，毋宁说是在面对可能伤害时主动消解自我的保护策略。

小说文本自身所呈现出来的这种主题概括的难以确定性，自然也与日记体及其相应的语言表达方式，在能够“更真实更天然”地呈示作者的写作意图之外，还可以“更鲜明的表出作者的个性”①有关。正如莎菲 3 月 13 日的日记里所反省的那样，虽然她已经认识到凌吉士所需要的爱情，“是拿着金钱在妓院中，去挥霍而得来的一时肉体的享受，和坐在软软的沙发上，拥着香喷喷的肉体，抽着烟卷，同朋友任意谈笑，还把左腿叠压在右膝上”，但她此后却还是对这个物质生活优渥且有着迷人容貌的“南洋人”，产生了难以遏制的情爱冲动。即便在她的心目中，这个有着“高贵的美型”的男人，拥有着一颗“卑劣”的灵魂，她还是一度难以自拔地沉陷于他撒开的情网之中。就连最后她已然彻底晓悟自己从彼处可能享有的感情“还值不了他从妓院中挥霍里剩余下的一半”，她依旧为拒绝来自这个外在条件（物质条件、身体状况等）一切皆好的男子的强烈诱惑而深感痛苦。最后，与她选择回归理性和拒绝沉迷的抉择一道被摧毁的，是她此前以独白因此必然也是专断的口吻所展现出来的作为女性的强硬姿态。而这，也多少暗示了莎菲作为独立女性的彰显和沦落，颇为暧昧地与她对凌吉士的爱意的觉醒和剔除相暗合。

小说结尾部分显示，在处理与凌吉士的情感关系上，莎菲最终选择了逃避，而不是面对和揭穿。一个阴柔而非刚强的女性面相，也便在一段充满着物质和情欲冲动的感情被打断之后，于莎菲的身上显露出来。末节日记里，莎菲所言“我是给自己糟蹋了，凡一个

① 开明（周作人）：《日记与尺牍》，《语丝》1925 年 3 月 9 日第 17 期。

人的仇敌就是自己”之语，其中的“自己”更完整的表述，恐怕是“自己的软弱”。而这，足以表明貌似独立、自主且表现出特有的攻击性的强势女性莎菲，也有其内心深处的软弱。只是这种软弱一度被她本人小心地掩藏了起来。莎菲于小说末尾表现出来的痛苦，以及暴露出来的颇有些自暴自弃的情绪（“悄悄的活下去，悄悄的死去”），充分说明：在物质世界与情感世界面前，莎菲以自我言说的语言表达方式，精心建构起来的作为现代女性的独立意识和主体意识，一如小说自我否定（“我可怜你，莎菲!”）的结束语那样，终归于消解。也正是在此处，丁玲笔下莎菲的背反性叙述，真实地呼应了作者本人的个人经验，并因此与其人为代表的同时代前路迷惘的知识女性的历史命运相应和，从而使其呈现为语言的物质性的写作技艺，被赋予了表征历史的意义。

## 三 自我叙述的“三角”与情爱视角下的女性主体建构

“Modern Girl”莎菲人格特征上的复杂性，仅就前及她同凌吉士的情感关系而论，除了在她自我剖陈的日记体独语中得到呈现之外，也在小说的叙述层面中得到体现。

确如有论者所指出的，《莎菲女士的日记》沿用了一个颇为老套的三角恋爱模式，所不同者，在于该模式的主要角色（或中心人物），已经由该论者所及《红楼梦》中的贾宝玉那般的男性，转变为莎菲这样唯有在“五四”时代妇女解放思潮兴起之后才会诞生的现代知识女性。这种确立女性在两性关系中的“权威”，使女性摆脱作为男性的“被动他者”身份的小说写作，的确使该小说成了“五四”新文化运动兴起之后“女性觉醒时代的代表性文本”。[①] 然而需注意的是，也正如该论者已及，居于恋爱三角关系中的中心，占据主要角色的位置，并不必然地在此关系中占据相应的主体地

---

① 方维保：《叙事·时代与性别政治》，《盐城师范学院学报》（人文社会科学版）2010 年 6 月第 3 期。

位，具有相应的主体性意识。除彼已经提及的《三国演义》中，貂蝉在同董卓、吕布组合的三角关系中居于从属地位的案例之外，事实上，略早于丁玲开始写作的同时代作家张资平，其笔下的三角恋爱乃至多角恋爱小说，如《苔莉》（1927）、《最后的幸福》（1927）等，女主人公（苔莉、美瑛等）虽多居恋爱故事的中心，却同貂蝉一样，在性别主从关系上从属于男性。虽然从性爱观念变迁及与之相关的性解放意识发展的维度来看，他的相关文学写作同样具有与中国社会现代化进程相契合的现代性意识，但是其中并未赋予女性在男女情爱关系中的主动姿态和主体地位，她们在其笔墨间，往往依旧是男性情欲视角之下的客体和玩物。她们依旧是非人的。由此可见，小说里的主角并不必然地拥有主体性意识。丁玲笔下的莎菲，之所以能够在小说里所呈现的男女主从秩序中占据主体地位，显然不是因她在此间占据的中心位置决定，而首先是通过她始终掌握着小说的叙述权力来实现的。

在上述以貂蝉为中心组建的董卓—貂蝉—吕布的三角恋爱故事中，尽管该论者以为貂蝉在此叙事模式中“毫无女权可言，她只是任人抢夺的物品”，并就此指出貂蝉之所以如此被剥夺作为女性主体的权力，“关键便在于她没有自由选择的权利”，不过，很显然，就其所构建的三角恋爱叙述模式的主从结构而论，所及“选择权是中心角色最重要的权力”并不准确。[①] 因为小说中真正左右着这种选择权的，是小说的叙述者，而非“中心角色”。决定三角恋爱故事中人物在两性秩序中的主从关系的，是叙述者的赋予。就像鲁迅的小说《祝福》里的祥林嫂，虽然在鲁迅为之建构的同样类似于三角恋爱/婚姻关系叙事模式（亡夫—祥林嫂—贺老六）中，也占据着中心位置，并被赋予了深深的同情，但她在小说叙事当中的被叙（因此也被观看）的地位，反倒更鲜明地昭示了她作为女性被侮辱

① 方维保：《叙事・时代与性别政治》，《盐城师范学院学报》（人文社会科学版）2010 年 6 月第 3 期。

与被损害的不幸命运。

而故事中决定人物主从地位的选择权，实际上正如赵毅衡已暗示的，在小说当中，主要是叙述者所具有的叙事功能。在他看来，“每个叙述文本只是同一故事的无数可能的表述方式之一”，叙述者所要做的就是“选择”和“变形”，在叙述文本“从底本到述本的转化中，选择与变形无时不在无所不在”。虽然他没有明确地界说“选择”的具体外延（或适用范围），但所作“从底本的细节库中选择某些细节加以表现”的内涵诠释，足以说明其中必然地涉及因此折射的其中人物的选择权问题。①

就《莎菲女士的日记》而论，莎菲之所以成为当代学者所指称的女性主义者，相当意义上，便在于她本人便是这个故事的叙述者。在这篇日记体小说中，从叙事功能上，她有权力决定故事如何开始，如何结束，也有权力如何叙述，如何裁切日记的篇幅，以及如何让故事中的人物行动和说话。因此，作为“述本”的小说的情节组织、情感态度，必然与莎菲所置身的作为“底本”的虚拟世界存在差别。小说所得到呈现的，必然只是带有作为叙述者的主观情绪，扭曲和伪装之后的“莎菲化”了的世界。其中最典型者，莫过于1月18日至3月4日之间的这段时光在小说中是阙如的。它们似乎是不存在的时间，因此也就没有意义。同时，这也反过来足以暗示所剩余的被记录下来的文字，也可能同样是经过莎菲或者隐身的日记编辑者（作者）主观筛选的余存。这样呈现出来的莎菲的声音，毫无疑问，必然是不客观的，所以从与客观世界相对应的尺度

① 参见赵毅衡《苦恼的叙述者》，四川文艺出版社2013年版，第29—30页。另，在赵毅衡看来，“底本可以被视为以自然的时空状态存在的事件流”，“述本”即在此基础上“依赖于叙述行为”演绎的文本（参见赵毅衡《苦恼的叙述者》，四川文艺出版社2013年版，第29页正文及注释2）。其中所及“底本”和“述本”的关系，实际上近似于亚里士多德在《诗学》中所及“事件”与“情节”的关系（参见所著《诗学·修辞学》，罗念生译，上海人民出版社2015年版，第36页），或者类似于西摩·查特曼提出的“故事”与“话语”的关系（参见所著《故事与话语：小说和电影的叙事结构》，徐强译，中国人民大学出版社2017年版，第28页），前者是未经更改或组织的，后者是在前者的基础上再生演绎的。

来看，也必然是不真实的。而这，也间接折射出了莎菲在叙述自己与苇弟、凌吉士的恋爱关系如何发展的问题上，必然有过主观意识的筛选，乃至刻意的隐瞒。

结合文本细读，其实可以发现，在以莎菲为中心自我建构的这个三角恋爱的故事里，无论是在莎菲与苇弟，还是与凌吉士所构建的男女情爱关系中，作为行动的恋爱施动者（追求者），都是男性（苇弟、凌吉士），而莎菲主要是作为被动者（被追求者）存在于两组恋爱关系当中。就男性与女性在恋爱关系中所处的主动/被动关系而论，莎菲的恋爱故事与既往的恋爱故事并没有本质上的区别：在两性情爱秩序当中，女性处于被动/被追求的位置。真正使得莎菲同貂蝉、祥林嫂（更不必说林黛玉、薛宝钗）这样的女性区别开来的，是她在这种主、被动两性情爱追求游戏中的反应。相比于后者，莎菲经由对待苇弟、凌吉士追求自己的态度，也即自由选择求爱对象的主体性意识，塑造了她在三人组建的三角关系中的主体地位。也就是说，在小说叙事当中，莎菲在男女情爱关系的秩序当中所获取的主体地位，是一种被动的主体地位，是在应对男性追求之后生发的主体性意识。正是这种后发性的主体性意识，使之与此前的女性区别开来。

并且更为显而易见的是，相比于在恋爱事件中所采取的包括拒绝求爱在内的行动，莎菲对这种行动本身的叙述，以及因此流露的明确利我的情感态度或倾向性，对于她作为现代独立女性的形象塑造作用更大。有关叙述者在小说中的介入问题，杰拉德·普林斯在《叙事学：叙事的形式与功能》中曾指出："无论叙述者是否被称为'我'，他总是或多或少地具有介入性"，因此也就"或多或少地意识到他在叙述"；"叙事的真正主题，是特定事件的表现而不是事件本身"。[①] 因此，叙事不仅仅关涉故事的展开，它更是叙述者以

① ［美］杰拉德·普林斯：《叙事学：叙事的形式与功能》，中国人民大学出版社 2015 年版，第 10、12、14 页。

其自我在场（无论显在还是隐在）的主体身份，讲述一个为“我”所知且为我重新组织、安排的故事。其中必然涉及“我”何以如此组织、安排的态度和认识。而在像《莎菲女士的日记》这样叙述者即其中主要人物的小说里，这种态度和认识的介入性也便更加明显，自我叙事的主体性建构意识也便更加强烈。小说里，莎菲在她的叙述当中，也的确充分地利用了她作为主人公兼叙述者的优势地位，来阐述自己的爱情观，并为自己为何享受被苇弟、凌吉士追求，却终又拒绝他们的行为辩护。这里，单以多为现有研究所忽视的莎菲与苇弟的关系做一番陈述。

作为一位现代知识女性，莎菲无疑有着自己相对独立、清晰的爱情观。而且在她本人看来，她的择偶要求并不高：

> 我总愿意有那末一个人能了解得我清清楚楚的，如若不懂得我，我要那些爱，那些体贴做什么？偏偏我的父亲，我的姊姊，我的朋友都如此盲目的爱惜我，我真不知道他们爱惜我的什么；爱我的骄纵，爱我的脾气，爱我的肺病吗？有时我为这些生气，伤心，但他们却都更容让我，更爱我，说一些错到更使我想打他们的一些安慰话。我真愿意在这种时候会有人懂得我，便骂我，我也可以快乐而骄傲了。

在 12 月 24 日这段混杂着对亲情、友情的评议的日记里，莎菲显然将爱情与之做了区分。表面上她希望自己找到的，是一个能与她心意相通的爱人，而不只是一个如亲人、友人那样“体贴”她、“爱惜”她，并且因她罹患肺病而骄纵和放任她的生活伴侣。苇弟对她的爱，在她的眼里，无疑就是她所不情愿的后一种情况。而这，也成了她不接受苇弟，并在后来拒绝他的原因。但很显然，在凌吉士没有出现之前，对于苇弟的追求，她并没有明确地拒绝，反倒觉得理所当然，甚至将他视作消磨病日里苦闷难挨的时光的陪伴者。尽管由于对彼本就不爱，莎菲同苇弟独处时，也表现出了某种程度的尴尬，以至于她不知道自己该“拿一种什么样的心情”面对他。可一旦苇弟“站起身来喊走时”，她又流露出“因怕寂寞而感到怅惘”，并因此“而恨起他来”的情绪。这些，实际上，多少暗示了莎菲对苇弟的情感的欺骗和利用。她不爱他，却要利用苇弟的情感来消弭自己的寂寞与空虚。这种心态，无疑是以利“我”为出发点的。

并且事实上，她的利“我”意图，也使得小说里作为“底本”的故事，在其叙述的过程中变形。譬如第一则日记中苇弟陪“我”的事实，叙述时竟反转为“我”在“陪苇弟坐”。这显然是一戳即破的谎言。苇弟下午午饭过后便来陪伴莎菲，晚上十点才走的事件本身，即是鲜明的反例，虽则不可否认的是，苇弟或许比莎菲更耽于享受与后者厮守在一起的二人时光。

在发现自己已经爱上凌吉士之后，莎菲拿出自己的日记以婉拒苇弟的举动，则又显示出在处理苇弟这个可能对自己同凌吉士的恋爱关系造成干扰的麻烦时，她作为一个女人行事的狡黠。3 月 22 日的日记里，莎菲一再说自己写日记缘起于早先“蕴姊写信来要”；“现在蕴姊死了好久，我还舍不得不继续写下去”，只为“纪念蕴姊”。可她还是将这本“除了蕴姊不愿给任何人看”的日记给了苇弟，为的是消除他对“我”的误解。在这里，莎菲的叙述显然是有问题的。一来，日记本应是只“给自己看的”[①]，“为减轻你自己一个人的苦闷，或预防你一个人的私事遗忘”[②] 的实用文类，但在她的眼里，已然成了有用且可以功用化的工具。这种唯“我”是用的态度，已经从文类的修辞层面否定了莎菲叙述的真实性。再

① 开明（周作人）：《日记与尺牍》，《语丝》1925 年 3 月 9 日第 17 期。

② 《郁达夫全集》第 10 卷，浙江大学出版社 2007 年版，第 287 页。在该集第 11 卷，郁达夫另文《再谈日记》又说：“好的日记作家，要养成一种消除自我意识的习惯，只为解除自己心中的重负而写下，万不可存一缕除自己外更有一个读者存在的心”（第 213 页）。

者，莎菲为自己给苇弟看日记寻找的一个理由是，“苇弟近来非常误解我，以致常常使得他自己不安，而又常常波及我”。但据下文我对他的提问——“懂得了姊姊吗?”——来看，很显然，理由的后一部分才是重点：不是因为苇弟对“我”的误解足以引起“我”的关注，而是他已经影响到“我”的生活。对此，莎菲再次为自己辩护说：

> 我相信在我平日的一举一动中，我都很能表示出我的态度来。为什么他懂不了我的意思呢？难道我能直截的说明，和阻止他的爱吗？［……］我无法了，我只好把我的日记给他看，让他知道他之在我的心里是怎样的无希望，并知道我是如何凉薄的反反复复的不足爱的女人。假设苇弟知道我，我自然是会将他当做我唯一可诉心肺的朋友，我会热诚的拥着他同他接吻。

言下之意，莎菲似已明确向苇弟暗示了自己不爱后者的信号。但是，比照前文她仍旧依赖后者消除寂寞的有关表述，她所谓的平日里表示出来的态度，显然不是明确的，反倒是暧昧地传递给了苇弟。苇弟在看完日记后不再过多纠缠的态度，足以说明莎菲在此事的叙述上又在说谎。

莎菲在讲述自己同苇弟之间的故事时，所呈现出来的这种掩过饰非、心口不一的态度，也意味着莎菲本人的叙述行为有多不可靠。其中述及的事件很可能与真相相隔甚远。但这已不重要，重要的是莎菲依赖其不可靠的叙述行为本身，已经建构起了拥有女性主体意识的“Modern Girl”形象。因为正是这种叙述的虚假性，将“底本”故事里在两性关系结构上依旧可能居于被动和不自主地位的莎菲解放了出来，以文学虚构的真实取代了“底本”历史的真实，从而将莎菲同既往屈从于男性的女性形象区别开来。于是，作为中国现代文学人物群像里的“新女性”，内心自卑、言辞自傲[①]的莎菲也便在此谎言式的文学书写中，展现出了前所未有的新姿态。假托为她所撰写的日记，也便经其作者丁玲的编辑，熔铸为一座中国现代女性主义文学史上的里程碑。

## ◇◇ 第二节　暖水屯的革命年代与丁玲的史诗写作

如果说《莎菲女士的日记》表征了丁玲上海时期作为现代女性作家的独特意义，那么《太阳照在桑干河上》（曾名《桑干河上》，1948）则是她在由“女作家”转变为“革命文艺工作者”之后，再次赢得文坛广泛赞誉的代表作。丁玲小说的写作转型，起自她本人参加“左联”活动之际。其间，小说《水》以其“大众”的书写，奠定了她作为“新的小说家”在“革命文学”史上的地位。[②]不过一般认为，真正将她的“新的写实主义”，也即现实主义小说写作，推进到更高的文学舞台上的，则是初版于 1948 年的《太阳照在桑干河上》。尽管这部小说一再被赞誉为表现土地改革的革命史诗，其“最大成就在于正确地表现了农村的阶级关系，真实地反映了生活固有的复杂性”[③]，不过其中也有无法就此被化约的女性主义自我抒情式的想象。为此，本节将围绕该小说中所意欲付诸的革命史诗叙事建构的意图，同丁玲笔下不为革命意识规约的语言形式所呈现出来的女性自我抒情之间的张力关系来展开。

### 一　史诗性与暖水屯村土改运动的文学想象

小说《太阳照在桑干河上》讲述的是 1946 年农历七月半至中

---

① 杨匡汉主编：《20 世纪中国文学经验》（上），东方出版中心 2006 年版，第 390 页。

② 何丹仁（冯雪峰）：《关于新的小说的诞生：评丁玲的〈水〉》，《北斗》1932 年 1 月第 2 卷第 1 期。

③ 钱理群等：《中国现代文学三十年》，北京大学出版社 2005 年版，第 405 页。

秋节期间，发生于桑干河畔暖水屯村的土地改革运动的故事。故事的情节主线是张裕民、程仁、赵得禄、张正国等暖水屯村本地干部，在文采、杨亮、胡立功等土改工作组等下派干部的指导下，动员全村贫苦百姓起来划成分、斗地主、分田地。起初，由于文采的错误指导，张裕民的犹豫、寡断，以及张正典同地主钱文贵的翁婿勾结等，致使土改工作难有进展。后来，县里对文采等人的指导工作不满意，另派县宣传部长章品下村督导土改工作。在章品大刀阔斧、利落干净的领导之下，土改运动的进展变得顺利起来，恶地主钱文贵很快被揪出，并被打倒。运动结束后，村里的穷人们终于分得了土地和财产，翻身做了主人。小说在村里人接受支援战争的新任务，以及土改工作组离村开展新工作，以迎接革命最终胜利的期许中结束。

小说故事主体情节开展的时间虽然仅 20 余天，但所牵涉的人物多达数十位。其中仅就《丁玲全集》第 2 卷（2001）所列该小说“主要人物表”来看，便多达 36 位。构成小说中人民革命主体（革命干部和群众）的人物，也逾表中人物数量的三分之二；而被“斗争”和“革命”的对象，为钱文贵、李子俊、侯殿魁、江世荣这 4 个地主。[①] 单从小说主要人物的安排和设置上来看，丁玲的确有意且充分地凸显了“大众”的主人公地位。并且，在冯雪峰看来，小说“在写人物上面，已经相当成功地掌握了现实主义的方法”。也多在此基础上，继小说《水》之后，他再次赋予了丁玲这部小说以崭新的文学发展史意义。

> 我认为这一部艺术上具有创造性的作品，是一部相当辉煌地反映了土地改革的、带来了一定高度的真实性的、史诗似的作品；同时，这是我们社会主义现实主义的现时的比较显著的

① 《丁玲全集》第 2 卷，河北人民出版社 2001 年版，第 3—4 页。

一个胜利，这就是它在文学发展上的意义。①

姑且不论《太阳照在桑干河上》对于此后中国社会主义阶段的文学书写的历史影响，暂就冯氏所给予的“史诗”的评价，足以看出该小说在这位革命现实主义理论的重要倡导者和积极建构者心目中的地位。

冯雪峰为何称誉丁玲的这部长篇小说为“史诗”？实际上，主要着眼于它以“土地改革这样伟大的题材”，反映了“我们这样的伟大的历史时代的缘故”。正如他本人所言：

> 只要能够反映我们的历史时代，则这样的作品将都有史诗的意义，人民所重视的也就是这样的作品。因此，象《太阳照在桑干河上》这作品，对于我们所以是一个重要的收获，就不仅因为它是几部写土地改革的作品中更为优秀的一部，在一定的高度上反映了土地改革，而且还因为这标记着我们的文学在反映现实的任务上已经有一定的成就和能力，标记着我们文学的一定的成长的缘故。②

何谓“史诗性”？依照卢卡奇的诠释，大体上体现为一个“总体概念”。首先，它指向“生活的外延总体”，或者说“宏大的客观性”的塑造。其次，指向作为一个“有机的”“具体总体”的共同体（而非个人）的命运。再次，指向作为有机共同体的英雄们去“塑造”深广的历史和现实的主体性态度上。③ 换言之，所谓“史诗性”表现在集体“英雄们”（往往是人民、民族等）对深广的历史与现实的克服和主观能动的改造之上。冯雪峰在论及丁玲这部小

① 《冯雪峰论文集》（中），人民文学出版社 1981 年版，第 468—470 页。

② 《冯雪峰论文集》（中），人民文学出版社 1981 年版，第 468 页。

③ ［匈］卢卡奇：《小说理论》，燕宏远等译，商务印书馆 2016 年版，第 53—61 页。

说时，虽未谈到过“史诗性”的内涵问题，但他在评论杜鹏程小说《保卫延安》时有过相关阐发。在他看来，《保卫延安》的史诗性表现在“对于事件的深入的彻底的认识和正确的全面的掌握上面，在概括的能力和集中的、突出而生动的描写（英雄人物的创造）上面，在热烈而强有力的、启发人的歌颂上面”。[①] 他所欲凸显的，正是作家在“认识”和“掌握”现实（历史）的深广程度的基础之上，对所书写的对象，也即小说中英雄人物们的主观能动精神的张举和阐扬。某种意义上，它同样可以放置于对《太阳照在桑干河上》的史诗性的理解上。

作为“左联”时期就主张遵从“社会的现实”，“用大众做主人”，立志“替大众说话”[②] 的小说家，丁玲也的确有立足于历史与现实的深广背景之下，来书写人民（而非某个个人）作为英雄的“社会革命史”的意愿。《太阳照在桑干河上》便是在这样一种再现解放战争期间，中国共产党领导的农村土地改革运动的立意之下完成的长篇小说。在原定的计划里，她本拟分“斗争”“分地”“参军”三个阶段来写，但因自觉生活经验不足，压缩成现存的文本形式。[③] 即便如此，她有意撰写暖水屯村的革命“史诗”的用意，还是在小说中得到了较为真实的呈现。

围绕农民群众在党的领导下，斗地主，分田地，翻身做主人这条情节主线，小说以张裕民、程仁、赵得禄、张正国、李昌、文采、杨亮、胡立功等暖水屯村内外党员或/和干部为中心，建构起了小说革命叙事的主体群像。并且，这支队伍还在不断壮大：李宝堂、郭全、刘满、张及第……小说经由县宣传部长章品表达出来的革命叙事的主题，也在这群暖水屯村的革命者成长起来的过程中得到验证：“［……］只要老百姓乐意怎样，就能怎样，如今可得大

---

① 《冯雪峰论文集》（下），人民文学出版社 1981 年版，第 233 页。

② 《丁玲全集》第 8 卷，河北人民出版社 2001 年版，第 87 页。

③ 《丁玲全集》第 8 卷，河北人民出版社 2001 年版，第 45—46 页。

家紧紧的团结着，只有团结起来才能推倒旧势力，才能翻身！”（第47章）

小说中，丁玲并没有径直将故事铺展为伟大英雄们的英雄事迹。依循叙述者的叙事，其中人物反倒不少人有些小毛病或软肋：张裕民入党前嗜酒爱赌，程仁因为爱黑妮而在斗争钱文贵的态度上表现软弱，赵得禄偶尔贪点小便宜（主要以其妻子作为本人的性格延伸出现）、打老婆，文采是脱离群众的小资产阶级知识分子的典型……但是在这场几经波折却又柳暗花明的土地改革运动中，最终都成长了起来。

在人格缺点的设定上，从革命史诗的英雄主体塑造的角度来看，这些有缺点的人物形象塑造或许有损于革命史诗的谱就。不过，丁玲这般设计的意图，恐怕意在暗示真正的革命主体，不是在农村土改运动中开展实际工作，发起群众斗争的这些土改干部和积极分子，而是以章品相对完善的人格为表征的中国共产党。在此意义上，丁玲或不仅仅是在“把党的领导（即无产阶级的领导）和农民自身的斗争相结合，当作农民之阶级的要求及其革命力量成长的历史条件来写”①，更是如历史本来面目那样的，把共产党当作现代中国革命的真正主体来写。小说前期土改运动的停滞不前，以及章品到来后问题的迎刃而解，多少暗示了这一点。上面列举的有缺点的人物最终都实现了自我完善，这也多少意味着，除了村里的物质生活条件层面（土地、财产）的改造之外，还有另一场由这个隐在文本语言之下的革命主体所领导的思想改造运动的存在。

正是在中国共产党的领导下，以暖水屯村张裕民等为代表的农村革命干部和群众，在推动和实现土地改革这场物质层面的社会改造的同时，作为革命的拥护者、追随者的他们，才得以“在斗争中克服自己思想中的弱点而发展和成长起来”，完成自身精神层面的

① 《冯雪峰论文集》（中），人民文学出版社1981年版，第465页。

改造，从而汇入无产阶级革命的历史洪流当中，成长为其中“自觉而发展的力量”[①]，并就此自塑（实际上他塑）为革命的主体。就此而论，相比于同为反映土改运动的小说《暴风骤雨》而言，丁玲的这部小说的确更具有思想的深度。

不过，同时需要注意的是，虽然这部长篇小说的确在“把一个伟大的历史作为描述对象”，囊括了丰富的历史内容，反映了“严峻的历史真实性”，展现了“包含着全部复杂性和多样化的生活真实”的“史诗性内容”[②]，但是这种意欲谱写成革命史诗的立意，在作为形式层面的小说结构布局方面，却多少与之疏离。

## 二　叙述的“叛逆”：小说叙事结构[③]的去“史诗性”

关于“内容”与“形式”的背离，特里·伊格尔顿曾作过精到的阐述。在他看来，那种尝试“把作品诸要素中的每一个都看成是与其他要素和谐结合在一起”，并认为诗（文学）中的“形式和内容完全是一体的”，语言是“意义的‘化身’”的作品理论是行不通的，因为诗（文学）“以其无法忍受的词语和与意义的纠结，从来都不可能获得化身的完满”。他将这种理论阐述称作“化身的谬误”。在此基础上，他进一步指出，文学形式“并不就是内容忠顺的表现”；它们并不必然地统一，“与婚姻伴侣一样，形式和内容也会不和”。“形式对抗内容”便是其中的一种表现。[④] 某种意义上，《太阳照在桑干河上》便颇为鲜明地呈现了这种文学形式与其“史诗性内容”对抗的张力。

---

① 《冯雪峰论文集》（中），人民文学出版社 1981 年版，第 461 页。

② 王中忱、孙瑞珍：《半个世界以来国外丁玲研究概观》，载所编《丁玲研究在国外》，湖南人民出版社 1985 年版，第 9 页。

③ 为了将叙述者所叙述的事件，同小说所欲反映的土改运动的事件区分开来，笔者在谈及前者时以叙事结构（可能包括无情节的事件叙述）称之，后者则以故事主体情节称之。

④ ［英］特里·伊格尔顿：《如何读诗》，陈太胜译，北京大学出版社 2016 年版，第 84、93—94、98 页。

“史诗性”，作为一种顾名思义的“史诗”的性质，正如前文卢卡奇、冯雪峰的相关阐述，它所彰显的是人类在面对宏大的历史与现实时，“通过主体激发情绪的力量来克服对非人环境的陌生”[①]的主体性精神。自然，合乎此规定性的文学作品，便是合式的“史诗”。也就是说，真正完美的“史诗性内容”，唯有在作为主体的英雄们“对外部世界的陌生”的“克服”过程中产生，因此，能够实现这种“克服”过程呈现的文学样式，才可以称得上拥有“史诗性”的形式。

在亚里士多德那里，史诗是对“严肃的行动”的大规模的“摹仿”；情节则是“行动的摹仿”。故而他所理解的构成史诗中最重要的成分，应当也同悲剧一样是情节，只是与戏剧不同的是，史诗中的情节因为“穿插而加长”。[②] 黑格尔也指出，史诗在古希腊语中“原义是‘平话’或故事”，它“以叙事为职责，就须用一个动作（情节）的过程为对象”；“一种民族精神的全部世界观和客观存在，经过由它本身对象化成的具体形象，即实际发生的事迹，就形成了正式史诗的内容和形式”。[③] 可见史诗需要通过对主人公（“英雄”，hero）们具有主体性精神的行动——在语言形式上呈现为事件的安排或布局，也即情节——来表现其“史诗性内容”。

依此反顾《太阳照在桑干河上》，可以发现，小说在叙事结构布局上，并未与其“史诗性内容”相呼应。首先从小说的开篇来看。

依照萨义德（Edward. W. Said）的阐发，“当一人真正开始书写时，其所处的复杂条件，就获得了指示一项开端宏业的标志”；“开端不只是一种行为；它也是一个思维框架，一种工作，一种态

---

① ［匈］卢卡奇：《小说理论》，燕宏远等，商务印书馆2016年版，第58页。

② ［古希腊］亚里斯多德：《诗学·修辞学》，罗念生译，上海人民出版社2015年版，第33、35—37、72—73页。

③ ［德］黑格尔：《美学》第三卷下，朱光潜译，商务印书馆2011年版，第102、107页。

度，一种意识”，“对每个作家而言，开端意味着开始了某段与一个指定的出发点相连的过程。即使开端被压制，它也总是引出下文的第一步”。所以，作品的开端不仅仅是一个纯粹的谋篇布局的形式或文体的问题，它同样是关涉其内容或意义的问题，即如萨义德所言，“开端其实是一个持续的、有意义的事件或过程（在时间、地点或行为上）的起始点”，是“意义产生意图的第一步”。①

萨义德对于作品（或文本）开端的意义的这番论述，是颇具启发意义的。小说里，丁玲以富裕中农顾涌携女回家的场景作为开端，揭开了她所要展示的历史舞台——暖水屯——的帷幕。这样布局的用意，一则或许有意借顾涌携女归宁的举动，来打破形同往昔的暖水屯村封闭、落后的日常生活的平静。相对于人员较少变动的村庄秩序，顾大姑娘无疑是带来可能变动的因子。小说第一章末尾她想同村里人打招呼，却被其父制止的举动，已经暗示了行将激起波澜的变故，将由这个自外村来却与暖水屯血脉相连的女人释放出去。小说第 4 章末尾处，叙述者便由她向妹妹和盘托出了自己的公公胡泰对于“共产”“均地”的担忧，将小说开头被顾涌拉回来的胶皮车的来历交代清楚：胡泰因担心车子被“均”了去，请顾涌拉回来藏着。胶皮车也由此具有了对即将到来的土改运动的表征意义。作为后面叙及的土地和财产的转喻修辞的本体，它的出现也就毫不意外地引起村里的有产者——地主钱文贵的警觉。作为小说里的人“尖”，他也就自然地派儿媳——顾家二姑娘同侄女黑妮“出侦”。

这种有意由边缘迂回进入故事中心的叙述方式，的确多少有着制造“叙事悬念”② 的意图，不过，这以顾涌拉回亲家胡泰家的胶

① ［美］爱德华·萨义德：《开端：意图与方法》，章乐天译，生活·读书·新知三联书店，第 14、15、19、21 页。

② Yi-tsi Mei Feuerwerker, *Ding Ling's Fiction: Ideology and Narrative in Modern Chinese Literature*, Cambridge, Massachusetts: Harvard University Press, 1982, p. 136.

皮车，来预示暖水屯村即将变天的叙述策略，却没有很好地铺陈这部革命史诗的英雄（主人公）们即将登场的舞台，一个依照“史诗性内容”铺设的、历史与现实交织之下村里老百姓正置身其间的“非人环境”。相反，自小说所布局的开端开始，叙述者便对顾涌这样的有产者、黑妮这样家庭出身难以辨明的地主家的侄女，投去了温情的一瞥。假若说丁玲“在‘党的政策观念’上的高度自觉”，确立了革命文艺（学）的“典范性”[①]，那么也须指出的是，至少从小说开篇的叙事结构布局来看，这种为中国共产党所发动的土改运动谱写革命史诗的意图，并没有于叙述者的叙述方式中得到聚焦和突出。反倒是为研究者多有述及的农村阶级关系与宗亲关系的复杂性[②]，以及因此折射出来的与前者相伴生的农村阶级斗争（土地改革运动）的复杂性，隐约暗示了小说家阶级意识之下潜伏着的人道主义观念。倘若说丁玲本人作为革命者的声音，径直以叙述者的声音作了较为明晰的表达，那么这个声音背后以“隐含作者”的身份[③]，藏匿于叙述者某些不合革命逻辑的缝隙中间的，便是那个以本我的精神面向蛰伏于丁玲潜意识当中的人道主义者丁玲。[④]

其次，再看情节安排。与上述小说开篇迂回进入的方式相对

① 钱理群：《1948：天地玄黄》，山东教育出版社2001年版，第200页。

② 参见《冯雪峰论文集》（中），人民文学出版社1981年版，第458—459页；钱理群等《中国现代文学三十年》，北京大学出版社2005年版，第405页；颜海平《中国现代女性作家与中国革命》，季剑青译，北京大学出版社2011年版，第362页。

③ 查特曼认为，隐含作者是叙事准则的建立者；其价值观与叙述者的差异，使得后者成为不可靠的叙述者。参见［美］西摩·查特曼《故事与话语：小说和电影的叙事结构》，徐强译，中国人民大学出版社2017年版，第132—134页。

④ 纵观整篇小说，虽然钱文贵及其亲属（妻子、女儿、女婿）多以负面形象呈现，甚至就连章品这位中国共产党的形象表征者，都喊出“把这些坏蛋都烧光”“斩草除根”这样极具暴力的话语，要消灭钱文贵这样恶霸式的地主势力，但这个恶霸最终却还是借助章品对张裕民“最后的叮嘱”被保护起来，小说斗争地主的高潮部分（“决战之三”）打钱文贵的群众喜剧，最终滑向了打张裕民的闹剧。不仅如此，钱文贵在被打倒之后，依旧因其子钱义成为八路军战士得到了庇护，免除了侯殿魁那般乞丐似的命运。斗争之后，最恶的地主结局却并不最惨，反倒栖身于革命者的屋檐下，这种近于黑色幽默式的反讽，一方面源自丁玲本人对农村社会关系复杂性的深刻捕捉，另一方面也多少因为她本人对人性的深刻理解。

的，便是小说中的革命主体——以张裕民等为代表的村内外党员干部和群众，以及他们开展的土地改革运动——它使得前者的革命行动具有了“史诗性”的光晕——作为故事的情节主干，在叙事结构中的双重弱化。最早出现的革命群众（同时也是村干部），是第7章的妇联会主任董桂花。但董在整个“翻身”斗争中，不仅未发挥实际作用，且是一个与革命主体们的性别对立的女性。直到第9章，小说故事里第一个真正的主角才在村民们（同时也在小说外的读者）的“盼望”中登场。虽则小说因此千呼万唤的延滞，营造了一种步四邻村庄后尘发起运动的“后发”性气氛，使之自一开始就“被一种暴风雨的预感笼罩着”，取得了制造紧张、悬疑的艺术效果[①]，但同时也变相地削弱了故事主体情节中的革命主体，在整个小说叙事结构中的主人公（英雄）地位，故而也就相应地减损了书写革命的史诗性特质。

并且事实上，相关前置章节的内容，颇多无趣且着实平庸的文字。譬如第2章“顾涌的家”，便是如此。暂节录部分如下：

> 他们经过一个朝代又一个朝代，被残酷的历史剥蚀着，但他们由于不气馁的勤苦，慢慢的有了土地，而且在土地上抬起头来了。因为家属的繁殖，不得不贪婪的去占有土地，又由于劳动力多，全家十六口人，无分男女老幼，都要到地里去，大家征服土地，于是土地的面积，一天天推广，一直到不能不临时雇上一些短工。[②]

这样流水账式的“家史”记录只能以冗长、乏味称之，实难令人将此与一位著名的现代小说家联系在一起。

相比之下，下面这段以李子俊老婆的心理视角，见证故事主体

① 《冯雪峰论文集》（中），人民文学出版社1981年版，第458—459页。

② 《丁玲全集》第2卷，河北人民出版社2001年版，第9页。

情节进展的文字，才算得上与丁玲的作家身份相匹配：

> 她不能再看下去了！她发疯了似的往回就跑，可是又看见对面走来了许多吃过午饭的人，还听到他们吆牲口的声音，她便又掉转头往侧边冲去，她不愿再看见这些人，她恨他们，她又怕不能再抑制住自己对他们的愤恨，这是万万不准透露出来的真情。她只是像一个挨了打的狗，夹着尾巴，收敛着恐惧与复仇的眼光，落荒而逃。[①]（第37章）

寥寥数行之间，李子俊老婆对分其果园里果子的穷苦百姓既恨又怯的心理跃然纸上。在同一部小说里，呈现出如此极具反差的两极书写现象，恐怕不能简单地归之为“细节瑕疵”的问题——即如有论者已经注意到的“侯殿魁描写”问题[②]那样。

就所承担的小说叙事功能来看，小说开头前9章非但未起到推动主体情节，渲染其革命史诗气氛的作用，反而将小说的基本立意——暖水屯村农民在党的领导下翻身做主人，在起初的叙事中几乎被悬置，甚至打乱了小说整体的情节推动节奏。其中除了第1章因顾涌帮助胡泰藏车的举动，暗示了分财产、均田地的土改运动即将来临，以及第3章述及作为反派势力代表的钱文贵对此的警觉之外，并无起到明显的叙事功能的作用。即便早早出场的钱文贵，明明知晓村里的土改势出必然，也并未就此拿出足以阻遏、改变这场运动态势的有效行动，从而实质性地同此后的情节主干勾连。这种看似有意制造悬念，实则多少有些冗余的笔墨，除了间有穿插性的故事勉强助益于人物塑造之外，多出于叙述者无情节的速写式讲述。且相关内容多为背景性交代的信息，完全可以在具体人物展开

① 《丁玲全集》第2卷，河北人民出版社2001年版，第191页。

② 秦林芳：《“宏大叙事”中的细节瑕疵：〈太阳照在桑干河上〉“侯殿魁描写”献疑》，《中国现代文学丛刊》2009年第5期。

故事行动时，再行补叙。某种意义上，如此长的篇幅仅意在烘托和交代背景，对小说这种叙事性文类而言，不啻是一种语言上的“浪费”。[①]

故事的情节主线直到第10章，张裕民、程仁自区上拿来名为“土地改革问答”的小册子，同李昌一道研读并讨论如何部署村里的土改运动，以及交代土改工作组的到来，才勉可算作切入正题。这场运动得以真正符合中共土改政策的精神，并因此落地和实施起来，更是要到第41章（“打桑干河涉水过来的人”）县宣传部长章品到来以后（且仅在第41—47章现身）。也就是说全书真正践履土地改革的政策精神，讲述党领导老百姓打地主、分田地的故事主体情节的主干，仅集中于全书的后18章。这使得小说非但未能如愿完满地揭示出其意在“激发群众觉悟以变革世界”的主旨[②]，反而使得农民革命的主题出现了偏离，弱化了小说里他们作为革命主体的人民叙事建构。即便冯雪峰这样的赞誉者也认为，小说“除了对于张裕民和董桂花，作者多给他们一些分析、叙述与描写，使读者觉得她［指作者丁玲——引者按］在写他们以外，对于其他一切农民群众，读者都没有这样的印象”[③]。在没有足够的故事情节和环境，令这些革命者及积极分子得以借助具体的人物行动（包括心理

---

① 梅仪慈在论及这部小说的文类特征时，借用弗雷德里·詹姆逊（Fredric Jameson）以“独特且确定的内容”对短篇小说特征的界说，认定《桑干河上》依旧是一部短篇小说。其理由是，该小说虽然篇幅长，却依旧受到“‘独特且确定的内容’——土地改革的经验的宰制”。尽管梅氏对小说内容的理解过于简单化，且对其小说结构做出“高度完整”的判定，或许同小说文本自身的语言形式呈现不符，却多少说明这部小说的既有文本呈现，同革命史诗的建构意图之间，存在着明显的相歧。而这，也从小说文类属性的层面上暗示，《太阳照在桑干河上》作为革命史诗，乃至更宽泛地作为长篇小说的形式意义上，可能值得再行观察。参见 Yi-tsi Mei Feuerwerker, *Ding Ling's Fiction: Ideology and Narrative in Modern Chinese Literature*, Cambridge, Massachusetts: Harvard University Press, 1982, p. 123。

② Yi-tsi Mei Feuerwerker, *Ding Ling's Fiction: Ideology and Narrative in Modern Chinese Literature*, Cambridge, Massachusetts: Harvard University Press, 1982, p. 123.

③ 《冯雪峰论文集》（中），人民文学出版社1981年版，第463页。另，冯雪峰在此段引文后接着说，“只觉得作者在分析斗争的发展，描写斗争的发展，而并不是在写人物”，但实际上，真正的问题恐怕不在于写斗争而少写人物，而在于没有在此斗争的情节推进中刻画这些人物。

活动），来充分呈现其性格塑造的状况下，他们的形象略显得概念化[①]，也实不意外。

相比之下，差不多同时出版、同样反映土改运动的小说《暴风骤雨》，无疑与之形成鲜明的对照。以小说开头为例，与《太阳照在桑干河上》土改工作组的“姗姗来迟”相比，《暴风骤雨》一开场便以土改工作组萧祥一行15人的到来，打破了元茂屯往日的平静。他们的到来，预示着一场以农民同地主间的阶级斗争为中心的“暴风骤雨”，陡然拉开了帷幕。小说家周立波在简短地交代工作组进驻元茂屯之后，便于其小说的第二节开头以叙述者的声音，暗示了这些党派来的革命干部将会给元茂屯带来的变革性意义：

> 工作队的到来，确实是元茂屯翻天覆地的事情的开始。靠山的人家都知道，风是雨的头，风来了，雨也要来的。但到底是瓢泼大雨呢，还是牛毛细雨？还不知道。[②]

很明显，这个隐喻为后续党领导下的农民革命故事埋设了伏笔，并与书的标题呼应，在小说开头便铺展开了一种史诗性结构的文体气势。这种气势，相当意义上，也使得这部小说较之《太阳照在桑干河上》更“善于以饱满激情描写壮阔的群众场面”，并且也因此将小说的重心集中在“农民积极分子阶级觉悟的觉醒上”。[③]这样的小说开头虽然颇为平实，却开门见山地突出了小说将要书写的对象和主题，容易聚合小说的情节主线。

---

① 实际上，该小说里的人物并没有冯雪峰所认定的那样，“几乎所有的人都有清楚的个性”［《冯雪峰论文集》（中），人民文学出版社1981年版，第463页］。如顾涌，丁玲的确有意塑造他作为勤劳致富的富裕中农的典型，但在具体的塑造过程中，顾涌的勤劳并不那么令人信服，读者仅能借助小说第2章的开篇段落里叙述者流水账式的灌输，知道这么回事，却不能体验性地感受到是怎么一回事。

② 周立波：《暴风骤雨》，人民文学出版社1952年版，第12页。

③ 钱理群等编：《中国现代文学三十年》，北京大学出版社2005年版，第406—407页。

在具体的情节布局上，《暴风骤雨》较之《太阳照在桑干河上》更合乎“革命史诗”的本有意涵。当丁玲试图用自己的笔墨唤醒暖水屯农民的麻木、愚昧的国民性时，周立波已经早早地在展现农民积极分子在主动拥抱革命的过程中，所彰显出来的作为革命主体的主人公姿态。就此推论两位作家对毛泽东《在延安文艺座谈会上的讲话》的接受和理解，可以确信的是，周立波的确要比丁玲更自觉地领悟和遵循了毛泽东《讲话》里隐含着的人民叙事的深层逻辑①。当然，从所反映的历史与现实的深度，以及其中人物形象的塑造上来看，又自是后者远胜前者许多。

### 三 难言“高大”：在革命叙事与主体形象塑造之间

与上述叙事结构的布局多有相关，且也因此呈现的又一种去“史诗性”现象，则表现在《太阳照在桑干河上》内的革命主体——暖水屯村村内外党员干部群众的人物塑造问题上。如果说前者偏重于叙事空间（或可视作小说世界内历史或现实环境在小说形式层面上的同构体）的提供，那么后者则指向革命主体在此叙事空间内，其主体性精神于小说中如何呈现的问题。

即便身为以“史诗”冠诸《太阳照在桑干河上》的初始命名者，冯雪峰也在小说的人物塑造上有自己的保留意见。一方面，他肯定丁玲“笔下的人物都有个性，也或多或少地都达到了典型性”，另一方面，又认为后者“还没有在这本小说中带来非常成功的典型人物”。② 在这粗看似乎矛盾的“典型性”和还没有“非常成功的典型人物”之间，实际上隐含着冯雪峰对丁玲这番写作既认可又不完全认同的复杂态度。早在十余年前，冯雪峰在谈到形象问题时，便认为，“于具体社会的历史状态里，描写出实践的人的真实的姿态来”，“是典型和一切艺术形象的创造的真谛”；而“实践的人”

---

① 参见钱理群《1948：天地玄黄》，山东教育出版社 2001 年版，第 200 页。

② 《冯雪峰论文集》（中），人民文学出版社 1981 年版，第 465 页。

（也即典型）的创造，始于对“个别的个人”“社会的具体历史关系的掘发”，“而终于在社会的具体历史环境里的真实的个人的行动和姿态的确证”。换言之，典型的塑造，起自对社会生活中（因此必然地处于具体的、历史的社会关系当中）实有的个人的深入发掘，所发掘的是其人“个性化”的真实性。或许他/她不具有普遍性或一般性意义，但在历史与现实生活中却一定存在。但这仅是典型塑造的开端，它还须“将个人的物事变成社会的、典型的、凸出的物事”，也即为这种“个性化”赋予普遍性的意义，使之在个别的个人的基础上，成为普遍的个人。①

也正是在对典型内涵的这种理解上，冯认为，丁玲确实根据现实中的人物原型，写出了他们在小说中作为“真实的人”的那种“个性”，但在更高要求的意义上，仍不够典型。这一缺陷，表现在没有赋予这些个性化的人物以普遍性或共同性，其中最主要的是没有将这种共同性中的主要内容——阶级性——很好地表现出来。因此，丁玲虽跨出了“高大的典型人物的创造所必需的基础和第一步”②，可也仅停留于这“第一步”。具体言之，就是丁玲没有将小说中暖水屯村的张裕民、程仁、赵得禄、张正国、董桂花等“农民群众的领导人物”③，在革命斗争中作为鲜明阶级意识的无产阶级革命主体的形象塑造出来。

尽管冯雪峰的相关论述，充分展示了他作为一位革命文艺理论家和批评家鲜明的政治立场，却不影响他对丁玲小说里革命主体人物群像不够“高大”的准确观察。至少在他的笔下，他没有像两年后评论杜鹏程的《保卫延安》那样，赋予《太阳照在桑干河上》中的人物以“崇高精神”和“英雄的典型”这般的赞语④。而这，

① 《冯雪峰论文集》（上），人民文学出版社 1981 年版，第 188—190 页。

② 《冯雪峰论文集》（中），人民文学出版社 1981 年版，第 465 页。

③ 《冯雪峰论文集》（中），人民文学出版社 1981 年版，第 461 页。

④ 参见《冯雪峰论文集》（下），人民文学出版社 1981 年版，第 231 页。

实已表明丁玲这部“革命史诗”在主体群像塑造上的未完成性。

自20世纪30年代以降，丁玲有意书写革命及革命者的意图是毋庸置疑的。从小说《水》开启其“大众”书写[①]，到因《我在霞村的时候》《夜》等走入“人民的世界里”，再到《太阳照在桑干河上》这部农民群众的革命史诗，“代表或标记社会主义现实主义文学的初步的成长的意义”[②]，丁玲的确是一位跟着“人民革命的发展”，“在长期艰苦而曲折的斗争中，改造和生长”[③] 起来的革命作家。这种与“改造和生长”的革命意识相伴随的，是其革命小说中主要角色的渐变：“无名”革命大众—“有名”革命个体—“有名”革命大众。前者有《水》中的灾民，《多事之秋》里的进步学生；居中者有《一颗未出膛的枪弹》里的小红军，《我在霞村的时候》里的贞贞；后者最显著的自然是《太阳照在桑干河上》上暖水屯村的党员干部们。自然，也有像《东山事件》《夜》这样革命个体与大众间杂的复合式主角。这种从“无名”到“有名”的人称指示或命名，相当意义上，已经暗示了丁玲本人在革命主体人物塑造上的认识和态度的转变。

在海德格尔看来，命名不光是要“给一个事先熟悉的东西装配上一个名字，而是由于诗人说本质性的语词，存在者才由于这种命名而被指说为它所是的东西”[④]。换言之，命名不仅仅是赋予名称那么简单，它同时赋予了此名称（能指）所指称的存在物（所指），因此在诗人（作家）的语言世界中，成为一种及物的“存在建构”的可能。至少，就小说里的人物而言，有名使之具有了拥有主体性意识的可能。这样看来，同《水》相比，写作《太阳照在桑干河上》时的丁玲，在小说人物的塑造上，已经完成了由“抽象”的

① 《冯雪峰论文集》（上），人民文学出版社1981年版，第70页。

② 《冯雪峰论文集》（中），人民文学出版社1981年版，第158、469页。

③ 《冯雪峰论文集》（中），人民文学出版社1981年版，第157页。

④ 孙周兴编：《海德格尔选集》（上），上海三联书店1996年版，第317页。

大众[①]到具体因此也更明晰的“人民”[②] 的转型。

大众或人民的建构，一定意义上，已经初步在这样的人物设置中得以布局。尤可注意的是，过去常为丁玲所热衷的女性人物，在此间的地位实在尴尬。《太阳照在桑干河上》里，虽然也有董桂花、周月英这样已经跻身于土改运动的人民革命主体之列的女性，但她们分别位列其中的妇联会主任、副主任的革命身份，实已暗示妇女在这场以人民为主体的革命历史叙事中，所扮演的角色是微末的，甚至可能是会影响到革命推进的阻碍，就像黑妮在此期间对于斗争钱文贵所造成的负面作用一样。更多的女性人物，则是居于上及“主要人物”之外，像顾长生娘、顾二姑娘（钱义老婆）、赵得禄老婆、钱文贵老婆、李子俊老婆这样的连姓名权都不具有的男性人格的附庸。女性的这种人格附属属性，以及仿佛《水》中群众的无名状态，实已暗示在丁玲这位女作家的革命语法的“命名”规范之下，她们身处这场农民革命（土地改革）运动的边缘，是这场革命运动中被忽视的对象。故而其主体性，只能借助所依附的男性之主体地位的确立来实现。从女性主义的视角来看，这种人物设置和命名的布局意图，实际上已然暗示了这场暖水屯村的土改运动的“革命+男性”属性。

小说中，丁玲也有意充分地呈现男性革命者在此间的主体地位。小说第 12 章“分歧”里，村干部们围绕顾涌阶级成分的划分展开的争论，的确呈现出了与《水》中人物一般众语喧哗的场面。参与讨论的张裕民、赵得禄、程仁、任天华、李昌、钱文虎等，甚至包括被有意塑造为混入革命队伍中的被腐蚀者张正典在内，丁玲笔下这些对暖水屯的土改运动起到决定性作用的村内党员干部，几乎是清一色的男性。他们开启了暖水屯村与革命的初步接触（譬如张裕民是村内第一个共产党员），同时他们也将在党的领导下，最

① 《丁玲全集》第 8 卷，河北人民出版社 2001 年版，第 80 页。

② 《冯雪峰论文集》（中），人民文学出版社 1981 年版，第 469 页。

终打倒钱文贵、李子俊、侯殿魁等地主，从而完成本村的土地改革，帮助老百姓分得土地和财产，获取革命成果。小说的第48—50章（“决战”）无疑是这部土改主题小说的高潮，其中对钱文贵的批斗，更是掀起了一场革命激情的狂欢：

> “哼！咱不是那种人，咱要同吃人的猪狗算账到底！咱只有一条心，咱是穷人，咱跟着穷人，跟着毛主席走到头！”
>
> “咱们农民团结起来！彻底消灭封建势力！”李昌也冲到台前叫着。群众跟着他高呼。
>
> [……]
>
> 台上台下吼成了一片。
>
> 于是人们都冲到台上来，他们抢着质问钱文贵。[……]

与此“大众的喧哗”相反衬的，却是村革命女干部董桂花、周月英的声音的缺席。作为革命者，她们理应以声音的形式在场；作为女性，其声音却又似乎理所应当地被消除，只能以事后补叙的方式，以周月英在妇女中第一个上前打钱文贵的事件，来确认女性作为革命主体之一部分的在场。但补叙的叙述行为本身，已然赋予暖水屯村的这场革命与暴力的狂欢，以鲜明的“革命＋男性”属性。

不过，命名和行动，并不必然地赋予所命名、行动的存在物以为人之本质。在马克思主义经典作家看来，“人的类特性恰恰就是自由的自觉的活动”；“有意识的生命活动把人同动物的生命活动直接区别开来。正是由于这一点，人才是类存在物［……］他的活动才是自由的活动”。[①] 很显然，这种“自由”“自觉”“有意识”的自我感知的特性，是人区别于动物及自然最显在的特征，也多在此意义上，主体性“可以说是人的最本质的属性”。[②] 所以，小说家

---

① 《马克思恩格斯文集》第1卷，人民出版社2009年版，第162、540页。

② 袁贵仁：《马克思的人学思想》，北京师范大学出版社1996年版，第98页。

笔下的人物塑造，不仅需要像上帝那样给亚当（行为人）命名，还需要有意放任后者去偷食“禁果”，脱出自己或为自己代言的叙述者的掌控，使之最终拥有智慧，成其为人。只有“我思”时，自我才成为“主体”。[①] 也唯有这样，小说中的人物才会具有主体性意识，而非任作者/叙述者随意摆布的、概念化了的提线木偶。

可惜的是，丁玲给予展示这些革命“英雄”/主角（Heroes）自主性意识的笔墨也不算太多。其中相对多予着墨的，是张裕民、程仁、老董、文采等多有缺点的人物。张不堪回首的党员“前史”，程在所谓女色问题上的不坚定态度，董的没有主见，文采脱离实际、纸上谈兵的小资产阶级知识分子（实际上是故意卖弄的伪知识分子）的毛病等，都使之不能完满地成为革命的化身，并因此无法担负起领导土改运动，使之真正落实的革命重任。某种意义上，革命者人格上的缺失，确乎成了叙述者讲述土改运动为何难以推进的重要预设。它意味着唯有人格完善的革命者，才能承担起这场运动的领导者的担子。

最终推动这场运动的，也确是这样一位叙述者眼中没有人格缺陷的、革命道德的榜样人物，成了这场运动得以继续且取得成功的“英雄”。这位卡里斯马（Charisma）化的革命典型，就是县里来的宣传部长章品。章品一出场，叙述者便似乎迫不及待地褒奖其人，譬如：

> 这个章同志已经走拢了，在他年轻的脸孔上总是泛着朝气的笑容，他那长眯眯的细眼，一点不使人感觉小，只觉得其聪颖，尖利。

> 他做事非常明快，虽然在村子上耽搁不久，却能迅速的解

① 参见［美］于连·沃尔夫莱《批评关键词：文学与文化理论》，陈永国译，北京大学出版社2015年版，第304页。

决问题。[……] 他对工作组的同志也不能放心，他常常不赞成他们的意见。

他的老练和机警的确只是因为环境逼迫他而产生的。

他要没有鹰的眼睛善于瞄准和鹿的腿跑的快，敌人就会像捉小鸡一样的把他捉住的。

[……] ①

"朝气""聪颖""尖利""明快""老练""机警""鹰的眼睛""鹿的腿"等修饰语，已将小说叙述者有意把他塑造为革命化身的意图揭示开来。在故事此后的发展中，他也事实上成了中共土改政策在暖水屯村的"播种机"，和土改运动的"发动机"。然而，他胁迫伪甲长以其子的极端手段（第 42 章）；谈到斗地主时所说"把那些坏蛋都烧光"，"咱们先下手为强，斩草除根"的暴力语言（第 43 章）；闲聊提及的因握了一个妇女主任的手没睡好觉，第二天却与后者谈话"注意影响"（第 44 章）等，却又暴露了他与此化身多有不匹配的裂缝。

而上述堆砌式的优秀品质的描述，与其说有助于章品卡里斯马化的革命人格魅力的赋形，倒不如说将这个唯一有着生活原型的真实人物②的革命者形象，推入了概念化、脸谱化的泥潭。这种急于给人物定性的语言，所导致的人物塑造不那么真实的现象，其实也相当普遍地出现在小说其他人物的塑造上。比如小说第二章钱文贵刚一出场，叙述者便开始定性他的坏："他要坑害人可不便当，不拘在哪里说几句话，你吃了亏还不知道这事从哪儿说起。"自然，相比之下，很早就出场的钱文贵，的确也就此有了更多的自我展现

---

① 《丁玲全集》第 2 卷，河北人民出版社 2001 年版，第 218—221 页。

② 《丁玲全集》第 9 卷，河北人民出版社 2001 年版，第 45 页。

其坏的舞台，所以人物的刻画也较章品更为鲜活和生动。[①] 这种叙述者急于表达自己对于小说人物章品、钱文贵等的态度，无疑显露出了意识形态的宣传和说教对人物塑造的损害。

总之，无论是革命阶级意识的赋予，还是语言形式层面的具体人物形象塑造，暖水屯村的男人们均没有立起他们作为崇高的革命主体的应有形象。这不仅是意识形态问题，同样也是文体呈现问题。

## 四　性别的纠结：革命视野下的女性塑造

与村里并不“高大”且多少有些人格缺陷的男人们相比，女人们才是这部小说里最为精彩的人物群体。正如有论者指出的那样，丁玲不仅是一位革命者，“五四”新文学作家，她还是且首先是一位女性。先前的女性意识，依旧“存活”于这部大众的喧哗式的小说中。但其中“不是作者有意为之”的女性意识同革命意识之间，恐非该论者所及的“相对统一”[②]。二者之间反倒呈现出一种抵抗与压制的张力关系。

在检讨这部小说里丁玲本人的女性意识之前，有必要简略观察一下丁玲在其中以何者身份存在的问题。很显然，此处有关女性意识问题，皆应首先立足于丁玲本人的自我意识如何在其中得以体现。毕竟女性意识首先是基于性别的自我身份认同。纵观丁玲小说中的“自我”，它往往更接近于叙述者。丁玲早期小说里，的确有个别叙述者即主人公的“自叙传”式小说，如《莎菲女士的日记》。不过，这种叙述者即主人公的双重身份，并不意味着莎菲就

---

① 钱理群等便认为，钱文贵的塑造很具有心理深度。参见所编《中国现代文学三十年》，北京大学出版社2005年版，第407页；颜海平也认为钱文贵虽是小说中的“首要阶级敌人”，却不是“概念的教科书式的图解”，参见所著《中国现代女性作家与中国革命》，季剑青译，北京大学出版社2011年版，第348—355页。

② 曹慕源：《革命与女性：〈太阳照在桑干河上〉中政治意识与女性意识的相对统一》，《时代文学》2011年10月（上）。

是丁玲本人，更不可将其等同于现实中的丁玲自己。正如丁玲本人所言：

> 一部作品同作者本人的思想是否有因缘呢？一定有。作品就是作家抒发自己对人生、对世界、对各种事物的认识、感觉和评论，通过描述具体的人、事的发展来表达。主人公不过成了作家创作过程中的一个工具，作者借他（或她）让读者体会出作者所要讲的话，怎么能简单地去猜测这是写的谁，而且就肯定是谁？[①]

在这里，丁玲显然将小说视作“表达”作家自我意识和人生态度等的语言形式载体，小说中的“主人公”则是此“表达”赖以达成的“一个工具”。可见，丁玲也自认作者并不等同于小说中的人物，而更近于讲故事的叙述者。

依照西方现代叙事学理论，叙述者并不能等同于作者。正如秘鲁作家略萨所言，“首先应该消除一种误解：经常有人把讲故事的叙述者与写作故事的人混为一谈。这是个极大的错误”。但与此同时，叙述者是作者为了小说的写作，而“用话语制作出来”的“讲故事”的人，是小说中“最重要的人物，在某种程度上，其他人物的存在都要取决于他”。[②] 所以，即便叙述者非作家本人，作家的自我意识在小说中的体现，却须借助叙述者（而非小说中的人物）的声音和态度来达成。因此，探究丁玲本人在具体小说中是否传达出女性意识，是否展现出女性主义的立场，首先也应从小说叙述者身上所折射出来的丁玲本人的自我意识着手。于是，讨论丁玲小说写作中的“自我”问题，首先涉及的，自然是与丁玲本人意识最相接近的叙述者。虽然叙述者在小说故事中的参与程度越高，介

---

① 《丁玲全集》第 8 卷，河北人民出版社 2001 年版，第 86 页。

② ［秘］略萨：《给青年小说家的信》，上海文艺出版社 2015 年版，第 50—51 页。

入程度越深，会令其意识越加清晰地呈现于所依附的小说人物身上（尤其是第一人身叙事），但这并不意味着隐蔽的叙述声音之下叙述者自我意识的消亡。这样来看，尽管丁玲确可称作借助《莎菲女士的日记》这样"自我体验和自我分析"的小说书写，展露了鲜明的女性意识和女性主义立场，却不可就此认为在《太阳照在桑干河上》里，"丁玲再一次把'自我'逐出了作品世界"[①]。因为丁玲在该小说中是否传达自己的女性意识，展现女性主义立场，都须从其中叙述者所呈现的相关意识和态度着眼。

实际上，在这部初衷主要在表现"革命 + 男性"题材的现实主义小说里，女性在小说中大篇幅的出现，本身就暗示了丁玲[②]在书写革命"史诗"展现其革命意识的同时，同样关注着在这场农民起来当家做主的革命运动中女性的命运及其所扮演的角色。而这，一定程度上也在小说人物群像的塑造过程中，与同为土改小说的《暴风骤雨》形成了鲜明的对照。单以两部小说中的女性黑妮与刘桂兰做一番对比。较之周立波在《暴风骤雨》中将郭全海、刘桂兰二人的命运谱写为在革命中成长并恋爱结合的红色浪漫故事，丁玲显然拒绝这种古代才子佳人终成眷属的叙事套路，她更有意将黑妮身份复杂化（贫农出身却寄养在地主家庭），让这样一个长得俊俏、心地善良的少女，陷于表征其时复杂的中国农村社会宗族关系的历史语境之中。[③] 在感情问题上，她并未因美和善立即赢得类似刘桂兰那般的个人幸福，反倒因此被人利用，从而使得她成为这场革命运动中无辜的受害者。而这，也从一个切面暗示了丁玲在主动拥抱革命政治，有意为之撰"史"的意图之外，对这场运动可能存在的两

---

① 王雪瑛：《从自我分析到自我掩饰：论丁玲的小说创作》，载陈思和、杨扬主编《上海五十年文学批评丛书·评论卷》，华东师范大学出版社 1999 年版，第 250 页。

② 为讨论问题方便，此处及下文暂以丁玲代替叙述者在小说中原本占据的位置，但这并不意味着取消后者作为小说叙事功能主体的存在。特此说明。

③ 参见颜海平《中国现代女性作家与中国革命》，季剑青译，北京大学出版社 2011 年版，第 360—364 页。

歧性理解。对于刘桂兰那般双双革命"把家还"，并因此继续依附于"革命＋男性"叙事之下的女性命运，丁玲无疑有着自己的异见。虽然小说结尾部分，丁玲有意给黑妮和程仁的感情发展一个预示着光明的结局，但同时也意味着某些问题无法因土改运动及其所表征的无产阶级革命的实现，就能够一并解决。而这，本身便是丁玲潜藏于革命意识之下的女性意识的深度体现。

对于黑妮同程仁的恋爱故事，或许丁玲没有意识到的是，她的这番写作，某种意义上可以视为《一九三〇年春上海·之二》"革命加恋爱"叙述模式的重复，依旧延续着早前恋爱阻碍了革命的叙事组织方式。这种叙事结构的重复，多少意味着上海时期革命与恋爱存在着冲突的观念，依旧"顽固"地据守在她内心深处的某个角落。而黑妮居于农村社会新旧秩序更迭时期的尴尬地位，恐怕也非出于无意为之的设计。曾经经历过牢狱之灾，且事实上被国民党威逼利诱过的幽暗个人史，对此后最终走向革命道路，却又在整风运动期间遭遇过激烈批评的革命女作家丁玲的写作而言，是否存在必然的影响？这一点或许无法予以澄清，但或如秦林芳所及，这段人生经历使之"左"转之后的写作，重新关注起"'人'的具体的生存境况"①。黑妮上过四年学，担任过识字班教员（农村女知识分子）；父母双亡，寄人篱下（穷苦出身）；长得漂亮，善良，没有结婚（生活原欲之美）；爱程仁（觉醒了的革命肉身）却又被二伯父一家（颓败却负隅顽抗的旧社会表征）利用……从中可以看出，这个女性形象虽然取材于丁玲曾亲眼见到过的，一个"生活在那个阶级，但她并不属于那个阶级"的小姑娘，但在写进小说时，无疑被丁玲赋予自我的经验，重新编码，进而完成其作为文学形象的符码化。在此意义上，丁玲所言"莎菲是作家本人，黑妮也一定是作家本人"，自然是她写作经验的一番深刻总结，同时也是她或不自

① 秦林芳：《丁玲评传》，南京大学出版社2012年版，第126页。

觉却很倔强的女性写作立场的一种揭示。[①]

也正因此，相同的"革命加恋爱"小说叙事布局，便在周立波的男性书写同丁玲笔下的女性书写之间，呈现出了迥然不同的文学风貌。如果说前者助推了"革命+男性"的意识形态建构，后者则在表面迎合的背后，以一种历史潜流的方式对彼之建构进行拆解，以冀添加和重新装配。虽然这对于黑妮是一种与过去告别的将来进行时态，但在董桂花和周月英的身上，便已经是丁玲尝试"添加和重新装配"的现在进行时态的努力。

作为小说中极少数有自己姓名的农村女性[②]，丁玲（叙述者）为董、周二人命名的态度，便已将她们同那些没有自己姓名的已婚女性区别开来。如果说黑妮和大妮有名却未冠以姓氏的命名，多少暗示了她们虽身为钱家女儿，却并未像钱义（有名有姓）那样被看作家庭的主人，只是为了娘家利益可以随意被利用的工具（大妮用来利用张正典、黑妮用来迷惑程仁）；那么，董、周二人作为已婚妇女却有独立姓名的状况，实已暗示丁玲将二人作为独立女性来塑造的潜在意图。

小说里，董桂花是逃难（荒）来的女人，结过婚，有过孩子，在丈夫死后还被卖给另一个男人，是一个真正的被侮辱与被损害过的无产阶级妇女。后来到暖水屯，与年纪比自己小的现任丈夫李之祥"两厢情愿"结了婚。起初她是被"拉"来当妇联主任的。此

---

① 《丁玲全集》第8卷，河北人民出版社2001年版，第87页。

② 其余有名有姓的除董、周二人外，仅女巫兼暗娼且为赌博提供场所的白银儿、李子俊正在读书的11岁女儿李兰英。有名却未冠以姓氏的是大妮、黑妮姐妹俩。丁玲在给女性命名的立意上，确可视作一种自觉的女性意识的体现。除文中已论及的董、周二人，以及大妮、黑妮姐妹俩外，白银儿被赋予姓名，或因她虽为寡妇，却不像顾长生娘那样有子嗣，并且已经倚仗为人不齿的营生自立谋生。李子俊女儿有名字李兰英，除了她已经在学校接受教育外，部分原因或也在于丁玲意在将李子俊老婆身上所体现出来的女子并非不如男人的女性意识，借以将来时态的方式于其女儿身上呈现。这既是对李子俊老婆等为代表的中国农村妇女在家庭性别结构中"完全被奴役的地位"的客观揭示，又是对以李兰英为代表的在可预见的将来走进"新中国"，见证新时代的"新女性"必将"获得解放"的一种标志性的暗示。参见《丁玲全集》第8卷，河北人民出版社2001年版，第49页。

后，从张裕民那里，她接受了初步的妇女解放思想教育，了解到“妇女要抱团才能翻身，要识字才能讲平等”等一些浅显的革命道理。某次识字班的课上，她猛然意识到自己同那些家里有钱因而有闲可以坐下来听课的年轻女人们，原来不是一路人，于是在她“被动”进入革命队伍之后，阶级意识首次觉醒。她与妇联副主任周月英很谈得来，这种同性友谊（某种程度上，不禁令人联想到丁玲本人与瞿秋白妻子王剑虹的友谊），也因志同道合的革命工作，具有较一般妇女间私人关系更具意义的内涵。起初，丈夫反对她从事革命工作，告诫她“少出头”“留后路”，她也随之有了些犹豫和沮丧情绪；后来随着土改运动的进一步推进，男人也在她的鼓励之下向组织靠拢；土改运动取得胜利之后，不仅她本人不再有“顾忌”，连她男人也大力支持，叫她“尽管去开会”。

董桂花工作上的副手周月英主要通过叙述者的叙事，而非以同她相关的故事情节展开。这个女人年轻、泼辣，胆子大，敢讲话。在为数不多出场的镜头下，多着男式背心。是丈夫羊倌花了 20 只羊买来的女人，与丈夫过着聚少离多的日子。常以语言暴力（“冷言冷语”）换来丈夫的肢体暴力。在土改斗争中，她是第一个动手打了钱文贵的女人，并在村里的具体工作中出力甚多，因此也在村里实际的革命工作中展现了她的才能。小说临结尾处，叙述者以提及她对丈夫羊倌变得温柔多了的细节，多少暗示了羊倌将不再出去放羊，而将与她过上种地的田园生活的未来。

虽然这两个暖水屯村的革命女性，并没有如丁玲本人那样展示出个性强烈的、激进的女性意识，但是很显然，在这个土改运动取得胜利之后，人们的思想觉悟依旧停留在为自私自利、盲目崇拜和迷信等落后的、旧的思想观念所裹挟的村庄里，她们作为女人渐渐走出家庭，不再依附于男人和家庭，甚至令男人支持自己的工作，凡此种种新出现的状况，足以说明她们已经是这个新时代来临前夕思想依旧落后、封闭的山村里的女性先觉者。即便这种觉醒依旧在革命历史叙事的整体框架中居于边缘乃至被漠视的位置，却已然洞开了这个村庄为保守、蒙昧的宗法、礼法制度所拘囿的妇女思想解放的大门。这种力量在竭力反抗"革命＋男性"叙事的过程中，尽管是边缘的，附庸的，却也是不可忽视的。尤其是董桂花，尽管她因恋栈眼前的安稳生活，对土改运动有过动摇，最终还是在走向革命的前进道路上，走在了自己男人的前面，成为后者要求进步的推动者。革命新秩序里这种男女关系的逆转，以及因此对旧社会农村男"主外"、女"主内"的家庭分工秩序的颠覆，也由此在丁玲的笔下产生了具有同土地改革一样深远意义的革命意义。相比于《暴风骤雨》，同样基于"革命＋男性"意识形态主题建构的《太阳照在桑干河上》，因为众多有名无名的女性的自觉（主动）或自发（盲动）介入，以及丁玲借助叙述者的口吻赋予她们的更多的同情，的确不再"仅仅是讲一个史诗性的故事"，同时还是一种"为了实现中国女性主义想象而付出的史诗般的人生努力"。[①] 如此看来，这部小说与其说标志着丁玲"女权主义的终结"[②]，不如说在一种更深、更广，也更贴近社会现实的历史视野里，成为中国女性主义文学发展史上的新起点。

小说中，虽因革命主题的拘限，女性的革命主体地位一直处于被压制的状态，就连董桂花、周月英这样的村干部都被张裕民、赵得禄、程仁、张正国等男干部有选择性地忽视；但叙述者把更多的叙述空间，给予这个原本看似对暖水屯的土改运动可有可无的性别群体，以多少有些"过分"的关注，却足以说明附身于叙述者身份之上的作家丁玲，依旧有着强烈的女性意识，即使这种意识也承受着革命叙事的暴力压制。她对农村女性命运及遭遇的同情与怜悯的

① 颜海平：《中国现代女性作家与中国革命》，季剑青译，北京大学出版社 2011 年版，第 364 页。

② ［美］白露：《〈三八节有感〉和丁玲的女权主义在她文学作品中的表现》，载孙瑞珍、王中忱编《丁玲研究在国外》，湖南人民出版社 1985 年版，第 298 页。

态度，已然显现出那个隐藏在看似客观，实际上充满着个人偏见的叙述者身后的女作家丁玲本人强烈的自我意识和情感态度。于是，在小说人物的塑造中，就连赵得禄家里那个对物质充满原欲性渴望的女人，也都比赵本人显得更加鲜活和生动。

然而，无论丁玲笔下的这些女性多么可悯、可怜、可爱，甚至可憎，无论丁玲如何想方设法地让她们更多可能地占据暖水屯村的革命历史舞台，她们大多依旧只能站在自家男人的边上，成为乃夫人格上的某种延伸。就如钱文贵的老婆，跟在男人后面做了一辈子的"应声虫"。男人批斗，她也遭殃，却又无法与之脱离。再如妇联会副主任周月英，即便常着男式背心，且已是村里为数不多的革命干部之一，但这种双重男性化，依旧无法改变她居处于婚姻关系中的弱势地位。土改后，她和羊倌两口子将分得土地的可期未来，虽使之经济生活上将比从前可能更加独立；但在两性关系的结构上却是从相对的自我独立，走向长相厮守的依赖。"她对羊倌发脾气少了，温柔增多了"，简短的话语除了对影响家庭最重要的问题——经济问题——有所诠释外，相当程度上，也多少以带着些许随意、暧昧的色情性勾勒，暗示了她已经或正将告别此前孤眠独守却也相对独立的女性生活，而走向更加依赖于男性的家庭生活。不管土改前，还是土改后，她们依然站在男人们的身后。就像小说里中秋节游行队伍前进的次序那般，依旧是"男子在前，妇女在后"，喊出"打倒封建地主"的口号，走在通往革命和解放的大路上。

依此来看，丁玲书写革命的自觉意图，同不自觉地书写女性的语言（形式）呈现，着实本真地再现了革命与女性之间无法化约却又彼此纠缠的紧张却又暧昧的关系。即便这种于小说中偏于一隅的阴柔细刻，仅附生于"革命＋男性"的集体史诗当中，勉可算作革命叙事里一种可有可无的陪衬，正如董桂花、周月英在村里的革命干部当中，只能充当点缀的地位一样。也正因如此，丁玲在以《太阳照在桑干河上》进一步巩固自己的"革命作家"地位的同时，也便自动地放弃了成为更有成就的女性小说家，而非革命小说家的可能。

## ◇◇ 第三节　女性与革命：作家姿态与革命意识之间

现代文学的后20年间，丁玲一直是一位在场的革命作家。自1927年12月于《小说月报》上发表《梦珂》以降至新中国成立，无论是20世纪二三十年代的上海时期，还是三四十年代的延安时期，她都未改变自己作为一位作家的本色。延展至其一生而论，也大体如此。即便是1933—1936年与1957—1975年的政治迫害，也未能使之主动放弃写作。要之，不论外部世界如何变易，她始终都持守着坚定的作家姿态。暮年时，她曾说："我一生当过编辑，编辑过党报副刊、文艺杂志、基层单位的黑板报、墙报、油印的小报；领导过培养青年作家的中央文学研究所，也当过生产队的扫盲教员、夜校教员［……］但我主要的工作是写文章，是一个写书匠，或者叫作家。"① 这样清醒的自觉意识，也将她与革命后宣称"不再是诗人"（作家）的郭沫若等区别开来。倔强的书写姿态之下，是一旦具有可能的写作条件，便无怨无悔地执笔疾书的文心。

基于对《莎菲女士的日记》《太阳照在桑干河上》两个小说文本的上述分析的基础上，本节将围绕学界常及的"两个丁玲"现象、丁玲前后期小说文体的转变，以及写真实的小说形式与为革命的意识形态功能之间的关系，继续就更广义的文学（体）与革命（用）之间的相关问题展开探讨。

### 一　"两个丁玲"与一位女作家的"革命文学"书写

历史地看，丁玲走上"革命文学"书写之路，与郭沫若等后期

① 《丁玲自传》，载袁良骏编《丁玲研究资料》，知识产权出版社2011年版，第592—593页。

创造社成员颇有相似之处：他们都是蒋光慈笔下“与旧世界的关系太深”的“旧”作家，而非“被革命的潮流所涌出”的“新的作家”[①]。或者更准确地说，在由“文学革命”到“革命文学”的现代中国左翼文学思潮演进过程中，他们都是其间完成“新”“旧”蜕变的“革命文学家”。多在此意义上，有论者陈，丁玲文学书写的这种转型，发生于“五四”文学传统与“革命文学”传统所构成的“极富张力的文学场域”[②] 之中。其实此论不单适用于丁玲，也同样适用于告别“旧”的“新文学”，成为“新新文学家”[③] 们的郭沫若等人。若要论及丁玲的这种书写转型，与后者的歧异之处，那首先便在于：她既没有与“左联”时期的蒋光慈那样，遭遇革命工作与文学书写之间不可调和的冲突，也没有像郭沫若那样，深感无产阶级革命之路上文学书写对于其革命志业的无用乃至羁绊；与蒋氏告别革命走向“革命文学”，以及郭氏等走向革命后宣称弃绝文学所不同的是，她一直都在革命与文学之间谨慎地寻求着一种调适，寻找着在革命叙事的历史语境下文学书写的可能空间。这种调适，诚如有论者所言，使其文学写作在文学与政治的张力场中，呈现出了“具有典型性的复杂的意义形态”[④]。在此意义上，“两个丁玲”，或者说作为女性作家的丁玲与作为革命者的丁玲并存的现象，便成了有关论者论及丁玲及其文学写作时一再指陈的问题。[⑤]

---

① 蒋光慈：《现代中国文学与社会生活》，《太阳月刊》1928 年 1 月刊。

② 秦林芳：《丁玲评传》，南京大学出版社 2012 年版，第 537 页。

③ 少仙：《随感录 · 一个读者对于无产文学家的要求》，《语丝》第 4 卷第 23 期。

④ 秦林芳：《丁玲评传》，南京大学出版社 2012 年版，第 536—537 页。

⑤ 参见刘东玲《文学体制化与作家创作转型》，博士学位论文，复旦大学，2004 年；张凤珠《忆丁玲》，载古耜编《红霞一抹乘云去》，中国言实出版社 2013 年版，第 47—48 页；邢小群编《丁玲与文学研究所的兴衰》，河南文艺出版社 2013 年版，第 75—81、202 页；苏伟贞、刘俊主编《穿过荒野的女人：华文女性小说世纪读本》，南京大学出版社 2015 年版，第 107—109 页等。秦林芳在《丁玲评传》（南京大学出版社 2012 年版，第 109 页）、贺桂梅在《丁玲的逻辑》（《读书》2015 年第 5 期）中实际上也略有陈及。

“两个丁玲”现象，以及丁玲因此在“五四”新文学传统与“革命文学”传统之间的张力关系中，所呈现出来的“文学道路的演变”[①]，究其本质，其实不过是丁玲双重乃至多重人格的面相（女性、作家、革命者等），折射于她本人文学写作当中的感性呈现的结果。它意味着丁玲作为一位女性作家，在从“文学革命”的“新文学”到“革命文学”的“新新文学”书写范式转型过程中，仍陷入了自身多重身份的认同困惑。正如有研究实已揭示的，虽然丁玲在意识层面自觉维护“革命文学”传统，理性地认同其本人作为革命者的身份，但在潜意识层面上，那个早期的“五四”新文学女作家的丁玲，却又总是尽力挣脱前者的压抑而“顽强地表现出来”。该论者进而将这种潜意识归诸丁玲“精神深处仍存留着长期习得的旧有的‘语言’”，故而即便在“熟习革命话语”之后依旧“无法做到真正的‘脱胎换骨’”。[②] 这种颇具敏感的观察确有其洞见性。当然，需补充的是，这种“旧”语言、“新”思想的书写状态本身的根源，实际上便在于丁玲身份认同意识的游移与错杂。

历史地看，这种存在于丁玲身上的现象并非孤例，“五四”以降认同并最终走上无产阶级革命道路的作家们身上，事实上都有或隐或显的反映。就连以现代主义诗人身份著称的卞之琳，虽则于1949年之前并未如其好友何其芳那样投身革命，但他1938—1939年写作的《慰劳信集》与抗战前诗作文体特征上的迥异，同丁玲文体变易的缘由也已多少趋近。所不同的是，与陆续拥抱无产阶级革命的其他作家相比，无论是其前“革命文学”的写作，还是“革命文学”写作，丁玲均取得了与其作家身份呼应的实绩和声誉。但这种实绩与声誉的获取，从写作行为本身来看，与其说是她自觉地由“自由派作家努力向革命作家转变”的结果，不如说是她身上存

---

① 秦林芳：《丁玲评传》，南京大学出版社2012年版，第537页。

② 戚学英：《作家身份认同与中国当代文学的生成（1949—1966）》，华中师范大学出版社2013年版，第119—120页。

在着的“自由主义作家与共产党员作家角色矛盾着的困惑”的必然[①]；是其本人作为一位独立女性“用脑子”理性思考问题，作为一位作家“对于一切现象”都通过“观察”“经历”“体验”去获取“认识”的结果。[②] 相当程度上，如果说《太阳照在桑干河上》这部多少给人以主题先行、多少有些“概念化”印象的小说[③]，真的是一部“思想和艺术都取得了突出成就的革命现实主义杰作”的话，那么它也的确首先应归功于：丁玲在“参加土改运动的实际体验和对中国社会的深入研究”的基础上，“循着生活的脉络”，真实地表现了中国农村社会各阶级间“错综复杂的社会关系”，充分再现了社会生活自身的丰富与复杂[④]；而不是一部仅满足于用“口号”来堆砌的“空架的作品”[⑤]。即便在她晚年“以一种刻舟求剑式的愚笃和忠诚依然故我地维护着陈旧的文学体制”[⑥]，依然认定文艺应当为政治服务之际，她的有关论说实际上依旧与其理性的革命意识之间存在着颇富戏剧性的张力关系。譬如，她说：

> [……] 政治并不可怕。你完全可以自由地写，你还是写你自己的，并不是要你写政治 [……] 作家写文章，总是写自己的东西。写自己最感动的东西。[……] 你要写一个漂亮女人的话，一定是你见过这个人，喜欢这个人，你很想把她介绍给别人，让人家也喜欢她。所以，作家还是要写自己脑子里的东西，写自己被感动了的东西，写自己心灵里被激发的东西，有忍不住，非写不可那样一种冲动。因此当你写的时候，要把

---

① 邢小群：《丁玲与文学研究所的兴衰》，河南文艺出版社 2013 年版，第 57 页。

② 《丁玲全集》第 7 卷，河北教育出版社 2001 年版，第 63 页。

③ 参见王雪瑛《从自我分析到自我掩饰：论丁玲的小说创作》，载陈思和、杨扬主编《上海五十年文学批评丛书·评论卷》，华东师范大学出版社 1999 年版，第 249—251 页。

④ 程凯华、李婷：《中国现代农村题材小说史（1917—1949）》，中国文史出版社 2015 年版，第 274 页。

⑤ 《丁玲全集》第 7 卷，河北教育出版社 2001 年版，第 12 页。

⑥ 秦林芳：《丁玲评传》，南京大学出版社 2012 年版，第 469 页。

政治摆开；而不是在写的时候，总想着我写这件事，政治上合适不合适，与现在的宣传口号合适不合适，不要管这些，要那么管，你就写不好。[1]

写作时，“把政治摆开”，其实本身就表示了一种不那么政治化的态度。

尽管丁玲对这种写作态度何以保持政治正确做了一番自己的解释，认为只需作家对待日常生活要有正确的人生观，即可使“写出来的作品是文艺的，是生活里的活生生的东西，又是非常深刻的政治化的东西”[2]，不过，很显然，单就丁玲本人而论，其文学书写并未能如其所述那般实现理性的革命意识与感性的文学经验的同一。很大程度上，“两个丁玲”现象的存在，除了前文已及她本人作为作家的身份认同意识的困惑之外，于文学语言形式的呈现上，正如在论及《太阳照在桑干河上》时已辨明的那样，她本人在小说的结构设计、情节组织等写作技艺方面，并非毫无瑕疵。

走向“革命文学”之后，尤其是在接受1942年毛泽东《在延安文艺座谈会上的讲话》的规训之后，丁玲的文学写作之所以还有可能，至少有相当一部分的原因便在于，她本人在写作时，或如上文自己所言，是“把政治摆开”了，而没有去“想”、去“管”“政治上合适不合适”，以及“与现在的宣传口号合适不合适”的问题。于是，《太阳照在桑干河上》便有了更多可被诠释的空间。在丁玲为革命的政治立场与写真实的文学态度之间，就文学写作而论，与其说“革命成就了她”，毋宁说清醒的作家意识成就了她。相比于那些因革命而中辍或告别文学的作家（诗人）而言，相当程度上，恰恰是她在革命意识上“不想”“不管”的模糊态度，使之“革命文学”的写作有了继续的可能。

---

① 《丁玲全集》第7卷，河北教育出版社2001年版，第217—218页。

② 《丁玲全集》第7卷，河北教育出版社2001年版，第217—218页。

因此，虽然或如有人所陈，丁玲的一生“活生生地演示出二十世纪中国革命不同的革命形态”，却不能就此认定“丁玲生命中的荣辱毁誉，与二十世纪中国革命实践不分彼此、紧密纠缠”。并且其中的“革命”语义，显然也不能为该论者所述及的“共产党和社会主义革命”的内涵所囊括。[①] 作为20世纪20年代末即已成名的现代女作家，她自有其革命“前史”。依循丁玲本人的个人史，或许确可将“丁玲的逻辑”界说为：“就是她始终以强烈的主体意识面对、认知外在世界，并在行动和实践过程中重新构造自他、主客关系，以形成新的自我。”却不能依此进一步推论：“理解‘丁玲的逻辑’离不开革命。可以说，‘丁玲的逻辑’就是‘革命的逻辑’。”[②] 因为在丁玲走上无产阶级“革命文学”道路之前的《梦珂》《莎菲女士的日记》里，那个有着强烈主体意识的女性的“自我”已经存在。也多在此意义上，孙郁认为，丁玲的早期文学写作“过于主我”，反倒是1928年回到上海，逐渐接受无产阶级革命意识之后，“文风”才渐渐发生变化，“竭力克制自己的旧习”。[③]

并且，丁玲在1942年毛泽东《在延安文艺论文会上的讲话》发表前的成熟作品，例如《我在霞村的时候》，实际上，也是这种“自我”的主体意识并未受到革命政治规训之前的写作。待到写作《太阳照在桑干河上》时，其小说文体的变易，才开始出现由早前的“阴柔的味道”到“雄性化的表达”的转换[④]。但同时，这种转换依旧不彻底。尽管小说中丁玲的确已有意“自我掩饰”[⑤]，却并未将“自我”完全逐出其作品的世界。所不同的是，其中典型的女

---

① 贺桂梅：《丁玲的逻辑》，《读书》2015年第5期。

② 贺桂梅：《丁玲的逻辑》，《读书》2015年第5期。另，若将“革命”理解为梁启超于《释革》一文中所诠释的意涵，自然是另一回事。但同样需要细加甄别，而不能简单地将人之存在置换为革命之存在。

③ 孙郁：《民国文学十五讲》，山西人民出版社2015年版，第245—246页。

④ 孙郁：《民国文学十五讲》，山西人民出版社2015年版，第248页。

⑤ 王雪瑛：《从自我分析到自我掩饰：论丁玲的小说创作》，载陈思和、杨扬主编《上海五十年文学批评丛书·评论卷》，华东师范大学出版社1999年版，第238、250页。

性叙事不再像此前那样居于小说的中心，而是在“既处于中心又处于边缘的位置”[①]间游离。她依旧不是一个完全能够做到亦步亦趋地接受革命政治规训的作家，其“革命文学”中的“个性”书写依旧“殊多”[②]。正如上文所及，除了坚持革命政治的立场，存有为革命书写的自觉意识之外，她对农民的国民劣根性的批判，以及对女性自我意识近于“顽固”的坚持，都足以说明她本人作为革命女作家的内在复杂性。在此意义上，甚至不仅只有“两个丁玲”，还有“三个丁玲”，乃至“×个丁玲”。这些“×个”所指向的，不仅仅是丁玲单一的革命者、女性，抑或作家身份，而是丁玲作为一个历史人物的自身的复杂性。[③]她首先应该是“在一定的物质的、不受他们任意支配的界限、前提和条件下活动着的”“现实中的个人”[④]，而不仅仅是20世纪中国革命的“一个活的化身”“革命的肉身形态”。

自然，当我们将她确立为一位中国现代作家而展开研究时，首要关注点也就须集中于她的“作家”身份，而非其他身份上。毕竟除了她的上述身份外，她还有许多别的依旧为人所忽视的其他身份，以及因此同样被忽视的精神面相。在此意义上，的确有必要将“批评家勾画设计的‘文学家丁玲’和‘政治活动家丁玲’之间的区分”，“重新描绘为一种意义丰富的差异”，并由此“把‘早期丁

---

① 颜海平：《中国现代女性作家与中国革命》，季剑青译，北京大学出版社2011年版，第363页。

② 孙郁：《民国文学十五讲》，山西人民出版社2015年版，第248页。

③ 秦林芳在其论著《丁玲评传》里，便颇为深刻地揭示了丁玲在写作《太阳照在桑干河上》过程中的矛盾：一方面是主流意识形态作用下的“强烈的政治倾向性”，另一方面是作者本人的“个性思想和人文精神”。因此，她一方面认可刘再复、林岗二人所指陈的，丁玲小说写作的意识形态的说教性质；另一方面，又在此之外，指出丁玲同时继承了“五四”文学“改造国民性”的“立人”传统，批判“农民的精神痼疾”：缺失自主性人格、“狭隘自身的小农观念”和“残酷的暴力情结”。秦氏所论无疑窥见了丁玲这部小说写作面相的复杂性，尤其对农民的国民劣根性的揭露更是灼见。参见秦林芳《丁玲评传》，南京大学出版社2012年版，第212—230页。

④ 《马克思恩格斯选集》第1卷，人民出版社1995年版，第71页。

玲’和‘后期丁玲’结合了起来”，从而完成丁玲作为一个人（尽管是却不仅仅是女人）的“真正的人性长征”；且在此基础上，去探寻丁玲为此“既在文字中，同时也在生活里”的长征之路上，作出过怎样“不同寻常的努力和令人难以置信的转换变革”。[①] 这种探寻，很显然，首先也须从她包括小说在内的书写本身开始。因为正如波兰诗人、文学史家米沃什所言，诗（文学）乃是人类“重大转变的见证者和参与者”，不是“我们见证诗歌”，而是“诗歌见证我们”。[②] 所言对于普通人或许失效，但对于同为文学家的丁玲，相当程度上，还是颇为适用的。

这样一来，“丁玲的逻辑”绝非“革命的逻辑”那么简单，倘若真的存在某种逻辑，那必然是她作为特定历史境遇及其变迁中具体的个人的“人的逻辑”。[③] 而就她的文学写作而论，再缜密的逻辑也不能凌驾于“文学的逻辑”之上。作为一位以作家身份名世的女性，其包括“革命文学”在内的文字书写，恰恰是她之为人的复杂与丰富的“见证”：既让丁玲本人“见证”了自己的存在，也在今天让我们“见证”到她的存在。

## 二　转变中的文体：从女人的絮语到大众的喧哗

自 1930 年以降，如前所及，丁玲的小说写作因其本人身份认同意识的转变，发生了裂变性的转型。其中最典型且最易为人提到的，自然是其小说文体的转变。正如日籍学者中岛碧指出的那样，“她的初期代表作《莎菲女士的日记》和后期的代表作《太阳照在

① 颜海平：《中国现代女性作家与中国革命》，季剑青译，北京大学出版社 2011 年版，第 365 页。

② ［波兰］切斯瓦夫·米沃什：《诗的见证》，黄灿然译，广西师范大学出版社 2016 年版，第 4 页。

③ 尽管阎浩岗所论“丁玲后来的人生和创作转向，实在是其自身心理发展和性格逻辑的必然，而非外力作用的结果”等多少失之偏颇，不过就丁玲毕生在其小说写作中“表现出对个体生命价值、人生道路的关注、探索与思考”的观察而论，却是较为深刻的见解。参见所撰《丁玲小说的身份意识与生命意识》，《华中学术》2016 年第 2 期。

桑干河上》，从题材到手法以至文体几乎都很不同”。当然，也正如其所言，对于一个有着漫长写作期的作家而言，其前后写作的文体发生显著的变化，乃至呈现出“截然不同”的风貌，也着实“毫不奇怪”。[①] 但“遭受到批判之前”“一直是共产主义的中流砥柱”[②]的丁玲，无疑是为数不多令研究者们感到奇怪的作家之一。奇怪的原因，自然同前文所及“两个丁玲”的现象有关。这一指向作家身份认同，以及因此衍生的写作态度和文体转易的问题，本质上依旧是历史与个人相互作用的问题。当然，这种历史与个人的互动，在丁玲乃至与之有着近似际遇的作家身上，更多地表现为历史决定了个人；马克思主义所诠释的作家个人的主观能动性，因此被逼仄进一个更狭窄的文学书写空间。就像中岛碧所言，“这个转变并不完全是由于作家本身的内在欲求而发生的，而主要是被情况所迫，必须做出最后的决断，即由于外界的因素而急速发生的”。中岛还进一步指出，这个转变“与‘延安文艺座谈会’、整风运动密切相关”。[③] 虽然所及历史事件对丁玲的小说写作的影响的确巨大，但历史地看，依旧将问题简单化了。

丁玲的早期小说写作，起初多以某一个或某几个女性为主人公，讲述的往往是她们的生活与爱欲，书写的主题也如前文所及，往往相应地表现为书写这些女子们爱与生的苦恼。之所以“主人公常常是女人”，乃因她“自己就是女人，对于女人的弱点，比较明了一点”。[④] 而这，出现在像她这样注重生活经验的作家身上，也着实不令人惊讶。在她未因乃夫胡也频而走近革命之前，她的情感与生活的圈子无疑十分狭小。据当时与其夫妇俩关系密切的沈从文后

---

① ［日］中岛碧：《丁玲论》，载孙瑞珍、王中忱编《丁玲研究在国外》，湖南人民出版社1985年版，第167页。

② 夏志清：《中国现代小说史》，刘绍铭等译，复旦大学出版社2012年版，第187页。

③ ［日］中岛碧：《丁玲论》，载孙瑞珍、王中忱编《丁玲研究在国外》，湖南人民出版社1985年版，第167页。

④ 《丁玲全集》第7卷，河北人民出版社2001年版，第11页。

来回忆，彼时的丁玲，大多时候还在甘心做胡也频身边的女人。[①] 1932 年冬，她自己也说："在那时候，我所观察和经历着的环境，是很有限的，我只生活在知识阶级中，所以对于大众生活，没有经验。"[②] 这种生活环境的制约，同样影响到了她的写作。就在她因胡也频的遇害主动向中共党组织靠拢的 1931 年 5 月，尽管她声明以后"绝不再写恋爱的事情了"，却也同时表示"不愿写工人农人"，因为"我非工农"；她甚至补充说，自己"仍想写关于学生的一切"，因为"我觉得我的读者大多是学生"。[③] 这种生活环境与自我体认的双重狭隘，无疑严重拘限了女作家丁玲早期小说写作的广度，使之"深触在 Modern Girl 的典型的生活里面"，尤其"局限于女性的智识阶级"群体当中。这样，小说"所表现的人物，大都是住在亭子间，寄宿舍，学校，以及普通前后楼面的"，也便成了当时她的小说写作中的常态。[④]

这种偏隅于女性情感和人生出路的写作向度，自然多为丁玲早期人生经验的曲折反映。无论梦珂的弃学和走上自己认为不道德的从影之路（《梦珂》），蕴姊与苇弟的哥哥之间的情爱故事（《莎菲女士的日记》），承淑、嘉瑛和德珍这群女教师们独身还是结婚的情感归宿问题（《暑假中》），还是山村姑娘阿毛对都市生活的惊羡与憧憬（《阿毛姑娘》），"我"和蘋西湖同居的一夜（《潜来了客的月夜》），伊萨卖文为生的苦绝的生存状态（《自杀日记》）等，这些不胜枚举的例子，均多少带有尚未实现革命转型的丁玲私人生活的烙印。正如有论者在谈到丁玲早期的生活同写作的关系时所陈，若将这组关系互相参对，便可发现，丁玲常常将她最熟悉、感触也最深的生活经验，当作自己的写作题材。她的小说虽不能就此称作

---

① 《沈从文全集》第 13 集，北岳文艺出版社 2002 年版，第 76—80、111—113 页。

② 《丁玲全集》第 7 卷，河北人民出版社 2001 年版，第 11 页。

③ 《丁玲全集》第 7 卷，河北人民出版社 2001 年版，第 4 页。

④ 方英（钱杏邨）：《丁玲论》（上），《文艺新闻》1931 年 8 月 10 日。

“自传”，但其中所呈现的文学形象，往往隐见作者本人及其亲友的轮廓。[①] 就连视丁玲为“浪漫派”女作家的梅仪慈，也多承认这位具有鲜明的女性自我意识的作家，在其早期小说当中不时反映出“本人的生平”；并且她还认为，丁玲早期小说里的人物“虽则可以肯定的是，在反抗着现实，但他们也须正视自己。她对小说视点的处理，总是放置在一种对个人经验复杂兼具反讽意味的观察之上，即便它们来源于现实生活”[②]。也多在此意义上，丁玲自陈：“我著作并不全靠灵感，实际上，事实是极为重要的”；毕其一生，她也的确始终秉持着“文字和社会总是有关系的”文学社会学向度的视野。[③]

对于丁玲，虽然如梅氏这样称之为“浪漫派”，又或是被认定为始终“遵循着现实主义原则”[④] 的作家，在今天看来，似乎都没有多大意义，但这两种看似泾渭分明的创作方法集中于丁玲的身上，倒更可以从文体上见出她的“不简单”。而这，本身也构成了丁玲早期小说自有的文体独特性：一方面，它带有些许浪漫主义的感伤，深掘作品中女性人物憧憬与苦闷、热烈与凄婉、大胆与脆弱、冲动与犹疑等相间纠合的复杂面相；另一方面，它又常以现实主义的相对客观，较为冷静地揭开这群身处传统与现代剧烈变动之中的贫弱女性，仍身“在黑暗中”的人生境遇。这种独特性，在小说叙事的声音上，往往多以低音的女性私语的方式呈现。即便像《莎菲女士的日记》这样情绪激越的女性声音，也多以“日记”这般极具隐私性的文类，从叙事层面压制其可能的失控。这些声音，

① 宗谌、尚侠：《丁玲早期的生活和写作》，《东北师大学报》（哲学社会科学版）1980 年第 3 期。

② Yi-tsi Mei Feuerwerker, *Ding Ling's Fiction: Ideology and Narrative in Modern Chinese Literature*, Cambridge, Massachusetts: Harvard University Press, 1982, p. 19.

③ 《丁玲全集》第 7 卷，河北人民出版社 2001 年版，第 4、11 页。

④ 宗谌、尚侠：《丁玲早期的生活和写作》，《东北师大学报》（哲学社会科学版）1980 年第 3 期。

只是在讲述“她们”这一类人日常生活时发出的声音，只是在絮叨着“她们”的所思所想。因为无论是她们的生活，还是她们本人，对于她们所身处的社会而言，似乎并不值得引起重视。即便关涉到某一具体人物的人生转向乃至生死，相比于重大的社会生活而言，这仅是个案和意外。或多缘于此，有论者以为丁玲1942年之前的小说，“几乎没有一部是描写作家本人的特别重要生活的”①。因此，某种意义上，至少1930年之前，丁玲的确可被视为一位专注于女性日常生活的片段和细节呈现的作家。

丁玲小说文体的变化，并非仅在1942年才开始具有清晰的裂变性。实际上，这种裂变自1930年前后即以开始，而且明显与丁玲本人走向革命政治的书写转型相伴随。其时，一个颇为明显的迹象，便是女性在其小说当中的中心（或主角）地位，不再像此前那么稳固。如果说《韦护》《一九三〇年春上海·之一》里的女性，尚还保持着作为中心人物（主人公）的颜面，那么随着《一九三〇年春上海·之二》里摩登女郎玛丽的被否定，以及男性革命者望微的被肯定，既往的文体特征，尤其是丁玲曾广受赞誉的在“以女子而写女子”的心理刻画方面所展露出来的才华，便在“左联”时期以降的丁玲身上不再凸显。即便在《太阳照在桑干河上》等后期小说里，这种心理描写每每常出妙笔，在其小说中间也不再被当作叙事和情节所着意的重心。除了《一天》《某夜》《诗人亚洛夫》等，径直以男性取代女性而占有小说叙事的中心位置外，即算是《田家冲》《我在霞村的时候》《在医院中》这样依旧以女性为主人公的小说，那种居于社会边缘的生存状态下女性的絮语，也已无法坦然地复现。相比于此前，其中的女性正如其时的丁玲本人一样，不再是拘囿于两性关系结构中的小女人，而是崭露于革命叙事舞台中心的女革命者/群众。这种为小说所预设的历史语境，也使得女

① ［美］加里·约翰·布乔治：《丁玲的早期生活与文学创作》，载孙瑞珍、王中忱编《丁玲研究在国外》，湖南人民出版社1985年版，第101页。

性的声音突破其早期小说里女性的独语，或同少数同性交流的私语[①]，转变为一种公共场合面向大众的声音。也就是说，这样一来，女性的声音不再具有作为女性个体的主体性意识，而至多仅能体现为作为群体（尤其是革命组织）成员之一的主体间性意识。

确如梅仪慈所见，1930—1933 年，丁玲及其小说写作均发生了“根本的转变”（radical change），这种变化，实际上是一种“政治激进化”（politically radicalized）。[②] 既往的现代女性青年的苦闷，已经不适用于继续作为她写作的题材。丁玲也说，自己起初写女性主题小说，“开头还离得不远，后来就越写越差了”，乃至沦为“为写文章而写文章了”。于是，1930 年以降，尤其是 1931 年胡也频遇害之后，主动参与“左联”及中共党团活动[③]的丁玲，开始否定自己此前一度从事的以小资产阶级女性知识分子为主要对象的写作，主张“跨过前去，而不必关心他们”，而“用大众做主人”，视自己为大众中的一员，“替大众说话”，并因此“替自己说话”。[④] 于是，丁玲其时“左”转后的写作，表现出了“阶级意识、革命意识的强化”倾向，自然也就“以女性意识、自我意识的弱化为代价”。[⑤]

被赞誉为“新的小说”的“萌芽”之作《水》（1931），便是

---

① 刘禾在论及《莎菲女士的日记》时，曾提出存在这样一种“女性间的交谈”，并认为这种交谈“重新界定了阅读和写作”。相当意义上，这种女性交谈和独语的私密性的语言呈现方式，在《梦珂》《阿毛姑娘》《暑假中》《一个女人和一个男人》《自杀日记》《庆云里中的一间小房屋》等，都有所体现。在我看来，这种叙事的声音，本质上是“以女子而写女子”的写作方式的必然延伸——“为女子”。换言之，它是将隐含的读者指向私密阅读的女性的一种写作。刘禾所论参见所著《跨语际实践：文学、民族文化与被译介的现代性（中国，1900—1937）》，宋伟杰等译，生活·读书·新知三联书店 2002 年版，第 254 页。

② Yi-tsi Mei Feuerwerker, *Ding Ling's Fiction: Ideology and Narrative in Modern Chinese Literature*, Cambridge, Massachusetts: Harvard University Press, 1982, p. 52.

③ 丁玲于 1932 年 3 月入党，见袁良骏编《丁玲研究资料》，知识产权出版社 2011 年版，第 12 页。

④ 《丁玲全集》第 7 卷，河北人民出版社 2001 年版，第 9—10 页。

⑤ 魏颖：《历史涡流中的身份嬗变：丁玲小说创作研究》，中南大学出版社 2008 年版，第 78 页。

这样一部以“一大群的大众”为主人公，而不是起初偏重“个人的心理的分析”的作品。① 这种以大众为主人公的小说，自然也呈现出与后者迥异的文体风貌。其中最明显者，恐怕便是小说中人物声音的嘈杂。譬如：

> [……] 在人群的头上浮动着男人们的嘈杂的嘎声，和女人们无力的强嘶出来的锐叫，无次序的传递着：
>
> “一定要死了，路在哪里呢？……”
>
> “不要做梦了。决没有人来救我们的，活着像猪一样的活着，死去像猪一样的死去吧。……”
>
> “什么募捐，傻子等去吧！哼，他妈的屁，到手的肥肉还肯放手吗？还不是赈在他们的腰包里去了……”
>
> “你们，×你的娘的这群饿不死的王八蛋，饿死了同他们有什么相干……”
>
> “真是，不如一块死了干净，好免掉许多手脚呀……”②

将此语篇与前所言及莎菲的独白对比，显而易见的是，倘若说莎菲的声音里比比皆是“我”的存在，讲述“我”的喜怒哀乐，那么这段话里所能听到的却是“大众”的喧哗。他们属于不同的无名的五个人。没有任何指示词可以更具体识别他们彼此的身份，甚至无法得知他们的性别。唯一能知道的是：他们是灾民，是“大众”。

其中呈现的大众杂语的喧嚣，无疑是丁玲在革命意识作用下创制小说新文体的一次尝试，并且也是她忠实履行“左联”执委会决议精神，响应写重大题材以表现大众的指示③，进而开启无产阶级

---

① 何丹仁（冯雪峰）：《关于新的小说的诞生：评丁玲的〈水〉》，《北斗》1932 年 1 月第 2 卷第 1 期。

② 《丁玲全集》第 3 卷，河北人民出版社 2001 年版，第 430 页。

③ 《中国无产阶级革命文学的新任务》，载《冯雪峰论文集》，人民文学出版社 1981 年版，第 64—65 页。

革命文学书写之新篇章的必然结果。对此，丁玲自己就说，《水》当初发表时“较有影响”，“并不是说它写得很好，主要是题材不同于过去了”。[①] 也正在此意义上，尽管《水》的写作多有败笔，冯雪峰仍坚持认为，就小说所展现的“大众自己的力量”及其觉醒来看，它是一部“新的小说”，丁玲也就此成了“站在工农大众利益上”写作的“新的小说家”。[②] 如此看来，丁玲于此表现出来的小说文体的自我“革命”，自非一个简单的文学形式（技巧）层面的问题，却又与形式必然且密切地相关。

《水》的失败，诚如逄增玉所言，“它类似于速写，相当粗线条地勾勒和描画出南方农民的［……］几个场景，并由此连缀成篇，结构简单而单调，人物有群像而无个性，叙述平铺直露，人物语言和对话刻意‘短语化’和粗陋化”[③]。真正推进丁玲的为大众写作，并为她本人带来更大荣誉的，自然是丁玲继续呈现“大众的喧哗”的《太阳照在桑干河上》。然而，就像前文所分析的那样，这部有意以大众喧哗之声来叙述革命的小说，并没有如丁玲所祈愿的那样，将她的“革命文学”事业大幅度地推进，反而在她遭受批判之时成了她又一桩修正主义的罪证[④]；并在后革命时代，被视作政治化写作、概念化写作的败笔[⑤]。这些基于政治认同而予以苛评的意见虽则过于极端，却也的确缘起于丁玲小说中本就存在的某些问题。

---

① 《丁玲全集》第8卷，河北人民出版社2001年版，第80页。

② 何丹仁（冯雪峰）：《关于新的小说的诞生：评丁玲的〈水〉》，《北斗》1932年1月第2卷第1期。

③ 逄增玉：《文学现象与文学史风景》，商务印书馆2011年版，第445页。

④ 王燎荧：《〈太阳照在桑干河上〉究竟是什么样的作品（节录）》，载袁良骏编《丁玲研究资料》，知识产权出版社2011年版；另参见龚明德《〈太阳照在桑干河上〉问世前后》，载《昨日书香》，东南大学出版社2002年版。

⑤ 参见刘再复、林岗《中国现代小说的政治式写作：从〈春蚕〉到〈太阳照在桑干河上〉》，载唐小兵编《再解读：大众文艺与意识形态》，北京大学出版社2007年版；王雪瑛《从自我分析到自我掩饰：论丁玲的小说创作》，载陈思和、杨扬主编《上海五十年文学批评丛书·评论卷》，华东师范大学出版社1999年版；夏志清《中国现代小说史》，刘绍铭等译，复旦大学出版社2012年版，第307、311、313页等。

## 三 写真实与为革命：个人体验、革命意图、文学技艺之间

某种意义上，丁玲的确不属于那种天才型的作家。虽然有研究者称她“具有伟大作家的天赋”[①]，但就前文已及，至少在小说叙事结构及故事情节组织，以及王德威、夏志清所及文字凝练方面，丁玲是有欠缺的。丁玲本人也自承“不是善写的人”[②]。即便如此，丁玲依旧可以称得上是中国现代文学史上较为优秀的女性小说家，尤其是她于笔下或许不生动却真实地刻画了与所身处时代相呼应的女性形象。多在此意义上，丁玲也在“革命者”身份之外，收获了另一份来自“女性主义”的殊荣。这种文学场域之外的命名，或许不能助益于丁玲的文学成就丝毫，确也展示了她本人及其文学可被更丰富地诠释的场外空间。凡此种种，倘若说可以归结的话，那么这首先归功于丁玲对自我经验的执着，以及因此给人富有真实感的书写。

尽管如上文所述，不少论者注意到并强调“两个丁玲”现象的存在，以及与之相关的早期丁玲同后期丁玲小说写作文体上的迥别，凸显出了革命转型前后丁玲文学写作的不同面相，却不可就此以自我的丧失与否，来权衡丁玲不同时期写作成就的高下。并且事实上，丁玲毕生的文学写作都与其个人的自我经验有着密切的关联，同时也因此为其本人招来“文祸”。在这一点上，丁玲的确如前及论者所陈的“丁玲的逻辑”那样，始终依从自我的主体意识，去感知外部客观世界，并在此感知并进而理解、体认的实践过程中，重塑自我与世界/社会的关系，从而改变自我。这种自我经验（动词）的过程，即意味着主动或被动的筛选、过滤和革新。与之相应的，是其身份在此经验过程中一再地重复确认，以及相应的建

① 文学武：《革命时代的文学叙事和话语：以 1937—1949 年的中国文学为中心》，上海交通大学出版社 2012 年版，第 77 页。

② 《丁玲全集》第 7 卷，河北人民出版社 2001 年版，第 3 页。

构和重构。即如美国学者沃尔夫莱所言，“当说‘我’的时候，话语、心理、历史、民族、性别和意识形态网络内部的一个焦点或缝合点就构成了一个身份”[①]。

纵观现代时期的写作，丁玲也的确在此自我经验过程中，不断重塑自己。除了早期小说之外，革命转向之后的《我在霞村的时候》《太阳照在桑干河上》《杜晚香》等，都有着丁玲本人的生活烙印折射其中。就连今天看来着实是概念化演绎的《水》，也与她“从小印象很深”的水灾经验有关。[②] 多在此意义上，梅仪慈便指出，丁玲的文学之路始于她将自传转变成了小说（Autobiography into Fiction），并进而指出：“或许尚为某些观察者所视而不见的是，在经验与虚构（fiction）、生活与文学细微的边界之间调适，势必将纵贯丁玲的职业生涯，对她的叙事艺术构成持续的挑战。”[③]

相比于其他作家，丁玲或许的确更执着地将自己受自外界的经验和感受写入小说当中。早在20世纪30年代初，在谈到作品内容同作者的关系问题时，她便说：“读到我的创作的人，大多以为我化身在作品里了。其实不然。本来我不反对作品中无作者的化身，不过我对于由幻想写出来的东西，是加以反对的。比如说，我们要写一个农人，一个工人，对于他们的生活不明白，乱写起来，有什么意义呢?”[④] 在她深度参与“左联”，并成为其中重要负责人，故而也以此身份面对读者说话之际，她依旧在强调“理论”的同时，肯定作为“文学的元素”的“生活”，反对“不合社会的事实”的“空想”。[⑤] 抵达延安之后，在回答贺龙“一个作家怎么能成为一个

① ［美］于连·沃尔夫莱：《批评关键词：文学与文化理论》，陈永国译，北京大学出版社2015年版，第122—123页。

② 《丁玲全集》第8卷，河北人民出版社，第80—81页。

③ Yi-tsi Mei Feuerwerker, *Ding Ling's Fiction: Ideology and Narrative in Modern Chinese Literature*, Cambridge, Massachusetts: Harvard University Press, 1982, pp. 19 –20.

④ 《丁玲全集》第7卷，河北人民出版社2001年版，第2页。

⑤ 《丁玲全集》第7卷，河北人民出版社2001年版，第9页。

作家的，又怎么成为一个名作家的”的问题时，她依旧认为：“当一个文学作家实在难，除了必须具备一般的文学基础知识外，还需要生活经验，能从生活中体会问题，能把生活中的人和物，关系写得活，能启发人们的思想，激发人们的感情。”①

延安整风运动及毛泽东《在延安文艺座谈会上的讲话》发表之后，作为革命者，尽管她立即毫无条件地接受“文艺应该服从于政治”② 的规训，对自己“马马虎虎”地发表了《野百合花》这样的文章在党报副刊上，深表“耻辱和罪恶”，并称自己的《“三八”节有感》“是篇坏文章”，表态自己将改正错误，“向着做一个名符其实的共产党员的目标走去”③，却依旧执着地在《太阳照在桑干河上》里，将黑妮这样一个地主家的侄女，写成“很可爱的人以赢得人们［……］的同情”的女孩，以致连其文学同情者冯雪峰都觉得“似乎有一点儿偏向”④。且不必说李子俊老婆在其笔下非但没有如其阶级属性那般可憎，反倒足以引人怜悯的生动刻画。多在此意义上，司马长风曾指出，这部“多以为是典型的政治小说”的作品，其实不尽其然：“基本上虽是政治小说，主体反映一九四七年前后，中共的土地改革，但是在人物、思想、情节诸方面，都表现了独特的个人感受，颇有立体的现实感，读来甚少难耐的枯燥，具有甚高的艺术性。”⑤ 虽然此小说的艺术表现力恐不如其所是，但他对小说非全然“政治化”的理解，确是有其锐见。

再者，《太阳照在桑干河上》诚然是丁玲主动响应土改运动，意在积极展现其“革命文学”家姿态的写作，是其领悟毛泽东《讲话》精神，主动放低身段到群众中去，学习和改造自我，并为人民群众书写，为革命书写的一次真诚的文学展示。但其革命意图

---

① 《丁玲全集》第 6 卷，河北人民出版社 2001 年版，第 86 页。

② 《丁玲全集》第 7 卷，河北人民出版社 2001 年版，第 65 页。

③ 《丁玲全集》第 7 卷，河北人民出版社 2001 年版，第 74 页。

④ 《冯雪峰论文集》（中），人民文学出版社 1981 年版，第 460 页。

⑤ 司马长风：《中国新文学史》（下），香港：昭明出版社 1978 年版，第 120 页。

和作品具体的呈现之间，无疑有着不可通约的悖论。虽则1979年在该小说“重印前言里”，她本人回忆说，小说“不过是我在毛主席的教导、在党和人民的指引下，在革命根据地生活的熏陶下，个人努力追求实践的一点小成果”，并有意“呈现给毛主席看的”；但同时也表示有意将同她“一起生活过，共同战斗过”的人，“真实地留在纸上”。[①] 另须注意的是，即便这样，这番回忆依旧有所遮蔽。该书初版序言中，她对其时土改运动的诸多指摘（“很不彻底，粗枝大叶，马马虎虎”，“那些作风实在不足为法”），被有意忽略了。不过这仍足以说明，小说初版之际的1948年，丁玲尽管接受了革命政治的规训，还是敢于表达自己的声音，而非全然同革命政治保持高度一致的“活的化身”。

相当意义上可以说，自1930年以降，从《一九三〇年春上海》到《太阳照在桑干河上》，丁玲就一直努力尝试着在自我与革命/政治之间调适。《在延安文艺座谈会上的讲话》发表之后，这种调适一方面更加急迫，另一方面也更加被动和受压制。自此至《太阳照在桑干河上》的写作之间，丁玲文学活动的相对沉寂，多少暗示了小知识分子女作家丁玲同革命者丁玲之间的身份与意识交战的焦虑和疼痛。[②]《在延安文艺座谈会上的讲话》发表数年之后，《太阳照在桑干河上》的写作，甚至可以说是丁玲试图摆脱这种焦虑和疼痛，并证明自己已然在革命道路上取得了进步的一种文学努力。然而，它的成就，可能不是缘于革命意识“自我改造”的成功，反而是它的不彻底，令丁玲重新燃起了文学想象的激情，成就了革命经典作家的历史地位。这或许也可算作是发生在丁玲本人身上的历史悖论。

---

① 《丁玲全集》第9卷，河北人民出版社2001年版，第97页。

② 杨利娟即指出，20世纪40年代“解放区农村小说叙事钟情于‘实录’”；并指出，由于读者对象由知识分子到农民群众的转移，作家写作的方向也因此随之“调适”。所论确可视作另一视角下丁玲此际书写“调适”性的一种观察。参见杨利娟《时代诉求与革命规限下的乡村言说》，新华出版社2016年版，第154页。

并且从文学技巧上来看，正如前文已论及，同时为梅仪慈所暗示的那样，现代时期的丁玲仍然是一个典型的“短篇小说家”①。在其写作《太阳照在桑干河上》之时，从写作技术的储备和准备上来看，丁玲其时都不充分，即便此前有过《韦护》《母亲》（未完稿）的中长篇写作经历，然而这些颇为失败的写作并未给她本人提供充足的经验，以承担起为土地改革运动撰“史”的写作重担。于是，颇多叙事结构、情节组织上不合叙事逻辑的地方间有出现。以《太阳照在桑干河上》作为隐喻的宏大叙事，这种写作意图，也便时有自揭其短的内容如沉渣泛起。其中对女性过度关注，以及与之相对的、本应浓墨重彩予以刻画的男性形象塑造上的相对弱化，便是其中的显例。

与村里男人们身上比比皆是的缺陷相比，身处革命叙事边缘的女人们，也的确成了小说里更吸引读者眼球的故事人物。其间，妙笔常常也在这样的人物身上出现，除了“果树园闹腾起来了”（第37章）那部分常为研究者多有述及的，对李子俊老婆的心理刻画颇如神来的大段描写之外，再比如小说第7章里的下列文字：

> 董桂花呢，她孤独的坐在一旁，她要告诉她们一些什么的欲望消失了。她一个一个的去找寻，她才发现还留在班上识字的，坚持下来了的一半都是家里富裕的人［……］她第一次吃惊自己是如何的不相宜的坐在这里。她虽然还不算苍老，不算憔悴，却很粗糙枯干，她虽然也很会应付，可是却多么的缺乏兴致呵！
>
> 她陡的有了一种奇怪的感觉，她不懂得她为的是什么？这些年轻女人并不需要她，也不一定瞧得起她，而她却每天耽误三个钟头坐在这里。［……］

---

① 参见 Yi-tsi Mei Feuerwerker, *Ding Ling's Fiction*: *Ideology and Narrative in Modern Chinese Literature*, Cambridge, Massachusetts: Harvard University Press, 1982, p. 123。

> [……]
>
> 董桂花第一次很早的离开了识字班，心里好像吃饱了什么一样的胀闷，又像饿过了时的那样空虚。[……]

笔墨平易之间，是该小说对一个农村妇女阶级意识觉醒过程的最佳书写，没有之一。比诸小说别处任何激情洋溢的喧嚣、演说，或义愤填膺的诉苦，丁玲长于细微处刻画女性人物心理的文学才能在此毕现。就这一点而言，她也委实展露出了自己作为一位优秀女作家的文学才能。然而，历史没有给她展示更多文学才华的可能。

今天来看，丁玲的小说，无论是从其写作意图，还是从技艺上来看，都或多或少存在些不足，不过，就其本于自我经验的写作态度而论，中国现代文学史上依旧应有她作为作家，尤其是作为擅长书写女性经验的女性作家的地位。其独特意义，或如梅仪慈所陈：

> 丁玲所有作品的独特魅力在于，无论是对于政治压力的回应，还是抵抗，都在她的作品中得以显现，（小说）叙事的诸多方面——主旨和题材的选择，人物的观念，因果关系和情节设计的意图，背景和隐喻的运用，文体与语言，叙事模式的选择——所有这些都反映了她所写的（这部小说）中的意识形态语境的变动。与其人生中所遭遇的重大事件一样，她所创制的文学作品，从文本的各个层面上，生动地再现了这位中国现代作家所面临的一系列创作上的困境。①

也就是说，丁玲以其文学写作真实地再现了自己所身处的历史语境，呈现出了她本人同政治意识形态之间“回应”与“抵抗”并置的张力关系。而这一切，正如梅仪慈所述，皆借助叙述形式，

---

① Yi-tsi Mei Feuerwerker, *Ding Ling's Fiction: Ideology and Narrative in Modern Chinese Literature*, Cambridge, Massachusetts: Harvard University Press, 1982, pp. 2 –3.

或者更宽泛地说是文学的语言形式，才得以显现出来。也在此意义上，语言与历史在丁玲那里，展开了又一次深刻且富有启迪的对话。

## ◇◇ 本章小结

今天来看，丁玲的写作文体由自我抒情到革命史诗的变迁，以及其中的历史得失，足以说明：文学写作不仅是一个简单的意识形态自觉“讲述”的问题，它首先更应当是一个关系到作家的生存体验、才情禀赋等映射于书写态度、方式当中的文体“呈现”问题，或者干脆说是语言形式的表达问题。基于上述两部小说的分析，以及有关丁玲的作家姿态同革命意识之间的关系的探讨，至少可以得出这样的结论：透过莎菲日记独白体的抒情性声音，专注于自我的书写，同样可以抵达史诗叙事所欲展现的社会历史的深度；反倒是与其熟悉的生命体验（或生活经验）、擅长的写作技艺（女性心理刻画）相悖的革命史诗叙事意图，使得丁玲笔下的暖水屯革命史诗，难以完满地呈现出作家本人所冀望的崇高美学风貌。

# 第四章

# “感性的政治”：文体与革命政治的表达

前面三章里，笔者主要以蒋光慈、郭沫若、丁玲三人为典型案例，结合具体的文本分析，来揭陈他们的“革命文学”自身的文体，同作家（诗人）所欲表达（或为相关权威评论家所揭陈）的革命意图之间，可能存在且不应当为文学研究本身忽视的“呈现”与“讲述”之间的张力关系。根据前文中所作的分析，可以确信，这种张力关系无疑是存在的；并且它同时足以说明，即便是这种或有着强烈的政治介入意识的文学写作，其中依旧存在着书写者无法驱逐的自我情感（情绪）和态度。这些更多地借助书写者独异的语言习惯、语料储备、惯用文体乃至文类等，于其写作过程中，无意识地“潜”入文本里面的个人体验，也便成了他自己可能一意要求明晰的理性的意图之外，存在着的与后者发生冲突乃至对抗的另一重甚至多重面向。也多在此意义上，文学作品的确无法完全准确地表现“作者的理性意图”。同样地，英美新批评派否认文学作品同作者的写作意图有关，就此而论，也并非没有道理。[①] 为此，本章将着重探讨文学如何才能实现其意识形态功能的问题，或者干脆

① 参见赵毅衡《重访新批评》，四川文艺出版社 2015 年版，第 65 页；W. K. Wimatt Jr. & M. C. Beardsley, “The Intention Fallacy”, *The Sewanee Review*, Vol. 54, No. 3, Jul. – Sep., 1946, pp. 468 – 488。

说，即文学应当如何为革命政治“修辞”（表达）的问题。

在此之前，我将先从历史线性的维度，对中国革命语境下的“革命文学”为何产生，又为何在后“革命史”范式的文学研究中遭遇冷遇的原因，做简短的论述和阐发。最后，再重新回到文体与意识形态之间的关系的探讨上来。

## ◇◇ 第一节 书写与历史：“革命文学”与中国革命

20 世纪，众所周知，对于中国而言，不啻是一个革命的世纪。本书导论部分所指陈的“革命文学”概念（观念）历史语义的分歧性，相当程度上即导源于此。就 1917—1949 年这个通常被称作“中国现代文学”的历史阶段而言，更无须多论。“我们研究中国现代文学的，首先遇到的就是‘五四’新文化革命，再后来，就是中国共产党领导的政治革命，因而我们的文化观念和文学观念，往往首先是建立在这两个革命基础之上的”，王富仁此言显然已清楚地揭示了中国现代文学对于“革命史”叙事的依附性。他甚至进一步指出，“中国现代文学的观念”主要由“革命文学的观念构成”，后者是串联“五四”文学革命、左翼文学运动和解放区文学的“历史的骨架”。①

相当程度上，确如王富仁所言，“革命文学”与中国革命有着天然的血脉联系。李怡指出，“‘革命’常常是‘文学’变革、发展的旗帜和动力，20 世纪中国文学的几乎每一次变动都与‘革命’紧密相关”②。但在此世运迁移过程中，“革命文学”与中国革命的

① 王富仁：《河流、湖泊、海湾：革命文学、京派文学、海派文学略说》，《中国现代文学丛刊》2009 年第 5 期。

② 李怡：《开拓中国“革命文学”研究的新空间：建构现代大文学史观》，《探索与争鸣》2015 年第 2 期。

这种紧密关系，具体又如何呈现，恐是仍需值得探视的问题。为此，笔者先以“革命”“革命文学”“文学革命”三者彼此间相互纠缠的关系为中心，来做一简要的阐述；并在此基础上对20世纪中国“革命文学”历史语境下蒋光慈、郭沫若、丁玲三人文体与意识形态之间的文学书写姿态予以揭示。

## 一 中国革命与“革命文学”的发生

众所周知，“革命”一词古已有之，但具有现代内涵，却是颇晚近的事情。就笔者目力所及，单从传入中土[①]的时间上看，“revolution”一词的出现，实比“革命”转借日译“复活”于近代汉语中要早。早在1832年5月31日，该词就数次出现在英文教会报纸《中国丛报》(*Chinese Repository*)的创刊号上。“革命”作为“revolution”的中文译词出现于清季中文语境，也至迟不超过1886年。是年8月7日，《申报》以“汇译东报”为题汇译的日本报载新闻中，有法国“盖以大革命以来数及百年”，故开博览会“以见政府谋国之能”等语，其中所及“大革命”，即指素有“现代革命之母”称誉的法国大革命（1789）。虽则如此，这种现代性意义上的“革命”话语，其时并未引发国人的注意。

直待甲午战争爆发，清朝惨败，具有现代（modern）语义的“革命”概念，才渐为清季先觉的文人——知识分子所接受。战前“莫不以为螳臂当车，应时立碎”之敌，击毁的不仅为“百战之淮军”和“大枝之铁甲”[②]，更有天朝上国的迷梦。梁启超云：“吾国四千余年大梦之唤醒，实自甲午战败割地台湾尝二百兆以后始也”[③]；戈公振曰：“以庞大之中国，败于蕞尔之日本，遗传惟我独

① 本文中该词仅在文化地理，而非政治地理层面上使用。若据后者，清季1842年后的香港、1887年后的澳门，至其回归前，皆为“外土”，而非中土。

② 文廷式等：《联衔纠参督臣植党疏》，载文廷式等《中日甲午战争》（第2版），台北：广文书局1981年版，第1页。

③ 梁启超：《饮冰室专集1·戊戌政变记》，中华书局1936年版，第1页。

尊之梦，至斯方憬然觉悟”。[①] “中国人心至是纷纷，欲旧邦新令矣。”[②] 1895 年，京师“青年学子数千人上书言时事”，更以“公车上书”开近现代“群众的政治运动”的先声[③]。大致前后时间，投书李鸿章受挫的孙中山，也趁甲午战起，与同道共组“兴中会”，甲午战败更是让他决意此后“完全放弃行医，专门从事政治”[④]。多鉴于此，郭廷以说：“甲午战败，中国的变政运动正式揭开，孙中山的反满革命起义自是开始，康有为维新活动自是转急。”[⑤] 至于其他“在野之有识者，知政治之有待改革，而又无柄可操，则不得不借报纸以发抒其意见”，然尚在这场战争之前，“报纸罕言政事，对于官场中人尤不敢妄加只字”。[⑥] 多在此意义上，历史学家陈志让在撰写《剑桥中华民国史》时，即将 1898 年视作中国思想史上文人知识分子同儒家文化主导的传统价值观决裂的分水岭之一；另一道分水岭，即“五四”运动爆发的 1919 年。[⑦]

也正是在这两道分水岭之间，“革命”与“革命文学”均完成了其自身概念的现代性建构。在此过程中，梁启超都是主要的建构者。如果说孙中山以反清运动实践了现代政治意义上的“革命”观念[⑧]，

① 戈公振：《中国报学史》，上海书店 1990 年影印版，第 179 页。

② 文廷式：《闻尘偶记》，载文廷式等《中日甲午战争》（第 2 版），台北：广文书局 1981 年版，第 170 页。

③ 梁启超：《饮冰室专集 34 · 清代学术概论》，中华书局 1936 年版，第 60 页。另：有关“公车上书”发动者与参与者等争议见茅海建《“公车上书”考证补》，《近代史研究》2005 年第 3、4 期；房德邻《康有为与公车上书：读〈“公车上书”考证补〉献疑》，《近代史研究》2007 年第 1、2 期。

④ 蒋廷黻：《中国近代史》，商务印书馆 1938 年版（民国二十七年七月初版），第 100 页。

⑤ 郭廷以：《中国近代史纲》，格致出版社、上海人民出版社 2009 年版，第 253 页。

⑥ 戈公振：《中国报学史》，上海书店 1990 年影印版，第 107、179 页。

⑦ ［美］费正清编：《剑桥中华民国史》（上），中国社会科学出版社 1994 年版，第 358 页。

⑧ 陈建华认为，“以孙中山为首的革命派主张推翻清政府革命即根于本土的革命语境”，在我看来，并不能完全成立。单就孙《伦敦蒙难记》自陈反清原委，亦可见他以宪政代专制，更新中国政治秩序的革命意图。参见陈建华《“革命”的现代性：中国革命话语考论》，上海古籍出版社 2000 年版，第 168 页；Sun Yat Sen，*Kidnapped in London*：*Being the Story of My Capture by Detention at*，*and Release from the Chinese Legation*，*London*，London：Bristol，1897，pp. 15 – 20。

那么梁启超则基于其维新派的渐进式革命立场，让“革命”跳出了政治的场域，向更广泛的社会、文化语境渗透。[①] 1900年2月9日（正月初十），正因梁启超1899年12月25日日记的刊布[②]，“革命”方脱出本有的天道（体）循环和新旧相杂的政治革命的范畴。诚如陈建华所述，经梁氏自铸新词“诗界革命”后，清季“革命”一词或始脱出政治话语（但非其所指仅“中国传统的”）的局限[③]。

“革命文学”的初现，则在梁氏令“革命”脱出政治语境的两三年后。1902年冬，旅日留学生杨毓麟著《新湖南》，以单行本在东京刊行，次年再版。其文主张采取暴力革命，以创立新邦，并言俄国虚无党人所掀起的革命运动，已“自革命文学时期升而为游说煽动时期”。[④] 次年，梁启超再次讲到同一论题。梁氏将俄国虚无党的革命运动史划分为“文学革命时期”（19世纪初至1863年），“游说煽动时期”（1864—1877），“暗杀恐怖时期”（1878—1883）。[⑤] 这也似为“文学革命”作为固定词语形式，见于近现代汉语语境中的开端。1905年1月20日，梁撰文又陈：“一八二五年，尼古剌第一即位，行绝对严酷之专制政治……人民益颠沛无所控诉，及动力渐起，革命文学盛于斯时矣。”且说，“历山在位二十

---

① 通过对瀚堂近代报刊数据库所展开的检索，笔者发现：“道德革命”首见《新民丛报》1902年3月10日第3号梁启超文《新民说三·第五节“论公德”》；“思想革命”首见《新民丛报》1902年10月2日17号刊梁启超文《生计学学说沿革小史》；“产业之革命”首见前引梁启超《释革》（1902年12月），“产业革命”首见于1903年1月20日《大公报》（天津）刊文《论中国安南赛会事》；“社会革命”首见《新民丛报》1904年2月14日第46—48号刊梁启超文《中国历史上革命之研究》；“家庭革命”首见《江苏》1903年第7期“社说”文《家庭革命说》，等等。

② 任公（梁启超）：《汗漫录》，载《清议报》第35册，光绪二十六年（1900）正月初十。

③ 陈建华：《“革命”的现代性：中国革命话语考论》，上海古籍出版社2000年版，第14页。

④ 饶怀民编：《杨毓麟集》（湖湘文库），岳麓书社2008年版，前言第6页及正文第26、58—59页。

⑤ 参看中国之新民《论俄罗斯虚无党》，《新民丛报》1903年11月第40、41号合刊本。

六年，其间民党之方针凡三变其始，专以游说煽动为事”。[1] 廖仲恺（渊实）1907年所译《虚无党小史》，论及俄虚无党革命运动的分期，名称表述与时间分期同梁氏完全一致；并且，其正文中径直以“革命文学之时期”作为“文学革命时期”的另称。[2] 由此，应可推论杨毓麟、梁启超、廖仲恺当在同一语义上使用“革命文学”这一词语；并且，在梁启超、廖仲恺那里，“革命文学”“文学革命”并无语义上的分别，仍是一种同义意义上的混用。

有必要引起注意的是，仅就文学而论，廖氏译文当中提及的“革命文学之时期”的俄国文学家，有普希金［柏书卿］、莱蒙托夫［蓝孟弢］、屠格涅夫［都盖尼］、赫尔岑［郝震］、涅克拉索夫［南拉苏］等。所及诸人，今天看来，实为19世纪俄国浪漫主义和批判现实主义的文学家。所著之文学，自然也就不同于20余年后李初梨等径直主张作为一种意识形态的文学须“为革命”的“革命文学”主张。原译文中如此命名，或多缘十二月党人及其所揭橥的资产阶级革命民主主义运动[3]，其意或如文中述英、德文学对俄人的影响那样：“一旦忽睹此慷慨缠绵之美文，正如天半彩云，狂喜相告，革命风流渐脍炙人口，凡受感化力者，乃始熏风南来、山意冲寒矣”。换言之，如此命名之意，多在于文学陶染、感化人心，因而促进革命发展的推动作用，而非“一般性的富含革命色彩的宣传文字”[4]。陈独秀《文学革命论》云：“今欲革新政治，势不得不革新盘踞于运用此政治精神之文学。”[5] 意更近之。这样，所谓俄国

① 中国之新民：《俄罗斯革命之影响》，《新民丛报》1905年1月第61号。按：尼姑剌第一即俄帝尼古拉一世，1825—1855年在位；历山即亚历山大二世，1855—1881年在位。

② 载于1917年《民报》第11、17号。

③ 参见易漱泉等《俄国文学史》，湖南文艺出版社1988年版，第84—89页；［苏］卡普斯金《十九世纪俄罗斯文学史》（上），北京大学俄语系文学教研室译，高等教育出版社1958年版，第1—4页。

④ 付登舟：《晚清革命报刊与革命文学的理论倡导及创作实践》，《江苏社会科学》2015年第1期。

⑤ 陈独秀：《文学革命论》，《新青年》1917年2月第2卷第6号。

“革命文学”，实更像中国新文化运动揭起的“文学革命”。

令“文学革命”脱出政治语境，并为之重新定义的，或为“新青年”时代主张不谈政治的胡适[①]。虽然在“新青年”同人当中，胡适最早喊出“文学革命”的口号[②]，但他显然不想将自己的思想主张束缚在政治意图的牢笼中。他在此“通信”基础上再度阐发作《文学改良刍议》时，即以“改良”替换此前所用的“革命”一词。此举足以看出他有意淡化“文学革命”口号里可能潜在的政治性暗示。在1927年初版的《白话文学史》一书的“引子”部分，他依旧对彼时广为接受的“文学革命”主张中的“革命”一词，做去政治化的语义处理。相比于梁启超的释义，他更将“革命”纳入后置的社会进化论的语域当中，认为与“完全自然的演化”不同的是，“革命”乃是在前者的基础上施与了“人力”。在此意义上，他说，中国千年白话文学史，“只有自然的演进，没有有意的革命”。[③] 其间有意对“文学革命”去政治化的用意无须多言。

然而，历史的缰绳并不抓在存心回避政治，旨在迎来“中国文艺复兴”的胡适等人手中[④]。某种意义上，“文学革命运动”，正如蔡元培曾暗示的那样，同1928年揭起的“革命文学运动”一样，也是中国近现代政治遭遇挫折的结果。辛亥革命，以及后续不断揭起的二次革命、护国运动、护法运动等，在袁世凯、北洋军阀面前屡屡遭遇的挫败，很大程度上也像大革命失败一样，成了失意于政治的人文知识分子，发起“文学革命运动”以变革思想文化来救赎中国的一种文学的方式。在蔡氏那里，“文学是传导思想的工

---

① 胡适：《我的歧路》，载《胡适全集》第2卷，安徽教育出版社2003年版，第467页。

② 胡适：《通信》，《新青年》1916年10月第2卷第2号。

③ 胡适：《白话文学史》，上海古籍出版社1999年版，第4页。

④ 欧阳哲生编：《胡适文集》第1卷，北京大学出版社1998年版，第339—340页。

具”。[①] 自然，这种文学救赎的举动，是否纯然为志在启蒙的进步事业，也同样是一件需要谨慎审视的事情。

正如我在导论部分已经阐明的，“革命文学”主要是在同中国革命，而非后起的“文学革命”的历史纠缠中渐起，最终完成其由进化论叙事范式，“递进”为意识形态叙事范式，并因此在文学越发促狭、逼仄地递“进”于政治的过程中，完成其历史叙事的框架体系建构。相当意义上，确如王富仁前面所暗示的，“革命文学”不是“文学革命”越发政治化发展的结果，相反，后者乃是清季以降“革命文学”旨在为中国革命叙事的历史变迁过程中的一个阶段。成为“文学革命”的结果的，仅是马列主义或共产主义革命叙事规训之下的无产阶级“革命文学”。这一点，恰恰在其时依旧为“革命进化论”者的郭沫若那里，得到了充分的揭示。反革命文学—革命文学—革革命文学—革革革命文学的历史叙事逻辑里，多少可以视作其时郭氏本人所代表的相当一部分激进主义文学知识分子，对于文学与中国革命之间的密切关系乃至依附性的深切体察。[②]

据郑超麟回忆，中共介入文学组织起初的目的仅在统战，而非以文学为革命斗争的武器。[③] 但也正是由此开始，政党政治在文学机构和组织当中越来越发挥关键性乃至主导性的作用。自兹以降，个人（文学家）与集体（党组织）、文学与革命之间的张力关系也渐渐显现出来。1930 年 3 月，“左联”的成立，无疑使得文学活动的社会组织形式更趋于政治化。此前基于文学活动和出版的职业化、专业化，因而更重视自治原则的文学社团[④]，开始让位于像“左联”这样基于政治立场和意识形态意图，故而更重视党性原则

---

① 蔡元培：“总序”，胡适编选：《中国新文学大系·建设理论集》，良友图书印刷公司 1935 年版，第 7—9 页。

② 郭沫若：《革命与文学》，《创造月刊》1926 年 10 月 5 日第 1 卷第 3 期。

③ 参见郑超麟《谁领导了中央文化工作委员会?》，《新文学史料》1989 年第 2 期。

④ ［荷兰］贺麦晓：《文体问题：现代中国的文学社团和文学杂志（1911—1937）》，陈太胜译，北京大学出版社 2016 年版，第 33—34 页。

的“作家联盟”。正如冯雪峰执笔的“左联”执委会决议所布达的那样，“中国无产阶级文学”需要在文学领域内担负起相应的革命任务；作家（诗人）们甚至需要遵从相关具体、明晰的创作题材、方法、形式去写作。[①] 更不必说文学写作成为“齿轮和螺丝钉”以降的“革命文学”新时代。

## 二 书写的纠结：文体与意识形态之间

然而，作家对革命意识的自觉认同是一回事，文体呈现却是另一回事。在此意义上，朗西埃的有关论述或具有启发性。

在论及《新约》福音书时，朗西埃指出，见证“言成肉身(incarnation)”的作者，“仿佛不得不把肉身之言的宏大叙事，全都讲成人们日常劳作的细枝末节”，才能达成“太初有言”的布道。换言之，作为教义的福音书唯有借助“肉身”的感性之言，才能达成其意在教化大众的目的。然而同时，朗西埃也指出，一旦“言成肉身”完成为书（《圣经》）的形态转换而“传入世界的时刻”，书便自成肉身之言，而与福音书作者笔下化成肉身的上帝（言或道）发生“断裂”。[②] 这种作者（或上帝）与书（文本）之间言成肉身的断裂，或者说旨在面向世界布道的所指或散文功能从文本中清除或脱离出去的时刻，朗西埃以为，正是书写成为文学的开端。为此，他说：“只有词语脱离一切可以体现其力量的躯体，文学才能够存活。只有挫败它不断使之重新启动的言成肉身的活动，文学才能够存活。”[③]

虽则朗西埃的哲学思辨，或过多地消解了文学的所指功能。但在相当程度上，他也的确道出了文学何以为文学，而不是宗教教义

① 《冯雪峰论文集》（上），人民文学出版社 1981 年版，第 62、64—65 页。

② ［法］雅克·朗西埃：《词语的肉身：书写的政治》，西北大学出版社 2015 年版，第 3—4 页。

③ ［法］雅克·朗西埃：《词语的肉身：书写的政治》，西北大学出版社 2015 年版，第 11 页。

的本质所在。倘若说后者更多地依赖于不厌其烦的讲述，告诉你这是什么，那么文学的确更多地依赖于呈现，通过阅读者对已言成肉身的文字的重新激活，它才能重新指向世界。因此作者布道的用意，并不必然完满地呈现于所书写的文学文本当中。二者之间，正是散文（所指、及物）与诗（能指、不及物）的根本性分歧。

这种散文功能同诗的功能的分裂，就像我在前面三章所意图揭示的那样，至少在蒋光慈、郭沫若、丁玲三人的身上，可以清楚地看到。他们的文学写作，在面对越发政治化的革命意识形态规范时，也便呈现出了两歧的面相。

（一）蒋光慈：从革命走向文学

1928 年的“革命文学”论争，确如现有研究所陈，至少可以切分为太阳社、创造社之间的论争，以及两社同鲁迅、茅盾为代表的左翼作家之间的论战。两场论争的直接结果是，先前主要以同人社团为文学阵地[①]的左翼文学家，开始渐渐接受或受制于无产阶级革命意识形态的规训。文学不再是古典时代文人的自我消遣，或民间叙事视野下的市井狂欢，也不再是纯为媚俗、甘作稻粱谋的商业写作，甚至也不再是传导启蒙思想的工具，“于人生很切要的一种工作”，而是一种服务于革命的“阶级的武器”，是一种意识形态。[②] 于是相应地，文学家的写作也就不仅是关涉其个人旨趣、才情，并据于自身经验（体验）的个体行为，也不再是某一社团或同

① 贺麦晓对 1911—1937 年现代中国的文学社团和文学杂志做了详尽、深致的诠释；杨洪承对“左联”意识形态倾向与文学精神主体面相之间的复杂关系予以了有益的阐发；郭国昌对 1942 年以后解放区文艺社团的转型及延安文学制度的确立做了较具洞见性的观察。分别参见［荷兰］贺麦晓《文体问题：现代中国的文学社团和文学杂志（1911—1937）》，陈太胜译，北京大学出版社 2016 年版；杨洪承《意识形态与“左联”的信仰系统构成论》，《福建论坛》（人文社会科学版）2006 年第 4 期；郭国昌《文艺社团的转型与延安文学制度的建立》，《文史哲》2013 年第 1 期。

② ［捷克］亚罗斯拉夫·普实克：《抒情与史诗》，李欧梵编、郭建玲译，上海三联书店 2010 年版，第 9 页；《文学研究会宣言》，《小说月报》1921 年 1 月第 12 卷第 1 号；李初梨：《怎样地建设革命文学》，《文化批判》1928 年 2 月第 2 号。

道中人共相追求的美学行动，而是一种为政治（政党）规定的革命工作。写什么，怎么写，也就此不再是文学家本人所能完全掌控的事情。即便偶尔为之的美学冲动，也可能酿就自毁前程的政治灾难。

作为“革命文学”的早期倡导者，蒋光慈无疑便是因此罹祸的典型。当他颇有些率性地出版小说《丽莎的哀怨》（1929）时，可能还没有想清楚李初梨此前批评他时所指出的隐含性问题：衡量一个作家是否革命的首要前提，是“他的动机”，“看他是‘为文学而革命’，还是‘为革命而文学’”。[①] 在彼时的李初梨眼里，锱铢较于“革命文学”发明权的蒋光慈无疑属于前者。而历史的发展又戏剧性地应验了李氏所言。当蒋光慈以第一人称自述的叙事声音，叙述一个不洁的白俄女子丽莎病中的哀怨故事，并对她的不幸遭遇表示同情的时候，他可能没有预想到，自己的这番写作，将会怎样地与其作为共产党员的身份背离。尽管蒋氏此举，或有意“写出人物思想性格复杂性”，而对缺乏现实生活经验、浮于表面的简单描写予以纠偏的艺术企图。但是，他之所以遭遇左翼批评家的意识形态批判，却非全然“过于严厉”。[②]

某种意义上，以白俄贵族女子丽莎自述的故事讲述方式，本就决定了小说文本自身所欲呈现的情感态度。虽则其中表现了白俄贵族们不可避免地走向末路的命运，但语言形式自身表达的声音与可能意在诠释的革命意图之间，显然产生了对抗性的矛盾。譬如小说第9节末段：

> 莲嘉？你现在还活在人世吗？你没有被波尔雪委克［即布尔什维克］杀死吗？你或者革命后还留在俄罗斯，向波尔雪委克投降了吗？如果你还纪念着白根，还记念着当年的那个漂亮

---

① 李初梨：《怎样地建设革命文学》，《文化批判》1928年2月第2号。

② 钱理群等：《中国现代文学三十年》，北京大学出版社2005年版，第229页。

的少年军官，那你就把他拿去罢！唉，我不要他了，我实在地不愿意要他了！……[①]

起首三个接续的疑问句，以及“杀死”“投降”等词，已经鲜明地揭露了丽莎对苏俄布尔什维克的否定态度。这番否定性措辞之间的布尔什维克，是连有着妙龄肉身的年轻女性都要残忍地毁灭的非人道主义者。不人道的美的毁灭者自然不值得尊敬和拥护。即便其中传递的意义或真相是虚假的，但其言说方式本身所表达的情感和态度，已然表明了文本自身呈现的政治倾向。

而这种书写文体的方式及其具体呈现，可能较之一般的政治批评更清楚地揭示了这种耽于自我的、凭空臆想的、流于感伤主义的语言表达方式背后，一位任性、武断、自我中心的浪漫主义者的存在。而他以丽莎这样一个妓女兼白俄女性的奇幻身份为主角的言说策略，又多少隐藏着他媚俗、讨巧于沪上文坛的经济动机。在这种意义上，他又显然是个“现实主义者”。[②] 某种意义上，即便他对革命及“革命文学”的理解，也仍旧依循着清季以降即存在于本土的唯“新”、趋时意识，直至其生命终结。在他“革命的步骤实在太快了，使得许多人追赶不上”，以致“我们的文学就不得不落后了”[③] 的言说逻辑背后，是他仍然拘泥于新、旧作家身份而展现的“两两对立的表达方式”[④]，以及对李初梨所阐明的革命文艺的意识形态性的拒斥。

（二）郭沫若：由文学走向革命

某种意义上，郭沫若确是站在同蒋光慈相悖的另一端的革命文

---

① 《蒋光慈文集》第3卷，上海文艺出版社1985年版，第67页。

② 《没落的小资产阶级　蒋光慈被开除党籍》，载方铭编《蒋光慈研究资料》，知识产权出版社2010年版，第141页。

③ 蒋光慈：《现代中国文学与社会生活》，《太阳月刊》1928年1月刊。

④ 赵新顺：《太阳社研究》，中国社会科学出版社2010年版，第51页。

学家。当1928年开始于沪上文坛曝得大名的蒋光慈[①]，自居于革命文学家的身份，认为文学工作“自有其特殊性”[②]，而不服从党组织的调派，去从事实际的革命工作之际，自血与火的革命战斗前线归来的郭沫若，则高调地喊出以革命来要求文学的主张，主动对自己既往的诗作进行改写。这种高调的改写姿态，比他的任何革命言说都更直接且更有效地展露了他的革命先锋姿态。某种意义上，他的这种急于表白自我的表演方式，即是其人生层面的“文体”呈现方式。

这种革命先锋的意识，同样清晰地呈现于他1928年1月发表的《英雄树》一文当中。相当程度上，是文恐难以文学批评论之。其中不论是以木棉开红花结白果，来隐喻由“赤化的世界成为白色恐怖的世界”的中国，还是咄咄逼人的革命暴力性话语措辞，如“齿还齿，目还目”，“文艺界应该产出些暴徒来才行”等，无不充满着为无产阶级革命呼号、宣传的意味。相当程度上，这篇文章不光是鼓噪无产阶级文艺的宣言书：“只要你有倾向社会主义的热忱，你有真实的革命情趣，你都可以来参加这个新的文艺战线”；同时也是向依旧“在文艺场上跋扈”的个人主义者及其所主张的“个人主义的文艺”，发出的战斗檄文：在未加入无产阶级的文艺战线之前，就“暂时当一个留声机器罢”，否则就“只好敦请你们上断头台”。[③] 其中不容商榷、置辩的态度一览无余。并且，早前在《革命与文学》中有心调和革命与文学，使之可以同时“两立”的“革命文学进化论”企图[④]，也在此革命暴力话语的叙事当中涤荡

① 1928年，高长虹便将蒋与茅盾二人比较，认为从写作上看，后者胜于前者，但文学市场上蒋的小说的销路却要比茅盾的“广得多”，参见《蒋光慈和沈茅盾》，《长虹周刊》1928年第10期。

② 蒋光慈：《异邦与故国》，载《蒋光慈文集》第2卷，上海文艺出版社1983年版，第476页。

③ 麦克昂：《英雄树》，《创造月刊》1928年第1卷第8期。

④ 郭沫若：《革命与文学》，《创造月刊》1926年第1卷第3期。

净尽。

这番以革命家，而非文学家抑或若蒋光慈那样的革命文学家身份呈现自我的方式，也同样在郭沫若归来上海后短暂居留期间所写的日记里得到了真实地呈现。1928 年 1 月 18 日①，他写道：

> 文艺作品中不革命的勉强可以容恕。
>
> 反革命的断不能容恕。
>
> 反革命的文艺里面不能说没有佳作，就和反革命的人物里面不能说没有美人。
>
> 但那种美人于你何益？
>
> 你不要中了美人计！
>
> 文艺的所谓永远性就是一些不革命的或者反革命的作品所投射出的幻影。②

其中以革命与否，作为文学评价的先决条件之意十分清晰。在这段文字之后，他甚至还以卢那察尔斯基的一段话作为援引：“天才的小说作品，如其政治主张与我们相反，我们只好挥泪而抹杀之；如尚不至相反，只是冷淡或者无关心，我们还是可以容恕。”③显而易见的是，此时在郭沫若的文学观念里，攸关文学生死的，不再是情感是否“自然流露”，情绪是否“直写”，而是它是革命的、不革命的，还是反革命的。

当然，这种革命意识的进步，并没有相应地为其带来“革命文学”成就上的进步。正如前文专章所论述的那样，1928 年，他的绝大部分诗作的修改和写作，在艺术上并未同其革命意识那般，展

---

① 郭氏原注日期为“正月十八，星期三”，对照万年历，可以发现他所言“正月”非现在农历之“正月”，而为公历 1 月。

② 《郭沫若全集·文学编》第 13 卷，人民文学出版社 1992 年版，第 277 页。

③ 《郭沫若全集·文学编》第 13 卷，人民文学出版社 1992 年版，第 277 页。

现出足可与后者匹敌的先锋性。相反，他当年编就的诗集《恢复》里，让我们今天看到了“五四”时期那个不受任何羁绊、自由放号的浪漫主义英雄，在为革命意识所约束的严整的韵文诗体中谨小慎微地为革命歌唱。他一再自陈《女神》以后“不再是‘诗人’”，一再宣扬他的“青春诗学”之时，多少说明他已经意识到是自己30岁左右之后的“散文化”，或者干脆说对待文学态度的不纯净，减损了他精进于诗，并因此精进于更高的文学艺术成就的可能性。因此，他的写作也只能成为不同于蒋光慈的向度上的另一种“媚俗”[①]。这种“媚俗”，也暗示了为李欧梵所指陈的自毁其文字，故而因此令其个人彻底驯从于政治的必然。[②]

（三）丁玲：革命与文学的并轨穿行

在蒋、郭二人之外，丁玲可能呈现出了更为复杂的面相。某种意义上，1956年10月发表于《人民文学》杂志上的小说《在严寒的日子里》（前8章），多少既暗示了她本人其时已经开始受到批斗因此可能遭遇人生重大挫折的命运，同时又可视作她表陈自我意欲顽强、坚韧地继续生活的隐喻。纵观丁玲毕生经历，即便在或左或右的政治风波屡遭挫折，她依旧坚持写作《意外集》和《在严寒的日子里》（未完稿）的行为本身，已然成为她百折不回、坚毅执着的文学书写态度的鲜明体现。

从莎菲到董桂花，从日记独白体的抒情声音到暖水屯革命史诗喧嚣中的失语，尽管丁玲一再倔强地要让后者这样一个与自己有着类似的人生遭遇的女子，在史诗年代里拥有自己的名字并因此拥有自己作为主体的人格身份，成为村干部并因此具有了在革命年代同男人一样可以从事革命工作的政治身份，然而，正像她的小说中所叙事的那样，在“革命+男性”的史诗叙事当中，董桂花只能位列革命旋涡的边缘。安于同丈夫过小日子的董桂花，早已不再是敢于

---

① 刘再复：《媚俗的改写》，《当代作家评论》2010年第2期。

② 李欧梵：《中国现代作家的浪漫一代》，王宏志等译，新星出版社2005年版，第208页。

对男性及其表征的物欲生活说不的莎菲那般敏感、独立、桀骜、感伤的面相。丁玲自甘让女性退居男性和革命身后，一定意义上，即是她主动接受革命规训的一种小说叙事形式层面上的隐喻。也恰恰是在这个层面上，她的《太阳照在桑干河上》依旧有其可供详加研究的更丰富也更复杂的内涵，而不是像既有的大多数文学批评从阶级意识层面去阐述那么简单。

丁玲在《太阳照在桑干河上》里所呈现的女性自我抒情，同男性革命叙事（史诗）之间的矛盾，同样折射出了她本人同革命意识形态之间既相应和又彼此争论的声音状况。她急于让女性开口说话，哪怕受到制止，就如顾二姑娘受到乃父的阻拦一样，但又让女性担当革命风暴即将来临的消息的传递者。这种以女性私语的方式，而非若《暴风骤雨》里土改组成员驱车直来的男性宣告的声音，开始其小说的布局，使之更倾向于小、倾向于细腻的文体特征，故而同其革命史诗的宏大叙事意图产生了矛盾。而这，某种意义上，也是她本人同革命政治之间的距离。她矢志于书写的坚韧姿态，某种意义上成了她对女性身份及自我意识进行提醒的一种方式。也多在此意义上，司马长风给予其不吝美辞的敬赞："这位出身湖南的女作家，生命力和斗志都特别强。她没有被国民党的屠杀和禁锢吓倒，也没有被马列主义者无情斗争所屈服"；在文学上，当"艺术遭受鞭挞时"，她也因"顽强地维护艺术"，而蒙受了"比任何其他中共统治下的作家"更为不幸的命运。[①] 也正因如此，她的文学写作在"革命文学"书写的场域内部，显示出了不同于大多数革命作家（诗人）的精神风貌。

同时，她也像郭沫若一样，是一位颇为忠诚的革命者。在"延安文艺讲话"及王实味事件之后，她认真、决绝的反省态度，似令人难以质疑她对待革命事业的诚心。"文艺应该服从政治，文艺是

① 司马长风：《中国新文学史》（下），香港：昭明出版社1978年版，第119页。

政治的一个环节，我们的文艺事业是整个无产阶级事业中的一个组成部分。[……] 可以断言我们这里绝没有一个艺术至上论者，也绝没有一个作家否认文学的党性。”① 其中对革命的忠诚态度比比可见。并且，在何其芳等同样奔赴延安的部分作家（诗人）们选择搁笔的时候，她依旧无所顾忌地拿起手中的笔，怀着为革命撰史的诚挚态度，完成了《太阳照在桑干河上》的写作。即便晚年劫波度尽，念念于心的，依旧是尚未完稿的小说《在严寒的日子里》。

革命与文学，这两者在她那里看似并行不悖的双重认同，也使之同择文学而弃革命的蒋光慈，或是反之的郭沫若区别开来。自我体验与革命意识之间，在更近于自我的一端，是她作为现代知识女性和作家较为清醒的自我和独立意识。“以女子而写女子”，为女性立言、代言，也使其书写在“革命文学”之外，具有了更多可被诠释的历史内涵和批评空间。而在指向革命的一端，是通往革命的途中，几度遭遇革命暴力的压制，却并无多少怨尤，依旧怀着书写革命，志在为革命事业立传的革命忠贞之心。从暖水屯到果园村，不变的是她有意为党所发动的农村土地改革运动树碑立传的迂执和坚守。也在此书写与革命政治之间，丁玲展现出了不同于蒋、郭二人的独特意义。

综上所述，在我看来，无论作家本人的讲述，还是文本的自身呈现，这两种可能存在分歧的表述方式，本身就蕴含着情感和态度。其中可能相歧的情感与意义，态度与思想之间，一方面，或有文体与意识形态相互作用下可能存在的文本诠释的丰富性，另一方面，同样也有其文体与意识形态的矛盾之间所表现出来的文体层面的不足。当然，对于三位作家的相关文学研究，无论如何贬低或抬升蒋光慈小说的历史意义，都须基于对其小说所采用的“革命加恋爱”叙事模式做细致考察之后，才能作出相对可信且可能更近于作

---

① 《丁玲文集》第 7 卷，河北人民出版社 2001 年版，第 65 页。

者情感、态度的阐述；不管郭沫若“改写”后诗、剧的意义有何变化，文学文本首先应当有其自己的形式逻辑，这种逻辑便是文本意义本身所赖以的构成，其诗的“青春”写作即为反证；且不说丁玲因其鲜明的女性写作立场，已经表现出了同革命意识冲突乃至对抗的丰富内涵，光就我们将丁玲的作品作为文学来研究而言，我们所据有的研究态度，首先也应当须从文本语言形式的表达，或者说文体本身出发。

## ◇◇ 第二节　文体即意识形态的表达

胡塞尔说过，“体验本身的本质不仅意味着体验是意识，而且是对什么的意识”①。所以，我们对于文学的体验，也就是一种以语言形式为意向性载体的意识。于是，从“现象学还原”的意义上看，理想的文学批评应当是“返回事物本身”，回到文本，回到作家映射于文本当中的最直接的知觉和感觉，或者说个人体验，从而去寻得作家为何如此写作的意图。② 因此，文学批评应当是作家写作的“逆向工程”。且不论这种现象学批评为新批评派所指责的“意图中心主义”③ 是否妥切，单就它所强调的唯有返回文本，才能直观作家作为主体的经验意识，却是有其洞见。颇相似的意义上，伊格尔顿在法国批评家罗兰·巴特的基础上指出，“对形式更为精妙的关注，是将形式本身作为历史的媒介来把握”；“谈论形式的政治或意识形态，即是谈论文学中的形式策略本身就是社会意义的表达”。④ 在我看来，伊格尔顿所及的“形式策略”即是文体，

---

① ［德］胡塞尔：《纯粹现象学通论》，李幼蒸译，商务印书馆1992年版，第65页。

② 参见邓晓芒《论中国传统文化的现象学还原》，《哲学研究》2016年第9期；陈本益《现象学还原与文学批评》，《湖南大学学报》（社会科学版）2001年12月第15卷第4期。

③ 赵毅衡：《重访新批评》，四川文艺出版社2013年版，第69—70页。

④ ［英］特里·伊格尔顿：《如何读诗》，陈太胜译，北京大学出版社2016年版，第244页。

也即令作家写作过程中所储备的语料从混沌失序的状态中组织、结构为文学的表达方式。

有鉴于此，本节将着重探讨文体与“革命文学”批评范式的新的可能性，以及文学如何为政治修辞的问题。

## 一 文体与“革命文学”批评

蒋光慈、郭沫若、丁玲这三位革命作家的写作，在前面三章中呈现出来的文学文本的分歧面向，以及因此展现出来的彼此相近又各不相同的写作姿态，实际上是作家的自我体验借助于文体，呈现出来的同革命意识之间既相趋合又相背离的张力关系的鲜明体现，同时也是1927—1949年中国“革命文学”多重表达何以若此的最显见的范例。就此而论，他们在中国“革命文学”史上的地位，无疑具有其他作家无法替代的典型意义：无论他们的命运，还是文学写作本身。当然，这样的问题也同样存在于其他革命作家的身上。譬如导论部分业已提及的茅盾和赵树理，李欧梵笔下除蒋光慈、郭沫若之外的另一位左翼浪漫主义作家萧军①，以及王德威笔下除茅盾、蒋光慈之外的另一位“革命加恋爱”作家白薇……

时至今日，随着市场经济时代的不断演进，“革命文学”渐成希声。新世纪诞生的读者们的偏好更是与现代时期的先辈们迥异，自然有关文学的识见和阅读的旨趣也迥异于前人。美国历史学者史景迁（Jonathan Spence）在考察中国“革命文学”（实际上乃“五四”以降的新文学）时便称，对于“已经有着更多丰富选择（richer diet）的西方读者”而言，“那些形成中国革命文学经典中的绝大多数作品的质量”，不足以引起他们的阅读兴趣。某种意义上，这句话同样适用于当下的中国读者，对于19世纪诞生、发展并最终汇聚为20世纪中国文学主流的“革命文学”，可能持有的阅读态

① 参见李欧梵《中国现代作家的浪漫一代》，王宏志等译，新星出版社2005年版，第233—254页。

度。对此，史景迁为之列举一个最重要的理由，便是如夏志清在《中国现代小说史》（1961）中所指出的："评价一种文学，并不是根据它的意图，而是它实际的表现：它的思想和智慧，它的感性和文体。"①

很大程度上，夏氏所陈的评判标准，也的确是影响上述革命作家文学史地位升降的关键问题。而像本书述及的三位作家（诗人），攸关其文学史或文学研究中地位升降的，便是研究他们时一个不容回避的问题：相比于鲁迅、茅盾、老舍等，他们的语言文字和文学表达方式着实要显得粗浅一些。正如前文中一再阐述的，除了本书论及的主旨之外，蒋光慈小说情节组织的简单，以及由叙事声音呈现出来的革命叙事逻辑的"非革命"乃至"反革命"性，"革命加恋爱"小说叙述模式上欲新还旧的形式逻辑；郭沫若浪漫主义自我抒情方式的夸饰，抒情声音的浮泛、轻浅，有着明确政治意图的"改写"及因此导致的语言形式与思想内容的背反，为着革命叙事改用文类却依旧难掩其中诗人作为英雄的语调；丁玲早期小说叙事结构的粗疏、后期革命叙事史诗声音与抒情声音的背反，以及王德威指陈的"流于煽情造作"的语调和"笔锋粗糙"的文字②，等等，这一切，在相当程度上也正是他们的文学写作最为人诟病之处。

以夏志清为例。在他的《中国现代小说史》里，蒋光慈"最出名"的小说《冲出云围的月亮》，"是一种浪漫革命主义的浅薄之作，根本不需要批评"；郭沫若最得意的《天狗》《凤凰涅槃》《地球，我的母亲!》等诗作，"看似雄浑，其实骨子里并没有真正内在的感情"，其"节奏的刻板，惊叹号的滥用"，都是郭氏本人

---

① Jonathan Spence, "On Chinese Revolutionary literature", *Yale French Studies*, No. 39, Literature and Revolution, 1967, pp. 215 – 218. 另参见夏志清《中国现代小说史》，刘绍铭等译，复旦大学出版社 2012 年版，第 324 页。

② 王德威：《想象中国的方法》，百花文艺出版社 2016 年版，第 171 页。

诗才缺乏的文体表征；丁玲则是“连一段规矩的中文也写不出来”的小说家，《太阳照在桑干河上》中呈现的“写实主义充其量只是肤浅的写实”。[①] 夏氏所言，某种意义上同“革命史”范式的文学批评一样，同样带着意识形态批评的偏见。但这些并非文体引发的批评，反倒是夏氏本人文本细读和文体分析不足的更显在证据。

有关现代作家语言形式方面的问题，当然不单单出现在蒋、郭、丁三人身上。除了已经谈到的文体与意识形态的张力因素之外，文体同样关涉作家本人才情、禀赋的文学修养，以及时代自身的局限性问题。就末者而言，正如李陀对丁玲的小说所作的阐述那样，将它们同1985年后任意一位当代优秀作家的写作相比，无论是通常所谓的思想内容，还是语言艺术形式，前者都难掩其粗糙、浅陋的面貌；尽管现代文坛也曾出现过鲁迅、张爱玲、萧红等更为优秀的作家，但“五四”新文学短暂的发展史，恐难言再有更多超越时代限制的优秀作家涌现。[②] 李陀所言或多出于感性的观察，不见得一定与现代文学的历史实际相符，不过，中国现代文学破而后立的重建，必然使之娇弱而多有遗憾。也多在近似的意义上，史景迁即指，就中国现代文学整体而言，尚处于“抛弃过去，采纳新的价值观体系，寻求新文体，并以西方感受模式来应对困境”[③] 的历史阶段。即如蒋光慈徘徊于沪上三角恋爱言情小说与革命之间的“革命加恋爱”叙述模式的创制，郭沫若的模仿多于创造的诗体，丁玲难消女性自我抒情的声音一样。而在彼时，西方文学早已步入了现代主义多重声音（意识流、象征主义、表现主义、超现实主义等）交响的历史新阶段。

尽管有关个人文学修养和更宏阔的时代变迁中的限制问题，并

---

① 夏志清：《中国现代小说史》，刘绍铭等译，复旦大学出版社2012年版，第186—187、70、192、313页。

② 李陀：《丁玲不简单》，《北京文学》1998年第7期。

③ Jonathan Spence, "On Chinese Revolutionary literature", *Yale French Studies*, No. 39, Literature and Revolution, 1967, p. 218.

非全然地与本书意在探讨的问题切题，却至少说明一点，过去“革命史”范式下的文学批评及文学史书写，对于文体问题存在着严重的忽视。某种意义上，这也是一切社会历史批评所带给文学批评的最大伤害，就像现今依然炙手可热的各种历史批评，习惯于文学文本的意义拆解与重构一样。在这一点上，夏济安、夏志清、李欧梵、王德威等海外学者，在以非、反“革命史”范式评价中国现当代文学时，也都概莫能外。譬如，在李欧梵所倡导的“现代性”范式的文学研究里，我个人以为，那些分析精到、深刻之处，恰恰在于它们往往出自批评家绵密、敏感的细读。同样，那些过浅的粗见，就如夏志清对丁玲《太阳照在桑干河上》的批评一样，只能归诸对“革命史”范式所做的逆向性意识形态批评。

通常，我们都将文学理解为一种审美的艺术。然而，因此为我们所乐道的文学赖以成为文学的关键词——美学，至少在伊格尔顿那里，它首先指涉的不是艺术，而是古希腊词 aisthesis（感性）所指称的，“与更加崇高的概念思想领域相比照的人类的全部知觉和感觉领域”。换言之，它是相对于以“概念思想”为表征的理性，也即思维意识系统所管辖的认知领域而存在的。按照伊格尔顿的阐述，美学的诞生，乃因以概念思想领域为研究对象的哲学，突然间发现“在它的精神飞地之外存在着一个极其拥挤的，随时可能完全摆脱其控制的领域”。这个领域“就是我们全部的感性生活”，它囊括“爱慕和厌恶，外部世界如何刺激肉体的感官表层，令人过目不忘、刻骨铭心的现象，源于人类最平常的生物性活动对世界影响的各种情况”。简言之，它关注“人类最粗俗的，最可触知的方面”，或者用他另一句简短的话来表述：它是“关涉肉体的话语”而诞生的概念。[①] 因此，美学是一个将“肉体”（body）与理性世界勾连的中介，或者说是使前者具有意义，使后者具有感知前者能

① ［英］特里·伊格尔顿：《美学意识形态》，王杰等译，广西师范大学出版社 1997 年版，第 2 页。

力的一种不同于后者的思维方式。

某种意义上，伊氏的上述论说，可以和导论部分已经谈到的他在《如何读诗》中所作的相关阐发对应起来思考：语言是现实和经验的构成，而非载具；唯有语言，而非意义，才是我们所能直接面对的一切。因此，我们所能获取的一切，都必须首先通过语言形式本身去获取。即如他在同一部书中指出的，诗（文学）的魅力即在我们对语言本身的体验和感知的过程中，一旦“失去对语言的感知，即是失去了与大量语言的联系”①。也正是在此意义上，我们有必要将“革命文学”的研究重新聚合到对于语言形式的细读上来。我们抵达文本的开端，不应当是径直去摄取它的内容（思想意义），而首先应当去看它怎么说，也即它的形式如何呈现，并因此表达出与文体本身密切相关的丰富内涵来。在此意义上，如果说文学文本是作家（诗人）以写作（审美）为中介，将自己所欲表达的知觉和感觉领域的一切体验（来自作家的肉身体验）熔铸而成的，那么，相比于作家，批评家应有的方式，应当是以自己的批评（审美）为中介，径直面对业已物态化的、以语言形式为质料（material）的文本（文学的肉身），从而首先从对其“肉身”（语言形式）的细读中，开始自己批评文本（批评审美的肉身）的建构。依此而论，面向语言表达方式的文体批评不但必要，而且需要更多。迄今，有关“革命文学”研究所面临的问题恰恰在于，它直接面对作品文体的批评太少，指向外部世界的历史诠释过多。在文体与意识形态的两极上，它所缺失的，便是对前者应有的足够关注。在这一点上，我希望本书的粗浅尝试能对此有所助益。

## 二　文体与意图：文学如何为政治修辞

基于上述朗西埃、伊格尔顿的有关阐述，某种意义上，确可将

① ［英］特里·伊格尔顿：《如何读诗》，陈太胜译，北京大学出版社 2016 年版，第 26 页。

文学文本视作一种感性的肉身，它是相对于人（作家）之肉身而派生的第二存在。正像现代机器人一样，它虽为人创制，却也有自己可能胜于人（制造者）的某些方面的存在。当机器人阿尔法狗先后战胜棋王李世石、柯洁，谁又曾料想它有超越人之个体的某些能力的可能？与之类似的，文学文本即是人类世界里的另一只阿尔法狗。它既可能是这个人（作家）毕生所能攀爬的文学极限的写作，也可能是人类文学史上一个阶段内难以穿越的文学高峰。因为有人以语言和纸张（或其他媒介）为之赋形，它由此拥有属于自己并就此可以脱离人无可捕捉、留影的思维的肉身，而成为一种具象、物质的存在。其中使之同阿尔法狗一样能够思考的，不是通常所谓的意义，而是让它具有思维的可能的文体，就像人的大脑和脊柱让人能够感知外面世界、洞察自我内心一样。文体即是文本的大脑和脊柱。它让语言从杂乱无章的语料转变为具有思想（内容）的文学，让混沌杂乱的知觉和感觉性的肉身，呈现出殊异于其他存在的美学风貌。

在过去的批评里，我们过多地关注作家的立场、作品的主旨和内容。即使夏氏兄弟、李欧梵、王德威等常将审美现代性挂在嘴边的海外学者，在面对革命作家及其“革命文学”的具体文本时，也难免滑入追逐意义的政治批评或历史批评中。且以王德威《做了女人真倒霉?：丁玲的“霞村”经验》为例。按照是文中的批评逻辑，他展开相关诠释的前提是：丁玲是一位拙劣的小说文体家和煽情的政治宣传家，因此她的文学是无趣的，倒是她的人生际遇同其小说文本的相互应对与纠缠，才使之具有言说的兴味。正如他自己所言，“她对女性身体、社会地位及意识的体验，尤其是有心人探讨（女）性与政治时的绝佳素材”。由此，小说《我在霞村的时候》才开始具有他之所以展开研究的意义。在笔者看来，这无疑表露了王氏本人轻视丁玲的文学本身，却又以之为文学谈资的高高在上的批评者的姿态。这样有着明显先入为主的政治批评，至少于丁玲小说的文学研究本身而论，并无多大价值。不可否认，丁玲在该小说中的确文字稍显“简单粗糙”，但其中所欲探寻的，恐怕不只有王氏有意从性与政治的视角所揭发的“对妇女问题的深切体验”，以及由此展现出来的女性话语与革命政治话语之间“无法化约”的矛盾。[①]

小说《我在霞村的时候》以“我”讲故事的方式开始小说的叙事：因为身体原因，“我”被送至霞村养病。到村里后，未见有人出来迎接，于是“我”和女伴阿桂自寻上门，前往预定安置她们居住的百姓刘二妈家里。到后，“我”才了解到今天没人去迎接自己，是因为刘大妈的女儿贞贞从日本人那儿逃了回来。“我”的作家身份，也经由前来刘二妈家探访“我们”、告知“我”贞贞事件的村干部马同志披露了出来。第二天，“我”又从杂货铺老板那里了解到贞贞被日本鬼子糟蹋，身染性病的消息，以及贞贞同夏大宝之间的恋爱往事。然后，从刘二妈那里，“我”获知了有关贞贞包括从前抗婚在内的更多情况，以及夏大宝正主动提出娶贞贞的新动静。晚上，贞贞来访，与“我”交谈，讲述自己的受难史。她的故事引得在旁的阿桂留下了哀悯的泪，“我”则保持着沉默，甘做她的倾听者。自此，“我”与贞贞日渐密切。在“我”要离开霞村的时候，贞贞也一反平日里的常态，变得烦躁起来。夏大宝即将要娶她，她却以告知“我”要去延安治病的消息，传达了自己对这样怜悯式的婚姻的拒绝。小说结尾在“我”对贞贞可能的“光明的前途”祝福的祈愿，以及马同志对贞贞即将奔赴延安的消息的确认中结束。

在笔者看来，相比于丁玲早年的小说，即便是为之带来名作家声誉的《莎菲女士的日记》，她笔下通过“我”叙事的霞村故事更为精彩。无论小说语言的较为节制，还是情节组织的有序安排，又

① 王德威：《想象中国的方法》，百花文艺出版社2016年版，第171、176页。

或是贞贞这一人物形象的刻画，人物出场场景欲扬先抑的烘托等，都显现出了丁玲作为一位女性文学经验书写者在写作文体上的日臻纯熟和老到。与之相应的是，小说中女性与家国遭受日本侵略者双重凌辱和损害的主旨，也在较为整饬、井然的情节推进中得到强有力的呈现。尽管其中隐约之间有对革命队伍内部（如小说中言及的政治部）可能存在的某些问题的暗示，不过，“我”和贞贞最终都回归延安的指示性暗示，以及小说末尾对贞贞未来光明前景的期待，已然完成了对于红色延安的革命史主体地位的建构。当然，这样的革命主体的形象或许不是阳刚的、常与革命斗争相伴随的暴力的，而是偏于阴柔和母性的：是我躲开日本鬼子“扫荡”危险的避难所；是贞贞治病疗养并有机会开启全新美好生活的革命圣地。其中小说内容与形式上相互应和的圆融，在丁玲此前乃至此后的小说写作中都是不多见的。从政治维度来看，丁玲在小说中完满地诠释了她所冀望的女性命运和家国前途的双重革命叙事，因此也颇为到位地实现了其小说作为意识形态的政治功能的表达。虽则其中对于政治意图的揭示或仍有些“直截了当”[①]，但像这样将女性革命与政治革命，相对和谐地统合或编织进同一文本当中的双重叙述，在丁玲其他的小说里仍是不多见的。

丁玲生前最后一任秘书王增如曾说：1938 年冬到 1942 年 5 月《在延安文艺座谈会上的讲话》之前，“是丁玲整个延安时期创作的高峰阶段，她的最重要的小说和杂文，几乎都产自这一时期”[②]。某种意义上，所论也可作为对丁玲小说文体日臻纯熟的一种说明。在此，我无意对王德威互文性诠释多少显得有些过分的政治批评做过多的评论。事实上，后者在对丁玲“霞村”经验的阐述过程中，业已揭陈的女性个体命运与革命—家国叙事之间的

① 王德威：《想象中国的方法》，百花文艺出版社 2016 年版，第 176 页。

② 王增如：《一份未发表的检讨——读丁玲〈关于《在医院中》〉的草稿》，第十次丁玲国际学术研讨会，2007 年。

复杂关系，本就暗示了丁玲的这部小说在文学诠释上的丰富可能性，而并非如他本人于其文章开头所指斥的“偏向政治宣传，笔锋粗糙”，不如“凌淑华、萧红、张爱玲等多矣”的情状。[①] 这里，我也无意为丁玲写作技艺的粗疏辩护，却反对这种别有用心的不同作家之间的对比。至少在某种极端的意义上，王氏的这篇论文本身，同样呈现出了和他所讥讽的丁玲的小说一样存在着的文体与意识形态之间的矛盾。

尽管丁玲的小说文体常显现出这样或那样的不尽如人意之处，她在延安前期艰苦条件下写作的毅力，以及就此获取的写作技艺上的进益，却不容否认。相比于不事修改的蒋光慈和曲意修改的郭沫若，我们有理由对丁玲投去更多的敬意。在其他任何和平年代或许难以成为作家，或者能以更好的条件成为作家的丁玲，在现代文学史上真正值得检讨的，可能是时代与个人对于写作技艺素养修成的双重忽视，以及更不容忽视的政治对于文学的强势干预；而她依旧值得今天的作家（诗人）敬重并效摹的，是她如司马长风所言，不管个人境遇如何，对于写作始终怀有热忱的耐心[②]。

也在此意义上，确可认定，文学为政治修辞的首要条件乃是文学的文体问题。文体及其映射的个人体验，才是使文学成为文学的前提。语言形式的堆砌，革命宣传的浮夸，政治陈情的媚俗与粗暴，在某种意义上，都是相当一部分现代中国“革命文学”难以回避的积弊。反倒是臻于语言形式之美的革命叙事，常常令人百读不厌。譬如“革命文学”中的多余人孙犁笔下的《荷花淀》，诚如杨联芬所言，“在解放区乃至建国以后十七年，几乎找不到第二个作家将劳动妇女的劳作场面描绘得像《荷花淀》那样充满诗意与柔情”[③]。小说看似处于革命叙事边缘的情节布局，却将以水生为代表

① 王德威：《想象中国的方法》，百花文艺出版社 2016 年版，第 171 页。

② 司马长风：《中国新文学史》（下），香港：昭明出版社 1978 年版，第 119 页。

③ 杨联芬：《“革命文学”中的多余人》，《中国现代文学丛刊》1998 年第 4 期。

的白洋淀农民革命干部智勇双全的崇高形象白描式地勾勒出来。水墨画式抒情的语调之下，是对革命事业由衷的礼赞。

并且倘若将“革命文学”的概念扩展至王富仁或史景迁所理解的、更宏阔的现代文学语境下去理解，可以发现，那些真正具有革命性，并且更能产生实际的革命效力的文学，恐怕不是那些我们通常所言的、为鲁迅曾道来的“要请革命帮忙”[①] 的“革命文学”，比如以蒋光慈为代表的“革命加恋爱”式小说写作，以郭沫若为代表的一再将革命意识“硬塞”进文学文本当中的为革命写作，自然更不是那些流于宣传、标语或歌颂的，直接迎合于现时政治需要的写作，而是若鲁迅笔下那样真正以其深透的笔触叩问人之内心的启蒙写作。倘若说鲁迅的小说《狂人日记》《药》《阿 Q 正传》等，是在家国史诗的层面上为大历史的变革（革命）“呐喊”，那么《祝福》《在酒楼上》《伤逝》等，则是在个人抒情的层面上为变革之不得而书写的“彷徨”和失意。时至今日，其小说的笔力依旧能够透过近百年的沧桑历史，而为当代读者所喜爱。在此意义上，文学方能成就其“去帮忙革命”[②] 的效力。

即使文学要为革命抒情，它更合宜的方式恐怕也应该是这样的：

> 无形的手掌掠过无限的江山，
> 手指沾了血和灰，手掌粘了阴暗，
> 只有那辽远的一角依然完整，
> 温暖，明朗，坚固而蓬勃生春。
> 在那上面，我用残损的手掌轻抚，

---

① 中国社会科学院文学研究所鲁迅研究室：《1913—1983 鲁迅研究学术论著资料汇编》第 4 卷，中国文联出版公司 1987 年版，第 327 页。

② 中国社会科学院文学研究所鲁迅研究室：《1913—1983 鲁迅研究学术论著资料汇编》第 4 卷，中国文联出版公司 1987 年版，第 327 页。

像恋人的柔发，婴孩手中乳。
我把全部的力量运在手掌
贴在上面，寄与爱和一切希望，
因为只有那里是太阳，是春，
将驱逐阴暗，带来苏生，
因为只有那里我们不像牲口一样活，
蝼蚁一样死……那里，永恒的中国！[①]

（第15—26行）

郭沫若曾说：“艺术家要把他的艺术来宣传革命，我们不能论议他宣传革命的可不可，我们只能论他所借以宣传的是不是艺术。假使他宣传的工具确是艺术的作品，那他自然是个艺术家。”[②] 某种意义上，这句可能很早就不再适合他本人的话，放置于抗战年代遥望革命圣地延安的戴望舒身上，倒显得格外的贴切。

正如笔者在上文已经阐明的，为杨毓麟、梁启超、廖仲恺所揭起，并在此后一再为汪精卫、沈泽民、郭沫若、李初梨、冯雪峰等陈及的“革命文学”，在其源起的俄国语境里，乃在文学的陶冶、感化之力，而非浅薄的为革命宣传、呼告。而这种对于文学的政治功用理解上根本性的两歧，也造就了两个国家同样是革命年代里的“革命文学”判若两途的历史命运。当普希金、莱蒙托夫、屠格涅夫、赫尔岑、涅克拉索夫等俄国作家的“革命文学”，已经跻身文学经典之列，为今天的俄国读者，事实上也同样为中国读者所钟爱而捧读于案头之际，现代中国革命作家所创制的“革命文学”，委实没有多少能唤起读者阅读的兴趣。

也在此正反对照的意义上，倘若再激进一点，我们有理由确

① 戴望舒：《我用残损的手掌》，载梁仁编《戴望舒诗全编》，浙江文艺出版社1991年版，第132—133页。

② 《郭沫若全集·文学编》第15卷，人民文学出版社1990年版，第192页。

信，文体不仅是语言形式的表达方式，借用伊格尔顿的话来说，它同样是文学作为文学的“社会意义的表达”。或者干脆说，文体即意识形态的表达。唯有借助于语言形式，借助于使语料塑型为文学的文体，文学才开始面对人类说话。

# 余　论

今天，在文学研究由单声部的“革命史”范式转易为多声部的“现代性”范式之后，包括蒋光慈、郭沫若、丁玲三人在内的革命作家们的文学史地位，也因着书写者所遵循的书写范式的差异各有升降。这本身自然是不可通约的研究立场、学术态度所酿就的结果。一方面，它表明现有的研究本身的相对民主，另一方面却也是相关研究在对待文学研究的态度和理应持有的立场上的分歧性表现。

如何理解这种研究范式的相歧性，相当程度上，在我看来，无论是20世纪中国“革命文学”的书写，还是自彼以降的“革命文学”研究，都或深或浅地羁绊于意识形态的思想牢笼之中。无论书写者还是研究者，往往容易混淆一个基本的事实：文学虽为人创制，却依旧有着自己的相对独立性。这种相对的独立性，也是它赖以成为现代中国人文教育体制当中的一门学科的基础。文学是什么？无论它是意识形态，还是美学经验，在进行文学写作，或对它展开研究时，一个最基本的前提便是：我们应当也必须首先依照文学的方式来写作、来研究。无论文学还是文学批评，都首先是一种文体层面的修辞，是我们书写并使之成为所是的根本所在。无论我们是本着“为审美目的的修辞”，还是“为意识形态目的的修辞”，既然都是“修辞”，那么我们无论写作还是研究，都须从“常常被忽视的修辞”（巴赫金语）开始。[①]

就本书所研究的“革命文学”而言，既然它主张文艺为政治服务，那么，它自然首先是一种“为意识形态目的的修辞”。既然它是“修辞”，那么革命作家（或诗人）们的写作，就应首先从“修饰文字词句，运用各种表现方式，使语言表达得准确、鲜明而生动有力”[②] 开始。而与此同时又要使之成为文学，那么，在“为意识形态目的”修辞的同时，“革命文学”同样应该是一种“为审美目的的修辞”。这两种“修辞”，很显然，都拒绝强加、逼迫、灌输式的宣传，都首先需要实现“技巧与受众的满足感或圆洽感之间的适宜性”[③]，从而实现其“修辞”的双重意图。可惜的是，这往往正是“革命文学家”们容易乃至故意选择性忽略的地方。像蒋光慈、郭沫若等，便曾直接喊出“粗暴”的口号，来反对求取审美表现力的文学技艺的精致化。这样的呼告，的确难免令人对其为文学写作的动机生疑。然而，他们却又都宣称自己是“革命文学家”。

文学显然不是宣传，宣传固然起一时之效，却不是艺术；艺术虽可发挥宣传的功用，但它首先须是艺术。而文体，恰正是使艺术能够成就为艺术的关键。相同的素材，在政治家手里，可能只是宣传的材料；但到了文艺家手里，它们才有可能成就为艺术。恰正是在这里，“革命文学”在文学史书写当中的尴尬状况，也就此呈现出来。

文学与政治宣传的两歧性，也在美国学者西摩·查特曼那里得到过较为精辟的阐述。他说：

> 为美学目的服务的修辞说服我们去认可内在文本中的东

---

① ［美］西摩·查特曼：《术语评论：小说与电影的叙事修辞学》，中国人民大学出版社2016年版，第210、215页。

② 中国社会科学院语言研究所词典编辑室：《现代汉语词典》（第6版），商务印书馆2012年版，第1465页。

③ ［美］西摩·查特曼：《术语评论：小说与电影的叙事修辞学》，中国人民大学出版社2016年版，第214页。

> 西，尤其是所选择方法对于激发适宜于作品意图之反应的恰当性。为意识形态目的服务的修辞说服我们接受外在于文本的东西，关于世界整体的东西。[①]

应当可以确信无疑的是，在查特曼的心目中，“为美学目的服务的修辞”和“为意识形态目的服务的修辞”，它们所须“说服”我们“认可”或“接受”的东西，是迥然不同的：前者内在于文本当中，后者指向外在于文本的世界；前者更攸关我们以怎样的方法去合宜地呈现作品的意图，后者更有意让我们借助文本去面对世界。也正是在这种对待文本的不同向度上，美学与意识形态各自在不同维度、不同畛域内实现了对文学文本的管辖。而前者，正是其所以成为文学作品，而非历史文献的根本。对于“革命文学”研究，查特曼的上述阐发，无疑同样具有启发性。

当然，这并非否认“为美学目的服务的修辞”同样具有意识形态性，只是相比于“为意识形态目的服务的修辞”，它更偏重于美学或文学性的维度。“即便是非说教性的小说，也透露出意识形态。”[②] 查特曼的这句话，在某种意义上，已经揭明了审美与意识形态的内在关系：它们彼此之间构成了特殊与一般，或者殊相与共相的关系。正如童庆炳所诠释的，“文学艺术作为审美意识形态”只是意识形态中“一个具体的种类”[③]。而这也意味着指向审美维度的文学研究，也必然是同时指向意识形态维度的文学研究。这一点恰恰正是现有大多数“革命文学”研究所忽视的地方。

忽视“革命文学”作为文学的殊相，却多以“革命”限定其文学研究的价值取向，在一定程度上，也正是迄今“革命文学”研

---

① ［美］西摩·查特曼：《术语评论：小说与电影的叙事修辞学》，中国人民大学出版社2016年版，第225页。

② ［美］西摩·查特曼：《术语评论：小说与电影的叙事修辞学》，中国人民大学出版社2016年版，第225页。

③ 童庆炳：《审美意识形态论作为文艺学的第一原理》，《学术研究》2001年第1期。

究难有新的突破的一个显在原因。毕竟所持的批评立场或向度，已经决定了你求索的是文学还是非文学的东西。而一般的意识形态批评，至少在彼特·韦丹柯那里，其后果必然是：其一，致使同样"对社会现实予以表达"的文学文本和非文学文本二者之间存在着的"本质区别不复存在"；其二，开展文学批评实践时，那些"细致文体分析过程"，在这种剥离文本内向维度的外向批评中，"无法被识别出来"。[①] 于是文学文本与一般文本的界线被抹除，文学批评同据于非文学文本（如历史文献等）、同样借助文本实践去探求社会意义的语言批评（linguistic criticism），也便没有了分别。自然，这样的文学批评，也就失却了作为文学研究的本义。

晓悟并重申文学的审美意识形态性，并以此来规范"革命文学"研究，正如前文多已论及的，它首先自然需要回到文学的文体层面上来。即如伊格尔顿所言：

> 当我们提到"文学"作品时，有部分的意思是指，要了解作品说了什么，必须从作品怎么说这件事入手。这种写作方式把语言的内容与语言的呈现方式紧紧结合在一起。语言是由现实或经验构成的，而不只是现实或经验的载具。[……]
>
> 当我们说，我们应该从文学作品的表现方式来了解表现的内容时，并不表示我们认为这两种方法可以完全吻合。举例来说，你可以用弥尔顿式（Miltonic）的无韵诗来描述田鼠的一生。或者，你可以用严谨的格律来表达对自由的渴望。在这类例子里，形式与内容产生耐人寻味的冲突。[②]

相当意义上，这正是本书一路跋涉的起点。

---

① ［荷兰］韦丹柯：《文体学》（英文），上海外语教育出版社2016年版，第74页。

② ［英］泰瑞·伊格顿（特里·伊格尔顿）：《如何阅读文学》，台北：商周出版社2014年版，第26—27页。

# 参考文献

## 一 作品集

1. 蒋光慈

《蒋光慈诗文选集》，人民文学出版社 1955 年版。

《蒋光慈文集》（1—4），上海文艺出版社 1982、1983、1985、1988 年版。

2. 郭沫若

《女神：戏曲诗歌集》，泰东图书局 1921 年版。

《瓶》，创造社出版部 1927 年版。

《前茅》，创造社出版部 1928 年版。

《沫若诗集》，创造社出版部 1928 年版。

《屈原》，文林出版社 1942 年版。

《屈原》，群益出版社 1949 年版。

《沫若文集》（第 3 卷），人民文学出版社 1957 年版。

《女神》，人民文学出版社 1977 年版。

《郭沫若少年诗稿》，四川人民出版社 1979 年版。

《郭沫若全集·文学编》（1—20），人民文学出版社 1982—1992 年版。

《郭沫若书信集》，中国社会科学出版社 1992 年版。

3. 丁玲

《桑干河上》，新华书店（不详）1949 年版。

《丁玲全集》（1—12），河北人民出版社 2001 年版。

4. 其他

《阿英全集》，安徽教育出版社 2003 年版。

《冯雪峰论文集》（上、中、下），人民文学出版社 1981 年版。

《海德格尔选集》，孙周兴编，上海三联书店 1996 年版。

《胡适文集》，欧阳哲生编，北京大学出版社 1998 年版。

《胡适全集》第 2 卷，安徽教育出版社 2003 年版。

《鲁迅全集》，人民文学出版社 2005 年版。

《马克思恩格斯文集》第 1 卷，人民出版社 2009 年版。

《马克思恩格斯选集》第 1 卷，人民出版社 1995 年版。

《马克思恩格斯选集》第 4 卷，人民出版社 2012 年版。

《沈从文全集》第 13 集，北岳文艺出版社 2002 年版。

《郁达夫全集》（1—12），浙江大学出版社 2007 年版。

《周扬文集》（1—5），人民文学出版社 1984 年版。

《南帆文集 3 · 文学的维度》，福建教育出版社 2016 年版。

王鼎钧：《作文三书：文学种子》，国际文化出版公司 2007 年版。

《吴梅全集·理论卷》（上），河北教育出版社 2002 年版。

张玉法：《晚清革命文学》，台北：经世书局 1981 年版。

周立波：《暴风骤雨》，人民文学出版社 1952 年版。

［波兰］切斯瓦夫·米沃什：《诗的见证》，黄灿然译，广西师范大学出版社 2016 年版。

［秘］略萨：《给青年小说家的信》，上海文艺出版社 2015 年版。

［古希腊］亚里士多德：《诗学·修辞学》，罗念生译，上海人民出版社 2015 年版。

## 二　主要参考近现代报刊

《北斗》，北斗杂志社 1931—1932 年版。

《创造》季刊（共 6 期），泰东书局 1922—1924 年版。

《创造周报》（共 52 期），泰东书局 1923—1924 年版。
《创造》月刊（共 30 期），创造社出版部 1926—1929 年版。
《东方杂志》，商务印书馆 1902—1948 年版。
《妇女杂志》，商务印书馆 1915—1931 年版。
《海风周报》（共 17 期），泰东图书局 1929 年版。
《狂飙》，狂飙社 1926—1927 年版。
《良友》，良友印刷公司 1926—1945 年版。
《礼拜六》，中国图书馆 1914—1948 年版。
《民报》，东京：中国同盟会 1905—1910 年版。
《民国日报》，民国日报社 1916—1932 年版。
《申报》，申报馆 1872—1949 年版。
《太阳月刊》（共 12 期），春野书店 1928 年版。
《拓荒者》（共 5 期），拓荒者月刊社 1930 年版。
《文化批判》，文化批判社 1934—1941 年版。
《文哨》，建国书店 1945 年版。
《文学》，文学社 1932 年版。
《文学旬刊》《文学周报》，文学研究会 1921—1929 年版。
《文艺杂志》，桂林（广西）文艺杂志社 1942—1945 年版。
《现代》，现代书局 1932—1935 年版。
《小说月报》，小说月报社 1910—1931 年版。
《新华日报》，新华日报社 1938—1947 年版。
《新民丛报》，新民丛报社 1902—1907 年版。
《新青年》（含《青年杂志》6 期），群益书社 1915—1920 年版；新青年社 1921—1922 年版。
《语丝》周刊，语丝社 1924—1930 年版。

### 三　电子期刊数据库

瀚堂近代报刊数据库。

全国报刊索引数据库。

## 四　文献史料、史著

《郭沫若百年诞辰纪念文集》，社会科学文献出版社 1994 年版。
《毛泽东论文艺》，人民文学出版社 1983 年版。
《茅盾回忆录》，华文出版社 2013 年版。
陈瘦竹编：《左翼文艺运动史料》，南京大学学报编辑部 1980 年版。
陈玉堂编著：《中国近现代人物名号大辞典（续编）》，浙江古籍出版社 2001 年版。
程凯华、李婷：《中国现代农村题材小说史（1917—1949）》，中国文史出版社 2015 年版。
丁易：《中国现代文学史略》，作家出版社 1955 年版。
范伯群主编：《中国现代通俗文学史》，北京大学出版社 2007 年版。
方铭编：《蒋光慈研究资料》，知识产权出版社 2010 年版。
郭廷以：《中国近代史纲》，格致出版社、上海人民出版社 2009 年版。
戈公振：《中国报学史》，上海书店 1990 年影印版。
黄曼君、朱寿桐主编：《中国现代文学史》，武汉大学出版社 2012 年版。
黄修己：《中国现代文学发展史》，中国青年出版社 2008 年版。
黄药眠：《沉思集》，棠棣出版社 1953 年版。
胡适：《白话文学史》，上海古籍出版社 1999 年版。
胡适编选：《中国新文学大系·建设理论集》，良友图书印刷公司 1935 年版。
会林等编：《夏衍研究资料》，知识产权出版社 2010 年版。
霁楼编：《革命文学论文集》，生路社 1928 年版。
贾植芳、苏兴良、刘裕莲、周春东、李玉珍编：《文学研究会资料》（上、下），知识产权出版社 2010 年版。

蒋廷黻：《中国近代史》，商务印书馆 1938 年版。
郭廷以：《近代中国的变局》，九州出版社 2012 年版。
李何林编：《中国文艺论战》，北新书局 1929 年版。
李何林编著：《近二十年中国文艺思潮论》，生活·读书·新知三联书店 2012 年版。
李霖编：《郭沫若评传》，现代书局 1932 年版。
梁启超：《康有为传》，载《饮冰室文集》卷九，广智书局 1902 年版。
梁启超：《饮冰室专集 1·戊戌政变记》，中华书局 1936 年版。
梁启超：《饮冰室专集 34·清代学术概论》，中华书局 1936 年版。
梁仁编：《戴望舒诗全编》，浙江文艺出版社 1991 年版。
刘绶松：《中国新文学史初稿》（上、下），人民文学出版社 1979 年版。
罗振亚等主编：《现代中国文学：1898—1949》，南开大学出版社 2009 年版。
梅子编：《非“革命文学”》，光明书局 1929 年版。
潘光武编：《阳翰笙资料》，知识产权出版社 2009 年版。
钱理群等：《中国现代文学三十年》，北京大学出版社 2005 年版。
钱杏邨：《现代中国文学作家》，泰东图书局 1928 年版。
饶怀民编：《杨毓麟集》（湖湘文库），岳麓书社 2008 年版。
饶鸿競等编：《创造社资料》（上、下），知识产权出版社 2010 年版。
芮和师等编：《鸳鸯蝴蝶派文学资料》（上、下），知识产权出版社 2010 年版。
司马长风：《中国新文学史》（上、中、下），香港：昭明出版社 1978 年版。
孙瑞珍、王中忱编：《丁玲研究在国外》，湖南人民出版社 1985 年版。

唐弢主编：《中国现代文学史》，人民文学出版社 1979、1980 年版。
唐弢主编：《中国现代文学简史》，人民文学出版社 1984 年版。
唐先田等主编：《安徽文学史》第 3 卷，安徽文艺出版社 2013 年版。
汪玢玲：《中国婚姻史》，武汉大学出版社 2013 年版。
王瑶：《中国新文学史稿》，新文艺出版社 1953、1954 年版。
王训昭等编：《郭沫若研究资料》（上、中、下），知识产权出版社 2010 年版。
王哲甫：《中国新文学运动史》，杰成印书馆 1933 年版。
魏绍昌编：《鸳鸯蝴蝶派研究资料》，上海文艺出版社 1984 年版。
文廷式等：《中日甲午战争》（第 2 版），台北：广文书局 1981 年版。
吴腾凰：《蒋光慈传》，安徽人民出版社 1982 年版。
邢小群编：《丁玲与文学研究所的兴衰》，河南文艺出版社 2013 年版。
袁良骏：《鲁迅研究史》，陕西人民出版社 1986 年版。
袁良骏编：《丁玲研究资料》，知识产权出版社 2011 年版。
易漱泉等：《俄国文学史》，湖南文艺出版社 1988 年版。
云封山人编次：《铁花仙史》，上海古籍出版社 1994 年版。
古耜编：《红霞一抹乘云去》，中国言实出版社 2013 年版。
张天化：《文学与革命》，民智书局 1928 年版。
郑伯奇：《中国新文学大系・小说三集》，良友图书印刷公司 1935 年版。
郑万鹏：《中国现代文学史》，华夏出版社 2007 年版。
中国社会科学院文学研究所鲁迅研究室：《1913—1983 鲁迅研究学术论著资料汇编》第 4 卷，中国文联出版公司 1987 年版。
朱栋霖主编：《中国现代文学史》，北京大学出版社 2007 年版。

## 五 论著

### 1. 中文原著

蔡震:《郭沫若著译作品版本研究》，东方出版社 2015 年版。

陈国球:《文学史书写形态与文化政治》，北京大学出版社 2005 年版。

陈建华:《“革命”的现代性：中国革命话语考论》，上海古籍出版社 2000 年版。

陈建华:《革命与形式：茅盾早期小说的现代性开展（1927—1930）》，复旦大学出版社 2007 年版。

陈平原:《中国小说叙事模式的转变》，上海人民出版社 1988 年版。

陈世骧:《中国文学的抒情传统》，生活·读书·新知三联书店 2015 年版。

陈太胜:《声音、翻译与新旧之争：中国新诗的现代性之路》，湖南人民出版社 2016 年版。

陈太胜:《语言的幻象：后理论时代的文学研究》，湖南人民出版社 2016 年版。

陈孝全:《细读与随想》，福建教育出版社 2000 年版。

方维保:《红色意义的生成：20 世纪中国左翼文学研究》，安徽教育出版社 2004 年版。

废名:《论新诗及其他》，陈子善编订，辽宁教育出版社 1998 年版。

废名、朱英诞:《新诗讲稿》，北京大学出版社 2008 年版。

龚明德:《〈太阳照在桑干河上〉问世前后》，载《昨日书香》，东南大学出版社 2002 年版。

黄侯兴:《郭沫若历史剧研究》，长江文艺出版社 1983 年版。

姜秋霞等:《文学翻译与社会文化的相互作用》，外语教学与研究出版社 2009 年版。

旷新年:《1928：革命文学》，山东教育出版社 1998 年版。

旷新年：《中国现代文学理论批评概念》，清华大学出版社 2014 年版。
刘俐俐：《文学“如何”：理论与方法》，北京大学出版社 2009 年版。
刘瑜：《丁玲小说女性解读：1927—1948 年间丁玲小说中心话语走向论析》，四川文艺出版社 2006 年版。
逄增玉：《文学现象与文学史风景》，商务印书馆 2011 年版。
戚学英：《作家身份认同与中国当代文学的生成（1949—1966）》，华中师范大学出版社 2013 年版。
秦林芳：《丁玲评传》，南京大学出版社 2012 年版。
钱理群：《1948：天地玄黄》，山东教育出版社 2001 年版。
苏光文主编：《中国现代无产阶级文学研究》，重庆出版社 2004 年版。
苏伟贞、刘俊主编：《穿过荒野的女人：华文女性小说世纪读本》，南京大学出版社 2015 年版。
孙郁：《民国文学十五讲》，山西人民出版社 2015 年版。
唐弢：《西方影响与民族风格》，人民文学出版社 1989 年版。
唐小兵编：《再解读：大众文艺与意识形态》，北京大学出版社 2007 年版。
汪民安主编：《文化研究关键词》，江苏人民出版社 2007 年版。
王德威：《现代中国小说十讲》，复旦大学出版社 2003 年版。
王德威：《想象中国的方法：历史·小说·叙事》，百花文艺出版社 2016 年版。
王智慧：《二十世纪二十年代“革命文学”研究》，中国社会科学出版社 2013 年版。
魏颖：《历史涡流中的身份嬗变：丁玲小说创作研究》，中南大学出版社 2008 年版。
文学武：《革命时代的文学叙事和话语：以 1937—1949 年的中国文

学为中心》，上海交通大学出版社 2012 年版。

许志英、邹恬：《中国现代文学主潮》（上），南京大学出版社 2008 年版。

阎国忠：《走出古典：中国当代美学论争述评》，商务印书馆 2015 年版。

杨匡汉主编：《20 世纪中国文学经验》（上），东方出版中心 2006 年版。

杨利娟：《时代诉求与革命规限下的乡村言说》，新华出版社 2016 年版。

杨联芬：《浪漫的中国：性别视角下激进主义思潮与文学（1890—1940）》，人民文学出版社 2016 年版。

殷国明等：《中国现代小说中的知识女性》，广东高等教育出版社 1990 年版。

袁贵仁：《马克思的人学思想》，北京师范大学出版社 1996 年版。

赵凌河：《历史变革中的中国现代文学》，文化艺术出版社 2014 年版。

赵新顺：《太阳社研究》，中国社会科学出版社 2010 年版。

赵毅衡：《重访新批评》，四川文艺出版社 2013 年版。

赵毅衡：《苦恼的叙述者》，四川文艺出版社 2013 年版。

赵园：《艰难的选择》，上海文艺出版社 1986 年版。

曾健戎等编：《〈屈原〉研究》，重庆地方史资料组 1985 年版。

曾小逸主编：《走向世界文学：中国现代作家与外国文学》，湖南人民出版社 1985 年版。

朱光潜：《美学批判论文集 维柯研究》（新编增订本），中华书局 2013 年版。

2. 译著

［美］M. H. 艾布拉姆斯：《文学术语词典》（第 7 版），吴松江等编译，北京大学出版社 2007 年版。

［美］爱德华·萨义德：《开端：意图与方法》，章乐天译，生活·读书·新知三联书店 2014 年版。

［日］柄谷行人：《日本现代文学的起源》，赵京华译，生活·读书·新知三联书店 2003 年版。

［美］戴维·E. 阿普特：《现代化的政治》，陈尧译，上海人民出版社 2016 年版。

［美］费正清编：《剑桥中华民国史》（上），中国社会科学出版社 1994 年版。

［荷兰］贺麦晓：《文体问题：现代中国的文学社团和文学杂志（1911—1937）》，陈太胜译，北京大学出版社 2016 年版。

［德］黑格尔：《美学》第 1 卷，朱光潜译，商务印书馆 1996 年版。

［德］黑格尔：《美学》第 3 卷下，朱光潜译，商务印书馆 2011 年版。

［美］杰拉德·普林斯：《叙事学：叙事的形式与功能》，徐强译，中国人民大学出版社 2015 年版。

［英］卡莱尔：《英雄和英雄崇拜》，张峰等译，上海三联书店 1988 年版。

［苏］卡普斯金：《十九世纪俄罗斯文学史》（上），北京大学俄语系文学教研室译，高等教育出版社 1958 年版。

［美］柯文：《在传统与现代性之间：王韬与晚清改革》，雷颐等译，江苏人民出版社 2003 年版。

［法］勒内·基拉尔：《浪漫的谎言与小说的真实》，生活·读书·新知三联书店 1998 年版。

李欧梵：《中国现代作家的浪漫一代》，王宏志等译，新星出版社 2005 年版。

刘禾：《跨语际实践：文学、民族文化与被译介的现代性（中国，1900—1937）》，宋伟杰等译，生活·读书·新知三联书店 2002 年版。

［美］刘剑梅：《革命与情爱：二十世纪中国小说史中的女性身体与主题重述》，上海三联书店 2009 年版。
［匈］卢卡奇：《小说理论》，燕宏远等，商务印书馆 2016 年版。
［意］罗伯特·艾柯：《开放的作品》，刘儒庭译，新星出版社 2005 年版。
［法］罗伯－格里耶：《旅行者》，余中先等译，湖南美术出版社 2011 年版。
［英］罗吉·福勒：《现代西方文学批评术语》，袁德成译，四川人民出版社 1987 年版。
［美］梅仪慈：《丁玲的小说》，沈昭铿等译，厦门大学出版社 1992 年版。
［法］皮埃尔·布迪厄：《艺术的法则：文学场的生成与结构》，刘晖译，中央编译出版社 2001 年版。
［法］乔治·巴塔耶：《色情史》，刘晖译，商务印书馆 2003 年版。
［法］让·鲍德里亚：《符号政治经济学批判》，夏莹译，南京大学出版社 2015 年版。
［法］热拉尔·热奈特：《叙事话语·新叙事话语》，王文融译，中国社会科学出版社 1990 年版。
［英］泰瑞·伊格顿：《如何阅读文学》，黄煜文译，台北：商周出版社 2014 年版。
［英］特里·伊格尔顿：《美学意识形态》，王杰等译，广西师范大学出版社 1997 年版。
［英］特里·伊格尔顿：《如何读诗》，陈太胜译，北京大学出版社 2016 年版。
［美］韦恩·布斯：《小说修辞学》，华明等译，北京联合出版公司 2017 年版。
［美］西摩·查特曼：《术语评论：小说与电影的叙事修辞学》，中国人民大学出版社 2016 年版。

[美] 西摩·查特曼:《故事与话语：小说和电影的叙事结构》，徐强译，中国人民大学出版社 2017 年版。

[德] 席勒:《美育书简》，徐恒醇译，中国文联出版公司 1984 年版。

夏志清:《中国现代小说史》，刘绍铭等译，复旦大学出版社 2012 年版。

[法] 雅克·朗西埃:《词语的肉身：书写的政治》，西北大学出版社 2015 年版。

[捷克] 亚罗斯拉夫·普实克:《抒情与史诗》，李欧梵编、郭建玲译，上海三联书店 2010 年版。

颜海平:《中国现代女性作家与中国革命》，季剑青译，北京大学出版社 2011 年版。

[美] 伊恩·P. 瓦特:《小说的兴起：笛福、理查逊、菲尔丁研究》，高原等译，生活·读书·新知三联书店 1992 年版。

[美] 于连·沃尔夫莱:《批评关键词：文学与文化理论》，陈永国译，北京大学出版社 2015 年版。

[美] 詹姆斯·费伦:《作为修辞的叙事：技巧、读者、伦理、意识形态》，陈永国译，北京大学出版社 2005 年版。

3. 英文原著

Geoffrey Leech, *A Linguistic Guide to English Poetry*, New York: Longman Inc., 1991.

Geoffrey Leech & Mick Short, *Style in Fiction: A Linguistic Introduction to English Fiction Prose*, Pearson Education Limited, 2007.

Richard Bradford, *Stylistics*, London: Taylor & Francis e-Library, 2005.

Sun Yat Sen, *Kidnapped in London: Being the Story of My Capture by Detention at, and Release from the Chinese Legation*, London, London: Bristol, 1897.

Tsi-an Hsia, *The Gate of Darkness*, Seattle: University of Washington, 1968.

Yi-tsi Mei Feuerwerker, *Ding Ling's Fiction*: *Ideology and Narrative in Modern Chinese Literature*, Cambridge, Massachusetts: Harvard University Press, 1982.

Wang-Chi Wong, *Politics and Literature in Shanghai*: *The Chinese League of Left-Wing Writers*, 1930 – 1936, Manchester: Manchester University Press, 1991.

［荷兰］韦丹柯:《文体学》（英文），上海外语教育出版社 2016 年版。

## 六　论文

蔡震:《文学史阅读中的〈女神〉版本及文本》,《郭沫若学刊》2013 年第 2 期。

曹慕源:《革命与女性:〈太阳照在桑干河上〉中政治意识与女性意识的相对统一》,《时代文学》2011 年 10 月（上）。

陈本益:《现象学还原与文学批评》,《湖南大学学报》（社会科学版）2001 年 12 月第 15 卷第 4 期。

陈方竞:《"文体"的困惑——关于蒋光慈〈丽莎的哀怨〉的重新评价》,《中国文学研究》1993 年第 1 期。

陈国恩:《"革命文学"论争与俄苏文学文论传播中的期刊》,《现代中国文化与文学》2010 年第 1 期。

程凯:《"革命文学"历史谱系的构造与争夺》,《中国现代文学丛刊》2005 年第 1 期。

陈红旗:《论 20 世纪革命文学的酝酿》,《中国现代文学丛刊》2008 年第 3 期。

陈红旗:《从文学寻梦到皈依革命:左翼文学演变的一种精神轨迹》,《晋阳学刊》2016 年第 3 期。

陈建华：《从“文学革命”到“革命文学”：以关键词为视角的历史叙事》，符杰祥、陈心湛译，《东岳论丛》2014 年第 6 期。
陈思和：《文本细读在当代的意义及其方法》，《河北学刊》2004 年第 2 期。
陈思和：《关于文学批评的几点思考》，《上海戏剧》2016 年第 12 期。
陈晓春：《〈女神〉、〈屈原〉的本原精神及谱系探究》，《当代文坛》2007 年第 6 期。
陈晓春：《〈女神〉文本变异略论》，《四川师范大学学报》（社会科学版）2012 年第 3 期。
陈永志：《郭沫若的诗集〈前茅〉》，载《沫若研究》第 2 辑，曲阜师范学院《齐鲁学刊》编辑部，1983 年。
程凯：《“革命文学”历史谱系的构造与争夺》，《中国现代文学研究丛刊》2005 年第 1 期。
邓晓芒：《论中国传统文化的现象学还原》，《哲学研究》2016 年第 9 期。
方维保：《从泛称到特指：“革命”与“革命文学”的历史定位》，《天津社会科学》2014 年第 4 期。
方维保：《叙事·时代与性别政治》，《盐城师范学院学报》（人文社会科学版）2010 年第 3 期。
付登舟：《晚清革命报刊与革命文学的理论倡导及创作实践》，《江苏社会科学》2015 年第 1 期。
贺桂梅：《丁玲的逻辑》，《读书》2015 年第 5 期。
贾剑秋：《郭沫若思想转向之逻辑辨》，《西南民族大学学报》（人文社会科学版）2013 年第 9 期。
李斌：《郭沫若心中的〈女神〉》，《郭沫若学刊》2012 年第 1 期。
李斌：《对“非郭沫若”认识装置的反思》，《文艺理论与批评》2017 年第 5 期。

李松睿：《“文学”如何想象“革命”？——论早期“革命文学”的情节模式》，《现代中文学刊》2010 年第 1 期。

李陀：《丁玲不简单》，《北京文学》1998 年第 7 期。

李杨：《“赵树理方向”与〈讲话〉的历史辩证法》，《文学评论》2015 年第 4 期。

李怡：《中国现代文学史的叙述范式》，《中国社会科学》2012 年第 2 期。

李怡：《国家与革命：大文学视野下的郭沫若思想转变》，《学术月刊》2015 年 2 月刊。

李怡：《开拓中国“革命文学”研究的新空间：建构现代大文学史观》，《探索与争鸣》2015 年第 2 期。

李跃力：《“革命文学”的“史前史”：1928 年之前的“革命文学”观》，《中国现代文学丛刊》2016 年第 4 期。

李跃力：《个体性革命话语生产的困境与失败：再论“蒋光慈现象”》，《中国现代文学丛刊》2008 年第 5 期。

刘燕：《〈传统与个人才能〉在 20 世纪中国的“旅行”》，《外国文学评论》2006 年第 3 期。

刘再复：《媚俗的改写》，《当代作家评论》2010 年第 2 期。

刘再复、林岗：《中国现代广义革命文学的终结》，《华文文学》2015 年第 6 期。

刘中一：《近代“废婚毁家论”及其对妇女解放的思想启蒙》，《中国妇运》2017 年第 6 期。

龙昌黄：《重建形式的诗学：评特里·伊格尔顿〈如何读诗〉》，《中国图书评论》2017 年第 12 期。

马榕：《三次修改数度再版下的〈女神〉重生》，《中华读书报》2012 年 5 月 16 日第 14 版。

茅海建：《“公车上书”考证补》，《近代史研究》2005 年第 3、4 期。

逄增玉：《中国现代文学观念与进化论》，载周勋初等主编《文学理论丛刊》（第 3 卷第 1 期），江苏文艺出版社 2000 年版。

秦林芳：《“宏大叙事”中的细节瑕疵：〈太阳照在桑干河上〉“侯殿魁描写”献疑》，《中国现代文学丛刊》2009 年第 5 期。

钱念孙：《论日记和日记文学》，《学术界》2002 年第 3 期。

沈飞德：《郭沫若诗集〈瓶〉与一位杭州女性》，《档案与史学》2001 年第 2 期。

史健生：《意识流在中国现代文坛上的传播和影响》，《外国文学研究》1987 年第 4 期。

孙玉石：《郭沫若浪漫主义新诗本体观探论》，《北京大学学报》（哲学社会科学版）1993 年第 4 期。

陶东风：《文学类型与文学创作》，《学习与探索》1992 年第 1 期。

童庆炳：《审美意识形态论作为文艺学的第一原理》，《学术研究》2000 年第 1 期。

王德威：《史诗时代的抒情声音：江文也的音乐与诗歌》，《台湾文学研究集刊》2007 年第 3 期。

王德威：《“有情”的历史——抒情传统与中国文学现代性》，《中国文哲研究集刊》2008 年第 33 期。

王富仁：《河流、湖泊、海湾：革命文学、京派文学、海派文学略说》，《中国现代文学丛刊》2009 年第 5 期。

王富仁：《中国现代文学史是中国现代文学历史事实的历史》，《汉语言文学研究》2017 年第 3 期。

房德邻：《康有为与公车上书：读〈“公车上书”考证补〉献疑》，《近代史研究》2007 年第 1、2 期。

王维燊：《从〈女神〉中两首诗的修改谈〈女神〉的研究》，《破与立》1979 年第 4 期。

王雪瑛：《从自我分析到自我掩饰：论丁玲的小说创作》，载陈思和、杨扬主编《上海五十年文学批评丛书·评论卷》，华东师范大学出版社 1999 年版。
王瑶：《郭沫若的浪漫主义与历史剧创作理论》，《文学评论》1983 年第 3 期。
王烨：《文学研究会与初期革命文学的倡导》，《厦门大学学报》（哲学社会科学版）2006 年第 3 期。
王烨：《中国革命文学萌生时期的历史遭遇》，《厦门大学学报》（哲学社会科学版）2008 年第 1 期。
王增如：《一份未发表的检讨——读丁玲〈关于《在医院中》〉的草稿》，第十次丁玲国际学术研讨会，2007 年。
王中：《论丁玲小说的语言变迁》，《中国现代文学研究丛刊》2008 年第 5 期。
魏红珊：《论郭沫若文化身份的嬗变——从〈女神〉到〈屈原〉》，《中国社会科学院研究生院学报》2006 年第 3 期。
吴锡民：《"意识流" 流入中国现代文坛论》，《外国文学研究》2002 年第 4 期。
肖朗：《美学：感性的政治学——读伊格尔顿〈美学意识形态〉》，《社会科学评论》2004 年第 1 期。
熊权：《论"革命加恋爱"概念的历史建构》，《中国现代文学丛刊》2008 年第 5 期。
熊权：《论大革命与早期左翼文学的兴起——以对"革命加恋爱"创作发生的考察为例》，《中国文学研究》2007 年第 1 期。
熊权：《"革命加恋爱"：早期普罗文学中的模式化书写及其嬗变》2006 年第 1 期。
阎浩岗：《丁玲小说的身份意识与生命意识》，《华中学术》2016 年第 2 期。
颜水生：《文学史研究的"现代性"危机》，《广东社会科学》2013 年第 6 期。
杨洪承：《意识形态与"左联"的信仰系统构成论》，《福建论坛》

（人文社会科学版）2006年第4期。

杨胜宽：《郭沫若与文学理性传统》，《郭沫若学刊》1989年第1期。

杨联芬：《孙犁：革命文学中的“多余人”》，《中国现代文学丛刊》1998年第4期。

杨芝明：《关于〈女神〉的初版和一九二八年版本》，《安徽师大学报》（哲学社会科学版）1978年第4期。

姚爱斌：《“体”：从文化到文论》，《学术论坛》2014年第7期。

姚爱斌：《“体裁”：从生命整体到制度法式》，《华中学术》2015年第1期。

叶美芬：《文体的意识形态——对当代长篇小说文体问题的一种研究》，《浙江学刊》2007年第5期。

余蔷薇：《郭沫若新诗史地位形成中的〈女神〉版本错位问题》，《文艺争鸣》2014年第5期。

张勇：《为什么〈女神〉不收入同时期其他诗作》，《中国现代文学丛刊》2013年第2期。

赵勇：《在文学场域内外：赵树理三重身份的认同、撕裂与缝合》，《文艺争鸣》2017年第4期。

郑超麟：《谁领导了中央文化工作委员会?》，《新文学史料》1989年第2期。

宗谌、尚侠：《丁玲早期的生活和写作》，《东北师大学报》（哲学社会科学版）1980年第3期。

Jonathan Spence, “On Chinese Revolutionary literature”, *Yale French Studies*, No. 39, Literature and Revolution, 1967.

W. K. Wimatt Jr. & M. C. Beardsley, “The Intention Fallacy”, *The Sewanee Review*, Vol. 54, No. 3, Jul. – Sep., 1946.

高在媛：《现代性语境下“青年话语”：1900—1920年代中韩思想与文学比较》，博士学位论文，华东师范大学，2014年。

郭恋东：《论中国现代文坛对“意识流”的接受》，博士学位论文，复旦大学，2006 年。
刘东玲：《文学体制化与作家创作转型》，博士学位论文，复旦大学，2004 年。
史元明：《“革命 + 恋爱”小说研究——古今演变视野下的考察》，博士学位论文，复旦大学，2010 年。
徐秀明：《20 世纪中国成长小说研究》，博士学位论文，上海大学，2007 年。